評伝 吉村昭

笹沢信

白水社

評伝　吉村昭

装幀＝唐仁原教久
デザイン＝白村玲子（ＨＢスタジオ）

目次

はじめに

吉村昭の衝撃的な訃報が伝えられてから、この（平成二十六年）七月三十一日で八年がたつ。吉村昭は七十九年の生涯に、小説、紀行、エッセイ、句集など百二十九冊の本を残している。

　この膨大な仕事に関して書かれた本といえば、寡聞にして川西政明の『吉村昭』（河出書房新社）しか知らない。作品数が多いということだけではない。もっと歴史小説家としての存在に視線が注がれてもいいのではないかと思うのである。

　日本人が近現代史に弱くなった、といわれて久しい。現在、高校の地理歴史科は世界史のみが必修で、日本史と地理は選択となっている。日本史は中学の社会科で教えられていることから、昭和四十八年以降、高校では選択科目とされてきた。ところで中学の教育現場は過密ダイヤ。しっかり現代まで学べる時間的余裕のある状況にはない、というのが実態のようである。文部科学省の推計では、高校生の三、四割が高校で日本史を学ばずに卒業しているという。ここにきて高校の日本史必修化については、「グローバル社会を見据え、日本のアイデンティティーを学ばせる必要がある」との意見が強く出されている。

　いまや戦後生まれは一億人を超え、人口の八割を占める。戦争を語る人も少なくなった。吉村昭は戦史小説・歴史小説に史書・史家をも凌駕する作品世界を提示してくれた。その意味でも、もっと語られていい作家なのである。それなのに、この寂しい状況はどういうことなのだろう。短絡的との誹りを恐れずいえば、それは吉村昭の文学の在り方、小説作法に起因しているのではないだろうか。

ひとまず〝純文学〟系の短篇小説を措いて、吉村文学を代表する圧倒的に多くの読者に迎えられた作品は、記録文学であり、戦史小説であり、歴史小説であり、伝記小説だった。在り方というのは、その特異な執筆姿勢のことである。

吉村昭は机上の史料・資料だけでは満足せず、関係する現地に出かけて行って実体験を持つ人々、複数の生き証人や目撃証人などを丹念に訪ね歩いた。あるいは緻密で徹底した調査と厳密な考証により、確認した事実に基づき作品世界を構築した。公的な文書もそのままでは参考にせず、〝歴史的事実〟とされていることでも検証をモットーとし、確認できぬ事柄は採用しなかった。そうして歴史家には埋めることができなかった空白部分を物語にしていった。自ら「現地主義」と称している手法である。世に時代小説を書く作家は多い。が、吉村昭は歴史文学者と呼べる数少ない存在だった。

吉村昭が信用したのは自分の眼と耳だけである。その史料渉猟と取材密度の濃さには定評があった。そうして入手した素材を基に執筆に臨んだ。禁欲的なまでに感情を交えぬ文体。余計なフィクションを排除し、淡々と事実だけを記述する方法。事実こそ小説であると確信し、事実をもって語らしめるという創作姿勢こそは吉村文学の真髄だった。緻密な調査から帰納された作品だけに、安心して読めるのが吉村作品の魅力になっている。記録文学も戦史小説も歴史小説も、徹底した取材で事実を摑む視線が生きている。ノンフィクションというジャンルに近似した作品世界だが、文芸作品にまで昇華させているのは、吉村昭の内包する作家魂というものだろう。

繰り返し言うが、吉村文学を支えていたのは史料（資料）と証言だった。「多くの証言者の高齢化による死を痛感し、戦史小説の執筆を断つ」と宣言、潔く歴史小説に転進したのも、その証といえる。そのことが吉村文学の領域を広げることにもなったことは、読者にとっては幸運としか言いようがない。

その戦史小説から歴史小説への転換も困難なことではなかった。史料（資料）の検証と取材という点は従来通りだったからである。たとえ歴史的事実とされている事柄であっても実際に足を運び確かめ、史料を徹底的に検証することで、史実との食い違いを訂正してみせた。実証主義の歴史家も及ばぬ徹底した取材が、多くの新事実の発掘にもつながったことは周知の通りである。であるから、作品内容に批評の余地のないことが評伝等の執筆を躊躇わせているのだろうか。

わたしの吉村昭との出会いは、初期の作品である「透明標本」や「石の微笑」に遡る。昭和三十年代後半のことだ。当時、わたしは大学内の同人雑誌に参加、一般社会人の出している同人雑誌とも合評会などで交流していた。同人雑誌に関わっている連中は、顔を合わせると拙いながら侃々諤々の文学論争をするのが常態という熱い季節だった。挙句、芥川賞の候補作が発表されるや作品を取り寄せ、回覧して受賞作を当てる賭けをするまでに過熱した。その仲間の輪には三十八年に「少年の橋」で第四十九回芥川賞を受賞することになる後藤紀一もいた。賞品は参加料で賄ったサントリーの「白ラベル」一本。なんともみみっちいようだが、普段飲めるのは頑張っても「トリスを飲んでハワイに行こう」のトリスだったから、「白ラベル」は高嶺の花ともいえる、眩いような賞品だったのである。いつか「だるま（サントリーオールド）」が飲めるようになりたい、そんなことを願っていた（？）時代である。賭けの対象が芥川賞に限られていたのは、多くの文学青年がそうであったように、〝純文学〟志向だったからに他ならない。

今回、この原稿を執筆するに当たり書棚を覗いてみると、吉村昭の一番古い単行本は『神々の沈黙』（朝日新聞社）だった。同書は昭和四十四年の出版だから、「透明標本」（三十六年）、「石の微笑」（三十七年）からの七年間ほどは、吉村文学から遠退いていたのだと思われる。その頃、追っかけるようにして読んでいたのは、三島由紀夫、山川方夫、井上光晴、なだいなだ、倉橋由美子、立原正秋といった作家の作品だったように思う。その間に吉村昭が開拓した新しい分野である『戦艦武蔵』『高熱隧道』といった記録文学、それにつづく戦史小説は敬遠していたことになる。それらを〝創作〟と認めたくない、そんな心理が働いていたのだろう。これも根強い〝純文学〟志向に起因したものと思われる。純文学にあらずんば——の文学観に〝汚染〟されていた、と言っても過言ではない。再び吉村文学に親しむようになったのは、漂泊の俳人・尾崎放哉の晩年を描いた『海も暮れきる』（昭和五十五年刊）辺りからだったように思う。

それにしても吉村昭の業績について書かれた書物は少なすぎる。そこで、さほど熱心な読者ではなかった吉村体験を踏まえた上で、作品を中心にして吉村昭の軌跡を展望してみようと試みたのが本稿である。

第一章　郷里の日暮里と戦争体験

吉村昭は、昭和二（一九二七）年五月一日、東京府北豊島郡日暮里町谷中本七八八番地（現・東京都荒川区東日暮里六丁目五〇番の三）に府内で屈指の製綿工場を経営する父吉村隆策、母きよじの八男として生まれた。八男だが四男政司は生後八か月たらずで疫痢で死亡、七男留吉は誕生した日に亡くなっている。

ところで昭和元年は、一九二六年暮れの七日間しかない。元号が大正から昭和に変わったのは十二月二十五日。つまり、吉村昭は昭和という時代を、ほとんど初めから生きつづけたことになる。

私の名も、昭和という元号になったことから、父親がその一字をとって名づけたのだろう。もっとも九男一女の八男として生れた私に、子供の名をつけるのに飽きた父親が面倒がって名づけたにちがいない。

それは私の父親だけにかぎられぬらしく、同じ年に生れた男性に昭をつけた名が多い。中学校（旧制）時代の同期の者の名簿を見ると、六分の一近くの名に昭という文字が使われている。昭二、昭夫、昭直、昭而、昭吾等々。（「回り灯籠」）

吉村昭は生まれた日暮里を次のように紹介している。

日暮里を下町と言うべきかどうか。江戸時代の下町とは、城下町である江戸町の別称で、むろん日暮里はその地域外にある。いわば、江戸町の郊外《ざいかた》の在方であり、今流の言葉で言えば場末ということになる。(中略)

日暮里町は、古くは新堀村と言い、その後、町の高台からの眺めがよいことから、風光を眺めていると「日の暮るるを忘る里」とされ、それによって「日暮しの里」「にっぽり」となったのである。

小さな農村であったが、上野寛永寺の領地であったので税金が安く、その上、谷中ショウガに代表される良質の野菜を出荷していたので村民は豊かであった。さらに、多くの寺が日暮里に移ってきて、それぞれ庭園をつくり、それにともなって植木屋がふえ、庭師も多くなって、一層村人の暮しは裕福になった。さらに江戸末期から明治にかけて、景勝の地である日暮里に別荘が好んで建てられ、文人、画人が多く移り住み、隣の根岸とともに閑静な住宅地へと変貌していった。

その後、明治の中期から日本橋などにある商店の下請けをする作業場が、日暮里の北の方に散在するようになり、住宅地兼小工業地にもなり、棟割り長屋もふえていった。

私が生れたのは、住宅と小工場が混在する地で、中学校に入ってからは、根岸に近い住宅地に建てた家に住み、そこで空襲にあい、家を失ったのである。(『東京の下町』)

四年八月十九日午後四時過ぎ、吉村昭は東京上空を訪れたドイツの世界一周飛行船ツェッペリン伯号を、庭に面した廊下で三兄英雄に抱かれて見たという。裏手の家の上空に、左手から灰色で細長い飛行船が姿を現し、ゆっくり右手の方へ去っていった。ラジオからは、ただ今、どこ方面を飛行中という甲高いアナウンサーの声が流れていたのを耳にした。二歳三か月のことであるが、記憶は鮮明だという。それが幼時期の最初の記憶であり、吉村昭の昭和時代の始まりだった。

空飛ぶ巨大な鯨のような飛行船の出現は、東京府民に強烈な印象を残したようである。吉村昭と同世代の辻邦生（大正十四年生まれ）も、〈ツェッペリンがきたのは昭和四年だから満四歳だったわけだが、これもよく覚えている。灰暗色の大きな不気味な飛行船で、表面が金属板みたいな光った感じで、ヘラで面をとったようになっていた。空を威圧するような重いブーンという音がしていたような気がする〉（北杜夫との対談「ぼくたちの原風景」「海」五十九年一月号）と語っている。

この二歳三か月という最初の記憶だが、驚くには当たらないのかも知れない。三島由紀夫は、母親の胎内から出てくるところの記憶があるというエピソードを『仮面の告白』に書いている。〈産湯を使はされた盥のふちのところである。下したての爽やかな木肌の盥で、内がはから見てゐると、ふちのところにほんのりと光りがさしてゐた。そこのところだけ木肌がまばゆく、黄金でできてゐるやうにみえた。ゆらゆらとそこまで水の舌先が舐めるかとみえて届かなかつた。しかしそのふちの下のところの水は、反射のためか、それともそこへも光りがさし入つてゐたのか、なごやかに照り映えて、小さな光る波同志がたえず鉢合せをしてゐるやうにみえた。／――この記憶にとつて、いちばん有力だと思はれた反駁は、私の生れたのが昼間ではないといふことだつた。午後九時に私は生れたのであつた。射してくる日光のあらう筈はなかつた。では電灯の光りだつたのか、さうからかはれても、私はいかに夜中だらうとその盥の一箇所にだけは日光が射してゐなかつたでもあるまいと考へる背理のうちへ、さしたる難儀もなく歩み入ることができた。その盥のゆらめく光の縁は、何度となく、たしかに私の見た私自身の産湯の時のものとして、記憶のなかに揺曳した〉というものである。事実かどうかは措いて、三島の記憶もさることながら、吉村昭の記憶は早い。

昭和四年、〈九月、弟隆生れる〉（「自筆年譜」）

吉村昭が四歳になった六年八月、姉富子が疫痢にかかって死亡する。七歳だった。母は一女九男を産んだが、〈唯一の女児であった姉の死を、母は狂ったように悲しみ嘆いた。／この年の九月、満州事変が起る〉（同前）

八年、〈四月、根岸の神愛幼稚園に入園。日本聖公会派の教会に附属した幼稚園で、教会で奏でられるオルガンの音色と讃美歌の美しさに陶然とする。／この年の夏、東京音頭が流行し、町ではにぎやかに盆踊り大会が催された〉（同前）

根岸の神愛幼稚園というのは吉村昭の記憶違いで、同園は東京府下北多摩郡日暮里町（現・荒川区東日暮里）にあったようである。

盆踊りは全国で流行していたが、盆踊りのない東京府民はそうした流行から取り残されていた。七年には仏教音楽協会、翌八年には読売新聞社や時事新報社が音頭をとって盛んに盆踊りが行われた。二月には中国への本格的な侵略をにおわせる、関東軍の熱河省への進攻作戦開始。三月には国際連盟脱退と内憂外患が相次ぎ、八月には第一回関東地方防空大演習も実施されている。そんな中での盆踊りの大流行である。先行きの不透明な閉塞的な状況からの逃避にも似た感情が、あるいは庶民を盆踊りに駆り立てたのだろう。幕末の大衆行動「ええじゃないか」を想像させる熱狂ぶりは、やがて批判されることになる。

九年、吉村昭は七歳になる。〈四月、東京市立第四日暮里尋常小学校（現・ひぐらし小学校）に入学。上野動物園まで桜の下を初めての遠足。／十二月、満州に三兄英雄が出征〉（同前）

十年、〈一月、静岡県下の菩提寺に墓参の折、開通したばかりの東海道線丹那トンネルを通過。／十一月、紡績工場が、機械の摩擦で起った火花が棉花に引火して全焼。日暮里の大火として新聞の記事になる〉（同前）。この年、吉村昭は八歳。初めて丹那トンネルを通ったときのおののくような感動の記憶は消えず、後に『闇を裂く道』の執筆を促したことは、自身が語っている。

東海道旧丹那トンネルが開通したのは、九年の十二月一日のこと。大正七年の着工以来、十六年の歳月をかけて開通したもので、工事中に六十七人が犠牲になっている。

十一年二月、「二・二六事件」が起こる。大雪の朝だった。父がけわしい顔でラジオ放送に耳を傾けていた。その表情に、吉村少年は事件が日本の将来に重大な影響を及ぼすものであることを感じた。ラジオからは戒厳司令官の叛乱軍に対しての、「下士官兵ニ告グ、一、今カラデモ遅ナイカラ原隊へ帰レ。二、抵抗スル者ハ全部逆賊デアルカラ射殺スル。三、オ前達ノ父母兄弟ハ国賊トナルノデ皆泣イテオルゾ」という警告が繰り返し流されていた。日頃使われるような言葉ではないのが印象深く、耳にこびりついたという。二十九日までの四日間、東京市は戒厳令下におかれる。この事件は陸軍の独裁体制の確立をもたらした――。

〈八月、足立区梅田町に紡績工場が再建される。附近に池沼多く、日暮里町からバスまたは徒歩で行き、小鮒釣りを楽しむ。／英雄、帰還〉(同前)

十二年六月、近衛内閣が誕生。「国民政府を相手とせず」の声明で日中戦争は抜き差しならぬ状況を迎える。七月、盧溝橋事件が勃発。日中戦争がはじまると、たちまち全面戦争に拡大、十二月に日本軍は南京を占領する。少年時代を回想すると、〈家に穏やかな空気はなかった。事業家の常で父はせわしなく動きまわり、母も父の手助けと家事のとりしきりで休む間もない。電話は絶えず鳴り、人の出入りも多かった〉(「私の青春」)

そんな家庭環境も影響してのことだろうか、この頃から吉村少年は読書に親しむようになる。小学生時代の「幼年倶楽部」から始まり、「少年倶楽部」の江戸川乱歩『怪人二十面相』、山中峯太郎『敵中横断三百里』、高垣眸『快傑黒頭巾』などの連載小説を愛読し「譚海」や講談本も読んだ。

十五年四月、私立開成中学校に入学。繊維業を生業とする吉村家に文学的な雰囲気はなかった。〈父が読書をしているのを眼にしたことは一度もなかった。紡績工場と製綿工場を兼営していた父が机にむかっていたのは、帳簿を繰りながら大きな算盤をはじいているか、三角定規を使って機械の設計図を描いている時かにかぎられていた〉(「兄の同人雑誌」)。文学的雰囲気はなかったというが、母は泉鏡花や菊池寛の小説を好んでいた。また、三兄英雄は小説に興味を抱いており、芥川賞や直木賞受賞作を買って読んでいたようである。石川達三『蒼氓』、石川淳『普賢』、芝木好子『青果の市』、尾崎一雄「暢気眼鏡」、井伏鱒二『ジョン萬次郎漂流記』などが本棚にあったことを吉村昭は記憶しているという。三兄は仲間とガリ版刷りの同人雑誌を出していた。〈中学生であった私は、一度その同人雑誌をひそかに繰ってみたことがある。すでに小説に親しんでいた私は、それらがいずれも小説とは程遠い、習作にも達していないものばかりであるのを感じた〉（同前）

中学校ともなるとクラスに何人か作文のうまい生徒がおり、吉村昭はかれらを羨望の眼で眺めていた。ただ、一度だけ一年生のときに書いた「ボートレース」という作文が校内雑誌に掲載された。恒例の学校行事として、東京高師附属中学校と初夏に伝統のボートレースがあり、それを観戦した折の印象を作文にしたものだった。それは次のようなものである。

去る五月四日の事である。

隅田川のほとりで附中と争ったボートレースの一戦は本校に入学して以来の大きな思出の一つである。

折から風雨が強く陰鬱な隅田川の土手の一角をうずめた僕等は声を張りさけんばかり母校の名誉の為応援したのだ。

やがて暗い川の上を二そうのボートが物凄いピッチを上げて滑って来た。

その二そうの船が開成と附中のボートなのだ。

と誰かの

「開成は負けているで。」

と泣きそうな声に一瞬「ドキッ」とした。

「残念だ！」

と思って河の上に目をすえて見るとどう見ても開成は負けているらしい。もう頭の中がかっとなって只「開成開成」とか「がんばれがんばれ」とそんな言葉しか出なかった。

僕等の声が通じてか開成はぐんぐんとピッチを上げて来た。

前後にうなるオール。

選手の顔。

母校のためにと言う意気がありありとオールに現れている。

だが決勝線間近になると附中の艇が急に出て来るのだ。

「あゝ。」僕らは互いに息をのんだ。

遂にカンバスの差で両艇はゴールに入った。「あゝ負けたのだ。」

と思うと涙が溢れた。

誰の顔も蒼白になってせき一つする者もいない。

目の前には歓喜に満ちた附中のボートが校歌を歌いつつ高らかに帰って行くのだ。

開成のボートは小台下で動かない。

選手は泣いているらしい。

先生方のモーターボートが艇のそばに近寄った。選手たちに何かおっしゃっておられた。

そして選手達は力がぬけた人間の様にオールを動かして私達に近づいて来た。

僕等は訳もなく只

「有難う有難う」

とおろおろ声で感謝した。

私は此の時ほど母校と言う感じを強く思ったことはない。

応援が終っての帰り道、私は今の事を思いながら五年になったらきっと選手になって母校の為にがんばろうとそんな風に思った。（「私の処女作」）

後年、校内雑誌に掲載された作文の題と生徒名の一覧表が同窓会報に載った。そこには先輩の中村真一郎、福永武彦、大野晋の名前もあった。

また、これもその頃のことだろう。国語の教師に吉村昭の作文がすぐれた作品として朗読されたことがあるという。「父の手」という題である。九男一女の八男である吉村昭は、父に抱かれたり手をひかれたという経験がなかった。それを前提にして父の死について書いたのである。父の遺体が棺の中に横たわっている。父の右手に大きなほくろがあり、私は手をのばして指先でそれに触れた。初めて触れた父の皮膚で、その感触に父を感じた、といった内容のものだった。教師が朗読してくれたことが嬉しく、家に帰ると作文を母に見せた。母は可笑しそうに読んでいたが、健在だった父は読み進むうちに不機嫌そうな表情になり、読み終えると「縁起でもないことを書くな」と言って作文を投げるようにして返して寄越したという。この時、フィクション（創作）が人を感動させることに気づいたのが、吉村文学の出発点だったのかも知れない。

十六年四月、母きよじが子宮癌と診断され、大塚の癌研究所附属病院に入院。手術は避けてラジウムの照射治療を受け、九月下旬に退院する。その前の八月十日、出征していた兄敬吾が中国戦線で戦死。二十三歳の兄の死が吉村昭にとっての戦争のはじまりだった。公報には、〈「中支那河南省信陽県沈陽台（平昌関西北十二粁）の地点に於て渡河作戦に従事中、飛弾により左胸部貫通銃創により戦死、特に二階級特進し、兵長に任ず」と、あった〉（「自筆年譜」）

遺骨が帰還したのは、太平洋戦争が勃発した十二月八日の二日後。白木の箱に納められていた骨には、小石が骨の一部であるかのようにへばりついていて、吉村昭は兄の遺体が荒涼とした草原で焼かれている情景を想像した。〈遺品の眼鏡の弦が失われていて、代りに輪ゴムの連結されたものがつけられていた。／それから十日後、私のすぐ上の兄健造に召集令状が来て、中国戦線に出征した〉（「私の『戦争』年譜」）

敬吾の遺品の中に、林芙美子の「風琴と魚の町」という小説が入っていた。吉村昭は、それまで小説というものにはあまり関心がなく、「少年倶楽部」とか、探偵ものや講談ものしか読んでいなかった。兄の遺品でもあることから読んでみる。そのときの感想を、後に次のように回想している。それは、〈何かもの悲しい、しかし、クスリと笑いたくもなるような感じに陥りました。そして、文章がキラキラ光ってるような印象を受けて、ああ、小説というのはこういうものなのか、こんなにすばらしいものなのかと思った。それから私は小説を読むようになったのです〉（『わが心の小説家たち』）というものである。そして、〈林芙美子の作家としての特徴は何かといえば、これはまず、詩人であるということに尽きるのではないかと思います〉（同前）と記している。林芙美子は若い頃から猛烈に詩作していたが、詩が書けなくなる。やがて小説に手を染め、成った作が『風琴と魚の町』である。リアリズムと詩情が渾然と溶け合い、新しい小説風土を創出した作品として注目された。天性の詩人の筆になる散文詩と呼ぶことが可能な小説といえなくもない――。

それから数日後、吉村昭は四十度を超す高熱を発し、胸部に錐を刺し込まれるような激痛に襲われ病床につく。町医の診断で初期の肺結核である肋膜炎であることが分かり、背部に太い注射針を刺されて大量の胸水を抜き取られた。

その日は、四日間にわたって行われる二学期の期末試験の始まる前日だった。発病のため試験は受けられず、年が明けて一月下旬、ようやく小康を得て登校が可能になり、学年末の試験は受けることができた。落第を覚悟していたが、四月、なんとか三学年に進級することができた。

中学校では成績の順位によって後列から前列へと席が決められていた。吉村昭の席は最前列だった。学業成績を心配した母は、家庭教師をつけることにする。三兄が連れてきたのは東大法学部の川谷という学生だった。川谷との出会いは、その後の吉村昭を形成するに、大きな影響があったと思われる。吉村昭は授業が終わると川谷を駅まで送るのが常だった。川谷はよく書店に立ち寄った。そして吉村昭のために読むべき書物を選んでくれた。本当の読書の楽しみを知ったのは、この時からだったという。岩波文庫が多く、『平家物語』『保元物語』『平治物語』『伊勢物語』『雨月物語』『春雨物語』などの古典、漱石、鷗外の小説以外にファーブルの『昆虫記』、小泉八雲の『怪談』などもあった。単行本では創元叢書が多く、自然科学の書物にも親しんだ。

戦争は次第に身近に迫って来ていた。十七年四月十八日、日暮里にあった自宅の物干し台で凧をあげているとき、吉村昭は東京初空襲の米軍機ノースアメリカンB25一機を目撃する。最初、その飛行機は日本軍が中国大陸で捕獲した敵機を戦意昂揚の示威行為として飛行させているのだろう、と思った。戦争の勝利を信じていたことから、敵機の本土空襲など想像だにしなかったのである。

私は、幼い頃から凧が好きだった。（中略）

中学三年生になって間もない土曜日の午後、私は、物干台の手すりに横坐りに腰をかけて、六角凧をあげていた。役者絵の描かれた七、八十センチほどの凧で、私は、かなり糸をのばしていた。

ふと私は、一台の飛行機が、凧の方向にむかって近づいてくるのに気づいた。それは、草色の迷彩をほどこした見たこともない双発の飛行機で、身を少しかしげながらゆっくりと飛んでくる。凧にからみはしないかと思われるほどの低空で、風防ガラスの中には、茶色い飛行服を着た二人の男の顔が見えた。そしてその翼に、日の丸ではない星型のマークを認めた。（中略）

が、三十分ほどすると、私がたまたま眼にした双発機は、東京に初侵入することに成功したアメリカの爆撃機であることをラジオのニュースで知らされた。そのノースアメリカンB25型という中型機は、日本本土にひそかに接近した航空母艦から発進し、海面すれすれに飛来して東京に侵入することができた敵機だったのだ。……私が、初めて戦争に具体的に接触したのは、その時だった。（「二つの精神的季節」）

私にとって戦争は、依然として、一種のきらびやかな一大ショーに似たものであり、それを見

物していることに少からぬ興奮をおぼえていた。（中略）
私の見た不恰好な草色の飛行機は、私たちに爆弾を投ずるためにやってきたアメリカ人の作った兵器であり、風防ガラスの中に見えた飛行士は、海をはるばると越えて私たちを殺戮しようとしてやってきたアメリカの兵士たちなのだ。それまでラジオから流れ出る言葉や新聞の活字などから得ていた現実感に乏しいアメリカという国が、私の胸の中に敵国として焼きつけられた。
それまで私の意識にあった戦争は、なにかひどくつかみ所のない茫漠としたもので、白昼のまばゆい空に遠く浮ぶ巨大な蜃気楼のようなものでしかなかった。そうした曖昧模糊としたものの中に突然二人のアメリカ人飛行士の顔を発見したのだが、私は初めて戦争に人間が参加しているのだということを、実感として感じとった。（同前）

吉村昭は風防ガラスの中にオレンジ色のマフラーをした二人の飛行士を見た。この空襲は米空母ホーネットから発進し東京・川崎・横須賀・名古屋・四日市・神戸などを爆撃したもので、完全に日本軍の虚を衝くものだった。その空襲は飛行隊を率いていたジェームズ・ドゥーリトル中佐に因んで「ドゥーリトル空襲」と呼ばれた。Ｂ25型双発爆撃機十六機が参加。空爆後、爆撃機は大陸の中国軍飛行場などに着陸することになっていたが、無事だったのはソ連領内に着陸した一機だけ。十一機は飛行場にたどりつけず、乗員は機体を放棄して落下傘で脱出、四機は不時着したものの機体は壊れてしまった。大陸にいた日本軍の捕虜になったのは八人。吉村昭が目撃したのがドゥーリトル中佐だったかどうかは不明である。

この初空襲には後日譚がある。戦後二十年ほどたった頃、吉村昭は岩手県に講演に行った。そのとき、盛岡市に近い岩手町（沼宮内町を改称）に太平洋戦争の捕虜第二号になった元海軍一等水兵がいることを耳にする。当時、戦史小説を盛んに書いていた吉村昭は興味を覚え彼に会う。彼は太平洋に放たれた海軍の監視艇の艇員の一人だった。しかもドゥーリトル空襲機を太平洋上から発艦させたアメリカ機動部隊を発見、日本海軍にそれを緊急打電し、アメリカ側の捕虜になった人だった。事実は小説より奇なり。不思議な巡りあわせと言うしかない。吉村昭の稀有な体験と一致した瞬間である。それから何回も取材し執筆したのが、『背中の勲章』である。〈氏は金鵄勲章を授けられたいと水兵として働いたが、結果としては背中にPWと記された捕虜の衣服をつけさせられたことから、小説の題名を背中の勲章としたのである〉（「空襲のこと（前）」）

脱線してしまったが時間を戻そう。十七年、吉村昭は、〈この頃から芝居見物や寄席通いをはじめた。／八月七日、太平洋上の戦闘が激化、米軍がガダルカナル島に上陸して反攻が開始され、なんとなく将来の戦局に不安を感じ、重苦しい気分になった。／九月には、ズボンにゲートルを巻き、三八式歩兵銃を手に富士山麓で野営と称する初めての教練に参加した。兵舎は、馬小屋を改造した建物であった〉（「私の『戦争』年譜」）

そしてその頃から、私は、多くの死体にふれるようになった。動員先の工場（引用者註＝日本毛皮革工場）は隅田川の畔に建っていたが、川面に多くの水死体が流れるようになった。それらは、火に追われて川に身をひたし、やがて窒息死して川面に漂い流れるようになったものであった。

殊に橋の下の洲には、女や子供や鉄兜をかぶった男たちの死体が数多く鯉のようにむらがっていたが、それらを見ても、私の胸にはなんの感慨も湧かなかった。川面の芥かなにかのように、川の一風物としてしか感じられなかったのだ。（「二つの精神的季節」）

吉村昭にとって、死のある光景は日常となっていった。

〈八月、長兄利男、千葉県浦安町に造船所を設立し、木造船建造をはじめる〉（「自筆年譜」）。のちに吉村昭が勤労動員で働くことになる造船所である。

東京初空襲のその後だが、十月十九日、大本営陸軍報道部長は、「去る四月十八日日本帝国本土を空襲し我方に捕らえられたる米国機搭乗者中取調の結果人道を無視したる者は今般軍律に照し厳重処分」されたという談話を発表し、防衛総司令官の名で、「大日本帝国領土を空襲し我が圏内に入れる敵航空機搭乗員にして暴虐非道の行為ありたる者は軍律会議に付し死又は厳罰に処す……」と布告した。これはドゥーリトル隊に対する報復措置だった。この空襲で米軍機は病院・学校・民家など無差別に爆撃を加えた。日本軍は上海で軍律法廷を開き、そのうち三人を「非戦闘員殺害」などの罪で銃殺刑にした。

十八年、〈父が日暮里町四丁目九九五番地に新築した隠居所に、弟と移る。／この年、微熱を発すること多く、二十九日間、病気欠席する〉（同前）

戦勝ムードにかげりがみえ始めていた。前年末、大本営はガダルカナル島からの撤退を決定した。

大本営が二月九日に発表したとき、それは「撤退」でも「撤収」でもなく「転進」と表現された。二月には「撃ちてし止まむ」の標語が巷に溢れた。敵国の言葉も音楽も「敵性文化」として排除され、「肉を斬らせて骨を断ち、骨を斬らせて髄を断つ」などのスローガンが横行した。四月十八日、連合艦隊司令長官山本五十六大将が戦死。五月にはアッツ島守備隊が玉砕する。夏から秋にかけソロモン諸島をめぐる攻防戦が展開され、労働力の確保対策の徹底、学生・生徒徴兵猶予の停止など深刻な措置が事態の急迫を告げた。食料品その他の配給制が実施され、生活が日増しに困窮化して行った。

十九年に入り三月、「決戦非常措置」によって国民生活は戦争協力への態勢が強制され、あらゆる力が戦争遂行のために注がれた。七月七日、サイパン島守備隊玉砕。八月三日、テニアン島守備隊玉砕。同月十日、グアム島守備隊玉砕、と玉砕が相次ぐ。それより先の三月には学徒勤労動員の通年実施が決定されており、十月には兵役法施行規則が改正され、満十七、十八歳の青年も召集することになる。

吉村昭の周辺であるが、前年には中学生の学徒勤労動員令も実施され、隅田川沿いの日本毛皮革で獣皮のなめし作業に従事する。薬液にひたした獣皮を取り出し、剪刀でなめす仕事である。が、十九年の四月下旬から微熱で体がだるく工場を欠勤することが多くなる。五月上旬、午後の作業に入って間もなく、突然、作業中に高熱と激しい胸痛に襲われる。身をかがめて都電と国電を乗り継ぎ、ほうほうの体で帰宅する。結核専門医の往診を受けると、肋膜炎よりさらに進行した肺浸潤と診断される。一か月ほど安静にしていると胸痛も消えたので、栃木県奥那須の旭温泉へ転地療養のため向かった。

その頃、家では母が子宮癌の末期にあって病臥していた。山の中腹にある療養先の宿屋についた二日後、吉村昭は「ハハシススグカヘレ　チチ」の電報を受け取る。八月四日だった。そのときの体験を基に書いたのが、二十七年、同人雑誌「赤繪」九号に発表した「虚妄」（後に改題「夜の道」）である。

九月下旬になって、ようやく工場へ出勤するようになる。担任の教師の口添えで力作業は免除され、事務所にいてできる記帳などの仕事を与えられた。

十一月、マリアナを基地とするB29戦闘爆撃機による東京空襲が始まる。

二十年一月に入り病状が悪化し、再び病気欠勤がつづく中で三月の学期末を迎える。病気欠勤が授業（出勤）日数二百四十一日中百三十二日にも及んだため、吉村昭の落第は決まっていた。が、戦時下の臨時措置法により、中学の四年生が五年生と同時に繰り上げ卒業となったので、幸運にも卒業することができた。

上級学校への進学は内申書の内容で合否が決められた。吉村昭の内申書は最も重視されていた教練が十点満点中四点と、クラスの者の中で最低だった。内申書を数校に提出したが、いずれからも合格の通知はなかった。

吉村昭は、父が病臥していた母のために建てた日暮里駅に近い隠居所から、勤労動員で工場通いをしていた弟隆と暮らし始めた。

戦争が激化するにつれ、食料品をはじめ生活用品が窮乏するようになる。世情はまさに暗黒時代といってもいい状態を呈した。しかし、吉村昭の周囲は少し違っていた。〈旧制中学生であった私は、私なりのひそかな楽しみを見出していた。思い返してみると、不思議なことに妙に明るい気分で日を過していたような気さえする〉(「ひそかな楽しみ」)と言う。

読書によって学業以外にも興味深い世界のあることを知った吉村昭は、さまざまなものに興味を抱くようになる。帝室博物館に通って秀れた工芸美術品にも接した。保護者同伴でなければ禁じられている映画館に制服、制帽をぬいで通い、上野の寄席「鈴本」に入り、歌舞伎や新派の芝居を観に行った。中学生が芝居を観るのはなぜか許されていた。国民新劇場(旧築地小劇場)で新劇も観た。そこで観たのは岩下俊作原作の「富島松五郎伝」で、松五郎に扮したのは、築地小劇場第一回研究生の丸山定夫。丸山が移動演劇隊櫻隊を結成し地方巡業をつづけ、広島巡業中に原子爆弾で死亡したことを知ったのは敗戦後だった。

もっとも足繁く通ったのは、両側に映画館、軽演劇の劇場が隙間なく並んでいた浅草の六区だった。日暮里町から浅草まではバスが出ていたがバス代が惜しくて歩いた。

六区の通りは、多くの人たちが歩き、映画館や劇場はいずれも満員で、その前には長い人の列もできていた。

あきらかに軍需工場に勤めているらしい作業服を着た男たちが多く、兵隊の姿もあった。戦時下で娯楽を求めて浅草に足をむけた人たちで、私もかれらにまじって映画を観、軽演劇を楽しんだ。(「ひそかな楽しみ」)

東京への空襲は激化した。三月九日夜から十日朝にかけての空襲は、下町一帯を炎でつつんだ。夜間空襲は焼夷弾により都市を焼き払うことを唯一の目的にしていた。この日、吉村昭の愛した浅草六区は完全に地上から姿を消した。
三月十日の夜間空襲は、きわめて大規模のものだった。吉村昭は谷中墓地に難を逃れ、焼失する町を眺めた。

私の住む荒川区の半分も焼失したが、その方面に数機のB29が低空で飛ぶのが見え、鬼灯提灯のような無数の朱色の火の玉がゆっくりと降下してゆく。それが地上に達しかけた頃、闇に沈んでいた地域が明るくなり、火炎が一面に立ちのぼった。（中略）
遠く近くの町々が焼土になるにつれて、私の胸には奇妙な願いがきざし、それは抑えがたいほどの強さとなった。その願いとは、一日も早く家が空襲で焼けて欲しいというものだった。
私は空襲にさらされた町から逃げ出し、他の地へ移りたかった。が、自分の住む家屋というものが私をかたくしばりつけ、それから解放されるのは家が焼けてくれる以外になかった。
やがて私の願いはかなえられ、四月十三日の夜、町に大量の焼夷弾がばらまかれた。（中略）
私の生れ育った町は、その夜、永遠に消滅した。（「空襲のこと〔前〕」）

十日の夜間空襲のとき、日暮里に焼夷弾がばら撒かれるのは時間の問題であることを感じた吉村昭は庭に穴を掘り、五、六個の石油缶を埋めた。缶の中にはアルバムから剝がした写真と愛着のある二百五十冊ほどの書籍が入れられた。缶の上にわずかしか土をかぶせなかったが、空襲の後に行ってみると、池の水が全部干上がって底がひび割れていたほどの火勢だったのに、石油缶の中の本は無事だった。その中に川端康成の作品がかなり含まれていた。それほど早くから魅された作家だった。吉村昭は川端が亡くなるまで折々の作品を読みつづけ、全作品を読んでいるはずだと語っている。

日暮里の家を焼失した吉村昭は、父や弟と隅田川と荒川を越えた足立区梅田町に移る。そして千葉県浦安町の江戸川沿いの長兄経営の造船所に勤務し、少年工とともに手斧で竜骨を削ったり、材木を運ぶ仕事に従事した。「年譜」にみえるように、長兄は綿糸紡績工場を経営していたのだが、原綿の輸入途絶によって工場を閉鎖し、造船所を設け、月に二、三隻の木造運送船を造っていたのである。

八月に入って間もなく、吉村昭は焼け跡の中に外壁だけが残る、第二日暮里国民学校で徴兵検査を受ける。病歴を告げたにもかかわらず、結果は第一乙種合格だった。六日、広島に新型爆弾（原子爆弾）の投下があり、九日には長崎にも投下された。

それから二日か三日たった頃、長兄にひそかに呼ばれ、絶対に他言してはならぬと言われ、戦争が終るらしいと告げられた。三兄の妻の実兄は参謀本部付の暗号班に所属した陸軍大尉で、夜、三兄のもとに訪れてきて去ったという。妹に別れのために来たことは確実で、それは敗戦を意味しているのだという。

「絶対に人に話すな」

長兄の顔は、いつになく険しかった。

後に義兄がもらしたが、敗戦の決定で自決することをきめたが、上官から思いとどまるよう強く説得され、それに従ったという。(「私の『戦争』年譜」)

八月十五日正午、吉村昭は浦安町の路上で、元クリーニング店から流れる天皇陛下の終戦を告げるラジオ放送を聴く。敗戦は、〈思いもかけぬことで呆然としたが、最も驚いたのは、それまで戦争遂行と戦意昂揚を唱えつづけていた新聞、ラジオ放送の論調が一変したことであった。日本の推し進めてきた戦争は罪悪そのものであり、日本国民を戦争に狩り立てた軍部の罪は断じて許しがたい、と。／その論調に戦時中、多分に軍部に協力していた節がある文化人と称する人たちが同調し、戦時中のことを全否定する文章をつづり、それが新聞、雑誌にさかんに発表された。私などは、戦争は自分をふくめた日本人すべてが勝利を念じて努力し継続していたものと思っていただけに、敗戦と同時に手のひらを返したようなそうした風潮に呆気にとられ、人間不信が胸の奥深く根を張った。／敗戦によって日本は、米軍占領下におかれた〉(「進駐軍」)

吉村昭は、この地で戦争を体験、空襲による地獄の劫火さながらの光景に遭った。戦時中は周囲に多くの焼死者が存在し、敗戦直後は路上で餓死死体をしばしば見かけた。

敗戦直後のことを、後に次のように回想している。重複する部分もあるが引いておく。

戦争が敗戦という形で終ったことは、私にとって信じがたいことであったが、私の実際の驚きは、終戦の日からはじまったと言っていい。

それまで私にとって尊厳の象徴であった国旗が、鋏で裁たれ糸で縫い合わされて雑穀袋に変化し、それを平然とかついでいる男を眼にした折の途惑い。米兵に抱かれるようにして嬉々として歩く多くの娘たち。米兵の投げる菓子を子供たちを突きとばして拾う大人たちの群れ。それらに呆然としていた私は、さらに突如として発言しはじめた多くの学識豊かなと思われていた人々の戦争論に、唖然としてしまった。

それらの人々の発言内容は、まるで申し合わせたように軌を一にしていた。「あの悲惨な戦争は、軍部と政治家によって引き起されたものであり、私は、それら戦争指導者に身を挺して戦った。そのため私は、軍部・官憲からの弾圧を受けた」「庶民は、罪深い戦争をのろいながらも、戦争にまきこまれて多くの被害を受けた」「特攻隊員は、犬死であった。かれらはただ軍部の指導者に操られただけである」等々。(「二つの精神的季節」)

吉村昭は驚きを感じて身をひそめ沈黙した。熱気の中にいたような戦時中に、それほど多くの戦争批判者がいたことは想像することも出来なかったのだ。吉村昭自身は勝利を信じて働きつづけ、戦争に積極的に協力した軍国少年だった。そんなことから、まるで自分が犯罪者であるような怯えにもとらわれた。しかし、次第に吉村昭は、そうした〝進歩的知識人〟なる人種の発言に反撥を抱くようになる。その体験が、のちに戦史小説を執筆するに当たっての原動力になっていることは疑い得ない。

こうした戦争体験に加え、いま一つ、吉村文学の原点にあるのは、多くの血族の死であろう。四男の政司は疫痢で生後八か月足らずで亡くなり、七男の留吉は生まれた日に死亡した。吉村昭が四歳のとき、姉富子が疫痢にかかり七歳で死亡。十二歳のとき祖母てるの死。十四歳のとき兄敬吾が中国戦線で戦死。十七歳のとき母きよじが子宮癌で死亡。十八歳のとき父隆策が癌で死亡。そして吉村昭自身、二十一歳のとき生死の境を彷徨うような苛酷な胸郭成形術の手術を体験する……。

ここまで書いてきて、ふと、吉村昭が心酔した川端康成に想いがいく。川端康成も幼児から肉親の死にたびたび直面している。川端康成は明治三十二（一八九九）年大阪市天満此花町に生まれる。二歳で父栄吉を失い、母げんの実家のある大阪府三島郡豊里村に移り住む。翌年、母が亡くなり川端康成は大阪の祖父母とともに原籍地、同三島郡豊川村に帰る。姉芳子は同じ大阪市東成区鯰江町に住む伯母の家に預けられる。八歳のときに祖母、十歳のときに姉が死亡。十六歳のとき祖父三八郎が亡くなり、今度は豊里村の伯父の家に引き取られる。川端康成が「掌の小説」の第一作としている「骨拾い」は祖父の死に近い日々を写生風に描いた「十六歳の日記」につづく火葬を扱った作品である。祖父の死を描いた作品には、他に「葬式の名人」（註＝発表時は「会葬の名人」）がある。このように幼くして血族の多くの死に遭遇した体験は吉村昭と共通するといえる。

文学を志した頃に川端康成の『掌の小説』などと出会ったことが、あるいは吉村昭の嗜好もさることながら、短篇指向の源泉になったのではなかろうか。吉村昭は川端の〈気品のある芳香にみちた文章が鋭い感覚の世界を織りなすことに驚嘆した。その作者の掌の小説、随筆など、すべての作品を宝物でもおしいただくように読んだ。それらの感想や魅せられた文章を、私はそのまま日記に筆写し、ひたすら小説を読むことに没頭した〉（『私の文学漂流』）。心酔し親近感を抱いたのは川端文学の持つ強靭な詩学、犀利な心理分析などに対する共感だったであろうことは疑い得ない。が、ひょっとすると、人生の初期の段階に多くの血族の死に遭遇した、そんな境涯への共鳴もあったのではないだろうか。もちろん何の根拠もない勝手な推測である。

十一月上旬から、吉村昭は御茶ノ水駅近くにある予備校、正修英語学校に通い始める。食糧難は戦争末期より深刻度を増していた。路上で餓死死体をしばしば眼にしたことが「自筆年譜」にみえる。

十二月二十三日、父が癌のため根津の日本医科大学附属病院で死去する。父の死に遭遇して、まず困惑したのは棺の無かったことだった。東京は一面の焼け野原になっていたので板とか木というものがないのだ。たまたま長兄が浦安で木船の造船所を営んでいたので、そこから板を調達、近所の茶簞笥職人に棺を作ってもらった。なんとか棺は間に合わせたものの、今度は区役所から火葬場へ燃料を持ってきてくれと言われる。吉村昭は兄や弟と長いリヤカーに父の遺体を載せ、もう一台のリヤカーにコークスとか、電柱を掘って手にした材木などの燃料を載せて火葬場に運び、ようやく荼毘に付すことができた。

二十一年一月、兄健造が復員。吉村昭の〝戦争〟は終わった。

二月、吉村昭は旧制高等学校で最も入学試験日の早い学習院高等科文科甲類を受け合格する。が、すでに両親は亡く、将来は自分の力だけで生きていかなければならないことを認識していた吉村昭は、理科系の大学を卒業した方が就職に有利だと考え、学習院の入学式には出席しなかった。そして三兄の妻の母が住む岡山市の第六高等学校理科を受験する。理科系の科目がもともと不得手であったこともあり不合格となり、再び予備校に通うことになる。

食糧事情は逼迫していた。深刻な食糧難が襲い、すいとんや雑炊が常食になった。そこで兄の経営する工場に勤める工員と七人で、遠く秋田県の大森という米作地帯へ買い出しに行くことになる。金があっても米は手に入らない。問題は交換する品物である。好都合なことに、戦局が悪化するまで長兄が紡績工場をつづけていたので、倉庫には製品化した作業服があった。それを米との交換品として持って行く。訪れた地には米がふんだんにあった。白米など眼にすることすらできない東京に比べ、その町は極楽に思えた。精白した米二斗（約三十六リットル）ずつをリュックサックに入れて帰京の途につく。が、途中で警察官の取り締まりに遇い没収され、無事に持ち帰ったのは二人だけだった。この時の体験を素材にしたのが短篇「煤煙」である。

二十二年四月、吉村昭は学習院高等科文科甲類に入学する。二十歳になっていた。学校の授業科目で好きなのは英語と俳文学。俳文学の岩田九郎教授が指導する十数名のクラスメートの句会には欠かさず出席した。

この句会が、後に結婚する北原節子（津村節子）との出会いのきっかけとなったようである。津村節子は、そのときの模様を、〈新制大学になったばかりの校舎には文芸部の部室などなく、放課後の教室を使っていたが、呼び出してもらった委員長（引用者註＝大学部の雑誌「學習院文藝」の委員長をしていた吉村昭のこと）は、蛇腹のついた海軍士官のような制服を着てはいるものの、とても学生とは思えぬ年齢の、頬の削げた男であった。／中学生の時に結核で休学し、旧制高校の時に喀血して胸郭成形手術を受けたかれは進学が遅れてまだ二年生であったが、部員の中では一番年長だった。高等科時代、かれは岩田先生の指導による句会に参加し、大学では俳文学を受講していたようだが、私は「はまゆふ」（引用者註＝北村節子が学習院短期大学部で創刊した校友雑誌。後に「浜木綿」と改称）に載せる原稿が足りないので岩田先生にお願いして句会を開き、参加者の句に先生の選評を加えて掲載してページを埋めたりしていた。私が俳句を作ったのはその時が初めてである。／戦時中、学徒動員で軍需工場に通っていた私は俳句どころではなかったが、吉村は病気で臥せていることが多くて重いテーマの文学作品を読む気力も体力もなく、俳句に親しんでいたようだから、俳句では私よりはるかに先輩〉（「句会のこと、句集のこと」吉村昭『炎天』所収）であった、と記している。

吉村昭が学生生活を楽しんだのも束の間、結核菌は再び活動を始める。入学して八か月ほどして喀血、末期の結核患者として寝たきり生活になる。

絶対安静の吉村昭の唯一の楽しみは読書だった。が、小説なんかを読もうとすると視神経が弱っていたので目が痛くてしようがない。俳句は五・七・五の十七文字だから眼への負担は少ない。それで改造社版の『現代俳句集』を寝ながら読んでいた。数句ずつ読んでは眼を閉じるのを習いとした。そこで出会ったのが尾崎放哉だった。五十句ぐらいが二ページにわたって掲載されていた。

吉村昭は衝撃を受けた。俳句それ自体も人の胸を衝くものがあったが、自由律俳句という型にとらわれないスタイルが、何やら短詩の趣を醸し出していたからである。素晴らしいものを作り出したな、と思った。放哉も自分と同じ結核患者なので、胸中が手に取るように分かる。死んだらこの現代俳句集を棺桶に入れて欲しいと頼み、医者から縁起でもないことを言うものじゃないと叱られた。また言う。〈病床生活を送っていた時、放哉の句に接して、私の死後、棺に放哉の句集を入れて欲しいと、兄に遺言のように頼んだほど強い感銘を受けた〉（「私の仰臥漫録」）とも。吉村昭は「私の好きな句」として、

肉がやせて来る太い骨である
せきをしてもひとり
入れものが無い両手で受ける
枯枝ほきほき折るによし
足のうら洗へば白くなる
こんなよい月を一人で見て寝る
わかれを云ひて幌おろす白いゆびさき
障子あけて置く海も暮れきる

をあげている。

その後の俳句との付き合いであるが、放哉の凄絶な生涯を描いた五十五年刊の『海も暮れきる』（講談社）は措いて、五十二年九月から吉村昭の亡くなる前年の平成十七年九月まで、八人の仲間が

集まり隔月の句会を開いている。編集者五人と画家一人、それに吉村夫妻がメンバーである。句会での成績のほどは判然としない。が、成績などそれほど眼中になかったようである。〈お酒を飲むほかに趣味のない人〉（津村のインタビュー「長い間に、字まで似てきた」「文藝春秋」平成二十三年九月臨時増刊号『吉村昭が伝えたかったこと』）だった吉村昭が、〈歳下の友人たちと無遠慮なことを口にし合い、酒を飲むのが楽しいのだから、これはこれでいいと思っている〉（「小説と旅」）と言うように、句会の目的は句の出来不出来より、気のおけない仲間との語らいと酒だったようである。この句会については、いずれ触れたい。

横道に逸れたが話を戻す。この年、吉村昭は夏期休暇に入る前から、経験したことのない体のだるさを感じるようになる。秋頃からは激しい疲労と微熱で勉学をつづけることができぬほどまでになった。

明けて二十三年一月五日、就寝して間もなく、激しくむせ、口の中にたまったものを、電灯もない暗い台所の流しに吐いた。夜が明けてから台所に行き、流し台が朱に染まっているのを眼にし、喀血したことを知る。その日から町医の指示で、絶対安静の身となった。結核菌は腸をもおかしており、甚だしい消化不良におちいる。吉村昭は死が間近に迫っているのを意識した——。

私は、死に対する恐れを感じながらも、少しでも長く生きていたい、と思った。あと五年間——千八百余日生かせてもらえれば、と願った。

六月中旬、太宰治氏が入水自殺したことを新聞で知った。『人間失格』などの作品を興味深く読んでいた私は、一日も長く生きたいと願っている私のような人間がいる一方、自ら命を断った太宰氏のような人がいることに複雑な思いであった。（「私の文学漂流」）

病状の悪化するのに伴って体に変化が起こった。

掌をかざしてみると、皮膚が極度に薄くなったらしく、動、静脈の毛細血管がきれいに浮き出て、交通網図そっくりにみえた。視覚が不思議なほど冴えて、軒庇の巣の中央に脚をひろげて動かぬ蜘蛛の微細な体毛すら眼にできた。喀血してから半年後に手術のため入院して体重を測ってみると、六十キロの体重が三十五キロに減っているのを知った。

眼をあけていると陽光がまぶしく眼が痛み、熱い涙がにじみ出るので、新聞を読むのも辛かった。正岡子規の随筆を読み、それにも堪えられなくなると俳句を読み、ことに尾崎放哉の句を繰り返し読んだ。子規、放哉を好んだのは私と同じ病気であったからで、私も近々のうちに死ぬのだ、と思った。

この句（引用者註＝放哉の「肉がやせて来る太い骨である」）は、私の実感そのものであった。なんと太い骨かと、突き出た鎖骨にふれながら思ったりした。両親はすでに亡く、弟と二人住いで、戦後建てられたバラックの六畳間に寝ていた。「こんなよい月を一人で見て寝る」という放哉の句と同じ気持で、ガラス戸越しに月を見上げていた夜もあった。（「小説と旅」）

病状はさらに悪化。貧血も激しくなって意識が失われることもしばしばだった。

その頃、結核専門の療養誌に、ドイツで開発された結核治療の外科手術が行われ始めていることが紹介されていた。その手術を受けたいと思い、吉村昭は三兄の英雄に懇願する。英雄は手術の内容と結果について調べ、危険だからやめた方がいいと忠告した。しかし、このまま推移すれば、いずれ近いうちに死は確実に訪れる。ならば、たとえ危険であっても手術に賭けたいと吉村昭は思う。どうせ死ぬ身なのだから、望みをかなえてやりたい、と考えた英雄は入院手続きを取る。入院までの一か月はひどく長く感じられた。

八月十三日、東京大学医学部附属病院雑司が谷分院に入院。九月十七日、田中大平講師の執刀で胸郭成形術の手術が行われた。局部麻酔のみで左胸部の肋骨五本を切除される。激痛に終始した五時間に及ぶ手術だった。十一月五日に退院。兄の家に寄食しながら予後の身を養う。体は徐々に恢復し、発熱も咳も消え、消化不良もおさまった。しかし退院のとき測ると、肺活量は七百五十ミリリットルだった。日本の成人男子の平均が三千五百ミリリットルだから五分の一強の呼吸しかできないことになる。

二十四年五月から十月まで、栃木県奥那須にて療養に専念する。

手術をして一年半後の二十五年四月、ようやく健康を恢復した吉村昭は、学制改革で新制大学になっていた学習院大学文政学部の試験を受けて入学。入学して間もなく、同じ中学校出身で三年生になっていた剣持幸夫から文芸部に入ることを勧められる。文芸部ではガリ版刷りの「學習院文藝」という部誌を発行していた。原稿が足りぬのでなにか書けと言われる。吉村昭は断りつづけたが、勧誘の執拗さに屈して入部する。

吉村昭が「學習院文藝」に初めて書いたのは「或る幕切れ」という放送劇だった。放送劇を書いたのは、手術前後の療養期間中、眼が疲れるので活字を読むこともままならず、ラジオで放送劇を聴くことだけが楽しみだったからだ、と動機について語っている。手術前になるが、「私の『戦争』年譜」の十九年に、〈病床に臥すことが多く、唯一と言っていい楽しみはラジオで放送される徳川夢声氏の吉川英治作『宮本武蔵』の朗読であった。燈火管制下の暗い部屋で、ラジオから流れ出る夢声氏の声は、静かではあったが迫力にみちていた〉という記述がみえる。

大学の講義を受けるのは俳文学だけで、文芸部の部室にいることが多かった。小説としては「雪」という二十二枚の短篇を載せたのが始まりのようである。それまでの読書は単に読むだけのものだったが、その頃から吉村昭は書くために読むようになった。


小説を精力的に読むことをつづけたが、それはおおむね短篇小説にかぎられていた。体質的なものか、私には長い小説を読む根気がなく、少い文字で一つの小説世界を作り出す短篇小説の爽やかな読後感に魅せられた。

多読するうちに、自分の好みに合う短篇小説を書く作家の範囲もかぎられてきて、それらの作家の小説を集中的に読むようになった。日本に秀れた短篇小説を書く多くの作家がいることも知った。


その一人が、川端康成氏だった。

国文科の学生であった私は、「むかしをとこありけり」ではじまる「伊勢物語」が最も好きな古典であったが、それと同質のものを川端康成氏の短篇に感じた。

文字と文字の組み合わせによって、なぜこのように美しい文体がうみ出されるのか、と感嘆した。それを川端氏の他の作品にも見出したい、と、川端康成という名を眼にすれば、必ずその作品を読み、また、他の作品を……と。（中略）

この短篇（引用者註＝「夫のしない」）も川端康成氏らしい作品である。

書出しは、常に秀れていて感嘆するが、「夫のしない」も、例外ではない。内容の暗示がそこに鮮やかに呈示されている。

文字を追うにつれ、絹糸の上を綱渡りのように足をふみ出してゆく男と女の危うさが描かれていて、これは、まさしく川端康成氏の世界である。氏の作品の中では秀れたものとは言えないが、妖しい色気が感じられ、独自のものだと思う。（「奇妙な題」「小説新潮」昭和六十三年五月臨時増刊号）

また、〈さて、どういうところが好きなのか。（中略）川端康成の作品が、視覚的に鋭い感覚を持っているからです。それに、死の匂いというものがすべての作品から出ていると思うのです。それが私が川端康成に強く魅せられる原因になっているのです〉（『わが心の小説家たち』）とも記している。

二十五年六月二十五日早朝、大韓民国と朝鮮民主主義人民共和国の境界線が引かれていた北緯三十八度線で突如両国軍のあいだで戦闘が開始される。北朝鮮軍は韓国軍を撃破して大韓民国に雪崩を打って侵入。朝鮮戦争の勃発である。日本国内でも臨戦体制がしかれた。共産党首脳部の公職追放、公務員のレッドパージ、警察予備隊の設置、軍事基地の強化などが実施され、日本は、アメリカ軍を主力とする国連軍の前進基地としての役割を負わされた。日本は軍需物資補給の基地となり、その「特需」が経済再建を急速に推進させた。

世情は騒然となったが、文化的な面では振興の気運がみられた。洋画では「靴みがき」「田園交響楽」「情婦マノン」「自転車泥棒」「無防備都市」など、邦画では「また逢う日まで」「羅生門」「きけわだつみの声」などが上映された。「羅生門」はベネチア映画祭に出品されグランプリを獲得、日本人に少し自信を抱かせた。文学に視線を移すと外国文学の翻訳が盛んに行われた。カミュの『ペスト』、サルトルの『汚れた手』、ケストラーの『真昼の暗黒』、フォークナーの『サンクチュアリ』といった作品が続々と出版されるようになり、吉村昭はそれらを入手して読み耽った。

年が改まった二十六年の一月八日、吉村昭は四十度を超える高熱に襲われる。息が詰まるような激しい咳がつづき、胸痛にも苦しんだ。往診してくれた医師は、即座に肺結核の再発だと言った。手術をして二年半も経過したのに、結核菌は根強く胸に巣食って再び動き出したのか、と思うと吉村昭は絶望感にとらわれた。再手術を勧められるかも知れない。が、あのような激痛を再び味わうのなら死んだ方がいいとさえ思った。

翌日の夕方、かつて三兄の紡績会社に勤めていた中島という人が、高熱と咳で息あえがせている吉村昭の枕元に坐ると、紙袋から小さな瓶と注射器を取り出した。「これはペニシリンというもので、どんな病気にも効きます。私が打ってあげます」と言い、上腕部に注射針を突き立てた。中島は毎日やって来て、ひそかに注射を打ちつづけた。注射を打つと熱は下がり、翌日の午後には、また上昇した。

そんなことを繰り返していた四月中旬、吉村昭は医師の勧めで函南の結核療養所に入院することになる。X線透視をした医師は「君は、三、四か月前に肺炎をしているね」と言い、さらに「見事な手術だね。結核は根治といっていい」と感嘆した声で言った。この医師の言葉で、熱が上下した理由がはっきりした。高熱を発したのは肺結核のためではなく、肺炎にかかっていて、その特効薬であるペニシリンが効果をあげていたのだ。

入院の必要はないと言われた吉村昭は学校に通い始め、家庭教師をして生活費を稼いだ。間もなく吉村昭は「學習院文藝」の編集人となる。旧制高校時代に俳文学を教えていた岩田九郎は、学習院短期大学の教授もしていたので、文芸部の顧問になってもらった。

この年に発行された「學習院文藝」に、吉村昭は「土偶」「死まで」「優等賞状」「河原燕」を発表した（木村暢男編「生涯と業績」）。この頃から真剣に文学を志すようになり、手当たり次第に小説を読むことになる。関心は短篇小説に集中していた。

小さな世界で、くっきりと人間の営みが浮き彫りされているそのジャンルがきわめて魅力にみちたものに感じられた。志賀直哉の端正な文章に、日本語の範とすべき文体を感じ、森鷗外の歴史小説に、簡潔な文章が峻烈な主題を冷徹に表現しているのを知った。

私が最も陶酔していたのは、川端康成の短篇であった。気品のある芳香にみちた文章が鋭い感覚の世界を織りなすことに驚嘆した。その作者の掌の小説、随筆など、すべての作品を宝物でもおしいただくように読んだ。それらの感想や魅せられた文章を、私はそのまま日記に筆写し、ひたすら小説を読むことに没頭した。(『私の文学漂流』)

十一月に入り、創元選書版の『梶井基次郎集』を読んで圧倒される思いになる。川端康成は措くとして、〈それまで志賀直哉の短篇に心酔していた私は、梶井基次郎の短篇を読み、文章は簡潔であることが基本であるが、表現の触手をここまでのばしてよいのか、いや、のばすべきだねと思った。／「檸檬」「城のある町にて」からはじまり、短篇を貴重な物を扱うように読み進み、「闇の絵巻」に達した時、私は、虚脱状態になったことをおぼえている。深い闇につつまれた山の中腹にともる一個の電燈。「その光がなんとなしに恐怖を呼び起した。バァーンとシンバルを叩いたような感じである」と書いてあるが、私もそのシンバルの音につつまれたような恐怖を、この短篇に感じた。／私は、この作品を原稿用紙に筆写し、梶井基次郎という感性の鋭い作家の息遣いを、私なりに感じとることができたような気がした。／その後、現在まで何度読み返したか。この作品は、いつまでも新鮮な香気を放ち、私をとらえてはなさない〉(「新潮」昭和六十三年五月特大号)と語っている。

川端康成と志賀直哉に加え、吉村昭の文学世界に梶井基次郎が入ってきた瞬間である。

後年、吉村昭は、〈志賀直哉の短篇小説に心酔し、『城の崎にて』などは全文、原稿用紙に筆写したりしていたが、さらにそれを越える文章を梶井基次郎の作品に見出したのである。／年を重ねると、若い頃感心した小説の文章が青臭く気取りを感じて、こんな文章だったのか、と思ったりする。しかし、だからといって年を重ねた方がいいのかというと、必ずしもそうとは限らない。たしかに得るものはあるが、若い時に身につけたものを失いもしている。／しかし、梶井基次郎の作品は、接して四十年近くが経っているが、依然として読む度に見事だと感服し、その文章が私の文章の根になっている。（中略）つまり私は、梶井基次郎、川端康成という二人の作家に最も強い影響を受けたのである〉（同前）と語っている。

ところで、小説を発表しているうちに、吉村昭は貧相なガリ版刷りの「學習院文藝」に物足りなさを感じるようになっていた。ガリ版の雑誌では批評家の目を引かない。なんとかして活字印刷の雑誌にしたかった。部員も賛成したが、問題は印刷費の捻出である。「學習院文藝」の財政といえば、部員が納めるわずかな会費と学校が支給してくれる年額一万円がすべてだった。それでは年一回しか発行できない。旺盛な執筆意欲を満たすには、その点でも物足りなさを感じていたのだろう。不十分な発行費を補う手段として、まず十月、学校の講堂を借りて古今亭志ん生、春風亭柳好（三代目）を招いて文芸部主催の第一回古典落語鑑賞会を開催する。出演料は二千円、入場券は五十円で売った。会は大盛況で六千円ほどの収益があった。そこで第二回の鑑賞会を明けて二十七年一月十九日に開く。その回は桂小文治と春風亭柳橋（六代目）が熱を込めて噺をし、小文治の軽妙な踊りに場内は湧いた。それで活版による印刷費も確保できた。刑務所では半値近い料金で印刷、製本をしてくれるということで小菅刑務所に行って頼む。

これはわたしにも経験がある。わたしたちの出していた同人雑誌も印刷は山形刑務所に頼んでいた。ある時期、刑務所が〈同人誌文化〉を支えていたのは事実である。吉村昭に「刑務所通い」(『月夜の記憶』所収)というエッセイがある。要旨は、雑誌の校正のため刑務所に二年近く通っているうちに、〈鉄格子の中にいる見えざる印刷部の囚人との間には奇妙な親密感めいたものが生まれてきていた〉という。そんなある日、ゲラ刷りの最後に書いた覚えのない一節を見た。そこには〈「雨、雨に濡れて歩きたい」という活字が、ひっそりと並んでいた〉。その活字を消すことは苦痛だったが、〈私は、複雑な気分で、赤い線を一本遠慮しながら引いた〉……。

新しく出発した同人雑誌名は「赤繪」とし、吉村昭は文芸部委員長となる。その誌名であるが、吉村昭は中学校の三、四年生の頃、帝室博物館(現・東京国立博物館)によく通い超一流の美術品に触れていた。その帝博の展示品の中で最も好きだった、中国古陶の「萬暦赤繪」から取ったものである。

二十七年四月一日、「赤繪」が発行される。「學習院文藝」からの通し番号で八号とした。吉村昭は「死体」という作品を載せる。「死体」の内容であるが、隣家の男がプラットホームから落ちて轢断される。男には身寄りがないため連絡を受けた女が胴体を縫合した死体を引き取りに行く。自宅で棺桶におさめ、釘を打っているところへ夜の勤務を終えた夫が帰ってくる。女は男の体を熟知していたので、恐怖も嫌悪感もなかったが、夫の不機嫌さに秘事がばれたのかと思い、迷惑をかけた男をののしりながら棺桶をリヤカーに載せ火葬場に曳いていくという、ちょっと学生ばなれした物語である。

筆者陣の紅一点である北原（津村）節子は短篇「粉雪」を発表した。北原は学習院短大に籍を置き、「はまゆう」（「浜木綿」）というガリ版刷りの校友雑誌を編集していた。が、創作を書くのが自分一人であることに物足りなく、前年末に岩田九郎教授の紹介で入部していた。後年、津村節子は、「死体」を読んだとき圧倒され、〈全国に同人誌は数々あるのに、こんな小説を書ける人が身近にいるくらいでは、自分なんか見込みはないと思った〉（「長い間に、字まで似てきた」）と述懐している。「死体」は三島由紀夫も認めた作品だった。「赤繪」は十号まで発行。吉村昭は九号に「虚妄」、十号に「金魚」を発表した。

ところで吉村昭は「赤繪」というのは、三島由紀夫が学習院在学中に出した同人誌と誌名が同じであったことを知る。三島が先輩の東文彦、徳川義恭らと同人雑誌「赤絵」を創刊したのは昭和十七年七月である。こちらの誌名は志賀直哉の「万暦赤絵」からとられている。同誌は二号で廃刊になっている。吉村昭は三島を自宅に訪ね諒解を得て同じ誌名を使っている。

第二章　長い同人雑誌の遍歴

昭和二十八年、〈一月、同人雑誌「環礁」に参加、「白い虹」を発表。／三月、大学を中退、三兄英雄の経営する紡績会社に入社。／「環礁」を退会。／十月末、会社を退社。／十一月五日、同じ文芸部員であった北原節子と上野静養軒で挙式し結婚。池袋のアパートに居を定める〉（「自筆年譜」）

吉村昭は、大学を辞めると会社勤めをしながら小説を書いてゆこうと決心する。三兄英雄は「おれたちの家の血には、小説を書く血なんてないんだよ。生まれつきの素質というものがなければ小説など書けやしない。ばかなことを言うものではない。もっと地道なことを考えろ」と反対した。

三兄の会社で吉村昭に与えられたのは国産羊毛の産地調査の仕事だった。吉村昭は東北地方の町村を訪ねては農家で飼う緬羊の頭数を記録して歩いた。

「赤繪」の仲間であった北原（津村）節子との結婚の経緯であるが、キューピッドの役目を買って出たのは弟の隆である。

ある日、北原のもとに「吉村」と書かれた手紙が届く。それは昭の字ではなく隆のものだった。日暮里駅の改札口で待っていると書かれていたので行くと、「兄貴と結婚してやってくれ」と、まるで自分が結婚を申し込んでいるかのごとく熱心に口説いた。北原の条件は、結婚しても小説を書き続けるということ。吉村昭はまさかと思ったが、たとえ夫であろうと、妻が生涯の仕事と考えているものを阻む権利などないと答えた。この約束通り、小説を書き続ける環境を作り実践したのは周知の通りである。披露宴には八木義德夫妻、大学の岩田九郎夫妻も出席、お祝いの言葉を述べた。

ところで吉村昭は挙式の一週間前に兄の会社を辞めている。家庭を持つ吉村昭が、無謀にも会社を辞めたのは、兄の庇護を受けて生活することに屈辱を覚えたからだった。収入の絶えた吉村昭は自身で商売を始める。紡績工場を経営している長兄から原糸見本をもらい、主として東北地方のセーターなどを作っているメリヤス工場を回って注文をとる仕事だった。商才はあったようである。仕事はまあまあ順調な滑り出しで、一応、生活の資を得ることができた。

いま一つ、会社を辞めたのは、ひたすら小説を書きたかったからだった。現在のように懸賞小説が多い時代と違って、応募する文学賞というものがなかった時代である。文学を志す者は同人雑誌に作品を発表するしかなかった。同人雑誌は文壇への足掛かりであり、プロ作家の養成機関の色彩が濃かったのである。同人誌作家にとっては、まず批評家の眼に触れることが先決だった。だから「文學界」の「同人雑誌評」を同人誌作家たちは常に注目していたし、文芸誌であれ新聞であれ、評に取り上げられることは大きな励みになった。しかし、全国には数百の同人雑誌がひしめいていた。月々、「文學界」に寄せられる同人雑誌は百冊を優に超え、その中から取り上げられることは、まさに僥倖そのものだったのだ。

そうした文学的状況は長い期間つづいた。後年の状況を含めて、日本近代文学の山脈の裾野を形成ってきた同人雑誌界を概観してみるに、『文藝年鑑』が「この一年」「文学・〇〇年」として年間回顧のなかに「同人雑誌」の項目を新設したのは昭和四十年版から。年鑑も同人雑誌の隆盛を無視できなくなったといってもいいだろう。さらに四十年代後半になると同人雑誌作家をターゲットにした、Ａ４判三百ページ超の『同人誌年鑑』（五月書房）というのが出た。そんな状態だったから、よほどのことがなければ同人雑誌評に取り上げられることはない。吉村昭はその心もとなさを、〈同人雑誌は各方面に郵送するが、空瓶に手紙を入れて封をし、海に流すのに似ている。或る高名な作家は、送られてくるおびただしい同人雑誌を風呂の焚きつけに使用している、という伝説めいた話も耳にしたことがある。読んでくれる人はきわめて稀であり、それが同人雑誌の宿命でもある〉（『私の文学漂流』）と記している。絶海の孤島から手紙を入れた瓶を流す……。それを拾ってくれるのは同人雑誌評だったのである。

ところで、平成二十五年一月、第百四十八回芥川賞に黒田夏子の「ａｂさんご」が選ばれた。この作品は「早稲田文学」五号に掲載されたもので、商業文芸誌以外からの久々の受賞だった。七十五歳の黒田は受賞インタビューで「生きているうちに見つけてくださって有難う」といった主旨の発言をしている。この感慨は同人誌作家が等しく抱いているものだろう。

かつては同人雑誌に掲載された作品の中から多くの芥川賞作家が出た。同人雑誌は新人発掘の狩猟場だった。新人の発掘は文芸誌編集者の使命でもあった。同人雑誌のいい作品と新人発掘がくっついていた。そこから多くの芥川賞作家が輩出した。石川達三の「蒼氓」であり、火野葦平の「糞尿譚」、芝木好子「青果の市」、安部公房「壁」、後藤紀一「少年の橋」、田辺聖子「感傷旅行（センチメンタル・ジャーニー)」、柴田翔「されどわれらが日々――」、川村晃「美談の出発」、高井有一「北の河」などであり、現代文学に新たな一ページをつけ加えてきた。実際、昭和五十年代くらいまでは、芥川賞の候補の半分くらいは同人雑誌掲載作だった。その後、新人賞も増えて、同人雑誌経由はどんどん減っていった。久保田正文ふうにいえば、昭和四十年代までは、同人雑誌によらない作家は大江健三郎くらいだった。

そして懸賞小説が一般的になると、同人雑誌と文芸誌の関係は崩れていった。ちなみに懸賞小説による新人賞の創設をみておこう。〝純文学〟志向の同人誌作家にとって目標にならなかった「オール讀物」新人賞(昭和二十八年)は措いて、「文學界新人賞」は昭和三十年。第一回受賞は石原慎太郎の『太陽の季節』で、同作品は芥川賞も受賞している。石原の受賞は社会的事件ともいえ〈太陽族〉なる言葉が流行した。「中央公論新人賞」は三十一年。第一回受賞は深沢七郎の『楢山節考』。「群像新人文学賞」は三十三年に創設。第一回と第二回は小説の該当作品なしで三十五年の第三回に古賀珠子の「魔笛」。「文藝賞」は三十七年創設。第一回受賞は高橋和巳『悲の器』他二作。少し遅れて「太宰治賞」は四十年、「新潮新人賞」は四十四年となっている。

ところで「自筆年譜」に〈三月、大学を中退〉とある。が、厳密にいえば「中退」ではなく、学費未納による「除籍」である。吉村昭は、ずっと経歴書の最終学歴として「学習院大学中退」としてきたが、学歴詐称ではないかと思い、大学に手紙を出し、自分が中途退学者ではないことを確認する。そこで中途退学を認めてもらうにはどうしたらよいのか、と再度問い合わせて、学生部から、「催促を受けながら納入しなかったので除籍となったが、未納分の学費を納めますので除籍の解除をお願いします」と記された「除籍解除願」という書類と、昭和二十七年度分として三万五千四百五十円の督促があった。未納分を払うことで晴れて中退が認められた。公然と大学中退者として闊歩できるようになったのは、大学を去ってから四十数年後のことだった。

大学を離れて発表の場を失った吉村昭は「環礁」という同人雑誌に参加する。しかし、一号に「白い虹」、三号に「初産」という短篇を発表しただけで退会する。なぜそんなに早々と退会することになったのか。三号には十篇の短篇が掲載されていたが、なんとそのうちの四篇の作者名は伏せられていた。匿名A、B、C、Dとあり、「初産」の作者は「匿名D」となっていた。主宰者は、「作品は自立しているものであって、作者名は不必要」だと主張した。そういう考え方もあるかも知れないと思いながらも、どこか釈然とせず退会したというのが真相のようである。再び発表誌のなくなった吉村昭は同人雑誌「炎舞」を立ち上げ、「緑雨」を発表する。

その創刊直後、生活を脅かす出来事が起こった。原糸を大量に注文してくれていた山形県下のある工場が代金支払い不能の状態に陥り、その代価として、六畳と三畳だけのアパートの三畳の間の天井に届くほどのセーターを送ってきたのである。止むを得ず、それを都内の洋服店に卸そうとした。しかし、東北地方向けの厚手の製品だったので、原価の半値にしても引き取ってくれる店はない。商品は寒い東北地方や北海道で売り捌くしかなかった。

翌二十九年の「自筆年譜」に、〈東北地方、北海道に放浪に似た旅をし、妻も途中から加わり、大晦日に帰京〉とある。九月下旬、吉村昭は青森に行き、小さな貸店舗を見つけ、そこに製品を並べて売った。しかし売れ行きは芳しくない。青森を離れた吉村昭は、妻を呼び寄せ、宮城県石巻から釜石、八戸を経て北海道に渡り、根室まで行く。それは前途に希望のかけらもみえぬ行商の旅だった。根室に着いたときは所持金が心許なくなり、質屋の暖簾を潜ったりもした。

その頃の日々を思わせる津村節子の作品に「さい果て」（「新潮」三十九年十二月号）がある。北海道の根室にまで行商で歩いた若夫婦の物語である。「さい果て」は第五十二回芥川賞の候補作になる。井上靖は〈行商の夫婦を取り扱って、さい果ての侘しさをよく出しており、若い夫も、その妻である主人公の気持も、過不足なく、素直に捉えられている〉と評した。

小説はフィクション（虚構）であり、実際にあったこととするにはあたらないが、限りなく私小説に近い作品ではないだろうか。いま一つ、津村節子には「春遠く」（「新潮」四十年五月号）という作品がある。主人公の春子は、病の癒えた夫の志郎に「私、山形に行ってくる」と言う。ようやく二か月先に期限を書き換えさせた九十二万円の手形が、またもや不渡りになったのである。志郎は結婚して間もなく兄の会社を辞めた。自分で羊毛を直接農家から買い付け、それを撚糸工場で加工させ、山形地方のメリヤス業者に売ることを思いついたのである。はじめは順調だったが、不況のあおりを受けたメリヤス業者たちは相次いで不渡り手形を出し、志郎の商売は行き詰まってしまう。春子は仙台回りで山形市を経て、左沢線で山辺町のメリヤス工場を訪ねる。そのメリヤス工場主から「われわれは、おたがい信用できる相手と商売していますからな。何度不渡りを出しても、払えるときになったら必ず払います」と言われ、春子は手形はそのままに、渡された三万円を受け取って帰京する。しかし志郎は手形を反故にするわけにはいかないと、その夜の汽車で山形に向かう、というのが梗概である。この春子は作者と等身大に描かれており、時代も作者と重なっている。吉村夫妻には、まさに〈春遠く〉の状態であり、一連の作品と重なる日々だった。

さて、吉村夫妻は根室を発ち、青函連絡船に乗って北海道を離れる。函館港には、三か月前の台風で転覆、乗客千百五十五人が死亡した洞爺丸が赤い船腹をさらして横倒しになっているのが見えた。青森から八戸へ行き数日間滞在し、残った製品を原糸代金代わりにアパートへ送り付けてきた工場に送り返すことにした。翌日は大晦日だった。吉村昭は地酒の一升瓶を抱えて妻と上野行きの列車に乗る。懐中には二万円が残っているだけ。繊維製品を売った金は旅費で消えていた。そして三か月ぶりに東京へ帰ってきた。上野駅で年越しそばを食べて歳末らしいことをした。

三十年一月、再び生活に窮した吉村昭は、次兄武夫の所属する繊維関係の団体事務局に勤務することになる。月給は一万五千円。その収入では、これまで住んでいた池袋駅に近い二間のアパートの借り賃を払うこともできない。そこで西武線練馬駅に近い家に間借りすることになる。しかし、そこの借間代も家計を圧迫したので、さらに北多摩郡狛江町の六畳一間のアパートへ転居する――。

創刊した「炎舞」は一号だけで自然消滅した。そこで、丹羽文雄主宰の同人雑誌「文学者」に参加する。それまで一万五千円の給料の中から毎月千五百円の同人費を支払うのに苦労したが「文学者」の会費は三百円。安かったのは、文学者志望の後輩を思う気持ちから、発行費は丹羽文雄がかなりの部分を負担していたのである。「文学者」は文壇への登龍門といわれ、同人には芥川賞受賞者の八木義德、石川利光、辻亮一がおり、新田次郎、中村八朗、村松定孝、澤野久雄、野村尚吾、近藤啓太郎、武田繁太郎、小田仁二郎、塙英夫、広池秋子、富島健夫、瓜生卓造、三谷晴美（瀬戸内晴美〔寂聴〕）、河野多惠子、竹西寛子、秋山駿、大河内昭爾などがいた。吉村昭は同誌に「青い骨」「蒼蘚」を発表する。
実際、作家志望者にとって同人雑誌の存在は無視できなかった。しかし、昭和三十年代に入り状況は少しずつ変わってくる。先に触れたように文芸雑誌が懸賞小説による新人賞を募集し始めたことである。繰り返しになるが、〈それまでの日本文壇では、多くの場合、新人は同人雑誌で文学修業を積むのが普通であった。芥川賞候補作のかなりの部分は、同人雑誌またはリトル・マガジンに掲載されたもので、商業文芸誌の場合にも新人特集などによる場合が多かった。ところが文學界新人賞が同人雑誌を前提としない新人小説の募集をおこない、その第一回入選作がそのまま芥川賞にえらばれたということは、日本の文芸ジャーナリズムでは異例の現象といってよかった。石原が芥川賞を受けた年に、十返肇が〝文壇の崩壊〟を問題にしたのも、当時の雰囲気のあらわれであった〉(磯田光一「戦後復興期の開花」『芥川賞小事典』)
〈十月五日、渋谷区の日赤病院で長男司生れる〉(「自筆年譜」)
ところが三十年十二月、吉村昭の発表の場であった「文学者」は休刊する。細胞分裂するように沢山の同人雑誌が生まれた。吉村昭は「文学者」の編集委員でもあった小田仁二郎に声を掛けられ、小田の創刊する同人雑誌「Ｚ」に津村節子とともに参加する。同人は瀬戸内晴美(寂聴)ら六人だった。主宰者の小田は二十三年に『触手』(真善美社)をアプレ・ゲール・クレアトリスの一冊として刊行し注目され、「昆虫系」と「からかさ神」が芥川賞候補になった作家である。「Ｚ」は季刊で同人費は月に千五百円、毎号必ず小説を書くことが条件だった。二人合わせて三千円の出費は家計を圧迫した。この年、小田仁二郎の奨めで「Ｚ」同人を代表して応募した瀬戸内晴美の「女子大生・由愛玲《チュイアイリン》」が第三回新潮社同人雑誌賞を受けた。

この「Z」に吉村昭は「無影燈」「昆虫家系」「白衣」「さよと僕たち」を発表する。「さよと僕たち」は初めて「文學界」の同人雑誌評に好意的にとりあげられた。評者は杉森久英だった。「Z」は翌三十二年七月、七号まで出して終刊することになる。小田の「この雑誌の使命は予期どおり果せたと思うから、未練はあるが、いさぎよく廃刊する」という言葉に反撥する同人はいなかった。

依然として吉村昭はサラリーマン生活をしながら小説を書いていた。勤め先から帰宅するのは夜の十時ごろ。それから深夜の二時過ぎまで机に向かい、朝七時に起床して家を出る。五時間足らずの睡眠だったが苦にならず、体調を崩すこともなかった。

その頃、吉村昭の月給は二万円になっていた。加えて津村節子のもとに少女小説の依頼がときおりくるようになり、生活に少しゆとりが出てきていた。長男は二歳になり部屋が窮屈になっていたこともあり、吉村一家は渋谷区幡ヶ谷原町九〇〇番地のアパートに転居する。たたきの前に狭い炊事場があり、左手に六畳間、右手に三畳の部屋があり、手洗いも付いていた。

三十三年二月、吉村昭は石川利光の奨めもあって『青い骨』を自費出版する。「Z」を印刷していた印刷所で見積もりをとると十三万円かかるが、あるだけ払ってあとは都合のいい時でいいと言ってくれる。津村節子に相談すると残金が九万円の通帳を見せてくれた。六畳一間の家賃が三千円、「Z」の同人費が二人で三千円、吉村昭の給料が前年には二万円になったものの、一万五千円だった時代にそんなに貯金しているのを知って、妻が得体の知れぬ人間に思え、山内一豊の妻を思い出して可笑しかったという。

短篇集『青い骨』に、丹羽文雄は、〈かつて（「Z」に）発表した『さよと僕たち』といふ作品を読んで、私は感心した。胸の病気を療養する兄とそれを助ける弟と女中の生活が描かれてゐるのだが、暗い題材にもかゝはらず、其処には新鮮な果実のやうな情感があふれてゐた。清冽な歯切れのよい感覚があつた。此の人は伸びる才能を持つてゐると思つた〉という嬉しい序文を、石川利光（「春の草」他で第二十五回芥川賞受賞）は、〈……吉村君の感覚のプリズムを通されると、それぞれの対象が、あたかも水槽の中の風景を見るような光沢を放ち、無類に明るく透明で、空間までが光りに満ちているような気さえする。／いまかりに、ある箇所をいきなり引用してみると、『赤い屋根も、青い甍も、又煙突も、そして鉄筋コンクリートも、色彩、形態種々雑多で、その建物の細隙々々から、詰め合はせケースのセロファン屑のやうに、隙間もなく新緑が萌え出てゐる』といったふうにである。／つまり、建物の隙間にぎっちり詰った新緑が、吉村君では『セロファン屑のやうに』といった別な比喩に置きかえられる。（中略）／ただ、ここで危惧されることは、こうした感覚主義的な傾向にありがちなことだが、同じことを掘りつづけているうちに、身動きも向きも変えることができなくなりはしないか、ということである。それはまだ、先のことに属するけれども、若しもそういう時期に至っても、しかし、果して大きく転回すべきであるか、現行のままを押し通すべきか、この作品集を手にしてみると、何れがいいとは、俄に断じ難いものがある〉という「跋にかえて」を寄せてくれた。小説読みの巧者といわれた石川の確かな「読み」が感じられる一文である。

『青い骨』には表題作のほか「さよと僕たち」「死体」など六篇が収められた。はじめ二百部も刷ればいいと思っていたが、印刷所の主人が費用の大半は組み代であり、多く刷ってもさほど変わらないということで千部刷った。アパートに持ち込まれた本を出来るだけ減らしたくて方々に配ったが八百部ほどが手元に残った。吉村昭にとって記念碑的な単行本であるが、全くといっていいほど反響はなく、印刷所への支払いだけが残った。三畳と六畳に二百冊ずつ分散して積み上げた。それは、「青い骨」と書かれた墓石が林立しているように吉村昭には思えた。

印刷所に通っていたとき、吉村昭は新しい同人雑誌を起こすことを考える。誌名「亞」と決めた。「亞」は三月下旬に発刊した。

その頃、石川利光から「文学者」が近々復刊されるということを聞かされる。第一次「文学者」は同人費を徴収していたが、これからは丹羽文雄が全額負担するという朗報も伝えられた。

この年の初めから吉村昭はプロボクサーを主人公にした小説の構想を練っていた。好きなヘミングウェイの「拳闘家」や「四万ドル」という作品に創作意欲を刺激されてのものだった。三か月をかけた下書きの筆をおき、題を「鉄橋」とした。吉村昭は、それを「文学者」編集部に届けた。六月、「週刊新潮」に短篇「密会」が掲載され、一枚千五百円という原稿料を初めて受け取った。「文学者」の復刊第一号は五月号。それには青山光二、富島健夫、峯雪栄の小説とともに、丹羽文雄、八木義德、進藤純孝、福田宏年、吉行淳之介のエッセイなどが載っていた。吉村昭は七月号に「鉄橋」、「亞」三号に「服喪の夏」を発表する。「文学者」という発表の場ができたことから、「亞」は十月、三号かぎりで廃刊にした。

「鉄橋」は「文学者」の合評会では不評だった。「文學界」の「同人雑誌評」でも、わずか数行で否定的な評がされただけで、他の新聞や雑誌では黙殺された。しかし、〈不評であったこともそれほど気にはならず、批評に左右されたりしては小説など書けぬ、と思っていた。が、日がたつにつれてそれが次第に背に重くのしかかり、気持が大きくぐらついていた。合評会で指摘されたとおり、『青い骨』や『さよと僕たち』が自分の作品世界であり、その領域内で書くべきである、と思ったりしていた〉(『私の文学漂流』)

ところが、「鉄橋」は第四十回芥川賞(昭和三十三年下期)の候補になる。他の候補作は、山川方夫「その一年」「海の告発」、下江巖「馬つかい」、庵原高子「降誕祭の手紙」、萩原一学「煙突の男」、山下宏「王国とその抒情」、池田得太郎「家畜小屋」、金達寿「朴達の裁判」、林青梧「ふりむくな奇蹟は」だった。しかし、この回の受賞作品はなかった。「鉄橋」の評を覗いてみよう。あえて煩瑣とも思える評を引くのは、読者が直接作品にあたり、自身の評価と比べてみてもらいたいからである。

瀧井孝作=この人の作は初めて読んだが、技芸アート持味など、よいと思った。このアートの有る新人は珍しい方だ。「鉄橋」は読後何かよい味が残った。が、三カ所ほど描き足りない所があって、また、筋を作りすぎた無理も見えた。

丹羽文雄=「鉄橋」がいちばん素直に頭にのこった。が、これはあんまり面白いことが並べられている。それが欠点である。例えば、外人に日本の少女が犯されそうになる挿話は、要らない。挿話の積み重ねといった印象をあたえる。

井上靖＝「鉄橋」は一応そつなく纏った作品だが、作品の底を流れているものが低く、読物の域を出ていないのは惜しいと思った。

宇野浩二＝『鉄橋』は、或る鉄橋の近くで轢死した高名なボクサアが、その死が、自殺であるか事故死であるかが、はじめからしまいまで、殆んど分からないというような事件を本《もと》にし、死んだボクサアの生前の平凡なようで非凡な生活をかなり詳細にえがき、それにつれて、その主人公にまつわる幾らか並はずれの数人の人物の言行を古い写実的な手法でくどいほど書き、それによって、暴行、脅迫、暴力、腹の探り合い、啀《いが》み合い、その他の場面をまざまざと現わして、殆んど全篇に、当世むきの、スリルと猟奇の趣きをただよわせてあるので、エロティックとグロテスクの味わいが多分にふくまれている、探偵小説風なところもある、小説である、ところが、この短篇は、前に述べたように、なかなか変った事を書いてはあるが、それほどスリルも猟奇も感じさせられない、それは、作者が、唯、こういう小説を書こう、と、段取りをつけて手際よく、作っただけで、これを書くのに、感動もなく、打ちこんでいないからである、そのために、こんな奇怪な事件が当たり前の事のように思われ、少し目のある読者には、作り事が見え透くからである。私は、自分だけの考えではあるが、小説というものは、書きたいと思う『事実』があっても、書く時は、それを本《もと》にして、半分以上（あるいは七八分どおり）は作者の『作り事』である方がよい、と信じている、但し、それは「書きたい」と思う事であり、書く時は「打ちこむ」という事が必要である。

私が、殊更に、こういう「子供だまし」のような事を書き、前に『鉄橋』のような小説について余りにもくどくどと述べたてたのは、この数年来（ここ二三年来）の芥川賞の予選に通過した小説の作者のなかに、どうしてもこれは書いてみたいと云う題材などはまったくないのに、凡そこんな事をこういう風に書いたら、「もしかしたら、」「あわよくば、」などと考えて書いたのではないか、と当て推量される小説を書く人がしばしばいるように臆測され、今回のにはそう推しはかられるような作品が少し目だって多かったような気がするからである。

ところで受賞は逸したものの「鉄橋」は「文藝春秋」（三十四年三月号）に掲載される。新聞には「文藝春秋」の広告が一ページ全面を使って掲載された。この広告によって吉村昭が小説を書いているのが勤務先に知れてしまう。それは好ましいことではなかった。仕事を手抜きして小説を書いている、と思う者がいるかも知れない。そんなことを考えると精神的な負担になった。そうした憶測を起こさせないためにも、吉村昭は毎日早めに出勤し、残業も進んで引き受けるように努めた。

その月の下旬、「鉄橋」の転載料が送られてきた。一枚につき千円で十パーセントの税金が源泉徴収されていた。それでも月給の四倍強に相当し、当時月給一万五千円の吉村昭にとって、途方もない大金だった。豊かな気分になった吉村昭は、長男の手をひいて妻と渋谷に行き、妻に当時流行のアストラカンのコートを二万円近い金を払って買った。結婚して以来、初めての高額な買物だった。

その「鉄橋」はボクサーの死をめぐる小説である。東洋フライ級チャンピオンの北尾与一郎が鉄橋の上で列車に轢かれて死亡するところから起筆される。世界戦を目前に控え、同じクラスの選手とノンタイトルマッチをしたが、大方の予想に反して北尾は思わぬダウンを喫する。そのとき北尾はボクサーとしては致命的ともいえる網膜剥離になる。それが原因での自殺か事故か。物語は真相を追う謎解きの技法で進められる。が、単なる推理だけの作品ではない。

磯田光一は、〈この作品をたんなる謎解きから救っているのは、一つの死にたいする客観性をめざす意味づけと、客観性に還元できない主観の意味との裂け目を、作者自身が問うているからである。新聞報道は状況証拠をもとにして現実を推理する。しかしそうして意味づけられた〝自殺〟という断定は、死者の内面について何ごとも語ってはくれない。このとき吉村氏の関心が、死者の内的な孤独に向けられていったのは当然であろう。／一つの死をめぐる客観的報道と、それとは別の次元にある内面の秘密との裂け目は、いっそう一般化していえば、人間を精神と見るか物体と見るかという問題に帰着する。この問いが最も微妙な意味あいをもつのは、おそらく〝死体〟においてであるだろう。というのは〝死体〟がすでに意志をもたないものならば、それは確実に物体化を完成しているともいえるからである。しかしそれならば、死者の家族にとっても〝死体〟はただの物体なのであろうか〉（『星への旅』解説、新潮文庫）としている。

この作品が同人仲間に受け入れられなかったことに対して長部日出雄は、〈実在の人物をモデルにして作者が創作した主人公は、ボクシングのためには何もかも切り捨てて悔いないストイシズムの権化であり、他人にはめったに理解されない孤高の天才である。／芸術家は繊細で複雑で、ボクサーは粗暴で単純で……というのが、まだスポーツの本質に理解がなかった当時の一般的な考え方で、だからこそ「文学者」の同人仲間は、プロボクサーを主人公に取り上げたことに反撥したのに違いないが、『鉄橋』はそうした常識を逆転させ、秀れたボクサーは凡庸な芸術家など及びもつかないくらい繊細な神経と複雑な人間性の持主であることを、見事に描き切って間然するところのない秀作であった。／こうした常識の逆転は、非常識と反常識を建前とする一部の青臭い文学青年よりも、複雑極まりない世界と戦うため、つねに常識で堅固に身を鎧っていなければならない社会人の共感をこそ呼ぶものなのだ。／吉村昭の文学が、とりわけ中年から熟年にかけての社会人に、多くの熱烈な支持者を有するのは、そうした事情と無関係ではないであろう〉（「近代日本の自画像」「文藝春秋」平成二十三年九月臨時増刊号『吉村昭が伝えたかったこと』）と記している。

吉村昭には、この「鉄橋」の他、玩具工場で働きながら次第に頭角を現してゆく若いボクサーを翻弄するさまざまな不幸と劣悪な家庭環境、そして弱小ジムに籍を置く不幸などを描いた「孤独な噴水」。闘うことには恐怖がつきまとう。胸に巣食う恐怖こそはボクシングを支える源泉かも知れない。その恐怖から逃れる道は相手をマットに沈めるしかない。ノンタイトル戦ながら世界チャンピオンとの凄絶な闘いにより死を招いたボクサーを描いた「弔鐘」。引退を告げる十点鐘は弔鐘にも似た哀調を響かせる。叩き合うという原始的なスポーツに自分の生命を燃焼させ、試合で顔が醜く変形した元チャンピオンの、引退後の後半生を追った「十点鐘」などのボクシング小説がある。

吉村昭がヘミングウェイの作品に刺激されてボクシングに接近したのは三十一年、二十九歳のころからである。ボクシング雑誌で「青木拳」というジムを知り訪ねる。それから名勝負は殆ど観戦することになる。月二回は後楽園ジムに通い、津村節子まで連れていったというから関心の深さが窺われる。

「鉄橋」を発表したのは三十三年。その後、次第にボクシングへの関心は薄れていく。最大の原因はボクシングが商業主義に汚染されるようになったことにある。それから吉村昭の足は遠退いた。好きなスポーツは他に相撲、マラソン、プロ野球はアンチ巨人だったようだ。

ここで少し寄り道をして、少年時から興味を持っていた相撲について触れてみたい。

少年の頃、吉村昭は国技館によく通った。父の経営する織維製造会社と取引のある原料商社の経営者に相撲好きがいて、一場所に二、三度、桟敷に招待してくれた。が、父は忙しくて行けぬことが多いため、代わりに兄たちと見物に出かけたのである。津村節子によると、〈お酒を飲むほかに趣味のない人でしたが、お相撲は好きでしたね。東京の場所のときは一日だけですが桟敷席を買っていて、国技館に足を運んでいました。でも、外国人の力士が増えてくるといつの間にか見なくなってしまった〉(「長い間に、字まで似てきた」)という。

余談になるが吉村昭に「元横綱の眼」というエッセイがある。その中に、〈愛称文《ぶん》ちゃん、出羽ケ嶽という巨漢力士がいた。三役までつとめたが、負けがこんで幕下あたりまでさがったと記憶している〉とみえる。紙幅がないので詳述は避けるが、この出羽ケ嶽文治郎は、あの大歌人・齋藤茂吉と〝義兄弟〟の関係にある。で、茂吉には「出羽嶽」「巨人の生涯」といった随筆の他に、出羽ケ嶽を詠んだ多くの歌がある。

相撲といえば、『吉村昭自選作品集　別巻』(新潮社)の「吉村昭文学アルバム」の中に三浦哲郎と大相撲を観戦する写真が載せられている。その三浦哲郎が「月報」で、〈大相撲の東京場所の十四日目になると、きまって吉村さんのことを思い出す。いまごろはいつもの桟敷で一杯やりながら、そばの花道を行き来する力士たちの桜色の肌を眺めていることだろうと思い、テレビの画面を探してみたりする。／なぜ、いつも十四日目で、いつもおなじ桟敷なのか、くわしく尋ねたことがないからわからないが、私は何度か吉村さんに連れられて相撲見物にいったことがある。／国技館における吉村さんは、まことに冷静で、いちどもうわずった声や罵声を発したことがない。私たちは、取り組み表を見て勝負を予想する遊びをするが、吉村さんは常に私情をまじえず、力士の動きや肌の色つやをじっくり観察してから優劣を判断する。だから、取り組みが終ってから数えてみると、吉村さんの的中数が圧倒的に多い。／今度の場所あたり、ひさしぶりに声をかけてくれないかしらん〉（「点描」）と記している。写真は昭和六十一年の秋場所で、「月報」は平成四年の発行である。

話を元に戻そう。「鉄橋」につづいて三十四年七月、「早稲田文学」（三十四年三月号）に発表した「貝殻」が第四十一回芥川賞（三十四年上期）候補になる。他の候補作は斯波四郎「山塔」、垣花浩濤「解体以前」、中村英良「眼」、北杜夫「谿間にて」、林青梧「橋」、佃実夫「ある異邦人の死」、古田芳生「三十六号室」だった。この回も受賞を逃し、受賞作は斯波の「山塔」だった。「貝殻」評は次のようなものである。

舟橋聖一は、〈八篇の中では、骨組が足りないが、前作「鉄橋」よりは読めた〉と言い、井上靖は、〈吉村昭氏「貝殻」も素直さを取るが、所詮小品にすぎない〉。そして瀧井孝作は、〈吉村昭氏の「貝殻」と、林青梧氏の「橋」とは、前回の候補作に遠く及ばず〉という手厳しいものだった。

三月、津村節子の『華燭』（次元社）が刊行される。石川利光が興した出版社で、同書が創業出版であり、津村の最初の単行本でもある。いくつかの書評にもとりあげられ、四月に再版された。「華燭」（映画『明日への盛装』）は松竹で、吉村昭が「週刊新潮」に発表した『密会』も日活で映画化されることになる。『密会』の監督は『狂った果実』や『牛乳屋フランキー』など、モダン派として活躍する中平康だった。夫妻で映画原作料が入ることなどもきっかけになって、吉村昭は家を建てることになる。

それまで吉村昭は、家賃が生活を圧迫するため、しょっちゅう引っ越しをしていた。四年間に四回も転居。落ち着きたいと思うのは普通の欲求だろう。そこで東京都北多摩郡保谷町上保谷千駄山五二三番地、東伏見稲荷神社裏にある五十坪ほどの土地を購入、すぐに建築に入った。積極的に動いたのは津村節子だった。

平屋建て十五坪の家は六月上旬に完成した。水道はなく、掘った井戸水をポンプで汲み上げ、ガスはプロパンガスだった。六畳二間に食堂兼台所が付随し、和室が妻と共同の仕事部屋になった。六畳、三畳のアパート住まいをしていた吉村昭には贅沢すぎるほどの広さだった。

ようやく執筆の環境は整った。津村節子が「文学者」八月号に発表した「鍵」は第四十一回直木賞候補になり「別冊文藝春秋」六十九号に掲載される。吉村昭は「文學界」九月号に「貝の音」、「文学者」十月号に「少女架刑」を発表する。一流出版社の文芸雑誌に載ったのは「貝の音」が初めてだった。吉村昭は新聞に載った広告を丁寧に切り取ってスクラップ帳に貼った。

吉村昭は「貝の音」の評にひそかに期待した。が、文芸時評では全く黙殺され、批評の対象にすらならなかった。文壇に登場するのは至難であることを改めて認識し、打ちひしがれる思いだった。「少女架刑」は「文學界」で没になった作品だった。合評会では激賞してくれた人もいたが、「文學界」の同人雑誌評では死者が「私」であるというのは不自然だと数行書かれただけだった。

吉村昭は、自分が依然として同人雑誌に作品を寄せるだけの人間に過ぎないと思った。拠り所は「文学者」以外にはないのだと気持ちを取り直し、改めて「文学者」に投稿する小説の準備にとりかかった。

三十五年一月中旬、「文學界」編集部から手紙が来る。小説を一か月後までに見せてほしい、としたためられていた。執筆中の作品は下書きの段階だったが、「貝の音」よりは密度の高いものになりそうな予感がした。推敲を重ね、二月に入って清書、「星」という題名をつけて「文學界」に届けた。

吉村昭の不安な日々が続いた。そんな日、「文學界」編集部から電話してほしいという電報が届く。電話をすると、「いい作品ですね。掲載させていただきますが、題が……」との声が流れてきた。「星」という題ではあまりにも素気ないので「星と葬礼」としてはどうかということだった。吉村昭もいい題だと思い同意した。

四月十三日、長女千夏生まれる。予定日より半月早く生まれ、体重が二キロしかない嬰児だった。

六月、戦後最大の政治闘争ともいえる日米安保改定阻止行動が盛り上がりをみせていた。十五日には全学連など七千人が国会突入をはかり警察官・右翼団体と衝突。東大生樺美智子（二十二歳）が死亡、二十四日に日比谷で国民葬が行われた。吉村昭は友人に誘われて文化人と称される人たちの催した集会に聴衆として出向いたことがある。二・二六事件のことが想起された。が、それと比べて歴史的意義は少ないと感じ傍観することにした。

吉村昭の日常は、相変わらず仕事が忙しく残業がつづき、帰宅は十時を過ぎるのが常態になっていた。疲労が激しく、机にもたれて眠ってしまうこともあった。この年は「文學界」三月号に「星と葬礼」、「文学者」六月号に「ニュースの一画面から」という随筆、八月に文化放送で放送劇「海岸道路」を放送しただけだった。

三十六年の正月を迎えて、ようやく小説を書き始めた。その頃、吉村昭は林青梧の後を受けて「文学者」の編集長に推され、投稿されてくる生原稿をしきりに読むようになった。その直後、「文學界」編集部から百枚程度の小説を見せてほしいという連絡が入る。吉村昭は推敲を重ねて清書した「透明標本」を届けた。翌月上旬、新聞に「文學界」の広告が掲載された。が、吉村昭の小説は出ていなかった。没になっていたのである。

吉村昭の落胆は大きかった。半月ほどぼんやりしていた。が、「透明標本」を再び推敲、清書して「文学者」に届け、九月号に掲載された。しかし合評会での評判も良くなく、雑誌の同人雑誌評でも無視された。

十一月下旬、吉村昭は勤めを辞める。次兄が役員をしている団体では人間関係が息苦しく、それに津村節子が少女小説を定期的に書くようになっていたので、切り詰めればなんとか生活できる見通しがたったからだ。

退職してまもなく、吉村昭は津村の取材に同行して佐渡を訪れる。津村は「週刊文春」に載った佐渡金山のグラビアを見て、〈人力で山を真二つに断ち割ったような形態になってしまった露頭掘りの道遊の割戸の凄じさや、ゴールドラッシュに沸く佐渡に送られ、三年と命がもたなかったという無宿たちの労働の苛酷さを物語る写真の数々を見て、異様な気分におちいり、心がしきりに佐渡に誘われた〉（津村「佐渡の郷土史家」）のだった。津村の中に佐渡を舞台にした歴史小説の執筆意欲が湧いてきていた。それほど行きたいのならば、と前年四月に生まれた千夏を津村の姉に預け、長男司を連れての取材旅行だった。津村は翌年も「海鳴」の構想をたてて再び佐渡を訪ねている。「海鳴」は「文学者」の三十九年十一月号から翌年八月号まで連載され、四十年十一月に講談社から刊行された。

この佐渡旅行で、吉村昭は茸の集落のように群がった、牛乳瓶ほどの大きさの水子地蔵（梨の木地蔵）の光景に感銘を受ける。そして、これは小説にするにふさわしい素材だと思った。そのときの印象を作品化すべく年末から下書きを始めた。その作品が第四十七回芥川賞候補になる「石の微笑」である。

三十七年の正月が明けて間もなく、「透明標本」が第四十六回芥川賞候補に上げられているとの連絡が入る。そして「文學界」編集部からは百枚程度の作品を一月二十日締め切りで見せてほしいと告げられる。「透明標本」は合評会での評も芳しくなく、雑誌の同人雑誌評でも無視された作品である。それに芥川・直木賞は文藝春秋社内に置かれている日本文学振興会が設定し、維持している新人賞である。文藝春秋発行の「文學界」で没になった作品が候補作になるなど、吉村昭には信じられなかった。

しかし、そのような例がないわけではない。三十八年上期の第四十九回芥川賞を受賞した後藤紀一の「少年の橋」は、応募した「文學界」新人賞では第一次予選も通過しなかった作品である。その後、同人誌「山形文学」に掲載され、「文學界」の同人雑誌評で取り上げられる。さらに同人雑誌推薦作として「文學界」に転載されるや、あれよあれよという間に芥川賞を受賞した。そういうことが起こるのも、選考委員によって作品の評価、観方が違うから仕方がないことなのである。

それはともかく、吉村昭は書き進めていた小説に「石の微笑」という題をつけ、「文學界」の編集部に届けた。「文學界」としては受賞第一作の準備だったのだろう。

芥川賞の選考会は一月二十三日に行われた。他の候補作は、宇能鴻一郎「鯨神」、久保輝巳「海の屑」、木野工「凍《しばれ》」、洲之内徹「終りの夏」、谷口茂「めじろ塚」、田久保英夫「解禁」、大森光章「王国」だった。

最終的に吉村と宇能の作品に絞られた。一時は二作品の同時受賞の観測も流れた。その段階で日本文学振興会から連絡が入り、吉村昭は次兄の自動車で送ってもらい文藝春秋に駆け付けた。しかし、社に着いた途端、自分に向けられた痛々しいものを見るような視線に接し、落選を知った。

どうしてそんなことになったのか――。

票が割れて二作品が同数になり、二作受賞も止むを得ないという雰囲気があった。そこで選考会に欠席した井伏鱒二に電話で賛否を求めた。井伏が、〈二篇のうちなら『鯨神』に票を入れる〉ということで、宇能作品に決まった。そのときの選評は次のようなものである。煩雑になるがお付き合い願いたい。

瀧井孝作＝「透明標本」は、腐爛死体を解きほぐす職業などを、こんなに熱心に描いた、その動機がよくわからず、読みながら気味のわるいイヤな感じがした。明瞭に描いた、デッサンの手腕は認めるが。好きな小説とは云えない。

中村光夫＝「透明標本」は作者の手練はたしかに感じられますが、モチイフの明かでない作品で、異常な一人物の生涯が、ただのお話という、感銘しかあたえません。

丹羽文雄＝「透明標本」に、バラシの仕事の中にその老人らしい苦悩と恍惚をみた。この小説はよけいなことは一切書いていない。人間関係をあざやかに描いている。娘が急性肺炎で死ぬあたり、筆が足りないうらみがあったが、人間の執念をよくまとめあげてあると思った。腕のたしかな作家であるので、これまでの候補作品も考えて、推薦した。

永井龍男＝「透明標本」には、因果物語に似た古めかしい読後感があった。この特異な題材を写実する、手堅い手法の中に、それがただようのである。

井上靖＝「鯨神」と対立した吉村昭氏の「透明標本」も力作であることは否めない。特殊な仕事に携っている主人公も、その他の登場人物もよく書けていて、その点力倆のある作家だと思う。併し、余り気持のいい作品ではなく、主題は同じでも、もっと違った読後感のものができないものかと思った。

佐藤春夫＝僕は会場に臨む前から「透明標本」と決めていた。神経の行きとどいた明快な文体とこの特異な取材との必然性を見て、これをホンモノと思い、少々都合のよすぎる筋立てもあるとは思いながらも屑々として盛り上り進歩するのもよく、独自の世界を創作し得て一頭地を抜く作とする。

ショッキングな話題の割に下品でも陰惨でもないと思うが、風変りな取材のため正当な理解を得られなかったのは、作者のためには気の毒、賞のためには残念だが是非もない。幸に作者の自重を祈り大成を待つ。

ところで吉村昭が川端康成に傾倒していたことについてはたびたび触れた。『わが心の小説家たち』でも川端の「死体紹介人」をあげ、〈知的な文章、知的な小説なのです。さわやかな感じさえします。気持ちが悪いとかというようなところが一切ない。それは、やはり、死体というものを作者の川端康成が乾いた眼で見ているから、そこに一つの爽快感というようなものまで出てくるのだろうと思うのです〉と記している。それはそのまま「透明標本」評として当てはめることができるだろう。

このとき、受賞第一作の予定として届けた「石の微笑」は「文學界」四月号に掲載され、つづいて第四十七回芥川賞（昭和三十七年上期）の候補になった。他の候補作は川村晃「美談の出発」、坂口禱子「猫のいる風景」、小佐井伸二「雪の上の足跡」、田久保英夫「睡蓮」、久保輝巳「白い塑像」、河野多惠子「雪」、須田作次「鳥のしらが」だった。このときも受賞にはいたらず、川村晃「美談の出発」に決まった。

「石の微笑」の主な評の概要である。

瀧井孝作＝「石の微笑」は、山野の石仏の児地蔵など発掘採集の話だけで沢山なのに、余りに小説らしく仕組んで、古くさい感じになった、これも失敗作だろう。この人の前回の芥川賞候補作の「透明標本」の方がずっと佳かったが。

石川達三＝私ははじめから、今回は授賞作無しと思っていたが、その中でも「鳥のしらが」や「石の微笑」や「雪」ならば、それが受賞されても特に強い反対は云わなくても済むはずだった。

舟橋聖一＝前作の「透明標本」を買えなかった僕としては、こんどは抵抗なしに面白く読めた。窓を明けると、火葬場の煙の臭いがするといった嗜好性を、自分の個性とすりかえるつもりでいるところは、鼻につくが、すぐ女に心中をそそのかす男の癖《へき》を、虚無的な味に仕上げたこんどの出来栄えは、悪くない。然し前作が候補作として載ったのだから、重ねて載せることもあるまい。

丹羽文雄＝「石の微笑」は、前期の候補作品ほどかっちりとしていなかった。この小説は小説つくりの秘密の不器用なところをみせている。もっと書けるひとだ。候補ずれないことをのぞむ。

高見順＝吉村昭は三十三年下半期の候補作「鉄橋」からはじまってこのところ毎回のように候補にあがっている。今度の「石の微笑」も決定打にはならない作品だが、力のある作家である。目さきの変った作品に横合いからいつも賞をさらわれて行く感じはいたましい。（中略）吉村も前回の候補作「透明標本」や「真昼の花火」（「文學者」三十七年二月）「鷺」（「文學界」同七月）などはストーリー・テラーの低調を云々されるかもしれないが、つとに「貝殻」（「早稲田文學」三十四年三月）から見られる死の影、あるいは骨への嗜好といったものは、現在の作品にもずっとつづいている。

そこに私は注目しつつ「石の微笑」や「墳墓の谷」(「文學者」三十七年四月。候補作にあげられた「石の微笑」より私にはこの方が面白かった)を読んで、推したのである。

吉村作品に好意的な読みを見せていた佐藤春夫は、この回で選考委員を辞任した。四回も候補に上がると、新人と見なされないのか、以降、吉村昭が候補になることはなかった。

これまでの創作過程を総括すると、吉村昭の初期作品には一つの顕著な特徴がみられる。「死体」「さよと僕たち」「白い虹」「白衣」「墓地の賑い」につづく、遺体献体を描いた「青い骨」、少女の遺体が解剖され骨と化していく「少女架刑」、美しい骨格標本作りに執念を燃やす外科医を主人公にした「透明標本」などであるが、これら初期の秀作に共通するのは人間の死、重い病気を扱った暗いテーマのものが際立つことである。それは、後に太宰治賞を受賞する「星への旅」にもみられる世界である。

これらは吉村昭が結核で大量喀血、左胸部の肋骨五本の切除などの体験を引きずってきたことを窺わせる。それに川端康成の影響もあるだろう。

川端と吉村昭の軌跡が似ていることについてはすでに触れた。多感な中学生になるまでに、いつも身内らの死が周囲にあったことである。そんなことから川端は「葬式の名人」といわれた。一方、吉村昭も少年期から思春期にかけて周囲は「死」で彩られていた。そうした状況の中で吉村昭は川端と同じく「死」の世界を通して、その文学的資質が磨かれたのではないだろうか。

さて、吉村昭は相変わらず同人雑誌に小説を書いていた。が、文芸誌やその他に小説や随筆が載ることもあって、なんとか生活ができるようになっていた。そこで前年の三十六年十一月に勤めを辞めたことについては触れた。背水の陣をしいて創作に専念すべきだと考えてのことだった。しかし、その生活はつづかなかった。原稿依頼は絶え、再び小説を発表できるのは同人雑誌だけになっていた。

三十七年の「文学者」二月号に吉村昭は「真昼の花火」を発表する。わたしがこの作品に接したのは、平成二十二年に出た単行本『真昼の花火』(河出書房新社)である。吉村昭が亡くなって四年後のことになる。同書には表題作のほか「牛乳瓶」(中央公論新社『碇星』所収の同名作とは別作品)、「弔鐘」「四十年ぶりの卒業証書」が収められている。

表題作「真昼の花火」にだけ触れてみたい。主人公の「私」の生家の家業は、布団の綿の打ち直しである。かつてよく見かけた街の平凡なふとん屋である。その仕事を嫌った「私」は家業を父母と弟に任せ、Fレイヨンに就職する。家が寝具業をしていたことから、「私」は寝具課に配属され、宣伝担当係をしている。Fレイヨンでは天然棉花の代わりに人造繊維を布団わたに使う、洋風ふとんの販売作戦を大々的に展開する。「私」が用意した宣伝文句は、〈綿花わたの二分の一の軽さ、保温性、綿埃が立たない、湿気を呼ばない、丸洗いが出来る、煩わしい打直しの必要がない……〉といった、いいことずくめのものだった。その文言はそのまま新聞の広告欄に、テレビの画像に、そしてラジオの音になって休みなく流された。だが、この宣伝文句は科学的に正しくない。当然のなりゆきで天然わた業界と化学繊維わた・Ｆレイヨンは激しく対立、打ち直し業の組合員が大挙して会社に押しかけてくる。「私」は会社と全国に一万工場ある綿の打ち直し業界の対立の狭間に立たされ、自分のＦレイヨンにおける立場が判明すれば、親子が対立することになる最悪の状況にいる。その「私」の苦悩するさまを描いた作品である。

多くの初期の作品がそうであるように、この作品からも、後の記録文学、歴史小説にはみられない、ある種の情熱が感じられる。フィクションで構築する作品への模索に対する、真摯な姿勢といってもいい。吉村昭が亡くなってから読んだこともあってか、ひどく懐かしさを覚えさせる作品だった……。

いまや吉村昭も三十五歳。二児の父であり、一家の主として家の経済を支えなければならない立場にあった。が、貯えもつき、それでもどこからか小説の依頼が来るかもしれないと、あてもない期待を抱きながら、弟に金を借りたりして日を送っていた。

三十八年一月中旬、「週刊新潮」の編集者が訪ねてくる。用件は同誌に新しい企画を立てたので、執筆者の一人として参加してほしいということだった。発生した事件など、素材は編集部で提供し、それを小説にするというもので、原稿料は毎月十万円以上になると言った。十万円は大金である。企画は半永久的につづけられる予定だという。それだけの月収があれば豊かに暮らすことができる。喉から手が出るほどの話だが、吉村昭は一晩考えて辞退の返事を書いた。

願ってもない話だがそれを引受けたとすれば、今までコツコツと同人雑誌に小説を書いてきたことが無意味になる。自分の好む素材をさがして、それを書くことをつづけてきたが、(中略)そのような仕事をするのは、自分をゆがめることになる。

これはいけない、と思った。編集者の依頼でもわかるように、筆で生活しようとすれば、月に十万円の定収入を得られる仕事もあるのだろう。筆で……と考えていたことがあやまりであり、それは自分を見失う結果になる。食べることは、社会人としてのまともな仕事から得る収入でまかなうべきで、その上で書くことをするのが正しい姿勢だ、と反省した。(「私の転機」)


吉村家の生活は相変わらず窮乏していた。つつましい生活を続けていたので出費は少なく、津村と二人の原稿料収入だけでなんとか生活を維持することができるだろうと、予想していた。しかし、前年の「鷺」が七月号に掲載されて以来、「文學界」からの原稿依頼は絶えていた。津村は家計費を捻出するため少女小説の執筆に時間の大半を費やし、自分の小説を書けぬことに苛立っていた。吉村昭が殆ど無収入であることを責めるような言葉も口にするようになり、しばしば諍いもした。居たたまれない思いで、家を出ると弟の家に行って泊まるということもあった。

吉村昭は生活について考え始めていた。家族の生活もかえりみずに小説を書くなどという甘えた考えは捨て去るべきで、そのような生き方からは決して勁い文学が生まれるはずはない。夫として、二人の子供の父として、妻子に生活の資を与え、その上で自分に残された時間を小説の執筆に傾注すべきだと思い直した。安定した生活費を得るためには、勤めに出る以外にない。吉村昭の眼はそれまで関心のなかった新聞の求人広告にいくようになった。

兄たちの庇護を受けずに生きると決めていたが、三十六という年齢になって、その頑なさもかなり薄らいできていた。吉村昭は次兄武雄の経営する繊維会社に就職することになる。兄の会社であることに躊躇いを感じたが、兄のために少しでも力になれると考えて承諾した。月給は四万円。そのことを話すと、妻の顔に安堵の色が浮かんだ……。


ネクタイをつけて背広を着、初出勤のため家を出た私は、足がよろめくのを感じた。再び勤めに出なければならなくなったことが情けなくもあり、恥しさも感じたが、自分の定めた道を歩くためなのだ、と思った。(同前)

会社の仕事は、工場でつくる布団綿をデパート、布団店に卸す部門と、寝具、呉服類を婦人団体に直接販売する部門に分かれていた。商品知識は一応持っていたので違和感なく励むことができた。ただ、社長の弟であることで、社員たちは、自分が自由気儘に過ごすのではないか、と思っているような気がした。吉村昭は定刻より二十分ほど早く出勤、残業している部門があると自分もそのまま居残った。

二月下旬、南北社の大竹延と評論家の尾崎秀樹が訪ねてくる。大竹は評論家の林富士馬の推挙で作品集を出版したい旨を告げた。吉村昭は文芸雑誌で没になり、同人雑誌評でも取り上げられなかったが、愛着のある「少女架刑」を収めることを希望した。七月、『少女架刑』(南北社)が出版される。同書には表題作の他に「鉄橋」「貝殻」「星と葬礼」「墓地の賑い」が収録された。出版されると、「サンデー毎日」「朝日新聞」「毎日新聞」などの書評欄に大きく取り上げられた。書評では「少女架刑」が好意的な批評を受けたが、「週刊朝日」の宗左近は「墓地の賑い」を〈本書収録五つの短篇中、ずばぬけた佳品〉とし、「図書新聞」では日沼倫太郎が〈なかでも出色なのは『墓地の賑い』〉としていた。書評のお陰もあってか、初版三千部であったが、五百部ずつ三度増刷した。

この年、日本大学芸術学部文芸科研究室発行の「宝島」という雑誌から短篇小説の依頼があり、吉村昭は「電気機関車」と題する短篇を送り夏季号に掲載された。その作品は「文學界」十一月号の同人雑誌評に取り上げられた。小説読みでは定評のある駒田信二は、〈……短篇としてほとんど完璧な作品といってもよかろう〉との賛辞を記していた。さらに嬉しいことには、今月のベスト5に選ばれていた。長いこと作品を発表してきたが、吉村作品がベスト5に選ばれたのは、これが初めてのことだった。

ところで吉村昭の会社での仕事はしばしば出張もあり繁忙を極めた。仕事になれてくると重い責任を負わされ、いつの間にか次兄の補佐役のような形になっていた。たとえ勤めに出ていても、帰宅して深夜まで起きて頑張りさえすれば小説は書けると思っていた。が、それが誤算であったことを知るのに時間はかからなかった。家に帰っても会社のことが頭を離れぬこともあり、激しい疲労でそのまま身を横たえ、朝まで眠り込んでしまうこともあった。執筆時間は極端に少なくなっていた。

――このようにして、次第に文学から離れていった人が数え切れぬほどいるのだろう。自分も同じ道を辿るのだろうか……。

そんな悲痛な思いが襲ってきていた。

吉村昭は慄然として机に向かった。が、新しい小説の構想を練ろうとしても頭脳の機能が停止してしまったように、テーマはなにも湧いてこない。頭はぼろ屑でもつめこまれたように死んでいた。生活の資を得るために勤めに出た。自分の心掛け次第で小説を書きつづけられる、と信じてのことだった。しかし、会社で思わぬ重責を負わされ、それが主因となって、創作する気持が日増しに衰えてゆくのを感じていた。吉村昭は大きな危機だと思った。

ここで津村節子の方をみてみよう。

三十八年の「文学者」六月号に発表した「氷中花」と十二月号の「弦月」が、それぞれ直木賞の候補になる。三十九年、「さい果て」が「新潮」十二月号に掲載され、第十一回新潮社同人雑誌賞を受賞。「さい果て」は芥川賞候補にもなるが落選。そして四十年の「文學界」五月号に掲載した「玩具」で第五十三回芥川賞を受賞する。

芥川賞の受賞作は時代を抜きには語ることができない。「玩具」について秋山駿は次のように評している。

『玩具』も、また、時代が作者を招き寄せているような小説である。

時代自身が、多層的に、不透明に、輪郭のあいまいなものになってしまうと、われわれの生がその上で展開される最大の実在としての日常そのものも、また、形がなくなって、漠然たる拡がりのようなものになってしまう。芯（真）が見当たらなくなってしまう。日常の形はどこにあるのか？　あれば、それは家庭に見出せるであろう。しかし、その家庭は、すでに「家」という形を喪っている。では、芯はどこにあるのか？　あるとすればそれは、人と人とが共に生きる最小の単位としての、夫婦の絆以外には見出せない。

この小説は、売れない小説ばかり書いている夫との夫婦関係を、妻の立場から書いたものだが、作中に、男が異常な興味を寄せる、

「鯛がわずかの間生きていられる限界まで身を剝ぎ取って泳がすことに成功したんですって。頭と内臓を残して、骨が透いて見えるほど肉をとってしまってあるのよ」

という話が出てくる。まさしくそのように、夫婦の絆の断面図を「骨が透いて見える」ように露呈してくれるもので、描く作者の手は鋭利であった。（「混沌に満ちた中間期」『芥川賞小事典』）

芥川賞を受賞したとき、津村は吉村昭に、〈「会社をやめたら……」／と、言った。／不意の言葉に、私は、／「なぜだ」／と、妻の疲れ切った顔を見つめた。／「夜、寝言で営業成績だとか資金繰りだとか言うのをきくのが、辛いのよ。頭の中には会社のことだけしかないのね。今まで、あなたが勤めに出て生活を支えてきてくれたけど、私が受賞して少しは収入もあるようになるだろうし、節約すれば生活はやってゆけるから、会社をやめて。小説を書いて欲しいのよ」／「なにを言う。外国には、外務大臣までやりながら小説を書いている作家もいる。兄貴はおれを頼りにしている。

今さらやめますとは言えないよ。心配するな。会社勤めをしながら書いてゆく」〉(『私の文学漂流』)と吉村昭は答えた。

吉村昭は大学時代に小説に手を染めてから、自分の生命は書くためにあると言い聞かせてきた。会社に勤めたのも、生活を安定させ、全精力を投じて小説を書きたいと思ったからである。しかし、結果は逆だった。会社は軌道に乗ったものの、経営はいまだに順調ではなかった。万全の経営状態にするには、なお道は遠かった。勤めが激職であろうと、睡眠時間をさらに短縮すれば生きる意義のある小説を書いていけるという自信もあった。

しかし、退社時間がきても、社員との融和をはかるため、あるいは打ち合わせのために酒を飲む機会も増えていた。酔って帰宅した吉村昭には机に向かう気力もなく、そのまま布団に潜り込んでしまう。勤めに押しひしがれて小説を書くことができなくなっており、その傾向はますます強くなるだろうと思われた。

吉村昭は会社を辞めようと思った。

津村のもとには受賞以来、原稿依頼が殺到した。吉村昭は「おれはお前のヒモになるぞ」と宣言する。とにかく一年間、執筆に専念して失敗すれば、元の職場に戻る約束だった。後がない切迫した感慨の中での選択だった。

第三章　活路を拓いた記録文学

昭和四十年九月末、吉村昭は退職する。生活のために束縛されていた時間から解放され、自由に執筆できる時間的余裕を求めてのことだった。が、勤めに出ることのなくなった吉村昭は一時、虚脱にも似た状態に陥り、なすこともなく日を過ごしていた。

頭の中に大きな空洞ができたように、うつろな気分であった。
私は、ペンキと刷毛を買ってきて門や郵便受けを塗ったり、雨戸の外の汚れた縁側をタワシでこすったりしていた。そうした私を、妻は黙ってながめていた。（『私の文学漂流』）

その情景は定年退職した人の心理にも似ているのではないだろうか。これはわたくしの個人的な体験からくる感慨である。退職する前に見えたのは、拘束されることのない無限大の自由な時間だった。その時間が入手できれば、好きなことがなんでもできると思った。どこにも悲愴感はなく、退職の日を鶴首して待ったものだ。しかし、実際に退職すると、やりたいことが急に見えなくなり、腑抜けのようになって、自由な時間を持て余した。そんな日々が吉村昭の体験と重なってみえる。

そんなとき、繊維団体に勤めていた頃、親しくなった渡辺耕平から電話があり、一杯やろうということになる。小料理屋のカウンターで酒を酌み交わしていたとき、渡辺が「私の故郷は、小説にならんですか」と言う。渡辺は岩手県の三陸海岸沿いにある村の出身で、しきりに村のことを話した。

かつて渡辺の話に惹かれ、団体事務局を辞めたとき、その村を訪ねたことがあった。昭和三十七年のことである。その時、渡辺の友人で漁業組合の組合長をしている早野仙平に岬の上に案内され、そこから断崖の下の海を見下ろしたりした。渡辺の言葉に、その時に見た恐ろしいほどの紺色の海と岩に砕ける波の光景を思い起こした。吉村昭は「小説になるかも知れない」と言った。そして、自分の眼に光が宿るのを意識した――。

九月、岩手県三陸海岸にある田野畑村島越《しまのこし》へ一人旅をする。上野駅から青森行きの列車に乗り、盛岡駅で下車。山田線に乗り換え、茂市で降りて支線で浅内まで行き、バスで岩泉に着いたときは夕闇が濃かった。岩泉で一泊、翌朝、バスに乗って田野畑村の島越に向かう。およそ三年ぶりだった。吉村昭は潮の香りに包まれながら腹這いになって、切り立った崖の上から、飽かずに濃紺の海と砕け散る波を眺めた。そうしているうちに、〈錆びついていた私の頭が、清冽な水で洗われたようにいきいきと働き出すのを感じ〉（同前）た。昭和十二年に起こった死のう団事件（宗教団体の信者たちが死のう、死のうと叫んで集団自殺をはかった事件）に興味を持っていた吉村昭は、鵜の巣断崖と死のう団とを結びつけることを思いつき、創作意欲を取り戻した――。

二泊して戻った吉村昭は、書斎の机の前に坐りつづけるようになる。田野畑村の海の色が蘇ってきた。吉村昭はそれを思い浮かべながら、小説の下書きを始めた。

その頃、吉村昭は日本工房（内藤初穂社長）という広告制作会社から発行されている広報誌「プロモート」に十四枚の「或る夫婦の話」という短篇小説を書き、それが十月号に掲載された。そのうち、内藤から日本工房に戦艦「武蔵」の建造日誌の写しが保管されているのだが、それをもとに小説を書いてみる気はないかという話を持ちかけられる。余談だが内藤初穂はサン・テグジュペリ作『星の王子さま』（岩波書店）の翻訳でも知られるフランス文学者内藤濯の子息である。

吉村昭に戦争の記録についての関心は全くといっていいほどない。まして、船の建造日誌を資料に小説を書く気持ちなど微塵もなかった。〈事実の中には、小説は無い。事実を作者の頭が濾過し抽象してこそ、そこに小説が生まれる〉（「赤繪」の編集後記）というのが小説を書き始めて以来の吉村昭の信条だった。そしてリアリズムを基本としながら、独特の幻想味を帯びた短篇を書き継いできた。実録風のものとなるに違いない戦艦「武蔵」を書くことは、その信条に反していた。しかし、「戦争の象徴としてこれ以上のものはない」と内藤に言われ、とりあえず膨大な日誌を受け取る。が、その処置に困惑し、日誌は書斎の片隅に長いこと放置されていた。

十月中旬、「文學界」編集部から作品を見せてほしいという手紙が来る。前年の七月号に掲載された「煉瓦塀」以来の便りだった。吉村昭は三陸海岸を舞台にした小説の下書きが半ばまで達していたので、それを書き進め「星への旅」という題をつけ、翌月上旬に「文學界」編集部に届けた。

十二月に入って間もなく、「二十枚ほど削れば良くなると思うが、このままでは」という連絡が入る。「星への旅」は七十八枚。二十枚削るにはかなりの改作が必要である。それに短縮しただけで、編集者が眼を見張るような作品になるとも思えなかった。吉村昭は未練を捨てて潔く自ら没とし、次の依頼に備えようと思った。

一方、日本工房からは、さかんに戦艦「武蔵」について「プロモート」に書くように促される。その勧めに抗しきれず『創業百年の長崎造船所』を読んだり、「武蔵」建造に当たった技師や工員の話を内藤氏から聴いたりしていた。吉村昭は、「武蔵」が進水したとき、長崎港内の水位が急に高まり、津波状の波が対岸に押し寄せ床上浸水したという話に興味を持った。また、不沈艦とされていた「武蔵」が、実際は撃沈されたのに、工員の中にはそれを信ぜず、戦後も太平洋上の無人島のどこかに停泊している、と考えている者がいるという話にも関心を抱いた。それらを調べて「プロモート」に書くのもよいかも知れぬと思う。まもなく執筆に着手、四十一年一月二十日に「戦艦『武蔵』取材日記」と題し、十三枚の連載第一回の原稿を渡した。

当時、筑摩書房は新人賞として太宰治賞の作品を募集していた。前年の第一回は該当作がなかった。書店で総合雑誌「展望」を開くと応募規定が載っていた。選考委員は井伏鱒二、石川淳、臼井吉見、唐木順三、河上徹太郎、中村光夫。締め切りは一月末日。一週間ほどしか期間はなかった。が、吉村昭の気持ちは動いた。「星への旅」を応募してみようと思った。そして応募のときはペンネームを使用しようと考えた。これまで四回も芥川賞候補になっている。当然、太宰治賞の選者たちは自分のことを知っている。吉村昭の名前では新人賞として新鮮味に欠けることが懸念された。全くの新人として挑戦してみようと思ったのだ。

文壇へ登場の望みは薄れて、会社勤めをしていた吉村昭は、第一歩からやり直す気持ちで応募作にペンネームをつけた。

「文学者」に本名で作品を発表していた戸川雄次郎氏が、菊村到というペンネームで「文學界」新人賞に応募し、当選した『硫黄島』が芥川賞も受賞している。そのような前例もあるので、全くの新人としてペンネームで応募してみようか、と思った。

それに、「展望」は、昭和二十年代から三十年代にかけて、私を強く突き動かすような文学作品をしばしば発表し、その雑誌が募る新人賞に作品を投稿することには意義がある、と考えた。過去に私の書いたものに好意を寄せてくれた臼井氏と河上氏が選考委員に加わっていることも魅力があった。（同前）

菊村にあやかろうとした吉村昭の気持ちは理解できる。が、菊村について少しく誤認があるようである。菊村到の本名は戸川雄次郎。戸川は「文学者」「作品」「文藝手帖」などの雑誌に拠って作品を発表、「受胎告知」が二十九年下期の芥川賞候補になった。しかし受賞はできず、低空飛行の日がつづいていた。そこで気分を一新、自分の創作のマンネリを打破するために考案した菊村到の名前で執筆した「不法所持」が三十二年、文學界新人賞を受賞。その三か月後の七月に「硫黄島」で待望の芥川賞を受賞したというのが事実である。

吉村昭は、「文学者」に投稿しようと考えていた「星への旅」の清書に取り組み、推敲を重ねて八十枚に改稿した。さらに改作を終えていた二百九十三枚の「墳墓の谷」を「水の墓標」と改題し、

「星への旅」とともに筑摩書房に郵送した。

しかし、郵便局からの帰途、吉村昭は作品を送ったことを激しく悔いることになる。

小説というものは、自分から他者に読んでくれと求めるものではない。そのため、今まで文芸雑誌の編集部に原稿を持ち込んだことは一度もなく、ひたすら、一作を見せて欲しいという連絡がくるのを待ちつづけた。

（中略）私は、これまでそのような賞に作品を応募したことはなく、それは、自分から積極的に自作を読むよう提示することは文学の本質にもとる、という意識があったからである。作品は、相手の求めに応じて提出するものであり、自ら差し出すものではない。

そのように長い間、自らを律してきた戒律を、懸賞小説への応募によって破ったことが恥しかった。「展望」の応募規定を読んで、私は平静さを失い、作品を郵送したのだが、その根底には作家としてこのまま消えたくないという焦りの感情があり、それによって思わぬ行為をおかしたことが情なかった。（同前）

また次のようにもいう。

当時は現在とちがって文学志望者は同人雑誌に小説を発表し、だれかの眼にふれることをひたすら願うのみで、いわば受動的であった。それが文学の世界の仕来りで、自分から作品を読んで欲しいと差し出すようなことはするべきではなく、それなのに懸賞に作品を応募したことはまことに恥ずかしいかぎりだ、と思ったのだ。さらに私は、作者名を仮名にしたことにも自己嫌悪を感じていた。私の名は古びていて、あたかも新人の応募作品のごとく仮装し、受賞を願う下心がひそんでいたことが恥ずかしかった。

私が不安定な状態にあったというのは、そのような応募作品を郵送した後だったのだ。(「齋藤十一氏と私」)

「プロモート」に連載を始めたエッセイ「戦艦『武蔵』取材日記」の反応は早かった。発行部数が数千部に足りぬ「プロモート」が「新潮」編集長・齋藤十一の眼に止まったのである。吉村昭は「新潮」編集部の田邊孝治から戦艦「武蔵」を小説に書いてみないかと声をかけられる。

しかし、依然として食指は動かなかった。「青い骨」から始まって「少女架刑」「星への旅」と書き続けてきた自分が、軍艦という、これまで全く縁のない構造物を小説に書くなど想像もしなかった。自分の筆は、それを書くような質のものではなく、書くことができるはずがないと思ったのだ。ただ、関心を抱いたのは「武蔵」の建造日誌から立ち上る熱気であった。それは少年時代に感じた戦時の煮えたぎっているような空気そのものだった。戦後、戦争は軍部がひき起こし持続させたものだ、という説が唱えられ、それがほとんど定説化している。しかし、少年だった吉村昭の眼に映じた戦争は、庶民の滾るような熱気によって支えられたものだった。自分の見た戦争をいつかは率直に書きたい、と思っていた気持ちが後押しした。

私は、二日間考えに考えぬいた。そのうちに十八歳の夏に突然のように敗戦という形で終った戦争をいつかは書いてみたいと思っていたが、それを「武蔵」に託して書いてみるべきかも知れぬ、という気持も湧いてきた。恐らく無惨な失敗に終るにちがいないが、思いきって書いてみよう、と決意した。

私は本格的な調査に取り組み、「武蔵」建造の関係者に連日のように会い、造船所のある長崎をはじめ各地への旅をつづけた。それに要した費用はかなりの額で、退職金は使い果たし、やむなく原稿料収入を得るようになった妻から金をもらうようになっていた。

四月下旬、私は書き出しの下書きをはじめ、清書した三十二枚の原稿を田邊氏にとどけた。駄目でしたら返して下さい、と氏に言ってそうそうに新潮社を辞した。（同前）

吉村昭は、〈無惨な失敗に終るにちがいない〉としながらも、新しい分野に挑戦することにした。失敗すれば作家生命を断たれるおそれがあることぐらい分からないわけではない。幸い挑戦は成功して作品領域が大きく拡がったことは周知の通りである。

その『戦艦武蔵』を執筆したとき、吉村昭は三十九歳。文壇の一部では知られていたものの、世間的にはまったくの無名作家といってよかった。

五月末、筑摩書房の編集部から電話が入る。太宰治賞に応募した「星への旅」と「水の墓標」が、二作とも候補作として残っているが、いずれか一作に決めて欲しいというものだった。選考委員の労を軽くするため、原稿枚数の少ない「星への旅」にしてくれるように、と吉村昭は答えた。

選考委員会は六月十日に開かれた。応募作品は四百九十六篇。最終選考に残ったのは佐久保斉「妄」、斎藤喜美「パトリス・ルムンバ記念諸民族友好大学」、梅原泰治「虎落笛」、加賀乙彦「フランドルの冬」、吉村昭「星への旅」の五篇だった。

六月十三日、「武蔵」の艤装工事を指揮した技師に会うため夜行列車で福岡へ行き、再び夜行列車で帰京する。翌日の夜、気晴らしにバスで吉祥寺に出て小料理屋で飲み、バーにも寄って深夜に帰宅した。チャイムを押すと妻が待っていたようにすぐドアをあけ、「あなた、太宰治賞を受賞したわよ」と言った。

応募の時にもちいたペンネームは、選考委員の臼井吉見に本名に戻すよう勧められ、吉村昭はそれに従った。

ここで受賞に至った選評を覗いてみよう。


井伏鱒二＝「星への旅」はシナリオを細部に渡つて説明するといつたやうな手法で話が進められてゐる。観念的な説明を極端に避けたいつもりなら、これも一つの新しい方法かもしれぬ。文章もよく出来てゐる。話の筋としては昔読んだ、たしかモーパッサンの、「自殺クラブ」を思ひ出させるが、それも読んでゐるうちには別に気にならなかつた。自殺仲間の集まる経過その他が、別種であるためと、てきぱきと場面が運ばれてゐるためではないかと思ふ。気になつたのは、戦前なら発禁にされるかも知れないといふことと、手記の形式でありながら描写が手記の範囲を食みだしてゐることである。去年の予選通過作品のことを思ふと一段とまさつた収穫である。

石川淳＝二篇（引用者註＝加賀乙彦「フランドルの冬」と「星への旅」）とも、内容はともかくとして、その表現力に於て納得できないところがある。（中略）

「星への旅」は最後の一節がはつきりいけない。この肝腎なところを書くために、これまで書いて来たやうなものではないか。せつかく断崖の上までたどりついたのに、ここを書きそこなつては飛びそこなふ。星も海もあつたものではない。作者が宙ぶらりんのやうである。途中で岩にぶつかることよりも、表現がもたつくことをおそれなくてはならない。どうしてかうだらう。この最後の原稿一枚を作者が書き直すことを、わたしは望む。さういつても、書き直せばかならずよくなるといふ保証はどこにもない。

選考の結果として「星への旅」がえらばれた。そのことにはわたしも異存がない。

臼井吉見＝「星への旅」は、女の子ひとりをまじえた総勢五人の少年の集団自殺の話である。無論、のっぴきならぬ理由なぞあるはずもない。気軽にひとりの口から出たものが、それがあたりまえのように、素直に仲間の胸に通じるものがあり、いくらか心をはずませて死の旅に出かけていく。これというほどの動機もなくて、集団自殺をやってのけるわけで、深刻味や暗さのかげもとどめないところが、手柄というものであろう。ともかく現代という異常な時代のすがたを軽くすくいとって見せたところがよかった。女の子が、もっと魅力あるものとして描けていたらと、それが残念でならない。

唐木順三＝「星への旅」がやはりいちばんすぐれてゐた。初めの方の、轢死を描いたところ、長い貨物列車がそのために急停車するところなど、うまいものだと思つた。とにかく達者なものである。主人公の圭一の父は人類学を専攻する大学教授でいつも書斎にとじこもつてゐる。母はいろいろな稽古事がすきで、外出しがちである。裕福で高級な家庭でありながら、圭一は子供のときからいつも孤独である。その孤独をまぎらすための昆虫の採集や模型都市の制作に飽いたとき、大学への受験準備といふ苦行がやつてくる。自信をもつて受けた入学試験に失敗し、予備校へ通ひ始めて二ケ月ほどたつたとき、突然に全身から力がぬけてゆくやうな倦怠感に襲はれる。

裕福で仕合せさうな家庭も、少年のもつてゐるさまざまな可能性も、いちど退屈とか無意味といふ小悪魔にとりつかれると、あとかたもなく消えて、ただ「死んじやおう」といふところへまつさかさまに落ちてゆく。それが連鎖反応的に友をよんで集団自殺行に出発する。中世の動乱期にも集団自殺が流行した。それは然し、現世の穢土を嫌つて極楽に往生するといふ信仰が背景にあつた。この作品の名は、幼いとき祖母から聞いた、死者は昇天して星になるといふお伽話に由来する。さういふところが現代といふものであると作者はいふのだらうか。

河上徹太郎＝私は初めから「星への旅」を推すつもりだつたが、衆議の末これにきまつた。但し問題なく満場一致といふ形ではなかつたことは、他の選者の選評に現れてゐるかも知れない。

この少年少女の集団自殺といふテーマは、考へて見れば動機もなければ心理もない無償の行為である。つまりそれだけではとりとめのない話だが、読んでゆくと何か雰囲気が出てゐる。或ひは大げさにいへば時代相・社会相が背景に感じられる。こんな子供達が現実に身辺にゐればやり切れないだらうが、この作品の上では彼等の息吹が感じられて、あながち厭味でない。さういふことはつまりこの小説の文体のせゐである。そこには一種の光と影の交錯があつて、生きた感覚を感じさせるものがある。それは新しいスタイルとはいへないけれど、結果的に新鮮味があるといへるのである。

中村光夫＝「星への旅」は狙ひもはつきりして居り、文章も正確で、結末に弱点がでてゐるほかは、そつなく仕上げてありますが、作者が何のためにこの題材をとりあげたか、納得がゆかぬところがあり、達者すぎるところも気になります。

ホテル・ニュージャパンで報道関係者に太宰治賞授賞発表会があり、翌日の各紙に記事が掲載された。七月十五日、授賞式もホテル・ニュージャパンで行われた。授賞式では、河上徹太郎が選考委員を代表し、正賞の記念品と副賞三十万円を授与し祝辞を述べた。河上はかなり酔っていて、「私は、君の作品が大好きだ。透明な感じがいい。これからも透明なものを書いて下さい」と、呂律の回らぬ声で語った。

吉村昭の弱気に染まりそうな精神に終止符を打ち、創作意欲を甦らせてくれたのが田野畑村だった。その後、毎夏、田野畑村へ家族旅行をするのが吉村家の習わしになった。

吉村昭が全く新しい作品世界に挑んだ『戦艦武蔵』の執筆は順調に進んだ。七月二十四日には最後の部分の推敲、清書に入った。最終部分の原稿は一晩で一気に四十二枚書き上げた。とことん精力を使い果たし、津村に、「できた、できた」と言って書斎から出ようとしたときには腰がくだけて座り込んでしまった。

原稿を提出して数日後、新潮社に赴いた吉村昭は『戦艦武蔵』のゲラ刷りを渡され、思わず、「本当に載るのですか」と訊ねる。四百二十枚もの長篇が文芸誌に載った前例はない。しかも新人の書き下ろしが一流の文芸誌に一挙に掲載されることが信じられなかったのだ。「新潮」にしても冒険だったに違いない。が、そこは齋藤十一編集長の慧眼を褒めるべきだろう。社内ではワンマン天皇と呼ばれていたと仄聞するが、柴田錬三郎、五味康祐、立原正秋、山崎豊子などをベストセラー作家に育てた名伯楽である。

『戦艦武蔵』は「新潮」九月号に一挙掲載された。「新潮」の新聞広告には、その題名が異様なほど大きく載った。原稿料は、新人の場合、七百円と聞いていたが、八百円で計算された小切手が届いた。吉村昭が生まれて初めて手にする大金だった。前年の収入がPR誌に書いた原稿用紙四枚分の四千円、税金分を引かれて三千六百円だというから、驚きの程度は推して知るべしだろう。吉村昭は、ようやく文筆生活に自信めいたものを抱くことができた。『戦艦武蔵』は、新しい分野に足を踏み入れるきっかけとなり、吉村昭は好きな短篇を書きながら戦史小説、歴史小説を書き始めた――。

「戦艦武蔵」の登場は、少なからず評者を驚かした。評価は真っ二つに分かれた。それまでの吉村作品は人間を主人公にした、特異な感覚に支えられた濃密な〝純文学〟の世界であったからだ。「死」や「死体」への執着は多くの評者の指摘するところである。

荒川洋治も、〈吉村さんの思春期が、読書に親しむよりも先に、「死」に親しむものであったことは、よく知られている。「死」の気配にとりまかれたことが、その後の文学の性格を決定的なものにしたのは、たしかなようである。ぼくはこのほど、高校生のときに読んだ「星への旅」をひさしぶりに読んでみた。新鮮だった。感動をあらたにした。「死」の気配が、人間の雑念を捨てさせることで、作品の澄んだ輝きが生まれている。不幸に対する文学の構えが、ひとつの実りをもたらすという事実である。「星への旅」をはじめ「墓地の賑い」などぼくも大好きな初期の名作、秀作は、ことごとく「死」の話であり「死体」の話題であるといっていい。著者の文学的資質は「死」の世界を通して磨かれたかのようである〈『私の文学漂流』解説、新潮文庫〉と述べている。

飴村行は、〈僕が吉村文学に傾倒する最大の理由は「死」である。／吉村昭ほど、「死」もしくは「死」に類する事柄を言葉で的確に表現できる作家はいない。作品内に登場するその描写はまさに皮膚感覚そのものであり、「死」が日常的なもので人はいつ死んでもおかしくないという、現代人が強引に忘却しているタブーをこれでもかと眼前に突き付けられる〉（「至福へと続く道」「文藝春秋」平成二十三年九月臨時増刊号『吉村昭が伝えたかったこと』）としている。

また、初期の吉村作品は〈骨の小説〉などとも呼ばれた。ちなみに「青い骨」など「骨」と「生死」を主題にした作品について詩人の宗左近は、〈冷徹、でいて、冷たくない。嗜虐的でいて、嗜んでいない。非道徳的反道徳的、でいて、非でもなく、反でもない。不健康、でいて、病的でない。ニヒル、でいて、死をはらんでいない。要するに、目が澄んでいる。しかし、悪魔的でない。マイナス符号をもつ光がくるめきでていない。見つめられるものを石と化する妖気がない〉と評した。

吉村文学は、そうした傾向のものという認識が一般的なものだった。そこに唐突ともいえる無機質な戦艦を主人公にした長篇小説の出現だったことから、まったく異質に映ったのである。発表時には評論家も戸惑い、中には「堕落した」と評する編集者もいた。当時の文学界は、資料に基づいてひたすら事象を追ったものを文学作品として扱う精神風土にはなかった。創作とは少し違う、という感覚でとらえられていたのである。

そうした評価を、『戦艦武蔵』は一変させたことになる。が、それまでの「骨と生死」を主題にした小説を一応書き終えたとき、吉村昭の前に、『戦艦武蔵』の主題が訪れたといっていいだろう。それに挑戦したことで、吉村文学の世界は広がっていったのである。

もちろん精神の痛みを伴ったことは言うまでもない。先にも触れたが、改めて経緯を辿ってみよう。吉村昭は、巨大戦艦「武蔵」の膨大な建造日記を見せられたとき、それを材料にして、「小説を書く気など、みじんもなかった」と告白している。自身も、そうした小説世界に馴染まないと思っていたのである。が、後に『戦艦武蔵』について、〈初めて事実に即したものを書くおびえを感じていたが、筆を進めるうちにそのような感情も薄れた〉（『私の文学漂流』）と言い、さらに翌年、同様の調査に基づいて書いた『高熱隧道』（「新潮」四十二年五月号）のときになると、〈自然に筆が進み、創作をしているのだという気持しかなかった。ただ、この二作を書いている時、事実というものにもたれることはせず、あくまでも小説を書かねばならぬという意識が絶えず働き、事実の取捨に専ら神経を使った。そうした意味から、『星への旅』『水の葬列』に対する姿勢と一脈通じるものを感じていた〉（同前）と語っている。

ところで、『戦艦武蔵』は「新潮」が試みた長篇一挙掲載の嚆矢だった。以後、庄野潤三の『流れ藻』（四百枚）、有吉佐和子の『華岡青洲の妻』（三百二十枚）、利根川裕の『館』（三百六十枚）、澤野久雄の『山頂の椅子』（二百五十枚）と継がれ、長篇一挙掲載路線は今日までつづいている。
九月八日、『戦艦武蔵』は単行本化される。吉村昭は「新潮」は純文学の雑誌であることから、初版はいいところ千五百部か、せいぜい三千部だろうと思っていた。が、予想外の二万部だった。そして月並みな表現でいえば羽根がはえたように売れに売れた。一週間後には一万部増刷された。勢いは止まらず増刷を重ね、十月中旬には十一万六千部に達し、結局十六、七万部にも部数を伸ばした。その後、新潮小説文庫、新潮文庫に入り、平成二十二年十一月二十日に七十二刷が出ている。「産経新聞」「東京新聞」「読売新聞」「朝日新聞」「毎日新聞」の各紙の「文芸時評」が大きく取り上げた。評価には途惑いも感じられたが、本多秋五は「記録文学の作家としての能力をじゅうぶんに示した」とし、平野謙は今月のベスト3の一作に選んだ。

九月、戦艦「武蔵」の建造技師、乗組員たち三十一名を目白の椿山荘に招き、懇談会を開く。
（「自筆年譜」）

かつての相次ぐ芥川賞の落選は、吉村昭の作家への夢を無残にも砕くものだった。しかし、何が幸いするか分からない。後年、城山三郎との対談「きみの流儀・ぼくの流儀」で、吉村昭は、〈今から思っても、あそこで受賞してたら僕はだめになったんじゃないかな。あの頃書いてた路線のものばかり書いて、いつか袋小路に入ったと思う。受賞が必ずしも将来のためにならない作家っているでしょう。僕もそうなったと思うんだ。受賞しなかったから、『戦艦武蔵』を書けたんだし、自分の小説の世界を広げられたという気がするのね。だから今でもありがたいと思ってる〉（『回り灯籠』所収）と語っている。

ところで先走るようだが、吉村昭と長崎の関係について触れておきたい。取材旅行で北海道に次いで多いのが長崎である。最初に訪れたのは昭和四十年。本格的な〝長崎詣で〟は『戦艦武蔵』の執筆に始まったといってもいいだろう。四十一年三月末、〈夜行列車で長崎市におもむき、一週間滞在して戦艦「武蔵」の建造について調査。帰途、福岡市その他に旅をする〉（「自筆年譜」）とある。吉村昭が生涯、かかわることになる長崎との出会いである。そして『戦艦武蔵ノート』「顚覆」、『戦艦武蔵』の副産物ともいえる「軍艦と少年」といった戦史小説を執筆するための取材で頻繁に長崎を訪れる。そこでまた新しい多様な史料に遭遇する。江戸時代、異国に開かれていたのは長崎だけだったから、当然といえば当然のことだろう。鎖国政策をとっていたことから、漂流などにも深くかかわっていたのである。

戦史小説のあと、吉村昭の軸足は歴史小説に比重が移るが、それを支えたのは長崎に眠る豊富な史料だった。歴史小説にとどまらず、世界初の心臓移植を扱った「神々の沈黙」の取材でも長崎を訪れている。まるで深い因縁で結ばれているかのようである。

その〝長崎詣で〟だが、確認できるだけで百七回（津村節子インタビュー「長い間に、字まで似てきた」「文藝春秋」平成二十三年九月臨時増刊号『吉村昭が伝えたかったこと』）に上っている。百回に達したのは平成十年二月のこと。そのとき吉村昭は「長崎奉行」に任命され、長崎県知事から陶板を授与されている。〝名誉県民〟のようなものだろう。そんなに通っていながら、名所旧跡には見向きもせず、図書館と思案橋の飲み屋街しか知らないというのだから恐れ入る。

さて、『戦艦武蔵』の成功をきっかけに、吉村昭は戦史小説の執筆に情熱を傾け、多くの秀作を生み出していく。戦後も二十年を過ぎ、ようやく戦争に向き合えるようになったといえる。

ここで改めて吉村昭の戦争体験、というより敗戦体験の周辺を覗いてみよう。

先にも触れたが、吉村昭は、〈戦争が敗戦という形で終ったことは、私にとって信じがたいことであったが、私の実際の驚きは、終戦の日からはじまったと言っていい〉（「二つの精神的季節」）と言う。昭和二年生まれの吉村昭は、物心ついてから絶え間なくつづいて発生した××事変と称する〝小戦争〟の雰囲気の中で育った。生まれる前にも日清戦争、日露戦争、第一次世界大戦のあったことは大人たちから頻繁に聞かされた。

〈つまり私にとって戦争は、変哲もないきわめて日常的な環境にすぎなくなっていた。（中略）／そうした私も、昭和十二年に中国大陸ではじまった戦争は一応本格的な戦争として意識した。しかし、その戦争も私には、長いお祭りがだらだらつづいているような印象しかなく、戦争というものは必ず勝つことで終るはずだと思っていた（中略）／一般の大人たちも、多分に浮き浮きとしているように思えた。（中略）／私は、そうした浮き立った空気に十分満足していた。（中略）／私たちは、少国民という名のもとに一人前に扱われていることに満足し〉（同前）、勝利のために軍需工場への勤労動員にも積極的に関与した。

夜間空襲が本格化し、動員先の工場は隅田川沿いにあり、川面にはおびただしい死体が見られた。が、吉村昭の胸にはなんの感慨も湧かなかった。川の芥《ごみ》かなにかのようで、川の一風物としてしか感じられなかったことについては触れた。

その日、まだ熱さの残った家の焼跡を鉄の棒でかき起しながらも、私は日本が敗北するなどとは想像すらしなかった。やがていつかは戦争も終る……という期待は、たしかに私にもあった。（中略）戦争が終るということは日本が完全な勝利を得ることであり、劣勢の日本が勝利という形をとるには、なお相当の歳月を必要とすると思えたからであった。

そんな私にとって、終戦は、不意に（この言葉以外私は適当な表現を知らない）やってきた。

（同前）

そして前述の終戦を迎えたときの感慨に戻る。戦争批判者に対して吉村昭は言う。

しかし、年を経るにしたがって私はひそかにそれらの発言者に反撥をいだくようになった。おそらくかれらは、その言葉どおり戦時中に戦争を批判しつづけたのかも知れないが、それらの発言は、終戦後からはじまっていることに致命的な弱さがある。かれらの最大の弱点は、終戦後という一事にかかっている。私はかれらの発言がかれら自身の保身のためによるものであると考えるようになっていた。

或る文筆家は、徴兵忌避のため醬油を毎日多量に飲んで体の衰弱をはかり、期待どおりに不合格となったことを戦争批判のための一抵抗であったと述べていた。（同前）

わたしの周辺にも、それに類似した発言をする人はいた。死者を鞭打つつもりはないが、一例をあげておこう。

戦後の山形県の〝進歩的知識人〟を代表するとされる、詩人で野の思想家といわれたMがいる。Mは徴兵検査の五日ほど前、山形市内の病院に入院し、十二指腸の検査をした。特に治療をする必要はなかったのだが、Mには期するところがあった。そこで毎日チモールとかネマトールとかいった薬を服用し、腹中のものを全部排泄することで減量を図った。徴兵忌避のためであって、その結果は丙種合格というものでMの目的は達せられた。また多量の醬油を飲んで徴兵逃れに成功した事例を、誇らしげに語って聞かせる〝進歩的知識人〟もいた。そのとき、わたしも吉村昭のように、〈醬油を飲んだという行為が、果して戦争批判という重大な意味をもつものから発したものなのか。それは単なるその文筆家自身の怯懦にすぎないものではなかったのか。（中略）それは死を恐れる人間の行為として許されはするが、その個人的な怯懦を戦争批判、軍部への抵抗であったとして、それが英雄的行為であるかの如く得々として筆にすることに、私は大きな疑惑を感じた〉（同前）ものだった。

つづけて吉村昭は言う。

私は、戦いの渦の中で真剣に生きた自分の過去におびえた。批判力も乏しい年齢であったとはいえ、戦争の勝利を念じながら働いたことに深い負い目を感じていた。

私は、自然と牡蠣のような沈黙の中に身をひそめるようになった。そしてそれは、敗戦の日から二十年間つづいた。

その間、私は、釈然としない思いで戦争のことばかり考えつづけていた。そしてその結果、少年であった私の眼にした戦争を、たとえ非難されることはあっても正直に述べねばならぬことに気づくようになった。戦争について沈黙をやぶることは、私にとって踏絵を眼の前にしたキリシタンと同じ勇気を必要とするように思われた。しかし、このまま口を閉じつづけることは、終戦後二十年間胸の中にわだかまった鬱々とした気分を、死ぬまで抱きつづけねばならぬことを意味している。それは、もはや私にとって堪えがたいことであった。(同前)

終戦の日まで、果して日本に戦争が罪悪であるという考え方が存在していただろうか。明治以後、戦えば必ず勝つことしか知らなかった日本人にとって、戦争は、なにか悲壮美とでもいった、きらびやかな光に満ちたものであったのではなかろうか。むろん、武士道的死への讃美も十二分に継承されていて、そうした風土の中から軍人が輩出し、為政者がはぐくまれた。かれらにとって戦争は、この島国の安全と名誉を守る有力な唯一つの方法であったのだ。

戦争の対語である平和という言葉は、日本人にとってほとんど無意味なものでしかなかった。「平和がやってきた」という外国人の表現は、「勝敗に関係なく戦争が終った」ことを意味しているが、敗戦の日以前の日本人にとっては、「戦争が終った」ことは「勝った」ということと同義語であった。つまり、平和という言葉は、単なるバタ臭い外来語にしかすぎず、遂に敗戦前の日本人の中に根をおろすことはなかったのである。

そうした日本人が、終戦の日を境に、なぜ平和を口にし、プラカードにその言葉を何の抵抗感もなく、書き記すようになったのか。

私にとって最も恐しいことは、実はこのことなのである。

私は、終戦の日を境にして全く異なった二つの精神的季節を生きた。戦後の私は、戦争のもつ恐るべき残虐性を知ったし、その非人間的な行為を、同類の人間として恥辱だと思っている。

（中略）

戦時中の私は、私なりに真剣に考え、そして生き、戦後の私もそうであったはずだ。しかし、戦時中の私と戦後の私のどちらが、私なのか。おそらく戦後の私が私なのだろうが、果してそう言いきってよいのだろうか。（中略）

戦争に幼いながらも接触した私は、二つの相反した精神的季節の中に生きた人間という存在の奇怪さを、後の世代につたえる義務を課せられているように思う。（同前）

かくして吉村昭は戦争を積極的に語り始める。きっかけは『戦艦武蔵』の執筆であるが、以後、史実と複数の関係者の証言による作品世界を提示することになる。その多くは、自身が見て、そして感じたこと、つまり自分に引き寄せて書かれた作品であることは言うまでもない。

話を流れに戻そう。受賞作を中心にした『星への旅』（筑摩書房）の出版打ち合わせに赴いているうちに、最終候補に残っていた中篇小説「水の墓標」を「展望」に載せたいという話が出る。「展望」編集部内では「星への旅」より評価が高かったという。吉村昭は七十三枚圧縮して二百二十枚にして推敲を重ね、題を『水の葬列』と改めて「展望」編集部に届けた。『水の葬列』の初出は「展望」四十二年一月号。「高熱隧道」が「新潮」に掲載される四か月前に発表された作品である。

舞台はＫ川上流の奥深い峡谷でひっそり日常を営んでいる、地元民とは没交渉の部落。終戦間近にアメリカの爆撃機編隊のうちの一機が、その山脈に墜落したことがきっかけになって発見された村で、落ち延びた平家の落人たちによって形づくられたものだろうと推測されている。

その地域は豊かな降雨量と渓流の傾斜落差が大きいことから、電源開発の好適地として脚光を浴びることになり、Ｋ４ダムの構築が進められている。主人公の「私」は不倫に奔った妻を撲殺し、四年間の獄房生活を送り釈放された過去を持つダム工事人夫である。「私」は憎しみのため妻の墓を暴き妻の足の指の骨を持ち歩いている。

ダム建設の労務者たちは部落民にとって歓迎できぬ闖入者であり警戒すべき集団だった。まもなく部落は水没することになる。部落では工事人夫たちの存在を完全に無視し、不気味な沈黙の中で日常が営まれていた。ある日の夕方、四人の村人がやってくる。そのうちの一人は凄艶な美しい女で、ダムの工事人夫である田村に犯されたのだった。翌日、女は首を吊って自害する。女の死体は片付けられることなく晒されつづける。それから二日後、田村が消え、三日後の正午近く、死体となって発見される。

ダム計画は補償問題に移る。おびただしい墓標を抱く村落のこと、補償問題は難航が予想されたが、あっさり形がつく。補償金は十月に払われ、十一月までの立ち退きが勧告される。家屋、木橋、物置小屋などの木造物はともかく、二か月弱の期間で墓地の移転は可能なのか——。ところが墓石は次々に倒され、山肌のつけ根や河原の近くに整然と積みかさねられる。墓地には黒々とした土の地肌が耕地のように広がった。そして村人は鍬をふるい始める。掘り出された骨が地表を白く染める。その後、部落民は木箱を作り、掘り出した頭蓋骨を納める。骨を納めた木箱は寺に運ばれる。

ところで女の死体は四か月も放置され、白骨化のきざしをみせている。無残な光景を見て、「私」には妻の骨粒が以前と違って妙な親しみを持ったものに感じられるようになる。「私」はひそかに穴を掘り女を埋め、大きな石を載せる。女を埋葬することは「私」の過去の痛手をいやす重要な事柄でもあったのだ。埋葬してやったことで村人との間に微妙な心の響きあいが生まれる。村人の手によって女は掘り起こされ、白木の柩に納められる。寺での回向がすむと、頭部は小さな木箱に移され墓地に運ばれた。

やがて立ち退きの日が来た。村人たちは家屋に火を放ち、柩を背負い白い流れとなって部落を後にする。向かうのは人里ではなく、山脈の奥である。落人の血の宿命にしたがって、人の眼を避けてさらに山の奥深く落ちていく。

この作品でも初期の吉村作品のように「骨」が物語の重要なファクターとなって登場する。〝骨の作家〟といわれる吉村昭の力作中篇である。

『水の葬列』は、新聞の文芸時評にも取り上げられた。朝日新聞の大岡昇平は〈物語の内容が空疎〉としたが、毎日新聞の平野謙はベスト3の一作に挙げ、東京新聞の本多秋五は激賞した。

この賛否の差について、吉村昭は『私の文学漂流』の中に、東京新聞のコラム「大波小波」の一文を引いている。それは、〈ある作品についての評価が食い違うのは、無条件の傑作あるいは愚作があり得ない以上、むしろ当然のことである。レイロウ玉のごとく、八方どこから見ても、欠点が見いだせない作品などあり得ないのだから。……「展望」新年号にのった吉村昭の「水の葬列」はその好例であろう。朝日の文芸時評を今月から担当した大岡昇平は、この小説の後半がまったくリアリティーを欠くと言い「作者の知性をうたがう」とまで言っているのに対し、毎日の平野謙は、これを今月の第一等の作品と推し、本多秋五も本紙の文芸時評で「胸の琴線にふれる」としている。……（文芸時評を読んだ）何十万かのインテリが「水の葬列」を愚作と信じこみ、他の何十万かがこれを名作と思いこむとしたら、これはちょっと放っておけない問題ではないだろうか〉というものである。

そのコラムに対して吉村昭は、〈大岡氏は、『俘虜記』『野火』の作者として私の尊敬する作家で、氏が愚作としていても、私は、どうとも思わなかった。太宰治賞を受賞した『星への旅』も「文學界」の編集者の意にかなわなかったものであり、私自身も「文学者」に投稿してきたS氏の小説の掲載を拒否したが、それが総合雑誌の新人賞の受賞作となった。人によって作品を観る眼は異なり、大岡氏の私の作品に対する評も、氏の個性によるもので、当然のこにと思えた〉と述べている。

さて、『戦艦武蔵』を書き上げて半月ほどした頃、「新潮」編集部から、次は何を書くかと問われる。吉村昭には、胸にわだかまっているある情景があった。それは『水の葬列』執筆のため、黒部第四発電所のダム工事現場を訪れる途中に眼にしたものである。

吉村昭は宇奈月町から黒部鉄道の軌道車で欅平まで行き、そこから隧道内に設けられたエレベーターに乗り込んだ。そのエレベーターで上った二百メートルほどの竪坑は、黒部第三発電所建設工事第三区の掘削した竪坑だった。上り詰めた終点の隧道内には、密閉できるようになっている木製の箱車が待っていた。その軌道車に乗って工事現場の仙人谷に向かう。途中、かたく閉ざされた扉のすき間から湯気が入り始めた。箱車の中は驚くほどの熱気につつまれ、ガラス窓を覗くと隧道内には濃い湯気が立ち籠めていたのだ。

吉村昭は初め、この隧道内には何か異常事態が起こっているのではないかと思った。しかし、その熱気と湯気が、この隧道にあっては正常なものであるらしいことに気づく。それは〝高熱隧道〟と称されるトンネルで、貫通させた工事は世界の隧道工事史に残る難工事だったとの説明を受ける。吉村昭は、それを調べて書いてみたいと言った。

その工事を担当したのは、津村節子の従兄の小町谷武司が勤務している佐藤工業である。工事に着工した昭和十一年当時は佐藤組といっていた。吉村昭は佐藤工業を訪れ調査に着手する。そこで戦艦「武蔵」の調査とは基本的に異なっていることを知らされる。「武蔵」の場合は膨大な建造日誌があった。しかし、高熱隧道工事について佐藤工業に残されていたのは設計図だけで、工事日誌のようなものはいっさいなかったのである。頼れるのは、当時の工事関係者の回想だけだった。

吉村昭は調査と併行して筆を進め、四十二年三月中旬に三百五十三枚の『高熱隧道』を書き上げ、「新潮」五月号に発表した。

物語であるが、黒部第三発電所建設工事は三つの工区に分けられ、それぞれの土木会社が請け負った。加瀬組の第一工区が最も難工事の区間だった。工事は阿曾原谷側と仙人谷側の双方から掘り進められる。全長九百四メートルの軌道トンネルを開通させるのに二年四か月を要した。最初に請け負った加瀬組は三十メートル掘ったところで工事を放棄する。そこで第二工区を請け負っていた佐川組が引き継ぐことになる。放棄の原因は異常な高温である。三十メートル掘進しただけで、岩盤温度は摂氏六十五度に達したのである。

作品のテーマは、この阿曾原谷軌道トンネル工事における、自然と人間の闘いである。掘鑿の進行につれて岩盤温度は急上昇、ついに百六十六度にまで達する。発破用ダイナマイトの使用については、火薬類取締法では四十度を限界としている。が、はじめからその限界は無視される。焦熱地獄のような暑さ対策に水冷装置なども工夫される。全工区での死者は三百名を超えるという苛酷な工事だった。

佐川組の請け負った第一・第二工区での死者は二百三十三名。うち阿曾原谷側工事の事故死者は百八十八名にものぼった。この多大な人間的犠牲を含む工事が強行された背景には、イタリアやドイツにおけるファシズム、ナチズムに呼応した、日本の帝国主義侵略主義の全体が働いていたのである。工事監督の直接責任官庁である富山県庁がたび重なる事故に際して工事中止命令を出す。しかし、国家権力は陸軍省から陸軍中将を首班とする視察団を派遣したり、泡なだれ事故のあとには天皇の見舞い金を届けたりして急場をしのいでいく。吉村昭は、十二年七月七日の日中事変勃発以後の状況に応じた、わが国の戦時体制に組み込まれた土木工事であることを認識して執筆している。時代の流れの中に位置付けてテーマを展開してみせる筆法には、後の歴史小説・伝記小説で開花する吉村昭の文学的方法の萌芽を窺うことができそうである。

文芸時評で『高熱隧道』は好評だった。平野謙は今月のベスト3の一作とした上で、〈吉村昭は一方では『戦艦武蔵』や『高熱隧道』のような作品を書くかと思うと、他方ではまるで作柄のちがう『星への旅』や『水の葬列』のような作品を書く。こういう作柄の使いわけは、いわゆる純文学と大衆小説との使いわけより、もっと隔絶したものである。結局、両方とも職人芸さ、とタカをくくられる危険を承知の上で、あえてこういう使いわけを試みる作者のタイプは、私の知るかぎり、吉村昭以前にはいなかったようだ。不思議な作家が出てきたものだ、と思わずにはいられない。私は性急な判断をひかえて、しばらくこの異常な作家の行方を見守りたい〉と記した。

ところで、先に「資料に基づいてひたすら事象を追ったものを文学作品として扱う精神風土にはなかった」と記した。しかし、後年から展望すると、徹底した取材と資料に基づく記録文学『戦艦武蔵』『高熱隧道』の登場は、わが国の文学界に地殻変動を起こしていたことが推測される。新機軸を拓いた作品は、「創作とは少し違う」という風潮に変化をもたらし、受け入れる精神的な素地を醸成していったのではなかっただろうか。

以来、ノンフィクション、もしくはドキュメンタリーという分野が、次第に注目されるようになったことは事実である。流れ始めた潮流は止めようもなく、ノンフィクションの分野にも世間の熱い視線が注がれるようになる。賞の存在の有無と文学潮流の変化を単純に結びつけるわけではないが、当時はユニークだった「大宅壮一ノンフィクション賞」の創設が発表されたのは、四十四年の「文藝春秋」十一月号の誌上である。『戦艦武蔵』『高熱隧道』が話題になってから、わずかに二年後のこと。この賞の誕生には吉村文学の影響が少なからずあったのではないか、といっても贔屓の引き倒しと非難されることはないだろう。

この賞は雑草主義を掲げ、毒舌反骨に徹した評論活動を半世紀にわたり実践、マスコミの三冠王といわれた大宅壮一の業績を記念して設けられた。ノンフィクションのジャンルにおける〝芥川・直木賞〟を目指すもので、新しいノンフィクション作家の登場を促すとともに、すぐれた作品を世に紹介することを目的として創設されたものである。対象はルポルタージュ、内幕もの（インサイドストーリー）、旅行記、戦記、日記、郷土史、ドキュメンタリー等のノンフィクション作品。自薦、他薦を問わず、単行本、新聞雑誌記事、その他の原稿の中から該当作を決定した。賞金は一千ドル（但し、昭和五十四年からは三十万円）、副賞として日航機による世界一周券。選者は草柳大蔵、開高健、扇谷正造、臼井吉見に文藝春秋の社長・池島信平だった。

この賞の意義等について扇谷正造は、〈「事実は小説より奇なり」という言葉があるが、現代は、ある意味では「ノンフィクションの時代」といえるであろう。小説家がつくり出す物語や人物よりも、より意外な、新しい事件や人物が、毎日のように登場しては、われわれのドギモを抜く。まさに、現代は激動の時代だ。／それというのは、戦前の古い価値体系（道徳・生活感）が音をたててくずれつつあるが、新しい価値体系はまだ生まれて来ない。崩壊と混乱と胎動とが、いっしょになって鳴動しているのが現代で、後世の史家がみたらローリング・セブンティの感を深くするかも知れない。現代がノンフィクション（事実）の時代といわれるのは、このことを指す。／さて、ノンフィクションというのは、虚構のないことという意味である。それは、通常、フィクション（こしらえごと＝小説）と対比して用いられる。種目としては、歴史・伝記・紀行・記録・ルポルタージュなどがあげられるが、最近はトルーマン・カポーティの「冷血」や、ジョン・ハーシイの「ヒロシマ」までふくめる見方もある。小説的手法を用いたノンフィクションというわけである。／激動と波瀾に富んだこの時代を注視する〝現代史の目撃者〟たちによって、すぐれた作品の現われることを期待してやまない〉と記している。

四十五年の第一回受賞作は尾川正二の『極限のなかの人間』、第二回がイザヤ・ベンダサンの『日本人とユダヤ人』、鈴木俊子の『誰も書かなかったソ連』とつづく。その後、この分野の有力執筆者が輩出、ノンフィクションの隆盛をみるのは周知の通りである。その嚆矢ともいえる、吉村昭の功績は大きいといわねばなるまい。

さて、吉村昭は、ようやく前方に明るいものを感じた。それでも不安感が胸のうちに去来した。吉村昭は新潮社の編集者に思い切って口にする。

「どうでしょうね。十カ月ばかりの間に『星への旅』『戦艦武蔵』『水の葬列』『高熱隧道』と発表してきたわけですけれど、なんとか作家としてやってゆけるんでしょうかね」

今まで、潮に乗ったかと思ったこともあったが、それは常にむなしく、勤めにまで出なければならなかった。恵まれた十カ月ではあったが、またも潮が干いてゆくのではないかという強い不安がある。

「そうね」

氏は、杯を手にしたまま、しばらく考えていたが、

「なんとかなったかも知れないな」

と、前方に眼をむけたままつぶやくように低い声で言った。

私は、無言で杯をかたむけていた。（「私の文学漂流」）

吉村昭は、ようやく文筆生活に自信めいたものを抱くことができた。

この頃から原稿依頼が増し、吉村昭は戦史小説を本格的に書き始める。

第四章　証言で追う戦史の真相

昭和四十二年春、吉村昭は本土復帰前の沖縄を訪ねる。飛行機が苦手なため鹿児島港から船を利用した。那覇市には十五日滞在し、沖縄戦をつぶさに調査、また戦場跡をくまなく歩き回った。ドルの制限があったことからホテルではなく安い下宿屋に泊まる。一か月半という長い取材旅行だった。当時の沖縄は現在の沖縄とはまるっきり様相が違う。通貨はドル、車は右側走行、交差点で米兵が台の上で交通整理をしていた。まさに外国である。吉村昭は朝から晩まで戦闘に従事した人、または戦闘に巻き込まれた九十名近い人たちに会って証言を得るため、嗚咽をこらえながら録音テープをまわし、メモを取りつづけた。

戦史ものの第二弾が、この沖縄取材を基にした『殉国』（筑摩書房）である。この作品は「展望」に二回に分けて掲載された。その後、加筆改題され『陸軍二等兵比嘉真一』（筑摩書房）、『殉国―陸軍二等兵比嘉真一―』（集英社文庫）、『殉国　陸軍二等兵比嘉真一』（文春文庫）と版を重ねた。

昭和二十年四月一日、米軍の沖縄本島上陸によって開始された沖縄戦は、日本軍守備隊の戦闘であると同時に沖縄県民の凄絶な闘いでもあった。沖縄の男子中学三、四、五年生は陸軍二等兵として兵籍に入り、戦場では多数の生徒が戦死した。

主人公の比嘉真一は沖縄県立第一中学校三年生。米軍の沖縄上陸作戦開始とともに、ガリ版刷りの召集令状を受け取る。陸軍の正規の兵士に編入され、鉄血勤皇隊沖縄第一中学校隊なるものを編成する。比嘉真一は一人の帝国軍人として前線で闘い、祖国のために身を捧げたいと願っている。が、与えられた任務は負傷者を病院に運搬するというもので、兵士らしい働きのできるものではなかった。比嘉真一は前線の戦闘の激しさを思うと物足りなさを覚える。それでも洞窟を転々として戦いを続けながら南に逃れ、ついに米軍に捕らえられる。物語の筋道は単純で、ひたすら洞窟から洞窟へと彷徨する過程を追ったものだ。全篇にみなぎっているのは、疑うことを知らない純粋無垢な愛国心、忠誠心である。

十九年の沖縄戦のとき吉村昭は十七歳。中学生の勤労動員が始まり、秋には十八歳以上の男子は自動的に予備役に編入され、点呼という形で徴兵検査が行われた。二十年、吉村昭は身体不調のため、勤労動員によって長兄の経営する浦安の江戸川沿いにある造船工場で働いていた。徴兵年限の繰り下げで受けた徴兵検査では、結核の既往症を告げたにもかかわらず第一乙種合格となる。もしも沖縄に生まれ育っていたら——。

比嘉真一陸軍二等兵は吉村昭自身でもあったのだ。資料と証言による、冷酷なまでに私情を排して、事実の積み重ねによって物語らせるのが吉村昭の戦史小説の常道だが、この作品に感情移入が感じられるのは、そのためだろう。

戦史小説の執筆はつづく。四十二年の十二月十六日号から四か月間、吉村昭は「週刊新潮」に『大本営が震えた日』と題する開戦秘話を連載する。既に戦後も二十二年が経ち、太平洋戦争は記憶の襞に埋没しかけていた。
吉村昭は戦後、幾度か戦争発生の不安にとらわれたという。そのたびに太平洋戦争の開戦前の空気を思い起こしてみるが、漠然として何の手がかりも摑めなかった。開戦時、十四歳の少年に過ぎなかったこともある。あるいは物心ついてから××事変と称された小戦争にたえず囲まれて生きてきたので、戦争そのものに慣れ切っていたのかも知れない。四歳のとき満州事変、十歳のとき日中事変、十四歳のときに太平洋戦争が始まっている。そんなことから、十六年十二月八日の開戦日も、単なる歴史の繫ぎ目のようにしか感じられなかったのだという。

私が、開戦記録に興味をもったのは、その曖昧な日の記憶をより鮮明にしたかったからにほかならない。そして、その調査をはじめるにつれて、戦争がいかにひそかに企てられ開始されるものかということに啞然とした。

開戦のかげには、全く想像もしていなかった多くのかくされた事実がひそんでいたことを、私は知った。開戦の日の朝、日本国内に流された臨時ニュースは表面に突き出た巨大な機械の頭部にすぎず、その下には無数の大小さまざまな歯車が、開戦日時を目標に互いにかみ合いながらまわっていたのだ。(『大本営が震えた日』「あとがき」)

物語は開戦直前の十六年十二月二日朝、ＤＣ３型旅客機「上海号」が行方不明になり、その報告が大本営に入ったところから始まる。普通の民間機の事故ではない。「上海号」には十二月八日の開戦を指令した、極秘命令書が積まれていたのである。遭難事故の報に大本営はパニックに陥る。空路から判断して敵地中国に不時着遭難した可能性が強い。もし、その命令書が敵軍に渡れば、国運を賭した一大奇襲作戦が水泡に帰する。そこで不時着機の徹底的な捜索が行われる。しかし天候不順で捜索は難航する。が、ついに山岳地帯に墜落している遭難機が発見される。機体を敵軍に渡すわけには行かない。総司令部から「不時着機を粉々に爆砕せしめよ」との命令が発せられる――。

その遭難事故から書き起こされ、太平洋戦争の戦端を開くまでの一週間、陸海空軍第一線部隊の極秘行動のすべてを、事実に基づいて再現してみせたのが、この作品である。吉村昭は、〈陸海軍人二三〇万、一般人八〇万の死者を生んだ太平洋戦争の開戦のかげにひそんだ事実をより明らかにする上で少しでも資することができるならば幸いである〉(同前)と記している。

この作品を執筆するための調査は困難を極めた。「上海号」の不時着事件については数枚綴りの概要報告書が現存するだけだった。搭乗者十八名のうち生存者は二名だけ。吉村昭は全国の電話帳を調べるなどして三か月間、生存者の消息を探りに探ったが判らず一時は調査を断念しかけた。が、恩給局の人の尽力で住所をつきとめることができ、ようやく取材に漕ぎ着けた。その他の登場人物にも直接取材した。その旅は九州から北海道にまで及んだ。戦後二十余年、それらの関係者が比較的健在であったことが幸いし、ベールにつつまれた開戦秘話が明るみに出たのである。

なお、この作品の副産物としていくつかの短篇が生まれている。

次第に原稿依頼が増え、吉村昭は戦史小説を本格的に書き始める。四十三年に入り執筆のために証言者と会う旅行が多くなり、各地を精力的に訪ねる。

その取材旅行であるが、吉村昭はいつも目前で、多くは一人旅だった。そのためにあらぬ誤解を招く、おかしな話もあったようである。

一例だけを報告しておこう。『彦九郎山河』（平成七年刊）を東京新聞に連載していたときのことである。事前に連絡をとり九州のある地方都市に取材に行き、その夜、教育委員会の若い男女と三人で小料理屋で飲む。そのとき、「あれは偽物かもしれない」と課長が言っていたことを男が話す。「新聞連載しているような小説家だったら、新聞記者か編集者の人が、一緒に付いてくるはずだ。一人でぼそっと来たから、あれは偽物かもしれない」というわけである。よく刑事や会社の社長に間違えられたということがエッセイにみえる。

四十二年十二月三日、南アフリカ共和国のグルート・スキュール病院の外科医クリスチャン・バーナードにより世界初の心臓移植の臨床応用が行われ、ニュースは地球を駆け巡った。その報道は医学に深い関心を寄せる吉村昭の創作意欲をかきたてた。たびたび触れているように、吉村昭には結核で肋骨五本を切除した経験がある。医師の立場からではなく、手術台に縛り付けられた体験者として、患者の視点から心臓移植という問題を書いてみようと思ったのである。

翌四十三年九月、吉村昭は心臓移植調査のため生まれて初めての海外旅行に出る。朝日新聞学芸部の企画である。行き先は南アフリカ共和国。その地は人種隔離政策（アパルトヘイト）をかたくなに守る国であるという知識は持っていたが、それが尋常なものでないことを知らされる。入国許可の査証を申請しても、なかなか許可の返事がこないのである。何度も問い合わせた末、ようやく査証がおりたのは四か月後のことだった。非白人（カラード）にはさまざまな制限が課せられ、入国も原則として禁じられている。非白人である吉村昭の入国も許可されるはずはなかった。査証が交付されたのは、貿易の関係から日本人をヨーロッパ人（白人）と同様に扱うべきだ、という特例が出されていたからだった。

ロンドン、パリ、ローマを経て南アフリカ共和国のヨハネスブルグについたのはロンドン空港を離陸してから十五時間後。一泊後、さらにジェット機で二時間余をかけ、目的地であるアフリカ大陸南端のケープタウンに着く。その地で世界初の心臓移植手術を執刀したクリスチャン・バーナードをはじめ、立ち合った医師、心臓提供者、心臓を移植された患者とその家族、遺族たちに会って証言を求めて歩いた。

現地には十七日滞在する。人種差別のあまりの激しさに驚き、呆れ、滑稽にも思えて不謹慎ながら笑いもしたという。その後、ロンドンを経てニューヨークに赴き、世界第二・第五例目の手術をしたブルックリンのマイモニディーズ病院を訪れ、外科医のカントロヴィッツに会い、資料収集の四十五日間の旅を終えた。

この取材旅行に出かける前の八月八日、日本初の心臓移植手術が札幌医科大学の和田寿郎教授によって行われた。その手術の取材を進めている途中の海外旅行だった。

四十四年三月、心臓移植手術を素材にした『神々の沈黙』を朝日新聞日曜版に連載を開始する。吉村昭の初めての新聞連載である。

吉村昭の医学に対する関心は高い。心臓移植手術を書く気持ちになったことには、吉村昭の手術体験があるだろうことには触れた。医学の恩恵を受け、外科医によって死の淵から生還した過去を持つ吉村昭としては当然のことだろう。

そんなこともあって吉村昭には医学関係の作品が多い。その嚆矢となるのは四十三年六月から「CREATA」に連載した『日本医家伝』だが、単行本としては四十四年十二月に出た『神々の沈黙』（朝日新聞社）である。

この作品で吉村昭が狙ったのは、心臓移植手術を外科医の業績としてではなく移植者と提供者、つまり患者の側に立って考えるというものである。執筆に当たって吉村昭は心臓移植について初歩的な段階から学んだ。心臓という文字のある医学書は手当たり次第に読み漁った。しかし、専門的な知識を持ってはいけないと自分に言い聞かせた。書きたいのは医学解説書ではなく、手術に関係した人間を描くことにあったからだ。

物語は昭和四十二（一九六七）年十一月下旬、ニューヨーク市のブルックリンにあるマイモニディーズ病院の医学研究所の事務局が発信した五百通にのぼる電報から始まる。電文は、〈当病院デハ、或ル一個ノ生命ヲタスケルタメ、無脳症マタハ重症ノ脳腫瘍ノ新生児ヲ探シテイル。モシモ貴病院デソノヨウナ症状ヲモツ子供ガ誕生シタ折リニハ、当方払イノ電報カマタハ電話デ大至急オ知ラセヲ乞ウ。当病院デハ、ソノ新生児トソレヲ看護シテイル看護婦、ソシテソノ新生児ノ母親ヲ当病院マデ運ブ準備モ整エテイル。倫理的ナ良識ニ立ッテソノ新生児ヲ扱ウカラ何卒御協力イタダキタイ〉というものである。

電文の趣旨は極めて曖昧模糊としているが、動物実験を繰り返すことによって機の熟した、心臓移植手術の開幕を告げる、その序章だった。

心臓移植手術の第一号はアメリカが実施するだろうとの観測が流れていた。しかし、世界初の心臓移植手術は一九六七年十二月三日、南アフリカ・ケープタウンのグルート・スキュール病院で行われた。執刀医はクリスチャン・バーナードという四十五歳の外科医。移植手術を受けたのは、食料品卸売商を営む五十五歳のワシカンスキー。心臓提供者は交通事故死者だった。

ところでバーナードが手術をした翌日の四日、先の電報に応え無脳児（心臓提供児）が誕生したとの報告がマイモニディーズ病院入る。鶴首して待っていた医師たちにより手術は六日に行われた。執刀医はカントロヴィッツの率いる日本人医師、古賀保範らを含む心臓移植チームである。手術はわずか二時間十五分という短時間のうちに終えた。手術は成功したかにみえたが、児童は六時間後に死亡する。完全な失敗だった。

一方、バーナードは引き続き第二例の手術を、翌年一月一日に実施した。カラード（混血人）の男性から白人への移植である。第一例のワシカンスキーは十八日間生き続けたが十二月二十一日に亡くなった。

心臓移植は患者の生命の救われることが絶対条件である。換言すれば死に瀕した二人を組み合わせ新しい生命を吹き込むこと、それ以外のなにものでもない。しかし、相次ぐ移植患者の死は、全世界の人々に複雑な反応を与えた。それでも心臓移植という生命の神秘への挑戦ともいうべき手術は、技術的な困難に加え、カラードから白人男性への移植など、非人道的観点からも多くの問題をはらみつつ世界各国で数多く実施された。

『神々の沈黙』は医学界の動き、医学的論議、人道的論議、マスコミの取材合戦、南アでの苛酷な人種隔離政策（アパルトヘイト）などを交えながら物語は展開される。さまざまな問題を抱えながらも、医学の進歩のために心臓移植は世界初の手術からわずか一か月の間に五例が行われた。六例目はインドのエドワード王記念病院。が、手術は失敗し移植患者は二時間半後に死亡する。この患者の死は心臓移植手術への批判を強め、当分の間移植手術は行われないだろう、と予言する者もいた。

ところがそれ以降も心臓移植手術が中止されることはなかった。だが、その結果はいずれも惨憺たるものだった。四月に行われたパリ・ラプチェ病院の移植患者は三日目に死亡する。再び移植手術は反省期に入るかにみえたが、翌五月には十二例が立て続けに行われる。六月には四例、七月には六例の手術がつづいた。その二十九例のうち半数の十四例はアメリカ、三例がイギリス、フランス、二例が南アフリカ、カナダである。結果は無惨なものだった。心臓移植を受けた患者のうち七月末で一か月以上生存しているものは二十九例中わずかに五人。二十日生存は一例、十五日生存一名を除いた二十二名はすべて死体と化した。

吉村昭は、それらの心臓移植手術を広範な視点を駆使して描き上げた。心臓移植手術の黎明期を克明に追った記録文学が『神々の沈黙』である。

話は前後するが、『神々の沈黙』執筆のための吉村昭の〝予習〟は、犬を使った心臓移植実験のフィルムを見ることから始められた。そして、日本人として初めて心臓移植手術の執刀に立ち合った古賀保範氏を長崎県の国立大村病院に訪ねたりして事前の緻密な調査をつづけた。そんな四十三年八月八日午後二時すぎ、札幌医大の和田寿郎教授が心臓移植手術をしたことを電話で報される。手術（心臓全置換術）は三時間三十二分で終了した。世界で第三十例目だった。

手術を受けたのは十七歳の宮崎信夫君。かれは心臓移植を受けなければならぬほどの重症患者だった、というのが和田教授の弁明だった。しかし、手術に至る経緯に多くの疑問が寄せられ、札幌医大付属病院内でも医師たちの対立がみられた。宮崎君は外部の病院から来たというのも虚言だった。日本初の心臓移植手術は限りなく不透明なものであった。吉村昭は札幌に向かう——。

そうこうしているうちにようやく南アフリカ共和国への入国査証が下りる。九月二十三日夜、吉村昭はパリ行きの日航機に乗る。そこからは前述の通りである。

南アとニューヨークでの取材を終えて帰国。その一週間後の十月二十九日午後のテレビで宮崎信夫君の死を知る。吉村昭はすぐタクシーを羽田に走らせ札幌に向かった。札幌医大では内部から和田教授批判が出ており、大阪の漢方医たちが和田教授を告訴する、という事態にまでなっていた。が、札幌地検は不起訴処分とする。心臓移植の取材に飛び回った吉村昭が、その過程をまとめ、医師の倫理を問うた渾身のドキュメントが『消えた鼓動　心臓移植を追って』（筑摩書房）である。

結論的に吉村昭は言う。

しかし、不起訴になったからといってこの問題が解決したわけではない。法律は、法律の限界内で不起訴処分をとっただけのことで、人間社会には法律の及ばぬ分野での罪悪というものが存在する。そうした意味で、厳正であらねばならぬ手術内容について数多くの事実と異る発表をお

こなった和田氏とその外科グループ員は、人間的にきわめて信をおくに足りない人たちの集団だと断ぜざるを得ない。（中略）

日本の心臓移植の将来は、決して明るくない。その責任の一端は、和田氏とその外科グループ員が負わねばならないと言っていい。（中略）

私のような門外漢が、なぜ心臓移植などに関心をいだいたのか。それは、手術台に緊縛された患者の姿を思いえがくからである。

患者は、手術室という密室に運びこまれ、しかもかれは、麻酔で意識もない。つまりかれは、なにも見ることも聴くこともできない完全に無抵抗な存在になっている。ただすべてを外科医に託しているのである。その根底には、外科医に対する深い信頼感がある。

外科医は、その信頼に人間としてこたえなければならない。なぜかといえば、眼前に横たわる人間は、意識も失われた無抵抗な人間だからだ。（『消えた鼓動』）

ここには生死の境をさまよう、苛酷な手術を体験した吉村昭ならではの視線が感じられる。この作品は『神々の沈黙』の〝副産物〟の域を超えた、渾身のヒューマン・ドキュメントとなっている。

蛇足を一つ加えるならば、先に触れたように、日本人初の心臓移植手術をしたのは和田寿郎教授ではない。〈……アメリカへいって、世界第二例と第四例をおこなった病院を取材した。そこにカントロビッツという外科医の権威がいました。年齢がもう六十歳を越えていて、手術のときはもう執刀しない。その下にいる若手の主任がやる。それが長崎大学医学部を出た諫早の古賀保範という医者で、彼が第二例と第四例をやったことがわかった〉（「歴史の大海原を行く」）。日本人で最初に心臓移植手術にたずさわったのは古賀保範だということである。

ここで〝副産物〟なるものを強調すれば失礼だが、後の長篇小説『光る壁画』も、その一つといえる。その執筆経緯は次のようなものである。

南アフリカ共和国で心臓移植手術の取材中、吉村昭は病院の外科医から思いがけぬ話を聞かされる。南アの国立病院内にも胃カメラがずらりと並んでいた。案内した外科医が「日本人はすばらしいものをつくってくれた。この内視鏡によって世界の人々がどれだけ死をまぬがれているか」と言った。そこで世界で初めて胃カメラを開発したのは日本人だということを知った。以来、吉村昭はどのような人間が開発したのか関心を抱きつづけてきた。後年、読売新聞から連載小説を依頼されたとき、それらの人々について書いてみようと思った。そして五十五年四月十九日から同年九月二十三日まで朝刊に連載したのが『光る壁画』である。

この作品については、吉村昭の「あとがき」に加えるものはない。胃カメラを開発したのは宇治達郎という外科医と杉浦睦夫、深海正治というオリンパス光学工業の技師たちである。世界に先駆けて胃カメラの研究、開発がスタートしたのは、終戦後の混乱がようやく鎮まった頃のこと。幸いなことに三氏とも健在で取材は順調だった。胃カメラの開発に関係のあった土地、開発の主要舞台であった東京大学附属病院分院は、吉村昭が二十歳の夏に結核の手術を受けた病院であり、時代的にも一致しており、当時の雰囲気を膚で感じることができたことも幸いした。胃カメラの開発は遅々として進まず、失敗がつづく。完璧な胃カメラの完成を目指す医学者の高度な要求と、それに応えるべく技術者の息詰まるせめぎあいが、丹念かつ周到な取材によって描かれている。

吉村昭は、〈胃カメラに改良を加えた内視鏡は、世界の医学界に不可欠のものになっている。検診のみならず治療の分野にまで使用されていて、たしかにそれは、はかり知れない多くの人々の生命を救っている。／これこそノーベル賞に値するものなのだが、なぜかそれは無視され、その偉大な功績を顕彰する気配は全くない。三氏のうち健在なのは深海氏のみで、私は大いに大いに不満なのである〉（「ノーベル賞」）と言う。

この『光る壁画』を執筆するに到った経緯にはちょっとしたエピソードがあるが、それは後に触れたい。

さて、吉村昭には戦争文学や戦史小説なるものは多いが、兵器である戦艦や戦闘機を通して戦争の全容を描いた作品は必ずしも多くはない。『零式戦闘機』（新潮社）は『戦艦武蔵』と並び、その少ない例の一つである。

吉村昭が作品の舞台になる名古屋航空製作所を訪れたのは四十二年春。それは十九年十二月七日に名古屋を襲った東南海大地震と、その後十一日目の米軍機による空襲によって、中学上級生くらいの男女の勤労動員学徒が多数死亡したことを小説に書くための取材だった。十九年といえば吉村昭は十七歳。中学校の勤労動員で獣皮のなめし作業に従事していた頃のことである。それだけに同じ境遇にあった者たちへの哀惜の念があったのだろう。

所長の話を聴いているうちに、同製作所で作られ、戦争に主導的な働きをした零式艦上戦闘機のことを、勤労学徒たちの死をも含めて執筆しよう、というふうに考えが膨らんでいった。いま一つ興味を引いたのが、最先端技術を駆使した世界で最高の戦闘機製作に、なんと牛と馬が深く関わっていたという意外な事実だった。それが如何に執筆意欲を掻き立てたか。吉村昭は、〈さらに私は、各氏の話の中に牛と馬という思いがけぬものがその戦闘機に関連をもっていることを知って、執筆の決意をかためた。今思い返してみても、牛と馬という要素がなかったなら、私は「零式戦闘機」という小説を書き上げることができたかどうか疑わしい。おそらく書くことはなかったのではないのか、とさえ思っている〉（「『零式戦闘機』取材ノート」『二つの精神的季節』所収）とも述べているほどである。

『零式戦闘機』の「あとがき」でも、次のように記している。

中国大陸での戦争から太平洋戦争の終結まで代表的兵器の一つであった零式戦闘機（正確には零式艦上戦闘機）の誕生からその末路までの経過をたどることは、日本の行なった戦争の姿そのものをたどることになるという確信が私に筆をとらせた。

航空機に対する知識など全くない私にとって、それはきわめて困難な作業であったが、書きすすめながら私は、やはり自分の確信がまちがってはいなかったことを知った。敗北が充分に予想されながらも戦争にふみきった軍人と為政者たち、そしてその要請にもとづいて最大限の力をしぼり出した軍需会社の社員、勤労学徒たち、そして戦争は、多くの将兵やそれらの人々を捲きこみながら敗戦の日にむかって残酷な傾斜をつづけていった。それを私は、小さな一戦闘機に託して書きとめたいとねがった。

この作品は第一回重慶爆撃から太平洋戦争における日本の緒戦の勝利、そして日本帝国の盛衰とその運命を共にした零式戦闘機の誕生から敗亡の運命までを描いている。なお蛇足ながら「零式」は「レイシキ」と読む。

これまで吉村昭が執筆してきた作品の主なものを記録文学、もしくは戦史文学に分類することも可能だろう。ところが四十四年九月、「別冊文藝春秋」一〇九号に発表した「磔《はりつけ》」は少しく色調が異なっている。それは吉村昭の初の歴史小説だということである。〈長崎へ年に二、三度足をむけていた私は、長崎につたわる史書にふれている間に、歴史小説を書いてみたいと思うようになった。いわば、私が歴史小説を書くきっかけをあたえてくれたのは、長崎という土地であり、その第一作が、二十六聖人殉教を素材にしたこの小説である〉(『磔』「文庫版のためのあとがき」)

歴史小説家・吉村昭の誕生の予兆を告げる作品といえる。

「磔」は、〈慶長元年(一五九六年)十二月十日の朝、下関の家並の間を縫う道を、二十六人の異様な囚人の列が海岸にむかって歩いていた〉と書き起こされる。彼らは後ろ手に縛り上げられ首から首に縄がかけられ、衣服は襤褸のようにすりきれ、垢じみて全員裸足である。そして左耳が一様に削ぎ落とされている。囚人の群れは秀吉の禁じた切支丹であり、長崎で磔に処されるために山陽道を下っているのである。

それから磔刑に至るまでが、史実に沿いながら残酷なまでにリアルに綴られている。曾根博義は文春文庫版の「解説」で、〈殉教を扱った小説だからといって、助命の誘いを拒んで喜んで死んでいく彼らの信仰の篤さ、精神の高貴さを描こうとした作品だとは思えない。もしそうだったら、彼らが耳を切り落とされた異様な姿で長崎まで連れて行かれ、そこで磔刑にされる有様をこれほど事細かに、生々しく描きはしなかったであろう。残酷なのは彼らをそのように扱った秀吉やその部下だけではない。その光景を臆せず見つめて写し出そうとする眼も同様に残酷だといわなければならない。しかし正確に物を見るためにはその残酷さに耐えなければならないのだ。これは高貴な精神の宿るその同じ肉体が無惨に痛みつけられる有様を正確に見つめようとした小説だといえるだろう。「磔」という題名はそのことを端的に示している〉としている。

『磔』（文藝春秋）は五十年三月に上梓された。同書には表題作の他に、文化五（一八〇八）年、長崎に不法入港したイギリス軍艦「フェートン号」の事件を描いた「三色旗」、中学時代の友人からその祖父沼野玄昌の話を聞いたのがきっかけになって書かれたという、明治初期の変動期に生きた玄昌の壮絶で悲哀に満ちた生涯が描かれた「コロリ」、水戸浪士・天狗党の終焉を描いた「天狗争乱」の先駆的作品といえる「動く牙」の三篇が収録されている。それに幕末の日露交渉の間に、伊豆半島西海岸の戸田村で行われた日本初の西洋式帆船建造を書いた「洋船建造」を加えたのが文春文庫版で、いずれも四十四年から五十四年までの、約十年間に書かれた歴史小説である。〈この後、私の歴史小説は、ほとんど長篇にかぎられるようになったが、文庫におさめたこの五篇の中・短篇は、その出発点と言うべきもので、それだけに愛着を持っている〉（「文庫版のためのあとがき」）と記っている。

四十四年、〈七月、東京都三鷹市井の頭五丁目十六番八号に家を新築し、転居〉（「自筆年譜」）

十月に出た『彩られた日々』（筑摩書房）は私小説を集めた短篇集である。戦時中の体験を素材にした表題作のほか、四兄敬吾の戦死、母の癌による死、父の納骨、吉村自身の結婚生活も描かれている。ここでは吉村が『自選作品集』（全十五巻・別巻一　新潮社）に収めた「行列」を取り上げたい。

嫂から「私」のところに電話が入る。話の内容は次兄の子、つまり「私」の甥で小学校二年生の俊介のことだった。甥の精神状態がおかしくなるたびに、次兄か嫂が電話をかけてくる。おかしくなるようになった直接の動機は嫂の母の死だった。高血圧だった義母は前年冬、次兄の家で倒れて亡くなった。死に顔には口にも鼻にも耳にも、脱脂綿が盛り上がるように詰め込まれていた。甥は義母に最後のお別れをしたが、その顔が異様なものに映ったらしく、泣くことも忘れたように眼を大きくひらいて死に顔を見つめていた。甥はその直後から放心したような眼をして口をきくことも少なくなった。幸いその後、甥の表情も明るみをまして、嫂も安堵する。

しかし甥が本格的におかしくなったのは、近くで葬式が二つつづけて出た時からだった。人間には死が必ずつきまとうのだ、ということに甥は愕然としたらしい。それからは口もきかず、食事にもほとんど手を出さないようになる。嫂は精神科へも連れていく。が、医師からは幼年期にありがちな現象で、年齢を重ねるにつれ自然に治るといわれ、すがりつくものもなくなる。嫂の電話は、甥の精神状態がおかしくなったので来てほしいという依頼だった。

以降の展開は作品を読んでもらうとして、題名の由来の部分を引いておこう。


「また、こわくなったのか」

私は、笑いながら言った。（中略）

「また行列のことを考えていたんだな」

と、私は言った。

甥の鼻孔からまた息がもれ、その眼にかすかな笑みがうかんだ。

たしか二度目におかしくなった時のことだが、甥は行列という言葉を口にした。甥は私に、

「人間ってみんな死ぬの」

と、その時おびえきった眼をして言った。

「その通りだ」

私は即座に答えた。

「お母さんも、お父さんも、姉さんたちもぼくも、おじさんも……」

「そうさ、みんな死ぬんだ」

「お巡りさんも、バスの運転手も、学校の先生も？」

「その通りだ。だれもみな死ぬんだ」

「すると生れた赤ちゃんも育ってゆくというのは、一日一日死ぬ日に近づいてゆくことなの？」

「そういうことになるな」

「じゃ、みんな行列しているんだね、死ぬ日にむかって……」
「そうだ、行列だ。お前、うまいこと言うな、行列なんだ、行列なんだよ」
私が言うと、初めて甥の顔に微笑が湧いたのだ。(「行列」)

「行列」は、死をめぐる会話の中で、甥が次第に立ち直りの兆しを見せるまでを描いた作品である。結末を明かすのは控えるが、苛酷な胸郭手術で死を垣間見た吉村昭ならではの、読者を納得させるストーリー展開である。

若いときから親しんだ自由律の俳人・尾崎放哉の取材で吉村昭が小豆島を訪ねたのは、この年(四十四年)である。放哉は東京帝国大学法学部を卒業し東洋生命保険会社に入社、一旦はエリートコースを歩みながら酒に溺れ、職も妻も捨てて放浪生活に入り、果ては小豆島で悲痛な死を迎える。その生涯をいつかは書こうと決めていた。が、放哉の年齢を超えるまではと自制していた。そこを超えて初めて放哉の全体像が摑めるのではないかと考えたからだった。この年、吉村昭は放哉の死んだ歳と同じ四十二歳になった。

放哉の生涯のうち小豆島に対象を絞ったことには、放哉が最も放哉らしい生き方をしたのは小豆島に足を踏み入れてから死ぬまでの八か月間と考えたからだった。ちなみに放哉は大正十四(一九二五)年八月十二日、京都市今熊野の荻原井泉水の家を出て小豆島に移る。それからほぼ八か月が過ぎた十五年の四月七日夜、村の漁師の老夫婦に看取られて孤独のうちに病没する。辞世の句は

「春の山のうしろから煙が出だした」だった。葬儀は四月十日。妹と名乗る美しい女性が焼香に来た。放哉に妹はいない。

このときの小豆島行で吉村昭は、放哉が亡くなった西光寺の奥の院南郷《みなんごう》庵を訪れ、放哉の世話をした「層雲」の同人である俳人の井上一二《いちじ》とも会っている。取材は順調に進み執筆態勢は整ったかに思えた。しかし、放哉の全貌を摑むには、いま少し時間が必要だと感じた。実際に執筆したのは、五十歳を過ぎてからだった。

四十五年の「自筆年譜」に〈五月、終始、私を見守ってくれていた三兄英雄が、五十五歳で胃癌のため死去〉と見える。英雄は吉村昭が肺結核になった折に入院の手続きをしてくれ、転地療養の費用もすすんで出してくれた。吉村昭は、英雄の存在がなければ、自身の肉体は消滅していたかも知れないと述懐している。また大学を中退して生活に困窮していたときには、自分の経営する紡績会社に迎えてくれた。兄弟であるから当たり前といえばそれまでだが、その後もなにかと援助の手を差し伸べている。それだけに吉村昭の悲嘆は深かった。

英雄は学生時代は陸上選手、四十歳を過ぎてはじめたゴルフもシングルという腕前だった。酒と煙草を避け、年二回定期的に人間ドックに入り健康維持には気を配っていた。それなのに前々年、初期症状の胃癌が見つかり手術を受けた。術後は健康を取り戻し再びゴルフをはじめたが、前年の暮れから体調は悪化していた。これまで世話になったことを考えれば、吉村昭は献身的に看病に努めなければならない立場にあった。が、瀕死の状態にある兄と「私」(吉村昭)の間には、気まずい空気が淀んでいた。スポーツで鍛えた強靭な肉体は死の安息を容易に与えようとせず、逆に英雄を苦しめることになる。担当の医師は前々日の夕方に死が訪れるだろうと言ったが、危篤状態が三日間つづいての死だった。英雄の死をめぐる「私」の微妙な心理を描いたのが「時間」(『蛍』所収)である。次のシーンが題名の由来だろう。

兄の生命を保つために積極的に努力しなければならない立場にあったのだが、私の心は冷えきっていた。

私の場合は死をまぬがれる手段として開発されて間もない手術という方法があったが、癌の末期症状をしめす兄には、それに類した方途がない。兄に死が近々のうちに訪れることは確実であり、それを回避することはできない。そうした兄の前で長兄や弟のような演技をつづけることが、私には億劫に思えたのだ。(中略)

私は、一層重苦しい気分になった。兄は、自分の体の内部で癌が進行していることに気づいている。そうした兄と向い合って演技をしなければならぬことは避けたかった。

私が二十歳の折に受けた手術は、局所麻酔のみで背部を切り開き五本の肋骨を切断する激痛にみちたものだった。私の体は、革ベルトで手術台に緊縛されていたが、絶えずはねつづけた。泣き喚き、時には笑い声をあげながら、私は激痛からのがれるためにどれほど失神することをねがったか知れない。しかし、その期待も空しく、私の意識は六時間近くの間冴えきっていて、骨の切断される驚くほど大きな乾いた音もきいた。

手術台の上で、私は時間の存在を身にしみて感じた。時間は、確実に流れ、いつかは手術も終る時がやってくる。私の唯一の救いは、時間の経過のみであった。

その折の記憶から、私に時間の観念が生れた。そして、それは、私にも死の瞬間が時間の流れの中で確実に訪れてくることを知ることにもつながった。生は、死までの間に許された時間に過ぎず、それは必ず断たれるものだという当然すぎるほど平凡な観念が、私の内部に深く根を下していた。

兄の前には、死がひかえ、それを兄が避けることは不可能である。時間は重々しい確かさで流れ、兄の生命をその流れの中に巻きこんでゆく。兄もそのことを自覚して、私たちを煩わせることなく従順にその流れに身をゆだねてもらいたかった。兄がうろたえることなく平静に死までの時間を過し、死を受け入れてくれることが理想だった。私は、時間の流れの速度が早まることをひそかに願った。

死期の迫った兄をなす術もなく見守るしかない「私」を描いたものだ。若い日の吉村昭とかなり重なる部分がある作品で、吉村昭の死に対する冷徹な眼を感じさせる。

さて、吉村昭の戦史小説の執筆はつづき、五月には『陸奥爆沈』(新潮社)が出る。「陸奥」(基準排水量三万九千五十トン)は、「大和」「武蔵」が出現する前は、「長門」とともに日本海軍を代表する戦艦だった。「陸奥」は昭和十八年六月八日正午頃、山口県柱島近くで爆発沈没する。乗組員千四百七十四名中死者千百二十一名という大惨事だった。この爆沈は戦後も謎とされていた。吉村昭は真の原因を探るべく未公開記録をあさり、精力的に関連する人々に会って証言を集めていった。

海軍は同様の事故が起こらぬよう、総力をあげて原因究明に乗り出す。M（陸奥の秘匿名）査問委員会をもうけ、海軍の各部門から選びぬかれた専門家を委員として参加させた。やがて一乗組員の放火という線が有力になり、Q二等兵曹の存在が浮かび上がった。Qの身辺が徹底的に洗われる。容疑は動かし難いものとなり、やがてほぼ断定せざるを得なくなる。事故直後の潜水調査の結果、第三番砲塔のみが船体から遠く離脱されているのが確認される。そして砲塔の下方にある火薬庫の爆発による「陸奥」の爆沈があきらかになった。Q二等兵曹は第三番砲塔員だった。火薬庫の扉は常時閉ざされ、さらに入り口に立哨兵もいて近づくことすら不可能である。が、砲塔からラッタル（梯子）を伝わって火薬庫に通じる一つのルートがあった。盗癖のあるQは、盗みが発覚することを恐れ、熟知したそのルートから火薬庫に忍び込み放火したと推定された。

吉村昭も、その委員会の結論を書き筆を擱いた。この作品は自身が語っているように、小説というより爆沈事故の原因を探るドキュメントといえる。

つづく四十五年七月刊の『戦艦武蔵ノート』（図書出版社）は史上最大の戦艦「武蔵」に興味を抱いた吉村昭が、これを書くことで戦争という異常な状態を解明する糸口を摑めないか、と考えて執筆したものである。転機となる作品「戦艦武蔵」を生み出すまでの、作者の内面世界を生き生きと描いた記録文学である。

同じく七月刊の『海の壁　三陸沿岸大津波』（中公新書）がある。四十年秋、吉村昭が三陸海岸にある田野畑村を訪れたことはすでに述べた。太平洋に面した村の情景は魅力に溢れていた。日本屈指の規模といわれる断崖は壮大そのもので、海の色とともに強烈な印象を受けた。その景観が胸に焼き付き「星への旅」を執筆、太宰治賞を受賞して小説家として出発。それをきっかけに、毎年のように田野畑村に通うようになったことも。

吉村昭は海岸を走るバスの窓から、異様なものをしばしば眼にした。それは海に向かって立つ鉄筋コンクリートの豪壮な防潮堤だった。リアス式の三陸海岸が、日本で最も多く津波が来襲する地だという知識は持っていた。が、巨大な堤防を眼にして津波の規模が想像を遥かに超えた大きさであることを感じた。村に逗留する間、津波のことをしばしば耳にするようにもなる。美しい海を眺めながら、〈海水が急激に盛りあがって白い波しぶきを吹きちらしながら、轟音とともに岸に押し寄せ、人や家屋を沖にはこび去る情景を想像した〉(「あとがき」中公文庫)とき、吉村昭の裡に動くものがあった。この津波災害史を書いた人は誰もいないことから、徹底的に実地調査して書いてみようと思い立った。

津波は明治二十九(一八九六)年と昭和八(一九三三)年に来襲したものが最大級のものだった。三陸沿岸では明治二十九年に二万六千三百六十名、昭和八年に二千九百九十五名の命が奪われている。中でも酷かったのは「津波太郎(田老)」という名称が町に冠されたほど壊滅的な打撃を受けた田老と乙部の両字。両字の全戸数は三百三十六戸だったが、高さ一四・六メートルの津波で一戸残らず流出し、全人口千八百九十五名中生き残ったのは、わずかに三十六名のみという激甚なものだった。

吉村昭は盛岡に赴き県立図書館で県庁関係の書類、当時の新聞などをあさり、専門家の調査研究書にも眼を通した。それを終えると、海岸沿いの町村歩きを始める。この踏査の旅で、明治の津波の体験者二名に出会い回想を聞くことができたことは幸運だった。『海の壁』と題して出版すると大きな話題を呼んだ。平成二十三年三月十一日に発生した東日本大震災の時に、歴史の教訓を伝える書として再び脚光をあびたことは記憶に新しい。

同じ系列の記録文学の傑作に『関東大震災』（文藝春秋）がある。吉村昭は「あとがき」で、〈私の両親は、東京で関東大震災に遭い、幼時から両親の体験談になじんだ。殊に私は、両親の口からもれる人心の混乱に戦慄した。そうした災害時の人間に対する恐怖感が、私に筆をとらせた最大の動機である〉と記している。

大正十二（一九二三）年九月一日、京浜地帯はマグニチュード七・九の烈震に襲われ周囲は地獄絵図と化した。被害は関東全域で死者九万九千三百三十一人、行方不明者四万三千四百七十六人、家屋全壊十二万八千二百六十六戸、半壊十二万六千二百三十三戸、焼失四十四万七千百二十八戸。被害を拡大したのは火災であり、最多の発火原因は薬品だった。また延焼を促した最大の原因は、避難者の持ち出した家財が道路、空き地、橋梁などを覆ったことだった。その多量の荷物が燃え上がり人々は逃げ場を失い、消防隊の活動も妨げられ、多くの死者を生むことになった。

大震災を体験した父親が吉村昭に語ったのは、「たしかに揺れるのはこわい。が、それはすぐにしずまるが、火は、そうはゆかない。死んだ人の大半は、火だ」ということで、「なにがいけないかといえば、荷物だ。大八車で家財を持ち出す者が多かったが、それが道をふさいで燃え、延焼の大きな原因になった。肩に風呂敷包みを背負った人も、その包みが燃えた。今後、大地震があった時は、手ぶらで逃げろ」というのが結論だった。

吉村昭は、調査するうちに、それら父親の言が真実であることを実感する。その状況は作品の前半で綴られている。さらに第二の悲劇は未曾有の天災による人心の錯乱だった。その章の目次だけを紹介するが、「〝大津波〟〝富士山爆発〟流言の拡大」「朝鮮人来襲説」「自警団」「列車輸送」「新聞報道」「大杉栄事件」「大杉事件と軍法会議」である。見出しを並べるだけで、陰惨な社会事件を誘発していることが分かる。そして最後に「復興へ」の章が置かれている。これ以上の内容を説明する必要はないだろうが、地震発生を巡り地震学界の第一人者である大森房吉理学博士（東京帝国大学地震学主任教授）と今村明恒理学博士（同助教授）の確執なども織り込んでおり、興趣の尽きないドキュメントであり、教訓満載の書といえる。

四十五年九月に出た『空白の戦記』（新潮社）には太平洋戦争とその準備期間を背景にした「艦首切断」「顚覆」「敵前逃亡」「最後の特攻機」「太陽を見たい」「軍艦と少年」の六篇が収録されている。「あとがき」によれば、〈「艦首切断」と「顚覆」は、太平洋戦争発生前、日本海軍の艦艇が大自然の力に圧潰された事件に材をとり、「軍艦と少年」は「戦艦武蔵」という小説を書いた時の後日譚ともいえるものである。また一昨年、一カ月ほど沖縄を歩きまわった折に戦争と庶民について考えさせられることが多かったが、それから生れたのが「太陽を見たい」と「敵前逃亡」である。それぞれ伊江島戦、渡嘉敷島戦を素材にしたものだが、後者は史実を基礎においた全くのフィクションである。／六篇の短篇をまとめてみると、無意識ながら戦争の陰の部分に生きた人間を描いていることにあらためて気づいた。私の関心が、自然とその部分に注がれているからだろう〉としている。二、三、作品の内容を簡単に紹介しておこう。

「艦首切断」と「顚覆」は大型台風の来襲下、艦隊の演習中に起こった事故を主題にしたものである。「艦首切断」は十年九月二十五日の駆逐艦「夕霧」「初雪」の船体切断事故。「顚覆」はその前年の九年三月十一日の水雷艇「友鶴」の顚覆事故である。いずれの事故も国防に関する深刻な問題だった。もしも列国が事故の真相を知ったら、外国海軍がそれに乗じて積極的な戦いを挑んでくるきっかけにもなりかねない。極秘のうちに事故の内容をもみ消してしまう必要がある。その経緯を徹底した取材で明かした作品である。

「敵前逃亡」は「殉国」の取材旅行がきっかけになって生まれた。主人公の秀一は中学三年生の陸軍二等兵。鉄血勤皇隊の一員として沖縄戦線に加わっていたが艦砲にやられ、意識不明のまま米軍の捕虜になる。秀一は日系米兵から投降勧告の役を引き受ける気はないかと言われる。日本軍に投降はない。軍人にとって投降は最大の恥辱であり、それを避けるために南方の島々では次々に玉砕した。「生きて虜囚の辱しめを受くるなかれ」という戒律が日本軍の伝統的精神であり、捕虜となるならばむしろ死を選ぶ。だから秀一にも投降勧告する気など微塵もない。しかし、その任務を受け入れることは俘虜の境遇からの脱出であり、再び戦列に加わることの出来る絶好の機会だった。秀一は偽りの受諾をし、渡嘉敷島の友軍陣地に辿り着く。安堵したのも束の間、激しい叱責を受ける。場面は次のように展開する。少尉からは、

「捕虜となったくせに、生きている奴があるか。手足をしばられていても、舌はかみ切れる。

生きて虜囚の辱しめを受けるなという言葉を知らぬのか」

「はい、知っているであります」

「知っているくせに、生きていたというのか」（中略）

「処刑だ。敵前逃亡の罪として、死刑に処する」

少尉の声が、鼓膜をうった。

敵前逃亡という言葉に、秀一は愕然とした。決して敵に奔ったのではない。意識を失って倒れた間に捕えられたのだ。が、生きて虜囚の辱しめを受くるなかれという軍紀にそむいた自分は、その罪名を与えられてもやむを得ないのかも知れぬと思った。

かれの眼から、熱いものがあふれ出た。

「穴を掘れ、お前を埋める穴だ」（中略）

斬り落された小さな頭部のかたわらで軍靴をはいた両足が、しばらくの間痙攣をつづけていた。

（「敵前逃亡」）


「太陽を見たい」も沖縄・伊江島を舞台にした戦史ものである。二十年三月二十三日、焼夷弾攻撃で全島が火の海になる。やがて艦砲射撃に空襲も加わって兵も住民も塹壕や自然洞窟中から外に出ることができなくなる。題名は、「どうせ死ぬなら、明るい太陽を見て死にたい」という呟きに由来している。

二十年八月十五日の正午、吉村昭は天皇の終戦を告げるラジオ放送を千葉県浦安町で聞く。その放送があった夕方、九州から特攻機が出撃していたことを後年に知る。十一機の特攻機に宇垣纏海軍中将をふくむ二十三名の隊員が乗り込み、沖縄周辺の艦船に突入していったのである。その経緯を扱ったのが「最後の特攻機」である。吉村昭は言う。

特攻作戦は、人命軽視の悲惨な戦法である。戦争終結が発表された後に、彗星十一機が突入していったという行為は愚かしいといわれてもやむを得まい。しかし、指揮者を責めることはあっても、命令にしたがって突入していった多くの隊員の死を蔑むなどということは断じて許されない。それらの人々は、祖国を守るために自分の生命を投げうったのだ。

（中略）戦時は、たしかに異常な時期であった。宇垣中将を指揮官とする特攻機の出撃も、そのあらわれの一つにちがいない。が、それを現在の時点で安易な解釈を下すことは戦争の実体をぼやかすことにもなる。（「最後の特攻機」）

「軍艦と少年」は吉村昭が述べている通り「戦艦武蔵」の後日譚である。巨大戦艦の建造をアメリカ海軍にさとられては困る。そのため建造計画はごく限られた海軍技術関係者の中枢部のみが知る、最高の機密度を持つ「軍機」扱いとされ厳重な秘匿策がとられた。「武蔵」起工後四か月ほどたった昭和十三年七月下旬、重要設計図の一枚が消えるという重大事故が発生する。犯人は図工の少年だった。少年は牢獄のような閉ざされた密室に毎日勤務することに堪えられなかった。なにか過失を犯しさえすれば、他の職場へ移れるだろうと単純に考え、設計図の一枚をボイラー室の火に投じてしまったのである。少年は獄につながれ、その後、裁判で懲役二年執行猶予三年の刑を受ける。そして、特高係の手によってひそかに三池港から満洲に送られる。

吉村昭は、事件後、少年がどのように戦時を過ごし、戦後を生きたのか知りたいと思う。それから少年の行方探しが始まる。ようやく探し当てたが、彼は昭和二十三年九月八日に亡くなっていた――。

同年十一月に出た『細菌』（講談社）の主人公は、日本陸軍の関東軍防疫給水部（秘匿名「七三一部隊」）部長の石井四郎軍医中将である。石井が満洲（中国東北部）ハルピン郊外の七三一部隊で夥しい鼠や蚤を飼育、強烈な伝染病の細菌を培養し、中国人捕虜を使っての人体実験などをして戦慄すべき細菌兵器の研究、開発を行い、それを大陸で使用したことは周知の事実となっている。しかし、吉村昭がこの作品を発表した当時は知られておらず、ために曾根二郎という仮名を採用している。

曾根は周囲に自分は軍医大将になると公言して憚らなかった。軍医には中将までしか階級はない。が、細菌兵器の実用化に成功すれば日本初の軍医大将になれるというのである。曾根は優秀な頭脳の持ち主であると同時に野心家でもあった。

東条内閣の末期、曾根は焦る東条を東京・戸山の軍医学校に招き、米軍に占領されたサイパン島の滑走路にペスト菌をばらまき、同島を奪還する作戦計画を提案する。しかし、この計画が実行不可能なことは軍医たちによる事前の検討から分かっていた。それは曾根も承知していた。ところが当時、曾根は経理上の不始末から七三一部隊長を外され内地に戻っていた。曾根は自分の存在を東条に誇示し、また満洲に行くことが必要だったのである。でなければ軍医大将の夢も水泡に帰してしまう。が、東条は間もなく首相を辞任。そこで曾根の目論みも失敗するかにみえたが、二十年三月、曾根は七三一部隊長に復職することができた。

それから半年もたたず日本は敗戦する。七三一部隊はソ連と満洲の国境にいくつかの支所を置いており、そこの幹部たちはソ連軍の捕虜となりシベリアに送られる。が、曾根は無事に帰還、戦犯にもならなかった。捕虜を対象にした人体実験は戦犯容疑を問われるに十分な野蛮で非人道的な行為である。それを命じた曾根が占領軍によって目こぼしされることは、普通では考えられない。その異常な事態の裏には、七三一部隊の行った実験結果など、軍事的に有用な情報を提供させようとする占領軍の意図があり、曾根はその取引に乗ったのだ。一方、ソ連に抑留された七三一部隊の幹部たちも、同様の意図のもとに厳しい取り調べを受けた。ソ連も細菌兵器の情報を得ることに必死だったのである。それに対して多くを供述した軍医少佐は保釈され日本に帰る途中、自殺する。帰国後、秘密を漏洩したことで処罰されるのを恐れたためだった。曾根がなんの咎めも受けなかったことを知っていたら……。

ここでしばらく戦史小説から離れ、動物小説について簡単に触れておこう。四十五年の「自筆年譜」に、〈前年に「ハタハタ」を「文學界」四月号に発表したが、この年は「小説新潮」に「軍鶏」「羆」等を書き、以後、動物小説を書くようになる〉とわざわざ記しているからである。

吉村昭は「ハタハタ」を執筆以後、散発的に動物小説を書くようになる。戦史小説を書き継ぎながら、〝純文学〟系の短篇小説を書くことで、精神のバランスを取っていたのかも知れない。動物小説の主なものをあげると、最初にまとめられたのが短篇集『羆』（新潮社）である。同書には表題作のほか「蘭鋳」「軍鶏」「鳩」「ハタハタ」の四篇が収録されている。

表題作の「羆」は熊撃ち名人である銀九郎の妻、光子の火葬のシーンから始まる。光子は権作と名付けて育てていた羆に殺された。愛妻光子を死に追いやったものを斃すため銀九郎は山に入る。地を這うように羆を追う銀九郎の描写がつづく。羆は人間を餌と考える猛獣である。追跡は死を賭したものだけに、自ずと描写も凄絶にならざるを得ない。そして、一年がかりでようやく射止める。が、羆をしとめたときに覚える、かつてのような快感が銀九郎には湧いてこなかった。それは羆と対峙したときの状況にあった。


権作は、なぜ熊笹から道に姿をあらわすような不用意なことをしたのだろう。それは、自らを危険にさらすことを意味している。

権作は、道に出た後、銀九郎を見つめながら身じろぎもしなかった。そして、その直後、銀九郎にむかって突き進んできたが、それは不思議と殺意の乏しい、人を襲うたけだけしさには欠けていた。

（中略）

権作は、飼育してくれた銀九郎の姿をみとめ、なつかしさで走り寄ってきたのではあるまいか。

村落での孤独な生活が思われた。権作を斃すという希望が、かれの生活に一つの緊張感をあたえていたが、それも果されたかれには、光子の遺骨をおさめた骨壺しか残されていない。（「羆」）

「罷」が剝き出しの自然そのものとの対峙を描いているのに対し、「蘭鋳」「軍鶏」「鳩」は、いずれも人工的な交配、途方もない淘汰を重ねた末に完成する動物と人間の話である。「蘭鋳」は妖艶ともグロテスクとも、また動く芸術品ともいえる蘭鋳の醸す妖しい雰囲気の中で四人の男女の関係が絡み合って物語は展開――。「軍鶏」の主人公の四郎は事故で片足をひきずるようになり就職できず、浜辺で色のついた小石を拾い換金して生活している。その卑屈感から救済してくれるのは軍鶏師になることだけだった。四郎は育てた自信の軍鶏で決勝戦に挑む――。レース用の鳩を飼育する話が「鳩」である。激しい淘汰と訓練の末に作られた鳩もレースに出れば還ってくるのは数えるほどしかいない。鳩を失えば次のレースに備えて鳩を補充しなければならないから経済的負担は尋常ではなく、家が傾くケースも多い。主人公の清司もレース鳩飼育に病的ともいえる情熱を注ぎ、家庭は崩壊する――。

最初に発表されたのが「ハタハタ」である。初冬、北の海にハタハタの季節がやってくる。ハタハタの大群は天与の恵みであり、その漁獲で得た収入は村落の一年間の生活を支えてくれる。俊一の祖父と父は二つの網を持つ菊地猪太郎に雇われている漁師である。ハタハタが動き出し輪壁網が仕掛けられる。しかし時化になり、流出するおそれがあるため網の引揚げに二トン足らずのハタハタ舟を出す。舟は転覆し八人が海に投げ出される。四人は救われるが、祖父と父を含む四人が行方不明になる。まず一人が見つかり、次いで祖父が見つかる。

そんなときハタハタがやってくる。ハタハタは湾内に充満し、海水の青さはハタハタの肌の色に塗りつぶされる。村落の人たちは遭難者を探すのが先決か、漁をするのが先かの選択を迫られる。俊一の母の、「ハタハタをとってください」の一言でハタハタ漁が始まる。村落のために父の死体を冷たい海に放置することを選んだのだ。

漁が開始されると同時に村落は音と人声の世界に化する。喧騒の中、祖父を荼毘に付すため小型トラックで棺を運ぶが、人々は目礼を送ることすらしない。ハタハタ漁に賑わう村落にあって俊一の一家だけ息をひそめて日々を送っていた。あたかも祖父と父の遭難死が一種の罪過でもあるかのように、俊一たちは、人目を避けてハタハタの去るのをひたすら待つ。

ハタハタ漁は半月で終わる。その後、久作の遺体が見つかり、未発見は父だけになる。それがきっかけで遺体捜索は活発化したが、次第に従事する人は少なくなり、二月に入ると海岸線を歩くのは俊一と母だけになる。

その頃になると、村落の者たちの態度にも変化が起っていた。

かれらは、遺体探しを中止した後ろめたさのためか、俊一たちの姿をみると顔をそむける。連絡のためやってきていた組合の者も、いつの間にか姿をみせなくなっていた（「ハタハタ」）。

次第に俊一の家は村落共同体から締め出されていく。久作の遺族は深夜ひそかに村落を去った。俊一はハタハタから逃れていったのだと思う。三月も終わりに近い日曜日、父の遺体が出る。父を火葬している間、村落の男たちは酒を飲みながらハタハタ漁の思い出を賑やかに話し始める。

かれらは豊漁で一年間暮してゆけるだけの金銭をつかみ、ひどく満足そうだった。

そのうちに男の一人が、

「今年もハタハタがミシミシやってくるぞ」

と、眼を輝かせて言った。

「その話さ。仏が海に長くいた年は、必ずくるというからな。ここの父さんはいい漁師だったが、死んだ後まで恵みをたれてくれるというわけだ」

他の男が、笑顔でこたえた。

俊一は、急に熱した鉛のようなものが胸につき上げてくるのを意識した。

ハタハタは、父をうばった。父の体を食い散らした。そのハタハタの到来を、村落の者たちはねがっている。村人たちは、父の死体が長い間発見されずにいたことを喜んでいたのか。それを、ハタハタが再びやってくる吉兆として考えていたのか。（同前）

俊一はそう思う。帰宅してから、俊一は村落を出ようと母に言う。

『海の鼠』（新潮社）には、表題作の他に「蝸牛」「鵜」「魚影の群れ」の動物小説三篇が収められている。動物を通して人間の営みを描いた作品集である。

表題作は昭和二十五年に瀬戸内の離島で実際に起こった鼠の異常発生をテーマにした作品。それは「鼠が湧いた」という表現がぴったりの大量発生だった。描かれているのは人間と鼠の凄絶な闘いである。さまざまな鼠捕獲器、幾種類もの殺鼠剤の試み、天敵である青大将や鼬の導入など、考えられる限りの、あらゆる手段をこうじて鼠と対峙する姿が凄まじいまでに描かれる。

鼠との闘いは七年続いた。ようやく鼠が消えたのは駆除方法が成果をおさめたのではない。鼠が食糧の乏しくなった島を放棄したに過ぎなかった。人間の力は、遂に鼠の群れになんの影響も与えることができなかった。そして村の者たちは鼠にさえ見捨てられた島にしがみついて生きるしかない生活が残る——。鼠の習性の徹底解明から殺鼠剤の使用と副作用まで吉村昭の調査は徹底しており、作品のリアリティーを支えている。

この作品を執筆するために、「自筆年譜」にも見られるように、四十七年、吉村昭は宇和島市沖の戸島、日振島に渡り、その後もたびたび宇和島市を訪れている。吉村昭の頻繁に訪れた取材先といえば北海道、次いで長崎があげられるが、宇和島訪問も目につく。そこは歴史的にみても魅力的な地であることもさることながら、新鮮な「鯛めし」とか白身の小魚で作られる「蒲鉾」、小料理屋でだす「ホータレ鰯」などの食物もお気に入りだったようである。

「蝸牛」は食べても美味な、新種の蝸牛の飼育をめぐる話で、ちょっと幻想的な作品である。「魚影の群れ」の舞台は黒潮と日本海を北上する対馬海流の交差する、津軽海峡に面したマグロの町大間。マグロの一本釣りはこの地特有のもので、ただ一人で船を操りマグロと闘う孤独で苛酷な漁である。主人公、房次郎のマグロ漁師としての矜持と生の充実感を、娘登喜子の恋人を絡めて描いた作品である。この『魚影の群れ』は五十八年、松竹で映画化された。

『羆嵐《くまあらし》』（新潮社）は木村盛武旭川営林局農林技官の「獣害史最大の惨劇苫前羆事件」を参考に執

筆された小説。日本獣害史上最大の惨事といわれる羆事件は大正四（一九一五）年十二月九日、北海道天塩国苫前三毛別、六線沢の谷ふところに点在した開拓集落で起こり、住民を恐怖のどん底に陥れた。冬眠の時期を逸した羆が、わずか二日間に六人の男女を殺害した事件である。

生涯に百二頭を射止めた羆撃ち名人、大川春義は、当時七歳でこの事件に遭遇、犠牲者一人につき十頭の羆に復讐する誓いをたてて羆撃ちになる。ついに射止められた羆は頭の頂きから足先まで二・七メートル、前肢蹠幅二十センチ、後肢蹠長三十センチ、体重は三百八十三キロだった。ただ一人沈着に行動し羆と対決する猟師、鮮血に染まる雪、肉を切り裂き人骨を齧る不気味な音など、凄惨な状況を克明に描く長篇ドキュメンタリーである。この作品は五十五年、三國連太郎主演でテレビ作品化されている。

『海の絵巻』（新潮社）には紀州太地に三百年の歴史を持つ鯨組で、網とり漁法の最後の筆頭刃刺を務めた男の生涯を描いた表題作の他に、幻影ともいえる紫色の錦鯉を生み出すことに意欲を燃やしている男を描いた「紫色幻影」、ヤマガラにおみくじを引く芸をしこむ芸鳥研究家の話「おみくじ」、万やむを得ない事情で沖縄の小学校教師を辞め、ハブ捕獲人になった男を描く「光る鱗」、女房に逃げられ、ひとり牛蛙の捕獲を生業にしている、漁り子の話「緑藻の匂い」の四篇が収録されている。

『熊撃ち』（筑摩書房）は、出版に至るまでに、ちょっとしたエピソードがある。吉村昭のエッセイ「七人の猟師と七つの物語」（『50冊の本』玄海出版）を要約すると、次のようなことになる。

その十年近く前、吉村昭は羆撃ち専門の猟師を主人公にした小説を書きたいと願い、熟達の猟師に会うべく北海道阿寒湖畔を訪ねている。羆を百頭以上も仕留めた猟師がいるということを耳にしたからである。ところが、吉村昭が来意を告げても取り合ってくれない。頑固なところにも魅せられた吉村昭はねばりにねばり、ようやく話を聞き出すことができた。

その猟師の体験談を小説に書いた。それがきっかけで友人の大河内昭爾を介して「月刊ペン」に四十五年十一月から短篇を連載することになる。それから月に一回、北海道に行っては専門の猟師に会い、経験した話を聞いて回ることになる。内地熊を相手とする猟師の話も一つは入れたいと思い富山県の猟師とも会う。羆は人間や馬、牛なども餌とする雑食の猛獣だが、羆専門の猟師のすさまじい話とは違って、内地熊専門の猟師の話は牧歌的ですらあった。

吉村昭は七組（八人）の猟師（朝次郎・安彦・与三吉・菊次郎・幸太郎・政一と栄次郎・耕平）に会い、それぞれ三十枚の短篇にまとめた。獰猛で巨大な羆と猟師たちの息詰まる対決を、実際の事件に材をとって描いた迫真の連作短篇集である。七篇で止めたのは、取材のために山中や僻地を訪れることに疲れたからだという。その七つの短篇だが、単行本にするには量が少なすぎ、そのまま放置されていた。たまたま筑摩書房の編集者と雑談する機会があり、その話が出る。作品を読んだ編集者は、三十枚という制約のもとに書かれたものなので、書き込みの余地があるのではないかと指摘する。吉村昭は改めて読み直し、初めから書き直すつもりで筆を入れる。削った部分もあったが、加筆した箇所の方が多かった。かくして単行本におさめるに適当な枚数になり、ようやく陽の目を見ることができた。雄大な大自然を背景に羆（熊）との凄絶な闘いを描いた連作作品集である。

『海馬《とど》』（新潮社）には七つの短篇が収録されている。作品については著者の懇切な「あとがき」

を引用したい。

「闇にひらめく」は歴史小説の資料蒐集に訪れた愛媛県宇和島市に行った帰路、食堂経営者の話からヒントを得たものである。彼は独特の漁法による鰻採り名人だった。絶妙な鰻採りの話を聞くうちに興味を覚えて執筆したという。漁法というのはシャシャキという柴の一種を十束ほど作り数珠のように綱でつなぎ合わせ水底に沈める。その束に鰻が入って休んでいるところを静かに引き揚げる。網でシャシャキの下部を包むようにして束を強くゆすると、鰻は驚いて水底にもぐろうとする。それを手網で受けるというものである。この作品を原作とする映画『うなぎ』は平成九年、カンヌ映画祭でパルム・ドールを受賞した。

「研がれた角」の素材も宇和島市で得たもの。吉村昭は「玉桜」という横綱の闘牛を飼う家を訪ね、牛が家族の一員となっており、牛に注ぐ愛情の並々ならぬことを知る。闘牛には、その地方の歴史があって、風土の所産であることを感じたことが筆を執らせたようである。「螢の舞い」は螢の人工飼育をしている人に共感し、九州の筑後市に飼育家を取材して描かれた作品。「鴨」は吉村昭の自宅近くにある、季節になると猟場から取り寄せた鴨の料理を出す「かも屋」の店主の兄が経営している鴨宿に興味を覚えて書いた作品。「銃を置く」は「羆嵐」に登場した羆撃ち名人として名高い大川春義翁を主人公にした、集中唯一のノンフィクション作品である。「凍った眼」は吉村昭の趣味の一つである錦鯉をテーマにしたもの。表題作の「海馬」は知床半島羅臼の町でトド撃ちに執念を燃やす老人と、町を捨てた娘との確執を捉えた小説である。この十年間に執筆した動物小説で、吉村昭は生き物を仲介に自然と共に生きようとする人々を描いている。

吉村昭はこれまで戦史小説の関係者の証言をノートに書き留めてきたが、四十六年ごろからテープレコーダーを併用するようになる。証言を重視する吉村昭には欠くことのできない携行品だったろう。テープレコーダーといっても、現在のようなポケットに入り、十時間も録音できる小型のものではない。オープンリール式のものである。吉村昭の携行した機種は分からないが、早くからマスコミ関係者が使用していたのは、東通工の小型携帯録音機で愛称「デンスケ」と呼ばれるものだった。小型とはいえ重さは約八キログラムもある代物で、担ぐと肩にずしりとくるものである。

作品に戻ろう。昭和四十六年に刊行された『日本医家伝』（講談社）は、医学関係の季刊雑誌「CREATA」に連載したものをまとめたものである。

江戸時代中期から明治初期にかけて、日本の医家たちは西洋医学の流入に身をさらし、或る者は反発し、或る者はそれを積極的に受け入れようとした。そうした混乱の中で、すぐれた医家たちによって新しい日本医学の基礎はきずかれていった。

私は、それらの医家の中から十二名の人物をえらび出した。顕著な医学業績を残した人たちであることはもちろんだが、それ以上に人間的に強い興味をいだいた医家たちである。それらの医家たちの生き方に、現代のさまざまな医家との激しい類似も見出すのである。（「あとがき」）

吉村昭が選んだ医家は、初の人体解剖をして医学の分野での実証主義を進めた山脇東洋。『解体新書』の翻訳という偉業を達成しながら、訳者として名前を公にすることを阻んだ学究派の前野良沢。江戸随一のオランダ医学の臨床家だった伊東玄朴。日本の眼科医学界で初めて眼球の解剖を試みた土生玄碩。シーボルトと其扇（お滝）との間に生まれ産科医となった楠本いね。天然痘予防法を持ち帰った蝦夷地の漂流民・中川五郎治。江戸末期、異国から伝わったばかりの種痘を広めようと苦闘した福井の町医・笠原良策。維新後、初代陸軍軍医総監となり日本近代医学の基礎を築いた松本良順。ドイツ医学採用に狂奔した相良知安。明治初期、脚気の予防法を確立した高木兼寛ほか荻野ぎん等で、いずれも近代医学の先駆者の苦難の生涯を描いた短篇である。

資料を調べるうちに、〈人間的に強い興味をそそられた医家たち〉の中の何人かは、後の作品にも主人公あるいは脇役として登場することになる。それは『冬の鷹』（前野良沢）、『ふぉん・しいほるとの娘』（楠本いね）、『北天の星』（中川五郎治）、『花渡る海』（同）、『めっちゃ医者伝』（笠原良策）、『暁の旅人』（松本良順）、『白い航跡』（高木兼寛）などである。

この年は単行本八冊を出版し、それなりの事情はあったのだが、多作を反省する。（「自筆年譜」）

ところで吉村昭には、『遠い日の戦争』『破獄』『長英逃亡』『桜田門外ノ変』『彦九郎山河』『彰義隊』など「逃げる男」を扱った作品が多い。それらの作品群の初期のものが、九月に出た表題もずばりそのものの『逃亡』（文藝春秋）である。

『逃亡』は、〈男は、闇を信じていた。二十五年という時間の経過が、かれに闇の濃さを信じさせていたのだ。／初めの頃おびえていたかれも、その闇に安息を見出すようになっていた。深海魚の一種族が微細な発光体をかざして游泳するように、かれは、ほのかな光をたよりに闇の中で生きた。その闇が、破れた〉と書き起こされる。闇を破ったのは作家の「私」の電話だ。発端は一か月ほど前、Uと名乗る未知の男からかかってきた電話である。Uは、ある男に会えと指示していた。その男は、戦時中反戦運動組織の一員として軍用機を爆破し逮捕されたが脱走した。自殺したという説もあったが、Uは最近、その男と会って生存していることを確認、住所も電話番号も知ったという。男は信じていた闇が闇でなくなり、信じていたことが無為なものであったことに気づいた。「私」は男と会い、話を聞きメモをとる。

作品の中で吉村昭は次のように記す。

私の筆は、男の口から流れ出る言葉を追った。戦時中の時代的な匂いが、その追憶から濃厚ににじみ出た。

私は、男の話を書きとめているうちに、妙な錯覚におそわれはじめていた。男が私のことを語ってきかせてくれているような気がしてならなくなったのだ。

男が回想するその年に、かれは十九歳で、年を繰ってみると当時の私は十七歳だった。もしも私がかれの立場に身を置いていたとしたら、私はかれとほとんど大差のない行動をとったにちがいない。戦時という時間の流れは、停止させることのできぬ巨大な歯車の回転に似た重苦しさがある。十九歳であったかれの行動は、その巨大な歯車にまきこまれた自然の成行きにほかならない。(『逃亡』)

軍用機を爆破し逃亡し続けていた元少年と吉村昭はほぼ同世代だった。かれは反戦組織にも関係はなく、私は、〈イデオロギーとは全く無縁の若い男が、純真素朴さ故に異常な生き方をしなければならなかったことに、強い共感をいだ〉き、いつの間にか元少年に重ね合わせている自分を感じるようになる。それが吉村昭を執筆にかりたてた最大の動機だった。

霞ケ浦航空隊勤務の望月幸司郎は外出日に川崎まで脚を延ばし、終列車に乗り遅れ、定刻までに帰隊できなくなる。遅刻すれば、「蛇の木更津、鬼の霞空」と俗称されたように、苛酷な制裁を受けることになる。困り果てていると声をかけてきた男がおり、トラックで土浦まで送ってもらう。それがきっかけで幸司郎と男は親しくなる。その後、男は休日のたびに幸司郎を訪ね饗応したりする。幸司郎がすっかり信頼したところで、男は落下傘を貸してほしいと言い出す。つまり窃盗をそそのかされたのである。

それが始まりだった。落下傘の持ち出しをやり遂げると、男は次々に要求をエスカレートさせる。落下傘の窃盗は軍法会議で死刑の判決を受けることも十分予想される、という男の言葉に恐怖を感じ、幸司郎は男の要求を受け入れざるを得なくなる。ついに男から渡された時限装置付きの爆薬で、九七式艦上攻撃機を爆破炎上させる。落下傘紛失が表面化し、幸司郎は捕らえられ取り調べを受ける。落下傘持ち出しは自供するが、軍用機爆破は徹底的に否認した。しかし取り調べは厳しい。幸司郎は脱走し逃亡生活が始まる。そこから吉村昭は幸司郎の行動を丹念に追う。『逃亡』は、時代の苛酷な状況に翻弄された元少年に重ねて、自分の戦争体験を蘇らせた作品といえる。

この作品は新たな作品を生むことになる。

吉村昭は、六十三年初夏に、〈私には『逃亡』（文春文庫）という長篇小説があるが、その主人公は実在の方で、今でも親しく付き合っている。『帰艦セズ』は、その方が私に提供してくれた資料に強い関心をいだき、書いた中篇小説である。第三者から小説になりはしないか、と素材をあたえられることはあるが、私の関心をひくものは皆無に近い。そうした意味からこの小説は、きわめて稀な例と言える〉（『帰艦セズ』の「あとがき」）と記している。つまり『帰艦セズ』は『逃亡』の副産物といえる作品で、やはりテーマは厳しい軍隊の規律が招いた『逃亡』と、それによって派生した家族の悲劇である。順序が前後するが、『帰艦セズ』（六十年執筆）に触れておきたい。

主人公の橋爪は小樽市での民衆史研究会支部の集まりで入手した「執葬認許証」のコピーに記載されている記事に眼をとめ、体を固くする。死亡者は成瀬時夫。大正十年七月十九日生まれ。職業は海軍機関兵。死因の欄には「飢餓ニ因ル心臓衰弱」とあり、死亡場所は小樽市松山町南方約二千米の山中。死亡年月日は昭和十九年七月二十四日。その下に「推定」とあった。飢餓が死因であることは、当時の食糧事情から考えれば一応理解できる。が、海軍機関兵であり、軍に籍を置いていた者が飢えて衰弱死することなどあり得ないことだ。それに死亡場所が山中であり、なぜそのような地に海軍機関兵が行ったのか理解に苦しむ。

橋爪が禁固拘留中に霞ケ浦航空隊を脱走したのは、昭和十九年五月上旬。禁固室に入れられた直接の原因は落下傘の窃盗だったが、半年前に時限装置つきの爆薬で九七式艦上攻撃機が爆破された事件の重要容疑者と見られたからだった。

橋爪は『逃亡』の望月幸司郎である。橋爪は逃亡し北海道に逃れ、伊藤という偽名でタコ部屋に身を潜ませる。終戦を迎え、北海道に進駐したアメリカ軍に保護してもらうため、かれは司令部に出頭して情報部の調査を受ける。その折、軍用機爆破をすすめた男が、アメリカ側の諜報機関員であったことを知った。その後、東京の郊外にある都市の市役所に雇員として入り、やがて正式に採用され、妻帯し公営住宅に居を定めた。しかし、十年前、小説家と名乗る男から電話があって闇は破られた——。

半年後、小説家が掲載された文芸雑誌とお礼の品を持って橋爪を訪ねてくる。雑誌を開くと、自分の姓名は替えられていたが、語ったことは歪められることなく書かれていて、不快な気持ちはなかった。むしろ、記憶が次々によみがえり、懐かしさで涙ぐんだりもした。橋爪の中に自分の過去を検証したい気持ちが募る。かれは防衛庁防衛研修所戦史室に行って海軍法務関係の軍法会議記録を調べ、自分の欠席裁判が開かれたのを知る。罪状は軍用機爆破による重要航空兵器損壊罪、逃亡罪ほか六件。判決は死刑だった。

定年退職後、橋爪は道内を旅行中、室田という民衆史研究家がタコ部屋について書いた書物を買い求めて読む。そこには、労働によって死亡した労務者の記録とタコ部屋の組織が記されていた。橋爪は、が、証言に応じてくれる関係者がほとんどなく、調査が行き詰まっている、と訴えていた。

タコ部屋に所属していたことを室田に告げ、調査に協力してもいいと申し出る。

橋爪は、成瀬時夫について調査することになる。まず、遺族を探すことから始められた。かれは手当たり次第に電話をかけ、「時夫は私の倅です」と言う女に行きつく。時夫の死について訊ねると、女は、昭和十九年夏、夫が市の海軍人事部に呼ばれ、暗い表情をしてもどってきたことを口にした。夫に問いただすと、息子は北海道のどこかの港で休暇をもらって下艦した折、軍艦が緊急出港したので帰艦できず、そのまま行方不明になっていると答えた。それから一年が過ぎた頃、骨壺が送られてきた。中身は空で、女は遺骨がないことから息子がどこかに生きているかも知れない、と考えつづけてきたという。

女の話によると、成瀬は帰艦できず行方知れずになったというが、その後、小樽市郊外の山中で死体となって発見された。艦の突然の出港で戻れなくなったら、近くの海軍武官府に出頭すればよいのに、なぜそれをしなかったのか。なんという名の軍艦なのか、港はどこなのか――。

成瀬の乗り組んでいたのは巡洋艦「阿武隈」だった。調査しているうちに橋爪は「阿武隈」が小樽港を緊急出港した事実のないことを突き止める。さらに、厚生省から「佐海團人機密」という、二十年七月十日付佐世保海兵団長から佐世保鎮守府司令長官宛の兵員死亡報告書を見る。そこには〈死因、自殺セルモノト認ム〉とあった。成瀬は帰艦の前日泊まった旅館に弁当箱（官品）を忘れる。探しに戻るが旅館の場所が分からない。官品紛失の罪は重大で、想像される苛酷な制裁と処罰に恐怖を抱き帰艦しなかったのだ。同じ逃亡者でありながら、自分はともかく生き残ったが、成瀬は弁当箱一個のため悩み、そして飢えて死んだのだった、と橋爪は思う。

この橋爪は、後に短篇「月下美人」にも登場する。

『帰艦セズ』（文藝春秋）には「鋏」「白足袋」「霰ふる」「果物籠」「銀杏のある寺」「飛行機雲」の六篇が併載されている。「あとがき」で吉村昭は次のように記している。

短篇を書くことはまことに苦しいが、私の生きる意味はそこにこそある、と思っている。厳冬の日に、滝に身を打たれるようなひきしまった気持になる。

絶えず神経を周囲に働かせて、格好な短篇の素材はないか、と探っている。考えに考えて絞り出す素材もあるし、偶然に耳にしたことを素材に書くこともある。（中略）

「銀杏のある寺」は、昭和十八年に沈没した潜水艦の生存者をモデルにした創作だが、「飛行機雲」は、実際に私が経験したことで、いわば私小説の部類に入ると言っていいのだろう。

すべての作品に「死」の影が落ちている。

余談になるが、「飛行機雲」に登場する君塚俊之少佐参謀は、『大本営が震えた日』では杉坂共之少佐と実名で書かれている。したがって少佐夫人の君塚典子の本名は杉坂美都子である。四十七年に発表された「戦記と手紙」には、「飛行機雲」に書かれた話のほぼ全容がエッセイの形でまとめられている。それによると、吉村昭が『大本営が震えた日』を「週刊新潮」に連載した当時、美都子夫人は商社マンの子息について渡米していた。夫人のもとに何か資料が残されているのではないか、と編集者に頼んで国際電話で問い合わせてもらう。

そのとき電話口に出た夫人は、「杉坂は生きているんですね、どこに生きていたんですか」と訊いてきた。編集者は吉村昭の調査によって、少佐の死が確実になったことを伝えるしかなかった。その話を聞いた吉村昭は、夫人に対して一つの罪を犯したことを意識する。夫人の生き甲斐は、夫が生存しているのではないか、という淡い希望だったに違いない。それを吉村昭は少佐の死が決定的であることを公にした。しかも、その死は斬首であり、水田の中への遺棄も明らかにしてしまったのである。

『大本営が震えた日』の連載が終わって間もなく、吉村昭は帰国した夫人に会って詫びの言葉を述べる。ところが夫人は「感謝するのは私の方です。正直のところ杉坂が生きている望みをもっていましたが、あなた様の御調査で杉坂が死亡したことを知りました。しかし、杉坂は、私の胸の中であらためていきいきと生きはじめました。ありがとうございました」と言ったのである。

その後、単行本として出版された小説を夫人に贈ると返事が来た。手紙には「(十二月)五日は亡夫の命日に加へて久し振りの大雨に、初めて心身ともに落着いた心地がいたし休養して居りました折、思ひかけず御本が届きました。偶然とは申せ不思議な感じがいたし、感慨無量でございました」としたためられていた。

ところで数日前、四年ぶりに夫人が友人同伴で吉村家を訪ねて来た。そして、夫人は涙ぐみながら、「年をとりましたので、これを最後に日本をはなれカナダにいる息子夫婦のもとへ参ります」と礼を言い、去って行った。吉村昭にとって杉坂夫人は生涯忘れ得ぬ人になったという。「飛行機雲」は、それから十五年を経て君塚夫人から「私」の贈った随筆集の返礼としてキャンディが送られてきたことから起筆されている。

さらに、その後日譚だが、杉坂美都子（作中ではS夫人）が癌死したこと、美都子夫人と死の間際まで文通していたという婦人との出会いを描いたのが短篇「時間」（『見えない橋』所収）である。

作家の「私」は八十四歳の未知の婦人から突然のように送られてきた手紙を読んで、栃木県下の地方都市に住む彼女に会いに行く。ある疑念を覚えたからである。婦人はS夫人と女学校の同級生だが、五十年以上も会っていない。それなのにS夫人が死亡するまで絶えず文通していた、というのである。会うこともなく、単にクラスメートであったということだけで、ひんぱんに手紙のやりとりをするようなことがあるのだろうか、というのが「私」の疑問である。

が、その疑念はやがて氷解する。二人を強く結びつけたのは、開戦時、共に夫を失ったこと、そして二人の夫の死の状況と遺体の損壊状態（頭部の欠落）が酷似していたことにあった。「私」は『大本営が震えた日』を発表して以来、S夫人に罪のような意識を抱いてきたが、それは杞憂だった。五十余年という歳月の経過は、それを遠い過去のものとしていた。婦人の明るさが救いになった。なごやかな会話がつづいた。「私」は罪の意識が薄らぐのを感じ、婦人に会いにきてよかったと思う――。

この頃の歴史小説の代表作の一つに『海の史劇』（新潮社）がある。四十五年十一月に「海と人間」と題して稿を起こし、地方新聞各紙に連載、翌年十月に擱筆したものである。その後、約一年をかけて稿を改め加筆、訂正、削除を経て『海の史劇』としてまとめられた。大艦隊による海戦として空前絶後の展開をみせた日本海海戦と、その後を描いた一千枚余の壮大な作品である。

吉村昭は、「あとがき」で〈日本海海戦は、艦隊同士の海戦として史上最大の、そしておそらく最後の戦闘である。その海戦は凄惨であったが、戦闘方法をはじめ被害艦の乗組員救出とその収容方法等に一種の人間的な秩序がみられる〉と述べている。

物語はロジェストヴェンスキー司令長官が、ロシア第二太平洋艦隊をひきいてフィンランド湾クロンスタット軍港から滄海の東へ向かう圧倒的な場面に始まる。陣容は建造なったばかりの新鋭艦五隻と旧式戦艦を主力に補助艦艇多数を配した強力艦隊で、一万八千浬の航路を東洋に向かう。目的地はウラジオストック軍港。そこを根拠地に大規模な行動を展開すれば、日本と朝鮮、満洲、中国の間によこたわる海洋を支配下におくことができる。それが実現すれば、大陸でロシア軍と戦う日本陸軍は補給路を断たれ、完全に孤立することになる。第二太平洋艦隊の東洋派遣は、ロシアにとって日本との戦争の勝敗を左右する大作戦だった。数十隻にのぼる艦船の七か月の大航海は燃料(石炭)との戦いだけでなく、嵐と炎熱との戦いでもあった。

明治三十八(一九〇五)年五月二十七日午前四時三十分頃、日本海の対馬沖で日本艦隊とロシア第二太平洋艦隊は遭遇する。午前四時四十五分、「信濃丸」から「敵ノ艦隊、二〇三地点ニ見ユ」の暗号電文が発せられる。東郷平八郎は「タタタタ、アテヨイカヌ、ノレラヲハイ、ヨシヌ、ワケフウメル」という電文を大本営に送る。それは「敵艦隊見ユトノ警報ニ接シ、連合艦隊ハ直チニ出動、之ヲ撃滅セントス」という意味の暗号電文で、その末尾に、主席参謀秋山真之中佐が、よく知られる「本日天気晴朗ナレドモ波高シ」の平文による電文を書き添えた。

戦闘準備はととのった。ロシア艦隊は徐々に接近する。ロシア艦隊を発見して十六分後の午後一時五十五分、全艦に対して「皇国ノ興廃此ノ一戦ニアリ、各員一層奮励努力セヨ」と下命する。歴史上かつてない大艦隊同士の海戦が開始される。日本艦隊の果敢な戦いにより、巨大な規模を誇っていたロシア艦隊は、二十七日の昼夜にわたる海戦で大半が壊滅させられる。二十八日、ロシア艦隊の残された二隻の戦艦、二隻の装甲海防艦もマストに降伏をしめす旗が掲げられ、海上から砲声は絶えた。それから作品は捕虜の扱い、講和条約へと筆が進められる。

講和条約交渉はアメリカのポーツマス軍港で開かれる。日本の全権委員として桂首相は枢密院議長伊藤博文と外相小村寿太郎を推す。が、伊藤博文は拒絶。全権委員に小村外相と高平駐米公使が決定した。日本は連戦連勝をつづけていた。しかし、ロシア側は日本の国力が尽きたことを見抜いており、強硬な態度で臨んでくることが容易に想像できた。会議では、日本側がロシア側に譲歩して結ばねばならぬに違いなかった。しかし、内情を知らない日本の庶民は、戦争継続を叫び、講和条約では巨額の賠償金と広大な領土を得られると信じ込んでいた。が、講和の条件は「樺太南半分を日本に引き渡す」というものだった。談判の成立と同時に、屈辱的講和条約として日本では庶民の不満が爆発する。新聞も激しく批判、小村全権は国賊視される。一方、日露戦争に功があったとして連合艦隊司令長官東郷平八郎は功一級金鵄勲章、大勲位菊花大綬章を授与され、伯爵に列せられ、大正二（一九一三）年には元帥の称号を受ける。『海の史劇』は、その東郷平八郎の死で終わっている。

吉村昭も初めは小村寿太郎全権にたいして、父親から聞いていた〝弱腰外交官〟というイメージを抱いていた。が、この作品を書くことで、そうした小村像を一変させられた。そのことが、後に『ポーツマスの旗』を執筆させることになる。

執筆に当たって吉村昭は、日本側資料だけでなく『千九百四・五年露日海戦史第一巻〜七巻』（第五巻欠。露国海軍軍令部編纂）、『日本海大海戦　殉国記』（ウラジミル・ミセヨノフ著）、『露艦隊来航秘録』（ロシア海軍造船大技師ポリトウスキー著）、『露艦隊幕僚戦記』（著者不明）、『露艦隊最後実記』（著者公表セズ）などのロシア側の貴重な資料も使っている。それらが密度の高い作品を支えているといえるだろう。

各海軍航空隊を転々とするうちに敗戦を迎えたという詩人の田村隆一はこの作品の文庫版の「解説」で以下の賛辞を述べている。

対馬沖で待ちかまえていた貧しさにあえぐ後進国、日本の三流海軍によって、またたくまに、その大半を撃沈、捕獲されるまでのプロセスは、まさに、今世紀初頭の「文化」の現象学にほかならない。そして、じつは、本書の最後の四分の一、つまり、ポーツマスにおける日露講和条約、ロシア海軍の捕虜、司令長官以下、重要スタッフの本国への帰還、その軍事法廷と判決、帝政ロシアの末期をゆさぶる二つの「民衆」、ストライキ、暴動、革命前夜のダイナミックな民衆の力学と、敗将ロジェストウヴェンスキー中将に涙をながすもう一つのロシア民の顔、これらの事実とディテールによって真実をかたらしめ、ついには、読者に「肉眼」をあたえずにおかぬ、この力こそ、本書の深い主題であろう。「人間的な秩序」恢復への、吉村氏の憧憬が、史劇として成就

しているのである。（中略）
本書を読むことは、期せずして人間が人間であった時代、その人間たちが動かしていた歴史の現場に立ちあうことであり、そのような幸福をあたえてくれた吉村氏に感謝するとともに、大いにその力量を讃えたい。（『海の史劇』新潮文庫）

さて、吉村昭には医学をテーマにした作品の多いことは先に触れた。その中で、そうした括りが必ずしも適当かどうか分からないが、〈天然痘三部作〉ともいえる長篇小説の一群がある。『めっちゃ医者伝』（新潮少年文庫）、『北天の星』（講談社）、『花渡る海』（中央公論社）である。その先駆けとなったのが『めっちゃ医者伝』（四十六年）である。

天然痘は有史以来、人類を苦しめてきた伝染病である。疱瘡、皰瘡、痘瘡、赤疹、いもがさ、もがさ、豌豆瘡と名称も多い。インドが発祥の地といわれ、東洋、西洋の別なくまたたく間に広がった。日本に初めて天然痘が入ったのは聖武天皇の天平七（七三五）年の秋といわれている。『続日本紀』巻十二に、〈八月二十三日、大宰府が「管内の諸国で瘡のできる疫病が大流行し、人民は悉く病臥しております。今年度の調《みつき》の貢納を停止して頂きたいと思います〉と見えるのが、それであるとされる。

天然痘はきわめて死亡率が高い。死に到らなくても醜いあばたが残り、悲劇を招く厄介この上ない病気である。「あばた」のことを福井の方言で「めっちゃ」と言う。「めっちゃ医者伝」の主人公は越前の医師・笠原良策。天然痘は全国を席巻していたが、越前でも周期的に流行を繰り返しており、「親がメッチャなら子もメッチャ、親メッチャ子メッチャ」というはやり歌までうたわれたという。当時の治療法といえば、〈牛糞を黒焼きにしたものを飲むといった他愛ないものだけで、人々は発病をおそれてただ神仏にいのるのみであった。疱瘡絵というものが残されているが、それは天然痘よけの錦絵で、赤い色で描いた鍾馗の後方にダルマ大師、桃太郎、源為朝などがひかえている。つまり鬼神、英雄の力によって天然痘を追いはらおうという庶民の切ない願いがこめられているのだ〉(「子どもの頃の病気」『患者さん』所収)というのが実情である。いったん発病すると医師も手を拱いているしかなかった。

牛の天然痘を人間の体に植える種痘法は一七九六(寛政八)年、イギリスのジェンナーによって始められた。良策は海外で効果を上げている種痘の普及に生涯を賭けることを決心する。普及の方法は、種痘をした子供から他の子供へ種痘を植え続けることしかない。その連鎖が途切れると種痘の普及は不可能になる。良策は家財もなげうち立ち向かう。が、藩の役人や旧弊な町医が普及を妨げ、無理解な人々は子供に種痘を受けさせようとしない。そればかりか「めっちゃ医者」とさげすまれ石を投げうたれたりもする。

嘉永四(一八五一)年九月、福井藩内で天然痘が流行し始める。子を持つ親は種痘を受けた子供が感染をまぬがれていることを知り、ようやく種痘に理解をしめすようになる。良策が活動を始めたのが弘化三(一八四六)年五月だったから五年の歳月が流れていた。狂人とののしられながらも、ひたすら己れの信念を全うし、天然痘と闘った一町医の波瀾と感動の生涯を描いた作品である。なお、幕府がようやく種痘の価値を認め、伊東玄朴ら蘭方医が設けていた神田お玉ヶ池の種痘所を官立の医療機関と認可したのは万延元（一八六〇）年のことである。

ところで、この作品の末尾近くに、〈その頃、日本は激動期を迎えていた。鎖国政策をとっていた幕府に対して諸外国は開国を迫り、国内では開国論、攘夷論が対立し、また勤皇派は幕府を崩壊させる運動を展開していた。江戸に官立の種痘所が設立された年、大老井伊直弼が桜田門外で勤皇攘夷をとなえる浪士に襲われ暗殺された。／この事件が一つの契機になって、時代は奔流のような激しい流れをしめし、八年後には幕府は倒れ、新しい明治の時代を迎えた〉という文章がある。一見、テーマである天然痘とは無関係な文言である。吉村昭は、なぜこのような文章を挿入したのだろう。

わたしたちには、幕府の鎖国政策の崩壊は、「泰平のねむりをさます正（上）喜撰たった四はいで夜もねれず」の狂歌で知られる、ペリーの率いる黒船が浦賀に来航（嘉永六＝一八五三年）した時に始まったという意識がある。しかし、吉村昭はそれに異議を唱える。前文の挿入は、幕府の鎖国政策の崩壊は黒船の来航時に兆したのではなく、蘭学が浸透し杉田玄白らが『解体新書』（安永三＝一七七四年）を訳したり、漢方医に対して蘭方医が伸張するなど、異国文化と接したときから崩壊の萌芽があったと判断しているからではないだろうか。笠原良策を小説化することは、天然痘と闘う町医師の感動的なテーマもさることながら、種痘法導入への闘いを、幕末から維新へと流れる歴史の奔流の中にしっかり位置付けることにあったのだろう。

この『めっちゃ医者伝』は大幅に加筆・改稿、さらに『雪の花』と改題されて新潮文庫に入った。さらに種痘の物語は新しい展開をみせる。『雪の花』の中に、文政七（一八二四）年、〈蝦夷（北海道）の箱館附近で天然痘がはやった時、日本で初の試みである種痘がおこなわれた。実行したのは、中川五郎治という男であった。（中略）みずから牛痘の苗をつくって、人びとに種痘をおこなったが、かれの死とともにその予防法はひろがることもなく絶えた〉という一節がある。

日本への西洋式種痘の導入といえば、一般的には嘉永二（一八四九）年八月に長崎で成功したのが最初とされている。が、中川五郎治の試みは、それより二十五年も前だったことになる。シーボルトをはじめ多くの医家たちが種痘の導入に失敗していた頃、なんの医学知識も持たない元エトロフ島番人小頭にすぎぬ五郎治が着実に種痘を続けていたのである。極寒の異国を彷徨し奇跡の生還を遂げ種痘術をもたらした、日本の種痘導入史上、重要な意味を持つ男の波瀾の一生を描いたのが『北天の星』である。

五郎治は文化四（一八〇七）年、千島その他に来攻したロシア艦に捕らえられ、シベリアで五年間の抑留生活を強いられる。その間に西洋式種痘をつぶさに見聞して帰国後、松前や箱館方面で種痘を実施した。その種痘法は専門医家の注目を浴びる。が、北海道松前の一部地域に限られており、他地域への普及といえば医家の白鳥雄蔵に伝えられ、秋田に導入されたに過ぎなかった。

種痘法が広がらなかったのには五郎治の姿勢があった。かれの前半生は貧窮に明け暮れていた。そして四十歳のときから六年近いシベリア抑留生活という悲劇的な運命に見舞われる。その間に得たものといえば種痘法のみだった。五郎治は種痘法を行い始めてから、次第に卑俗な考えを持つようになる。種痘を施すことで生活の資を得ようとしたのである。医家たちに種痘術を教えることは、自分の秘術をさらけ出すことになる。かれは種痘術を自分だけが可能なものとして独占しようと努めた。先の白鳥雄蔵に対しても、五郎治は金銭の代償に種痘法を教えはしたが、肝腎の痘苗は分けてやろうとはしなかった。そんなことから、五郎治の種痘法は広がらなかったのだ。五郎治は一介の小役人に過ぎず、医家としての高邁な自覚などなかったのである。五郎治が死去したのは嘉永元（一八四八）年九月二十六日。八十歳だった。

大河内昭爾は〈巻を措くあたわずという言葉どおりの経験をひさびさに味わった。何の予備知識もなく読みはじめたので、文化四年（一八〇七）蝦夷地を襲ったロシア艦のためにシベリアへ連行されたエトロフ島番人小頭五郎治の、まさに想像を絶する苛酷な運命の物語を、私は興味津々たる漂流記か冒険物語のごとく、読んだ〉（『幕府軍艦「回天」始末』文春文庫解説）と評した。つづけて、《『北天の星』の場合、疱瘡（天然痘）のロシア語版の本に主人公が関心をもつ場面に至って、ようやくこの歴史小説の帰趨をおぼろげながらつかむという、つまり主人公と同様、その運命の展開に何の予測も持ち得ず、ドラマの進行に一喜一憂するもっとも素朴で幸運な読み方をした（中略）／私をさいごまでひきつけたものは小説的な余分なものを一切省いて堅実な歴史的事実のみで構築された物語の性格によるものであり、歴史的事実の探索に定評のある吉村昭氏の手法への信頼が安心して読ませたのである〉（同前）と記している。この「手法への信頼」というのは吉村作品を愛読する人たちが共通に抱く感慨で、異議のないところだろう。

ところで種痘に関する歴史の探求は、さらに新しい展開をみせることになる。

五郎治がシベリアに連行され帰還するまでの経過は、帰国直後に官によって取り調べを受けたときの記録である「五郎治申上荒増」で知ることができた。その記述の中に芸州川尻浦（現・広島県呉市川尻町）出身の久蔵という、禅寺の小僧として修行した経歴を持つ水主のことが記されていた。久蔵について調べているうちに、五郎治が豪商田中正右衛門の娘イクに種痘をほどこすより以前の文化十（一八一三）年に、漂流先のロシアで習得した西洋式種痘を持ち帰り、広島方面で普及させようとした人物であることが分かった。五郎治を描くことで種痘については一段落したかに思えた。しかし、種痘術の先駆は五郎治ではなかったのである。が、いつの時代もそうだが、先駆者がすんなり受け入れられるはずもない。久蔵もまた、その技術を普及させようとするが黙殺され、失意のうちに没している。その業績を歴史の闇から救出すべく、久蔵の生涯を冷徹な筆致で描いたのが長篇小説『花渡る海』である。

執筆に至る経緯であるが、久蔵は極寒のシベリアに漂着し、死線を彷徨うこと三年余。凍傷にかかり足先の切断手術を受けている。はるかに軽度とはいえ、凍傷による血管障害（バージャー病）の経験を持つ吉村昭は、その症状の経過を追うことはできるはずだと思う。文芸誌「海」の編集部から連載小説の依頼を受けたとき、ためらうことなく久蔵を主人公にした小説を書くことにした。

この題名については、当時種痘について腕に発した痘を「花」と称した節があることから、久蔵が種痘法をシベリアから日本にもたらした意味を込めて「花渡る海」としたという。ところが「海」に五十八年十月号から六回連載したとき、同誌が休刊したため中断する。原稿枚数にして二百枚余。未完のままにしておくのも不本意なので、一年余を費やして四百枚近く書き、推敲の段階で四十枚ほど削除した。資料は『川尻浦久蔵　魯斉亜漂流聞書』で、全体でわずかに一万字弱のものだったが、濃密な内容が詰め込まれていたことから、和船史や他の漂流民たちの体験を参考にして筆を進めた。

文化七（一八一〇）年、水主として大坂から江戸に向かう千石船に乗り込んだ久蔵は破船に遭い漂流、カムチャッカ半島に漂着する。三年後に蝦夷に送還され、翌年、故郷の川尻町に帰ってくる。久蔵は藩主浅野斉賢の前でミハイラ医師に従い、ロシア人の幼児に種痘をした話をする。不治の病とされていた疱瘡も種痘によって予防できるということを主張した。が、誰もその重要性を認識しなかった。

彼が持ち帰った種痘の普及書『オスペンナヤ・クニーガ』は馬場佐十郎によって翻訳された。馬場はその技術を普及させようとしたが、やはり黙殺され失意のうちに亡くなる。久蔵が死亡してまもなく、儒者の河野徴が芸州藩士から、久蔵が牛の種痘術を持ち帰ったが、藩で受け入れられなかったと話しているのを知り調べた結果、「オロシア国より罷戻候品」の中に「疱瘡之種入置御座候」とあり、〈付札に種痘の効用と、久蔵が、その療法をロシアの医師から習得したので採用してほしい旨が書かれているのを眼にした〉のだった。こうして久蔵の先駆性が認められた――。

以上が私が勝手に命名した〈天然痘三部作〉の概要である。

ところで、WTO（世界保健機関）は一九八〇（昭和五十五）年五月、天然痘の絶滅を宣言した。ようやく人類と天然痘の長い戦いに終止符が打たれたことになる。絶滅宣言の年に生まれた人も現在（平成二十六年）三十四歳になる。遠からぬうちに「天然痘」という病名そのものが人の記憶から消えることだろう。あるいは人類の歴史のなかに天然痘があったという事実すらも消滅するかもしれない。となると天然痘と凄絶な戦いを繰り広げた人のいたことも忘れられるだろう。その意味からも、吉村作品は書かれるべくして書かれた貴重な歴史小説ということができる。

昭和四十七年、〈初めての長篇歴史小説「冬の鷹」を「月刊エコノミスト」十一月号から連載。戦史小説を書いていたためか、史料収集、時代考証も自然におこなうことができ、ことさら途惑いは感じなかった〉(「自筆年譜」)。

この期の収穫の一つで代表作でもある『冬の鷹』を書くきっかけになったのは、四十三年に聴いた医史学会会長の小川鼎三順天堂大学教授の講演だった。小川鼎三は『解体新書』の困難を極めた翻訳過程、そして前野良沢と杉田玄白の人間像について語った。二百年前の江戸に生きた二人の男の生き方は、そのまま現代に生きる人間の二典型のようにも思え、吉村昭は執筆の準備を進めた。

良沢も玄白も同時代人として生き、同じように長寿(良沢八十一歳、玄白八十五歳)を全うした。が、その生き方は対蹠的であり、死の形もまた対蹠的だった。

『冬の鷹』は、安永三(一七七四)年八月に刊行されたドイツ人クルムスのオランダ訳「オントレードクンディヘ・ターヘレン」の翻訳書『解体新書』をめぐって、どこまでも学究肌の前野良沢と、名声を得たいという野心と欲望のある世俗的な杉田玄白の二人の蘭学徒の愛憎の相剋と、明け行く近代日本の苦悩を描いたものである。

前野良沢と杉田玄白、中川淳庵らは『ターヘル・アナトミア』の翻訳に挑んだものの、まさに、〈誠に櫓舵なき船の大海に乗り出だせしが如く、茫洋として寄るべきかたなし、ただあきれにあきれて居たるままなり〉(『蘭学事始』杉田玄白述)というありさまだった。玄白にはオランダ語の初歩の知識もなく、訳業の指導者は一貫して前野良沢だった。

翻訳を始めて三年半後、秋田蘭画の小田野直武の描いた精密な人体図を付した『解体新書』が刊行される。訳文は十一回も推敲されたが、良沢はまだ不完全な訳書であるとし、学者としての良心から名前の公表を辞退する。実際、出版したとき、〈若狭　杉田玄白翼　訳／同藩　中川淳庵鱗校／東都　石川玄常世通　参／官医東都　桂川甫周世民　閲〉とあるだけで、前野良沢の名前は出ていない。さすがの玄白も後ろめたい意識にとらわれたに違いない。そこで吉村昭は作中に、〈玄白は、淳庵と甫周の気持を察したらしく、／「訳は良沢殿であるべきだが、筑紫の天満宮に祈願して名を公にしたくはないと仰せられた故、如何ともなしがたかった。ただ吉雄幸左衛門殿が、序文の中で、この書の翻訳が良沢殿の力に負うところ大なりとして激賞しておられるので、世の人も良沢殿の功績を高く評価するにちがいありませぬ。その点、幸左衛門殿に序文をお願いし、良沢殿を第一の功績者としてしるしていただいたことは、幸いだったと思っております」／と、神妙な口調で言った〉という場面を挿入している。

『解体新書』の刊行は良沢と玄白の人生を大きく隔てることになる。華々しい反響の中で良沢は書斎に閉じ籠もりオランダ語の研究をつづけ、一方の玄白のオランダ語研究は、刊行と同時に全くやんでしまう。以後、玄白は江戸随一の蘭方の流行医として名声をほしいままにする。彼の開いた天真楼塾には大槻玄沢を始め蘭学の秀才が集まり育ち、財をなし華やかな生涯を送ることになる。対蹠的に富も名誉も拒絶し、ひたすら学究の道を歩んだ良沢は一老書生として惨めな晩年を送る――。

この『冬の鷹』には副人物として、平賀源内と高山彦九郎が登場する。上田三四二は「解説」

（新潮文庫）で、〈源内が蘭学にも通じた当時のもっとも進歩的な知識人であってみればその登場は当然だとしても、彦九郎のそれはやや意外の感を与えるかもしれない。しかし、この前野良沢の縁をもって登場する彦九郎の熱狂と直情と狷介は、方向こそちがえ彼がまさしく良沢の側に属する人間であることを証しており、その登場によって小説は幅を拡げている。源内についても、彼の浮薄さと名誉欲は、これを均衡のとれた常識人玄白の場合と同一平面に並べて論じることはもちろん不可能だとしても、ともに時の人として派手な存在であった点において共通するものを持つといっても間違いではない。源内の登場もまた小説の幅を拡げるのに役立っているだろう。そしてこの源内や彦九郎の行動の背景に、田沼意次とそれにつづく松平定信の幕府を置くことによって、政治には直接無関係な『解体新書』の時代の空気が感得される。吉村氏が、そういう歴史小説の持つべき条件を、二人の副人物の行跡を通して果していることにも、注意を向けておきたい〉としている。その彦九郎については、後に触れることになるが、平成七年に『彦九郎山河』を執筆している。

この『冬の鷹』を推奨する一人に関川夏央がいる。関川は「『冬の鷹』の衝撃」と題するエッセイで、絶賛ともいえる文言を惜しみなく並べている。

私は吉村昭『冬の鷹』を読んだときの衝撃を、いまだ忘れることができない。

文学の幅は広い。これが文学なら文学は読むに足りる。文学は学ぶに足りる。それが読後に私が抱いた感想であった。（中略）

吉村昭は作中、まさに「冬の鷹」のごとく狷介孤高、融通のきかぬ完全主義者前野良沢に、全幅の同情を寄せている。その生き方への尊敬心のほか、彼がつつましい晩年を送った場所が、吉村昭の生地・日暮里のすぐ隣、根岸であったこともいくらか関係しているだろう。（中略）

平賀源内の晩年は不遇であった。彼は酒の上で間違いを起こし、安永八年、五十二歳で牢死した。墓碑銘は玄白が誌した。

「嗟《アア》非常ノ人、非常ノ事ヲ好ミ、行《オコナ》ヒ是レ非常、何ゾ非常ノ死ナル」

日本の西欧型近代が始まった瞬間をこれほど鮮やかに、また実証的にえがいた小説は、ほかにない。『冬の鷹』に私は、刑場で腑分けを見た医者たちのように驚き、深い感動を覚えた。

この作品で文学の領域を一挙に広げた吉村昭もまた「非常ノ人」である。そして、前野良沢が「蘭学の化物」なら、吉村昭は「歴史小説の化物」というべきであろう。

第五章　戦史小説から歴史小説へ

再び戦史小説に戻る。

先にも簡単に触れたが、吉村昭の戦時下の体験と奇なる出会いから生まれたのが『背中の勲章』（新潮社）である。この作品は捕虜の実態から描いた太平洋戦争裏面史といえる。ところで、わたしが持っている「俘虜」もしくは「虜囚」についての貧しい知識で、作品にも繰り返し書かれているように、日本軍人は「生きて虜囚の辱しめを受くる勿れ」という「戦陣訓」の訓えを徹底的にたたき込まれていたという〝伝説〟である。「玉砕」と呼ばれた日本軍の集団的自殺行為（サイパンや沖縄では多くの非戦闘員も含まれている）も、この「戦陣訓」の訓えに根ざした行為であることは言うまでもない。だから、そもそも敗戦後はともかく、戦時中に捕虜などという〝恥辱の対象〟は存在しないものと考えていた。ところがこの作品を読んで、実際にはかなりの数の捕虜がいたことに驚きを禁じ得なかった、というのが率直な感想である。

それはさておき、主人公・中村末吉水兵は、日本人捕虜の「第二号」として登録された。ちなみに太平洋戦争の捕虜「第一号」は、開戦時の真珠湾攻撃における特殊潜航艇で生き残った、作品にも登場するサカマキカズオ（酒巻和男）少尉である。中村は、わずか九四トンという徴用の鰹船・

長渡丸に乗って敵機動部隊を発見するという特殊な任務を持っていた。任務は完全に特攻隊そのものだった。〈無線機は、敵にその所在をさとられぬため完全に発信を厳禁されている。……長渡丸の無線機から発信音が出るのは、敵を発見した時にかぎられる。つまり敵発見を友軍に打電した時、それは艇員全員の戦死を意味している〉からだ。長渡丸は、この任務を遂行し、艇長以下乗組員は次々と敵弾にたおれる。が、中村一水以下五人だけは、艇の沈没後に洋上で米兵に捕らえられる。そして背中に「ＰＷ（Prisoner of War）」の文字のついた服を着せられ、アメリカ本土を転々としながらの抑留生活が始まる。

中村ら五人、それにサカマキ少尉を加えた六人がニューメキシコ州ローズバーグの収容所に移って一か月ほどしたある日、五十名近い日本軍捕虜が収容所に現れる。外界との接触を絶たれていた中村たちに戦況は分からない。が、かれらの口から初めて「ミッドウェイ海戦」という言葉を聞き、戦況が次第に見えてくる。十八年になるとアッツ島、ガダルカナル戦の捕虜。十九年に入ると「飛行機の搭乗員」「撃沈された艦艇の乗組員」らが送り込まれてきた。

いつしか捕虜の数は五百人を超える。そこで移動命令が出て、ウイスコンシン州のマッコイ収容所に移ると、そこにはグアム、テニアンほかでの捕虜、「ＰＷという文字を背に負った日本軍将兵であふれて」おり、その数は優に二千人を超えていた。こうして二十年を迎えると、「硫黄島についでセブ島の守備隊員」、さらに沖縄陥落による五百名近い日本軍捕虜がぞくぞく入所してくる。

この作品は、太平洋戦争の敗色を濃くしていく戦況の推移を、収容所に送り込まれる捕虜の数とその生態をもって描いている。そして二十一年秋の内地帰還（復員）までの期間を含め、足掛け六年にわたる太平洋戦争の経緯と惨禍を綴ることで、太平洋戦争の裏面史を描いた異色の戦争文学となっている。

潜水艦乗組員の凄絶な死のシーンを描いた衝撃的な作品に『総員起シ』（文藝春秋）がある。昭和十九年六月、四国の松山沖での訓練中に事故で沈没した伊号第三三潜水艦を取り上げた作品である。その艦の公式記録には「司令塔内ニイタル者ノウチ十名ガ艦橋ハッチヨリ脱出セシガ、救助セラレタル者僅カニ二名、艦長以下乗組員一〇二名殉職」とあるだけだという。

吉村昭は、その二名に会い、沈没時の状況をつぶさに取材する。さらに、二十八年七月に行われたサルベージ会社による六十一メートルの海底からの潜水艦の浮揚作業についての詳細な回想も得ることができた。次いで浮上した際に艦内の様子を撮影した中国新聞の記者兼カメラマンの白石鬼太郎にも会って、その時の状況を克明に取材した。

伊号第三三潜水艦の浮揚作業中に、浸水を免れている区画のあることが判明する。艦の前部にある魚雷発射管室と、それにつづく兵員室である。そこにいた兵士は、艦が沈没した後もしばらくの間は生きていて、遺書をしたためるなどして息絶えた。遺書には苦悶の中で皇居遥拝、国家斉唱などの儀式が行われていたことも記されていた。やがて艦内は浸水する。そして、それらの遺品は遺骨とともに浮揚作業後に発見された――。

吉村昭が白石に会ったのは、その空間内部の状況を知るためだった。潜水艦が浮揚したとき、白石は単身、カメラを手に艦内に入り兵員室の入り口でストロボを焚きシャッターを押している。そのときの状況を白石は、「内部の悪性ガスを吸って、頭が一瞬狂ったのかと思いました」と表現した。ストロボの閃光に瞬間的に浮かび上がったのは、生きたままの水兵の姿だったからだ。白石は懐中電灯を腋にはさんで兵員室に近づき、寝台に一人ずつ身を横たえている水兵を見つめた。口をあけた水兵たちの顔は、生きた人間そのままだった。白石は、彼らの唇も口内も朱に近い色だった、と報告している。その時に撮影したモノクロの写真六枚は、あまりにも生々しいという理由で新聞には掲載されなかった。

それまで吉村昭もミイラは何度か見たことがあった。が、まったくミイラとも違う。吉村昭は言う。

兵員室の水兵たちは、酸素が絶えてゆく想像を絶する苦しみの中で死亡したが、かれらが整然と各自の寝台に身を横たえていることに驚嘆した。

さながら生きたままの水兵たち。なぜそのような現象が起ったのか、それについて法医学者の古畑種基氏の意見を請うた。氏は、その区画の酸素がすべて吸いつくされて雑菌の働きが停止し、さらに水深六〇メートルという海底の冷気で、冷凍人間ができたのだと言った。(「歴史の襞」)

科学的にその説明は正しいのだろう。が、それにしても状況は凄絶の一言に尽きる。なお同書は、〈太平洋戦争には、世に知られぬ劇的な出来事が数多く実在した。戦域は広大であったが、ここにおさめた五つの短篇は、日本領土内にいた人々が接した戦争を主題としたもので、私は正確を期するため力の及ぶ範囲内で取材をし、書き上げた〉（「文庫版のためのあとがき」文春文庫）としている。

文庫版には表題作の他に「海の柩」「手首の記憶」「鳥の浜」「剃刀」の四作品が収録されている。「海の柩」は、〈将兵多数を乗せた一隻の輸送船が北海道西岸近くの海上でアメリカの潜水艦の雷撃を受けて沈没〉する。その時、〈救命ボートに将校のみが乗り、兵は海上に残されて多くの者が死亡したという出来事を主題にした〉ものである。次の「手首の記憶」は、ポツダム宣言受諾後にソ連軍の本格的な樺太侵攻が展開され、戦場と化した樺太の大平炭鉱病院には、二十三名の看護婦が勤務し、寮で起居を共にしていた。ソ連軍を前にして彼女たちは自決をはかる。しかし十七名は奇跡的に生き残る。それは不本意な蘇生だった。彼女たちの、その後を描いたものである。この作品について吉村昭は次のように述べている。

戦史をもとにした私の小説の中では、異例のものと言える。それは、事件の体験者である当時の看護婦であった女性に、私はだれ一人として会っていないからである。彼女たちが、どこに住んでいたかは知っていた。が、私は敢えて会うことをしなかった、と言うよりは会うのが辛かったのである。戦史小説を書く人間としては失格だろうが、この短篇を読んでくれた読者は、その理由を幾分でも理解してくれると思う。「同前」

戦史小説・記録文学の作家として、非情なまでの調査をモットーとする作者にも、そのような一面があったことにほっとする。「鳥の浜」は北海道増毛町大別苅を訪れたとき異様とも思える鳥の群れが目に映った。住民によると、終戦時はさらに多くの鳥がいたということを聞いて執筆意欲がつのったという。「剃刀」は『殉国』の副産物として生まれた作品で、〈老いた理髪師の眼に映じた戦闘とその終結に、私は沖縄戦の一面を見た〉（同前）としている。

この期に執筆された戦史小説の代表作の一つに『深海の使者』（文藝春秋）がある。「文藝春秋」四十七年一月号から連載されたもので、その年の十二月に第三十四回文藝春秋読者賞を受賞している。

まず『深海の使者』の執筆動機と経緯について触れておきたい。

昭和十七年秋、新聞に大本営発表として一隻の日本潜水艦が訪独したという記事が掲載されていた。戦局も苛烈になった頃で、遥かへだたったドイツにどのようにして赴くことができたのか、中学生であった私には夢物語のようにも感じられた。

私は、数年前から記事の裏面にひそむ史実を調査することを思い立ち、その潜水艦の行動を追ってみたが、同艦は華々しい発表を裏切るように帰国寸前に爆沈していた。そして、その調査を進めるうちに、同じような目的をもった多くの潜水艦が、日本とドイツの間を、あたかも深海魚のように海中を往き来していたことを知った。それは戦史の表面にあらわれることもない、暗黒の海に身をひそませた行動で、しかも、その大半が海底に没した悲劇であることも知った。

沈黙の世界の出来事であるためか、正式な記録はない。わずかに、遣独第二便の伊号第八潜水艦の行動日誌を艦長であった内野信二氏が保存しているのみで、他は関係者の記した断片的なものしか残されていない。

そのため、私は、遣独潜水艦往来に関係した生存者の証言を得ることを強いられたが、関係者の協力は予期以上で、積極的に調査資料を提供してくれた人も数知れない。(「あとがき」)


日本は米・英両国を中心とした連合国に対抗してドイツ、イタリアと三国軍事同盟を結んでいたため連絡使の派遣を必要とした。加えてドイツが開発した最新鋭の秘密兵器、たとえば電波探知機や対戦車砲の特殊弾などの設計図を入手することが強く求められていた。しかし、両国と日本の間の連絡は、戦局が傾く以前から無線通信以外の方法がなくなっていた。それすらも戦況が悪化した十八年後半からは、殆ど途絶状態にあった。飛行機や海上艦艇による連絡方法もとられたが、既に制空・制海権は連合国が握っていた。危険な封鎖線を突破しての往復の成功率はゼロに等しかった。

そこで考えられたのが、潜水艦による新ルートの開発である。それはインド洋を横切って、アフリカ最先端の喜望峰を回って大西洋へ。そしてドイツ占領下のフランスの港に至る、一万五千浬(三万キロ弱)の潜水の旅だった。が、結果は無惨なもので、派遣された五隻の潜水艦のうち、無事に日本に帰投できたのは、第二便の伊号第八潜水艦だけ。この作品では、その潜水艦の任務遂行のための苦心の行動が克明に描かれている。

この『深海の使者』は吉村昭の転機になった作品である。

というのは、吉村昭は『戦艦武蔵』執筆をきっかけに、七年間にわたって戦史小説を書き継いできた。『深海の使者』の連載時は戦後も二十七年が経っていた。執筆中、吉村昭は多くの証言者が次第に周囲から消えていくのを実感した。避けることのできない体験者の高齢化や死である。吉村昭の戦史小説の最大の武器は、複数の証言者の回想を得て、それを公式記録で裏づける方法である。そして文体は禁欲的なまでに感情を抑え、大仰な表現は避け、事実だけを丹念に積み重ねてゆく。多くの評者が語るように、事実をもって語らしめるのが吉村文学の小説作法なのである。

吉村昭は、その肝腎の源泉が涸れ始めていることを痛感する。ちなみに『深海の使者』を執筆するにあたっては百九十二人から直接取材している。それから二年ほどして単行本になり贈本したところ、二十四人が鬼籍に入っていたという。体験者の証言を重視した吉村昭にとって、証言者の激減は致命的だった。

吉村昭は、いさぎよく戦史小説の筆を折ることにする。そのように心に決めた四十八年十月、『戦艦武蔵』『関東大震災』など一連のドキュメント作品により第二十一回菊池寛賞を受賞する。〈戦史小説の筆を断った直後であっただけに、受賞に感慨一入であった〉(「自筆年譜」)と述懐している。

それらの戦史小説を支えた証言者たちだが、吉村昭に〈私の名を記した五枚組みのLPレコードが出ている〉と書き出される「初吹き込み」というエッセイがある。この年(四十八年)にビクターから出した「吉村昭と戦史の証言者たち」(LP五枚組)について記したものだ。そのレコードは、四十一年の『戦艦武蔵』から、四十八年の『総員起シ』まで、六年半にわたって書いた戦史小説の基となった証言者の生の声を収めたものである。収録したテープは百本に及んだ。が、それをそのままレコードに吹き込めるわけではない。再録のため吉村昭は北海道から九州まで、二か月かけてビクターのディレクター、録音技師と旅をして証言者に再会、録音し直した。同行した若い録音技師は、初めのうちは流行りの長髪にジーパンを履いていたが、やがて髪を切り、背広にネクタイを絞めるようになっていた。かれの真意は判らないが、もしかすると戦場で辛うじて死を免れた人々の体験談に影響されたのかも知れない——。

第六章　短篇小説が生きがい

昭和四十九年の「自筆年譜」に、〈文芸雑誌からの作品依頼が多く、六篇の短篇小説を書く。苦しくはあったが、これが生き甲斐だ、とも思った〉とある。同様の記述は五十一年、五十五年、五十七年、五十九年にもみえる。かくも頻出する、短篇小説へのこだわりとは何なのか。改めて覗いてみよう。

後年、吉村昭はインタビューで次のように応えている。

吉村　私はね、ほんとは短篇が大好きなんですよね。短篇が好きで小説家になったようなもんで、短篇集っていうと必ず買ってたんですね。だから、まさか自分が長篇を書くなんてぜんぜん思ってなかったんだけど。でも短篇書いているのが、やっぱり生き甲斐なんですよね。辛いことは確かなんですよ。いまも苦しんでいる最中です。

――いままで何篇書かれていますでしょうね。

吉村　二百七十篇ぐらい書いていると思う。

――三十枚で一月はかかるとおっしゃっておられますね。そうすると、文芸誌は原稿料が安いから、どうかすると原稿料だけみるとその月は家事手伝いの女性の給料より安いときがあるって、ほんとですか。

吉村 そうですよ。ただ長篇ばかり書いていますとね、なんか脳の座標軸がそっちへ移ってしまうような感じがするんですよ。歴史小説ばかり書いてるとね、変な話なんだけど、いま八ツごろかなあなんて思っちゃう（笑）。だから長いものを書き終わるとその世界に入っちゃってますからね。そこから抜け出るのが大変なんですよ。

一カ月ぐらいぼんやりしますね。喋りたくなくなるわ、食欲もなくなるわで抜け出るのにそのぐらいかかるんですよ。それでやっと正常に戻っていく。そういうときに、やっぱりときどき滝に身を打たれるような気持で短篇を書くんです。それですっきりするんです。

短篇を書くっていう雰囲気っていうのは、昆虫の白い体液みたいにだんだん体が透き通っていくような感じがしてね。だからといって決していいものが書けるわけじゃないけど。だけどやっぱりそういう時間が必要でね、竹の節みたいに短篇書くっていうことで、心身ともにそこに一つ変り目をつけないと、前へ進んでいけないような気がするんです。長篇ばっかりやると、だらだら、だらだらね、一直線の道を歩いて行くような感じになっちゃうんです。それよりも階段があり、右へちょっと曲がって行ったり、路地へ入って行ったり、そういうためにはやっぱり短篇書いてないとね。だから私にとって短篇っていうのは大事なんですよ、苦しいし、ぜんぜんおカネにならないけど（笑）。でもそれでいいんですよねえ。（「本の話」平成八年七月号）

また次のようにも証言している。

編集者から短篇小説の執筆依頼をうけて承諾しても、稀には書きたい素材があることもあるが、多くの場合、なにもない。無謀に思えるかも知れないが、私には必ず書けるという信念に近いものがある。

私は、短篇小説を書くための期間として二十日間をあてる。その間は読書もせず、手紙の類いも書くことをしない。ひたすら、なにを書くべきかを考える。頭脳がそのことのみに集中して、日増しに自分の体が透明になってゆくような妙な感じがする。過去のこと、現在のことがあれこれと頭の中にうかび、それらの中から素材になるものを探ることにつとめる。

蓮の花がかすかな音を立てて急に花弁を開くように、素材が眼の前に忽然と鮮やかな姿をみせる。私は、この素材を凝視し、下書きの筆をとる。

短篇は、書き出しの第一行によってすべてがきまる。どこから書くべきか、どのような文章ではじめるべきかに腐心し、ようやくそれも定まって、第一行目を書くと、その日はなにもしない。それが書ければ、短篇は書き終ったも同然であることを知っているからである。（中略）

短篇小説を書くことは、まことに苦しい。が、それを書くことが自分の生きている意味であるという気持が強く、力のすべてを傾けて書く。その成否の評価は、すべて読者の側にあって、私は、それらの冷徹な眼にさらされて裸身で立っているような羞恥をおぼえている。（『吉村昭自選作品集　第十四巻』「後記」）

四十九年三月に出た『一家の主』（毎日新聞社）では、吉村昭は「あとがき」で次のように言う。

この小説を書く前に、どのような姿勢で執筆すべきかあれこれと考えた末、一つの思わぬ発見をしました。私は昭和二年生れで、十八歳の夏に終戦を迎え、二十歳の夏に肺結核の手術を受けましたが、手術前後までの生活が実であって、それ以後現在までの生活が実に対する虚であるということに気づいたのです。

実であった過去の生活については、いくつか小説にも書きましたが、手術後現在までの生活についてほとんど書いたことがなかったのは、為体の知れぬ照れ臭さを感じたからでした。それは、手術後現在までの生活が虚の生活であったためのようです。

私が照れ臭さも感じることなくこの小説を書くことができたのは、小説の対象である過去の生活をはっきり虚の生活であったと意識したからです。この小説に登場する私、妻、子、兄弟、縁者、友人等すべてが、凹レンズによって生ずる虚像であり、私なる人物を一家の主《あるじ》とした家庭も虚像にすぎません。

しかし、虚像は、実在の対象物なくしては生じません。そして、私の追った虚像も、実像あってのことで、実像と等身大のものと解していただいて結構です。

私をふくめた人間と家庭が、凹レンズを通してみますと誠に奇怪なものとして感じられました。その奇怪性をえがくことができたら……と念願しながら筆を進めたのですが、果してそれが成し遂げられたか否か、自信はありません。

たとえ凹レンズの作用を借りたとは言え、作中に御登場いただいた実在の諸賢に、擱筆するに当って深く御寛赦の程願い上げます。


各章の題が「引越しのこと」「密かな仕事のこと」「勤務のこと」「同人雑誌のこと」「再び勤務のこと」などとあるように、吉村昭自身の家庭のことが、ほぼ事実に沿って書かれていると思われる。大学の中退と同人雑誌仲間との結婚、会社に勤めるも結婚式の一週間前に辞職、九月一日の震災記念日にスイトンを食べる習慣、生活苦から次々に引っ越しすることなどから書き起こされ、主人公の二十年が描かれている。「年譜」と照合すると、たびたび芥川賞の候補にあがりながら受賞にはいたらず、次兄武雄の経営する繊維会社に就職する辺りまで、つまり三十七、八年までのことである。一家の主でありながら経済的には腑甲斐ない、居候のような気分で生活している小説家と妻と子供。現代社会の奇怪さを、爽やかなユーモアで描いた著者初の家庭小説である。

ところで四十九年の「自筆年譜」は、〈この年の春から足に激痛が走り、歩行は不可能になって、家では這って移動する状態まで悪化。東大医学部助教授三島好雄氏の診断でバージャー病と判明。足部切断も覚悟したが、薬の服用で徐々に快方にむかい、歩行も可能になる〉とつづく。

バージャー病と診断され、吉村昭には思い当たることがあった。樺太からの引揚げ船「小笠原丸」のことを書いた作品に「毬藻」（五十二年）がある。潜水艦の雷撃を受けて小笠原丸は沈没。船の残骸から暫くの間、骨片や船の一部が揚がっていたが、海底の船体は魚の生け簀のようになっていて漁民を潤し、釣り客たちも来るようになる。そんな時、緑の丸い物が網にひっかかる。それは藻に覆われた二、三歳児の頭であった、というストーリーの短篇である。その「毬藻」の取材で吉村昭は大別苅の浜から沈没場所を望んでいる。このときバージャー病、脱疽になったようである。

発症する少し前、小説の実地踏査で北海道の旭川市に行った時のことが思い起された。夜、市内の小料理屋に入って酒を飲んだ後、氷状化した雪道を歩いている時、不意に足が動かなくなった。ホテルまでは百メートルほどであったが、どうしても足が動かず、近づいてきたタクシーをとめてホテルにもどったのである。

それを話すと、先生は、

「その時、血管がおかされたのですね」

と言った。（中略）

私の家系をみると、十代前までは静岡県下に居住し、いわゆる血管が温暖になじんでいて、旭川での冷気にもろくもおかされたのだ。

もしも江戸時代、廻船に乗ってシベリアに漂着する身であったなら、私はまちがいなく足を切断されていたにちがいない。（「漂流民の足」）

喜劇役者の榎本健一（エノケン）が晩年脱疽となり足を切断手術したのがバージャー病である。動脈が閉塞して手や足の栄養状態が悪くなり、やがて組織の一部が壊死して脱落するという病気だ。

このときの模様を津村節子は、〈左足指が眠れぬほど痛み、東大附属病院の脈管科へ行った時に腕や足を切断した患者が大勢いて二人とも暗澹としたことを思い出した。冷えや圧迫が悪く、長距離トラックの運転手がなるという。／煙草は血管を収縮するので厳禁である。一日四十本も喫《の》む吉村は禁断症状で苦しみ、家族中にあたり散らした。原稿は締切りより早く書き上げるのに、連載を一月休んだ〉（『夫婦の散歩道』河出書房新社）と記している。

　バージャー病の診断が下されたとき、吉村昭は衝撃を受けたに違いない。というのは、シベリアで足を切断した漂流者のことを知っていたからだ。『花渡る海』の久蔵である。久蔵の病気とは、凍傷による脚部の血管障害だった。久蔵は四、五日も体を雪中に埋もれさせたまま過ごしている。それはたちまち彼の血管をおかし、脚の筋肉を壊死させた。つまり脱疽と称される症状だった。が、吉村昭は指示された通り血管拡張剤を服んで通院をつづけ、何事もなく終わった。この病気が久蔵に親近感を抱かせたのも事実のようである。

　『螢』（筑摩書房）は初期の作品集『青い骨』『少女架刑』『星への旅』などに通じる、吉村昭初期の瑞々しい感性の持続を証明する短篇集である。そのうちの数篇を簡単に紹介しておこう。

　表題作の「螢」。結核手術を受け療養中の学生である「私」の長兄には長女の香織と長男卓也、それに体の発育の芳しくない次男涼の二男一女がいる。長兄の家から十分ほど歩くと川原に出る。そこは夏になると蛍が舞い、香織たちは蛍狩りを楽しむのが常だった。その夜も蛍を追っていたが、卓也は弟の涼を舟に乗せる。そして卓也はたわむれに舟を揺らして涼を溺死させてしまう。「私」はちょっとした悪戯心から涼を死なせてしまった卓也を哀れに思うが、長兄は卓也を憎み下宿生活をしている「私」に預けようとする。この余計者扱いされる卓也の立場は、兄弟の庇護のもとに療養生活を送っている、〈行き場所を失ったような気分〉の「私」の立場によく似ている。弟の涼を事故死させた、そんな兄の卓也の内面を凝視した作品である。この内面描写は吉村昭の病床生活の体験からくるものなのだろう。

巻頭に収められている「休暇」は、遅い結婚生活を始めた看守の特別休暇を描いた作品。彼が結婚した女は子持ちの未亡人である。その年、彼は有給休暇のほとんどを使い果たしていた。だから新婚旅行はあきらめていた。そんな彼に、思いがけず一週間の特別休暇が与えられる。それは、支え役を引き受けた者に許された特別の権利だった。支え役とは死刑執行の立会人のこと。特別休暇を利用して旅行に出る三人の話である。

その二作品に、死後間もない人間の眼球を摘出し、角膜手術を行うことを生甲斐としている医者を主人公にした「眼」。肺結核手術後、谷間の温泉宿で療養をしている「私」が主人公の「霧の坂」。結核で自宅療養中の「私」のために住み込みで働いている家事見習いの少女が胸を患ってしまい、不本意な状況に遭遇する「光る雨」。三兄英雄の癌死をテーマにした「時間」の他に、「橋」「老人と柵」「小さな欠伸」が収められている。

小笠原賢二は、『蛍』には、登場人物に仮託した吉村文学の感受性の実験場といった趣きが強い。空襲に象徴される戦争体験という圧倒的な外的事情と、重度の結核という困難な個人的事情。この二重の宿命的事態の狭間での文学的根拠の模索とその形成過程が、これらの短篇の背後からリアルに浮かび上って来るように思われるのだ〉（「行動する視線」『蛍』中公文庫）としている。

第七章　漂流記録は独自の海洋文学

昭和五十年、〈長篇「漂流」執筆調査のため高知市におもむいた後、八丈島にYS11で飛ぶが、天候不良のため島に足どめされ、帰京が二日間おくれた〉（「自筆年譜」）

吉村昭は二十代の頃から、日本という島国には「漂流記」という充実した記録が残されていることを知り漂流に強い関心を抱いていた。それを意識する前に、まず海への想いがあった。〈私は東京の下町育ちですから、海は遠い所にあるもので、あこがれがあったんでしょうかね、『ロビンソン・クルーソー』とか『宝島』は少年時代によく読みました。日本の「漂流記」は、二十歳過ぎてから読み始めたんです〉（「鎖国と漂流民」）という。〈ぼくは、漂流記こそ、日本の誇るべき大海洋文学だとおもっているんです〉（同前）として、二十代の頃から資料を漁っていた。関心を抱いたのは波瀾に富んだドキュメントであることもさることながら、漂流が鎖国政策と深い関わりがあるからである。

ここからはしばらく吉村昭の漂流物の系譜をたどってみたい。

慶長十八（一六一三）年、支倉常長は伊達政宗の正使としてイスパニア、ローマに派遣された。通商貿易を拓くことが目的だったが、目的を達することができぬまま元和六（一六二〇）年に帰国。

これを最後に幕府は大型船の建造を禁止する。そして寛永十二（一六三五）年に外国船の入港を長崎に限り、海外渡航・帰国を禁ずる。同十六年には長崎からポルトガル人を追放、オランダと中国以外との交易を禁止することで鎖国体制が完成する。以来、幕府はオランダと中国を通して海外の情報を入手していた。が、表向きはともかく、実際には漂流民の帰国による情報の獲得もかなりの比率を占めていたのである。

江戸時代には多くの船が漂流した。漂流を招来させた原因は和船そのものの構造にあった。西洋の大型帆船や蒸気船は、外洋を航海するに適した構造になっている。外国では外地から多くの物資を本国に運ぶ必要があり、人間の海外進出もさかんだったからである。対して和船は内海航路専一の性格を持った構造になっていた。日本は多種多様の豊かな産物に恵まれ、海外から物資を入れる必要がなかった。また各港々で荷の積み降ろしを容易にするため、和船には水密甲板がなかったので波が船に打ち込みやすかったのだ。

わたしもかつて小さな地方の同人雑誌に漂流を素材にした小説を書いたことがある。参考文献は『大東亜海漂流譚　船長日記』（玉井幸助校訂解説・育英書院・昭和十八年五月十日刊）だった。同書は尾張国名古屋の小島庄右衛門の船、督乗丸（十四人乗り）が江戸で荷物を降ろし、帰途についた文化十（一八一三）年十一月、遠州灘で暴風雨に遭い破船。漂流中に十一人が死亡。重吉ら三人がイギリス船に救助される。が、さらに一名が死亡する。カムチャッカなどを経て、文化十四年五月に重吉が名古屋に帰るまでの記録である。

漂流についてはひとまず措くとして、同書には和船の構造が記されている。

吾邦旧商船の構造に凡そ二大別がある。（中略）江戸通ひ型の他に北国通ひ型（北前船と称す）の船舶がある。此の二種別は其の構造方式に於て大いに差違がある。次に少しく述べておく。江戸通ひと称し太平洋方面を航海する船舶は、船幅と船の長さの割合は長く造り、中棚の開きがなく、即ち中棚を大きに立てて造るのである。陸揚げせられたる時は中棚の下を人が立って通れる程で、面して揖木幅も広く、上棚も浅く、船全体にて表を低くし、艫を高くして風上手《かぜうはて》に廻り易くし、概して航海の為し易きを主として造られたる船型である。之に反して北前船は、揖木幅狭く、中棚開き強く、恰も平田船の如く造られたもので、概して表高く、艫低くして船の反りきつく造られたるものにて、日本海や北海道千島樺太方面の高き波浪を凌ぐには、此種の船を便利と為すので、航海の迅速は敢えて問はず、積荷の量多く、高く積上ぐるに水圧力を強めたるものである。これは航海上の都合のみでなく、商慣上より自然に然らしめたものである。（註＝原文の漢字は旧字体）

吉村昭は漂流発生のメカニズムを次のように記している。

江戸時代、和船は最高の荷の運搬媒体であった。（中略）船を利用した場合、十人足らずの船乗りの操る船に千二百俵の米が積みこまれる。船は、越後国の港を出て日本海を南下し、下関海峡をぬけ、瀬戸内海をへて紀伊半島をまわり、遠州灘、相模灘をすぎて江戸湾に入り、江戸につく。

長い航路を進むわけだが、大ざっぱに言えば船乗りたちの食費その他生活日用品だけですみ、費用が少額ですむ船がすすんで活用されたのだ。（「独自の海洋文学」）

江戸後期になると、主としてアメリカの捕鯨船が日本近海に殺到し異国船騒ぎとなる。〈それら捕鯨船の記録に冬期をのぞく日本海はあたかも湖のようにおだやかな海だ、と記されている〉（同前）という。〈そうした海の性格から日本海沿岸をたどる航路が最も安全で、そこから下関海峡をぬけて波穏やかな瀬戸内海をへて大坂に至るまでの海が、幹線航路になっていた。／大坂は日本最大の商業都市で、諸国から各地に産する物資が集まる。それらの物資が売りさばかれるのは、大消費地の江戸で、大坂または兵庫（神戸）から荷を積載した多くの弁才船が帆を風にふくらませて江戸へむかう〉（同前）。

船は、紀伊水道をぬけて紀伊半島の最南端潮ノ岬をまわる。そこは弁才船にとっての最初の大難所で、理由は太平洋と直面した個所であるからである。

難所つづきの海を弁才船は進み、紀伊半島から陸岸とは遠くはなれた遠州灘、相模灘を直航して突っきり、三浦半島をまわって江戸湾に入る。船頭は豊かな知識と経験で日和（気象状況）、風向を慎重にさぐって操船するが、奥底知れぬ太平洋の気象の変化で、海難事故が多発している。

最大の原因は、日本列島を南から北へ流れる黒潮である。その大潮流は、カムチャツカ半島方面にむかってさらに北アメリカへとむかう。

弁才船が暴風雨に遭遇して沖へ吹き流されると、容赦なく黒潮の流れに乗る。速度のはやい潮流は、弁才船を陸岸から遠くひきはなし、船が再び陸岸近くにもどることは不可能になる。内海航海に適した船は、外洋にあっては無力なのである。

多量の積載した荷の、港での積みおろしを便利にするため水密甲板がないので、押し寄せる激浪が船に打ち込む。水主《かこ》たちは、桶やスッポンと称する水鉄砲状の排水具で海水の排出につとめる。

激しい暴風雨で船は波に高々とのしあげられ、ついで波間に落下する。その反復の中で、舵が破壊され流失する。

日本各地の港は川を少しさかのぼった河口附近に設けられているものが多く、その附近は水深が浅い。そのため弁才船の舵は引き上げ式になっていて保持能力に乏しい。その上、舵の羽板は広く、激突してくる波に破砕され、舵は船体からはなれて流れ去るのだ。（中略）

さらに危険が増し、最悪の事態を迎えた折には、帆柱を切り倒す。重量のある帆柱は太く、そこに激突する風波の圧力は大で、帆柱は振子のように傾くことを繰返し、船を横倒しにする恐れがある。そのため定められた手順で斧を柱に打ち込んで切り倒し、帆柱は波に乗って流れ去る。

舵も帆柱もない船は、完全に航行の自由を失い、船は浮游する容器に等しいものになる。

ここから漂流がはじまり、船は坊主船として黒潮に乗って流されてゆく。（同前）

――ここに指摘されている状況は『船長日記』にも克明に述べられている。

その黒潮の流れの強さを、いまに見せつける現象が平成になって起こっている。発端は平成二十三年三月十一日の東日本大震災である。その時の大津波で破壊された青森県三沢漁港の浮桟橋が、一年三か月をかけてアメリカのオレゴン州の海岸に漂着した。コンクリート製の浮桟橋をも運ぶ黒潮の実態をまざまざと見せ付ける現象だった。

吉村昭が〝漂流物〟に最初に筆を染めたのが先に触れた〈天然痘三部作〉の一つの『北天の星』である。つづく『花渡る海』も種痘術と漂流を絡めた作品であるが、純粋（？）な漂流物は表題もそのものずばりの『漂流』（新潮社）である。

天明五（一七八五）年一月二十八日、土佐の赤岡村の松屋儀七所有の三百石船の船頭政吉、水主頭源右衛門、揖取長平、その他に音吉、炊の甚兵衛が乗り込んだ船が大時化に遭い黒潮に乗って漂流、不気味に沈黙する絶海の火山島に漂着する。水も湧かず、田畑など生活の手段もなく、食物もない無人島で仲間は次々に死んでいく。しかし長平はあらゆる知力、体力、精神力を動員して自然に立ち向かい、ただ一人生き残る。彼はあほう鳥の干物を作って貯蔵し食いつなぐ。水は食べたあほう鳥の卵に雨水をためて飲んだ。そこへ摂州大坂北堀江亀次郎船、さらに薩州志布浦中山屋三右衛門船が漂着する。彼等は協力して船を造ることを決める。縫い針や釘をつくるためにフイゴを作り、磯を歩いて船造りに必要な流木を探す。そうして船はようやく完成、長平は十二年に及ぶ苦闘の末に生還する、というものである。

この作品は「サンケイ新聞」夕刊に五十年二月二十六日から連載された。ところが連載予定をオーバーすることになり、吉村昭は長平たちが八丈島に着いたところで擱筆した。と、読者から、なぜ故郷の広島まで帰してやらないのだという手紙が来る。そこで単行本にするとき、その後を書き足したという経緯がある。

戦史小説を書いていたときは、記録というものはあり過ぎるほど膨大にあり、どう取捨選択するかのみに神経を使ったが、歴史小説になると逆に資料は極端に少ない。これまた苦労が多かった。吉村昭はあたかも庭石のように飛び飛びにしか存在しない資料の空白部分を、いろいろ裏付けながら埋めていった。小説『漂流』の基になった記録は、四百字詰め原稿用紙に換算すれば、わずかに二十枚たらず。が、吉村昭は他の史料と創造力を駆使して八百枚の作品に仕上げた。

『破船』（筑摩書房）を漂流物に入れることには多少の躊躇《ためら》いがある。が、疱瘡とも関連する作品であり、簡単に触れておこう。

舞台は戸数が十七戸の極貧の漁村である。主人公の伊作は九歳。父は三年間の年季奉公で回船問屋に売られており、母と弟の磯吉、妹の「かね」と「てる」と暮らしている。伊作は一人前の働き手と認められ、「村おさ」の命令で「塩焼き」に出る。「塩焼き」の目的は塩を生産するだけではない。厳冬の海が荒れた暗夜に行われる「塩焼き」だが、遭難の危険にさらされている船は、塩焼きの炎を人家の灯と錯覚して海岸に引き寄せられ破壊される。「塩焼き」とは座礁した船の積み荷を奪うための装置なのである。

その遭難船の到来を願う祭事が「お船様」であり、祈願は孕み女が中心になって行われる。「お船様」と呼ばれる破船には食物や什器、嗜好品、織維類、家具まで積まれており、良質の船材は家の補修や家具づくりにも利用される。それらのお宝は村に大きな恵みをもたらすことになる。その年は幸運なことに大量の米を積んだ船が座礁する。船に残っていた四人の船乗りを殺害し、村人は三百余俵の米や荷物を奪う。米は人数割りで家々に分配され、伊作の家には八俵が与えられた。それは数年間の家計を支えるほどの米である。

次の年にも「お船様」が到来する。二年連続の「お船様」に村は沸きかえる。が、船内の光景は異様なものだった。船中には炭俵三俵と空の米櫃と、二十人ほどの死体があるだけ。死骸はいずれも赤いもの（着物・足袋・帯）を身に着けていた。その船の意味が分からず、奪った赤い着物類は分配される。赤い着物類に触れた村人たちは病におかされ次々に死ぬ。今度は幸福ではなく災忌の到来だった。その船は、もがさ（疱瘡・天然痘）にかかり、これ以上の拡大を避けるために患者を追放した積み荷のない船だったのだ。

判断を過った指図役は投身自殺。病気が癒えた者も再発を防ぐために「村おさ」とともに「山追い」のため山に入る。「山追い」とは二度と村に戻らない処置であり、山中での死を意味していた。伊作の家では「かね」と「てる」は既に死んでおり、母と磯吉が「山追い」になる。一人になった伊作のもとに年季を終えた、何も知らぬ父が帰ってくる、という海辺の貧しい村の悲劇を描いた作品である。

他にも漂流物は『アメリカ彦蔵』（読売新聞社）。主人公は吉村昭がかねてから関心を抱いていた、日本人として類をみない珍しい体験をした漂流民である。しかし、〈執筆中、私は日記に、「この小説は彦蔵を主人公としてはいるが、漂流民のことを書くものである」と書いた。彦蔵自身漂流民であったが、かれの周囲には多くの漂流民がむらがり、それらの人物の生死は、幕末の日本の激しい動きを反映した劇的なものであった〉(前掲書「あとがき」)とあるように、作品は彦蔵の壮絶な生涯の物語であると同時に、かれが見た幕末裏面史となっている。

嘉永三(一八五〇)年、十三歳の彦太郎は船乗りとしての初航海で江戸から兵庫に帰る途中、暴風雨に遭遇して破船漂流、アメリカ船に救助される。波瀾の人生の始まりである。彦太郎たちはアメリカに向かう。アメリカの船員たちは乗組員に「蔵」のつく名前が多かったことから彦太郎のことを「ヒコゾ」と呼ぶ者もいた。そこで呼ばれるままに「彦蔵」という名前に改める。

この年、渡米した彦蔵とは逆に、漂流者の一人である中浜万次郎(ジョン万次郎)が帰国している。彦蔵はサンフランシスコに上陸したのち、清国に送られる。そこから帰国しようとするが、鎖国政策により帰国は阻まれ、やむなく再渡米する。嘉永六年七月下旬、商船でニューヨークへ。さらにボルチモアに行く。ボルチモアはかれを誘ったサンダースの故郷である。サンダースは彦蔵をワシントンに連れていき、時の大統領フランクリン・ピアースに接見させる。その後、ボルチモアに滞在した彦蔵はカソリック系の学校に通い英語、天文、地理、算術、音楽といった先進国の文化を学ぶ。そこで多くのアメリカ人の知己を得た彦蔵は洗礼を受け、ジョセフ・ヒコと改名し滞米生活を送り、高度な知識を身につける。

安政元(一八五四)年、ペリーは艦隊を率いて再び浦賀におもむく。そこで日米和親条約が締結され、箱館と下田の二港が開港される。帰国の望みのあることを知った彦蔵は勉学に励む。が、金融恐慌でサンダースの会社は傾き、彦蔵は勉学がつづけられなくなり、商社に就職する。その後、彦蔵には国務省の書記に就く話があり、ブキャナン大統領に会う。彦蔵の帰心は矢の如く募り、帰国がスムーズに行われることを願ってアメリカに帰化。遂に通訳として九年ぶりに故国への帰還がかない、日米通商条約交渉、ロシア士官殺傷事件などで活躍することになる。

万延元（一八六〇）年、彦蔵は職を辞し再び渡米する。海軍倉庫監理官になるためである。そこで南北戦争に遭遇。乗った船が南部軍の武装船に追われたり、スパイ容疑で拘禁されたりもする。南北戦争のために海軍倉庫監理官にはなれず、神奈川の領事館付通訳官へ昇格する約束を得たにすぎなかった。滞米中、彦蔵はリンカーンと接見、官邸で握手を交わしている。三代の大統領に接見した漂流民は彦蔵をおいていない。

彦蔵は文久二（一八六二）年に帰国。日本は幕末の一大動乱期にあった。帰国早々、生麦事件に遭遇するなど、攘夷派による暗殺が横行する異常な世情だった。が、次第に貿易が盛んになり、通訳が必要とされる。彦蔵は商取引に引っ張り出され、自らも綿花の取引に手をつける。明治五（一八七二）年八月、彦蔵は大蔵大輔の井上馨のすすめで大蔵省に入り、会計局に所属する。が、自分の性が官吏に合わないことを痛感し転身。神戸に行き茶の輸出業に従事する。が、悪徳商人の詐欺にかかり、商売に嫌気がさして店を閉じる。しかし、かれには恒産もできていたので、神戸でなすこともなく妻と静かに暮らす――。

明治三十（一八九七）年十二月十一日、彦蔵は六十一歳で死去。日本での新聞の創設者の死として報じられる。日本で初めての邦字新聞「海外新聞」を発行したのが彦蔵だった。終章近く、吉村昭は彦蔵の感慨を次のように記す。〈かれは、これまでの自分の生き方を顧みることが多かった。

白水 図書案内

No.826／2014-6月　平成26年6月1日発行

白水社 101-0052 東京都千代田区神田小川町3-24／振替00190-5-33228／tel. 03-3291-7811
http://www.hakusuisha.co.jp ●表示価格は本体価格です。別途に消費税が加算されます。

サムライブルーの料理人
3・11後の福島から

西 芳照■1500円

故郷で被災し避難した後、原発事故の対応拠点Jヴィレッジに再び戻り、作業員に食事を提供し始めるも、待っていたのは過酷な現実だった。ザックジャパンを支える専属シェフの3年間の戦い。

読書礼讃

アルベルト・マングェル
野中邦子訳■3800円

半世紀以上にわたり、出版や翻訳業にたずさわりながら世界を旅してきた著者が、ボルヘスをはじめとする先人を偲びつつ、何よりも「読者」である自身の半生を交えて、書物との深い結びつきを語る。

メールマガジン『月刊白水社』配信中

登録手続きは小社ホームページ http://www.hakusuisha.co.jp の登録フォームでお願いします。

新刊情報やトピックスから、著者・編集者の言葉、さまざまな読み物まで、白水社の本に興味をお持ちの方には必ず役立つ楽しい情報をお届けします。（「まぐまぐ」の配信システムを使った無料のメールマガジンです。）

帰国してからあわただしく生きてきたが、それは大海を漂流した折の延長のように思えた。英語に通じていることで重宝がられたが、冷静に考えてみると多くの外国人と日本人に利用されて生きてきただけのことで、自分が今でも坊主船に乗って漂い流れているような気がする〉と。漂流と鎖国政策に翻弄され、日本人彦蔵と、アメリカ人ジョセフ・ヒコと、二つの文化を背負うことになった彦蔵の心は、祖国に帰ってもなお漂流をつづけていたのである。

『朱の丸御用船』（文藝春秋）は、岡賢の『波切騒動始末』を参考に丹念な調査をもとに書かれた作品である。波切騒動は文政十三（一八三〇）年、三重県志摩郡大王崎波切浦（現・志摩市大王町波切）で起こった。

九月二十四日、波切の村人は沖に難破船があるのに気づく。それは幕府の御城米船で無人だった。彼らは米を奪うことにする。浦高札には、一般の廻船の「荷物これ盗取」った者は「悉死罪行われべき事」と記されており、御城米船の積荷を奪い取れば、さらに苛酷な刑が科せられることは明らかだった。しかし、波切には〈海の御霊様がお授け下さったお恵みだ〉という考えが定着しており、〈瀬取り〉は恒例となっていた。村人たちは〈瀬取り〉を行い、団結して秘密を守ることにする。

犯罪は隠蔽され、成功したかにみえたが、一通の書簡が村に届く。〈瀬取り〉を知っているという脅迫状だった。次に届いた脅迫状には「信楽役所へ申し出る計り」とあった。さらに強請りが現れ、村人は金を渡して帰した。役所では御城米船で米が抜け売りされていた事実を摑み、波切沖で船を乗り捨てたこともつきとめた。隠されていた意外な事実が村を悲劇に導く。追い詰められた人間の破滅に向かう心理に迫る長篇である。

『島抜け』（新潮社）は天保十五（一八四四）年六月二日、大坂の東町奉行所から薩摩藩種子島へ遠島になった高名な講釈師瑞龍と博打打ちの竹蔵、盗人の小重太、殺人罪で流罪になった幸吉の四人の物語である。ほかの三人の罪人はともかく、瑞龍が遠島に処せられたのは、彼が徳川より豊臣贔屓の大坂人の心意気で「茶臼山の戦い」を講釈、それが幕府の忌諱にふれたからだった。

弘化二（一八四五）年八月十日、釣りのために乗った丸木舟で島抜けを決行する。西に向かって漂流した船が漂着したのは清国だった。清国は日本と交易していたので、その交易船に乗って日本に帰ることにする。彼等はある町に着くと役所に出かけ、言葉が通じないので自分たちは「日本漂流民」であると紙に書く。彼等は船に乗せられ乍浦に上陸。そこで唐通詞の中国人から尋問を受ける。四人は生国を偽り偽名を使う。翌年六月十三日、彼等は清国の船で長崎に送られる。長崎の奉行所では四人の身元を確認するまで牢屋敷に入れる措置をとる。彼等は身元がばれるのを怖れて脱獄。瑞龍は長州藩領内に潜み、旅廻りの講釈師として活躍する。瑞龍の講釈は長州の人々に喜んで受け入れられた。ところが人気の出たことがあだになる。官憲の目に触れ、彼は捕われ死刑になる。捕われた竹蔵も死罪、小重太は獄死、幸吉だけが逃げ切った——。

さて、吉村昭が書いた漂流小説の金字塔ともいえるものが『大黒屋光太夫』（毎日新聞社）である。執筆を思いたったのは平成十二年十二月十六日のこと。その日の日記に、〈大黒屋光太夫を書くか〉という一行が、なんの脈絡もなく書かれているという。当時、吉村昭は次の歴史小説の素材として「上野の彰義隊」と定め、史料を読み漁り、上野寛永寺を訪れたり、「彰義隊」を包囲攻撃した薩摩藩の戦闘記録を求めて鹿児島に行ったりしていた。その「彰義隊」は「毎日新聞」に連載する候補になっていたが、急に方向転換された。

これまで何点かの漂流物を執筆してきた吉村昭にとり、大黒屋光太夫の存在は最も注目すべき対象だった。しかし、光太夫の漂流については先輩作家の井上靖が既に『おろしや国酔夢譚』（昭和四十三年刊）と題する小説を書いている。他の作家が書いた同じ素材の小説を書く気は毛頭なく諦めていた。それでも執筆に向かわせたのは、自分と井上靖の小説作法が異なることに気付いたからだった。

井上作品は蘭学者桂川甫周が光太夫から聞き書きした『北槎聞略』を基礎にして書かれており、〈それは華麗な歴史パノラマを見るような作品〉（「小説『大黒屋光太夫』の執筆」）だった。

世評の高いその作品を名作と思いはしたものの、年がたつにつれて私は、その内容が気がかりになった。「北槎聞略」では漂流の恐ろしさが具体的には描かれていず、漂流中の覆没を避ける船乗りたちの手順、心情にはふれられていない。「おろしや国酔夢譚」も当然のことながら、その点の事は省かれている。

私は、歴史小説を書く折には、主題に関係のあると思われる些細なものまで、史実をことごとくあさり、その堆積の上で小説を書く。

初めから感じていたのは、光太夫の陳述は「北槎聞略」にまとめられているが、もう一人の帰還者磯吉の陳述書があるのではないか、ということであった。（同前）

鎖国政策をとっていた幕府だが、世界情勢に対する関心は高く、交易を許していたオランダ、中国を通じて海外の情報を集めていた。そうした情報収集体制の中にあって異国の地に漂着して生活、帰国した漂流民は得がたい情報提供者だった。帰還者たちはキリスト教に染まっていないかなど厳しく詮議されたが、その後は先進文化を体験した者として藩に登用される例も少なくなかった。

ちなみに中浜万次郎（ジョン万次郎）は帰国後、幕府に普請役格として登用され、外国使節の書信の翻訳などに携わったほか、『英米対話捷径』を著すなど、その語学力を活かして活躍する。他に捕鯨業を指導したり、軍艦操縦所で航海術を教えたり、明治維新後は開成学校教授になっている。また一介の船乗りだった重吉は尾張藩から御水主として召し抱えられ、苗字帯刀を許され、小栗重吉を名乗っている。光太夫の場合、全く未知のロシアから帰還した漂流民である。だから幕府は桂川甫周に命じて聴き取り調査を行わせ『北槎聞略』にまとめさせた。その後、光太夫は珍しい体験をした漂流民として、各所に招かれて数奇な体験について話している。ならば当然、一緒に帰国した磯吉も語っているはずである。磯吉の陳述書なるものも残されているのではないか、と吉村昭は推測した。

まず光太夫の生地と、北海道史研究の第一人者である根室の谷澤尚一氏に連絡をとる。そして年が明けて平成十三年一月十一日、吉村昭は光太夫と磯吉の故郷である三重県鈴鹿市若松町へ取材に向かった。名古屋を経て白子駅で下車、若松町の公民館を訪ねる。同町には大黒屋光太夫顕彰会という研究組織があり、山口俊彦公民館長が事務局長を務めていた。そこで藤田福夫の「大黒屋光太夫配下磯吉の滞露体験記『極珍書』について」(「椙山女学園大学研究論集」十六巻二号)というコピーを入手することができた。「北槎聞略」が幕府に提出した公文書であるのとは異なって、『極珍書』は私的な陳述書であり自由な発言がみられた。ロシア娘との「密通」などの告白もあり、磯吉の新鮮な眼が感じられた。長いこと歴史小説を書いてきた作家の勘は当たったのである。吉村昭は『極珍書』を読んで小説『大黒屋光太夫』を書く自信を得た。

このように吉村昭には資料探しに対して絶大なる自信があった。見当をつけ現地に行くと必要な資料に巡り合えるというのである。ちなみに『ニコライ遭難』を執筆したときに例を取ってみる。長崎にロシアの皇太子ニコライが来たとき、警護の極秘記録があるはずだと行って探り当てたときのことについて、〈ぼくは不思議に思わないんです。行けば必ずあると、常に自分に言い聞かせているんです。これはほんの一例ですが、資料探しでぼくは苦労しないんです〉(「鎖国と漂流民」)と語っているほどである。

二月二日、再び若松町を訪れる。そのとき山口氏は磯吉の陳述書とされる『魯西亜国漂船聞書』のコピーを渡してくれ、光太夫研究者にも引き合わせてくれた。その日は光太夫が乗った神昌丸が出航した白子浦を始め関係する場所も案内してもらった。『魯西亜国漂船聞書』を読むと、公式記録である『北槎聞略』より密度が濃く、日々の生活を具体的に語るなど内容も多岐にわたっていた。『北槎聞略』にはない事実も記録されており、それら二つの史料を使って光太夫を執筆する決意が固まった。

二月六日の日記に、「光太夫　一枚書く」と記す。吉村昭は『大黒屋光太夫』の執筆に専念する。

満を持しての執筆だった。

天明二（一七八二）年十二月十三日午前十時、神昌丸は紀州藩領の白子港を出航する。乗組員は船親父の三五郎、沖船頭の光太夫、事務長で賄方の小市、航海術補佐で船表賄方の次郎兵衛、水主の九右衛門、磯八、藤吉、庄蔵、清七、新蔵、長次郎、藤助、勘太郎、安五郎に三五郎の二男磯吉、炊の与惣松。神昌丸は紀州藩の蔵米を積みこんでいたので、蔵米御用の上乗として農民作次郎も乗船していた。

この神昌丸が駿河湾で大時化に遭遇して遭難し漂流することになる。舵が砕ける。船員たちは髷を切って神仏に祈る。浸水した海水を捨てる。荷を捨て帆柱を切る。出来ることはすべてやり、船は沈没を免れるが、航海の機能を失った船はお椀のようなものである。黒潮に乗って東へと流され、やがて陸地も見えず渺茫たる海上を風浪にまかせて漂うことになる。

翌天明三年七月十五日、磯八が病死して水葬。二十日、アレウト列島クルィシー諸島アムチトカ島に漂着する。出航してから七か月後のことである。ここまでの記述は『北槎聞略』に加えて『魯西亜国漂舶聞書』『極珍書』が参考にされており詳細を極めている。

最終的に光太夫と磯吉、小市は日本に帰還できたが、小市は北海道に着いてからまもなく病没。庄蔵と新蔵はキリスト教の洗礼を受けたため、帰国が無理なことからロシアに残り、他の十二名は生還できなかった。

『大黒屋光太夫』を執筆後、吉村昭は新潮新書の編集部から漂流についての執筆依頼を受ける。そこで、これまでの総決算として漂流記そのものについて書いてみることにする。そして誕生したのだ『漂流記の魅力』（新潮新書）で、内容は「若宮丸」の漂流である。

「若宮丸」（八百石積み、十六人乗り、沖船頭平兵衛）は寛政五（一七九三）年十一月二十七日、仙台藩の藩米二千三百三十二俵その他を積み込み江戸に向かうため牡鹿郡石巻を出航する。が、天候の急変により舵が破壊され漂流することになる。船は流されアリューシャン列島の島に漂着。それからオホーツク、ヤクーツク、ペテルブルクを経て十六人中四人が、十一年後に長崎に送還される。その漂流から帰国までの記録は蘭学者大槻玄沢の手になる『環海異聞』十五巻として残された。

吉村昭は『環海異聞』にもとづいて「若宮丸」のたどった漂流の旅に出る。そして同書が漂流記の中でも際立った存在であることを知った。ところが、津太夫、義兵衛、左平の口述を『環海異聞』としてまとめた大槻玄沢が、執筆を終えた後の感想で、津太夫たち三人が無学であり教養に欠けている、と評していることに以下のように異議を唱えている。

漂流記を多く読んできた私は、船頭以外の水主が、おしなべて平仮名の読み書きができる程度で、漢字の素養がないのが常であるのを知っている。（中略）
玄沢が津太夫ら三人を無学で教養がないとしたのは、光太夫と比較してのことで、それは基本的におかしい。
廻船の船頭は、船主その他から託された荷を送りとどける職務を持っているだけに、必然的に漢字の読み書きと数量計算もできるのが常であった。しかし、水主は船頭の指示にしたがって船をあやつるのが仕事で、漢字など知らなくてもいっこうにさしつかえはない。ロシア領ですごす間、生活する上で日常会話を習いおぼえはしたものの、文字を知ってつづる必要もない。そうした水主である津太夫たちを無学として批判するのは、当を得ていない。

むしろ『環海異聞』の内容をみるかぎり、津太夫らは、あらゆる分野の事柄をよく見聞し、その記憶を玄沢につたえている。それは土地の特徴、家屋、飲食、服飾、教会、産育、婚礼、葬礼、祭礼、官庁、政治、軍事、刑獄、銭貨、尺度、楽器、医療等多岐にわたっている。言語についても、『環海異聞』に七百語近いロシアの単語と簡単な会話が記されてもいる。

これらの内容はまことに見事で、津太夫ら三人の生来の頭脳のよさをしめしている。物事を見る眼のたしかさに感心する。

無学呼ばわりをする玄沢は、水主というものに対しての基本的理解が欠如し、そのような感想をいだいたのだと解したい。(『漂流記の魅力』)

と手厳しい。そして、

江戸期には、多くの文筆家によって物語がうまれ、それが現在にも残されているが、漂流記は、史実をもとにした秀れた記録文学の遺産と考えるべきである。

生と死の切実な問題を常にはらみ、広大な海洋を舞台にし、さらに異国の人との接触と驚きにみちた見聞。

その規模はきわめて壮大で、これらは第一級の海洋文学の内容と質を十分にそなえている。

学者たちの真摯な研究によって、漂流記の土壌は豊かなものになっている。漂流記は、日本独自の海洋文学なのである。(同前)

と結論づけている。

吉村昭に対して平成十二年六月、第四回海洋文学大賞特別賞が贈られたのは、こうした姿勢で執筆活動をつづけてきたことによるものだろう。

時間を戻そう。五十一年の年が明けてまもなく、「秋田魁新報」(二月十一日〜九月二十日)ほか数紙に連載したのが、『亭主の家出』である。亭主・鯉沼彦九は四十二歳。働き盛りではあるが、家庭での居心地は必ずしも良くはない。くたびれ始めたうるさい妻・公子と、生意気盛りのこどもには無視されている。出勤する彦九に対して、妻の言う「今日は、何時頃帰れます?」は新婚時代から掛けている言葉である。

妻の言葉には、張りというものがない。あくびでもするように、ただ口からもれるにすぎない。彼女は、惰性でその言葉を口にしているだけのことである。「行っていらっしゃい」という言葉の代りと言ってもいい。

冷静に考えてみれば、すでに彼女がかれの帰宅を待ち望む要素は少しもなくなっている。いつ帰ってこようと、関心はないのである。

ただ一つ、その言葉に意味がこめられているとしたら、夕食との関連である。（『亭主の家出』）

といったような、夫婦は思秋期の状態である。四年前からは朝食の支度もしなくなった。かれは胃腸の要求に応じて、乗り換え駅で立ち食いそばを食べるという具合。と、なると家出したくなるのも当たり前である。彦儿は家出を実践、家出をした夫たちが集まってきているという〈亭主の館〉なる施設に身を寄せる。そこは男にとって居心地のいい別世界である……。

吉村昭にしては珍しいユーモア小説である『亭主の家出』（文藝春秋）は翌年三月に単行本化された。

五十一年七月には久々の戦史ものである『海軍乙事件』（文藝春秋）が上梓された。「海軍乙事件」とは昭和十九年三月三十一日、パラオからダバオへ飛行艇で移動した古賀峯一大将らが悪天候に遭遇、殉職した事故である。当時、連合艦隊司令部では、古賀司令長官を中心にZ作戦と秘称された作戦計画が練られていた。その目的は防備をかためるとともに奇襲攻撃を展開することだった。連合艦隊司令部はパラオに置かれていたが、アメリカ側の執拗な攻撃によって基地機能は麻痺状態になっていた。さらに上陸作戦が実施されれば、連合艦隊司令部はパラオに閉じこめられ全軍の指揮が不可能になる。そこでパラオを去ってフィリピンのミンダナオ島にあるダバオ基地に後退し、最終的にはサイパンに移動することにする。

司令部内では移動方法が検討され、四千浬近い大航続力をもつ二式大型飛行艇でダバオに向かうことになる。二式大艇の内の一機を一番機とし連合艦隊司令長官古賀峯一大将、艦隊機関長上野権大佐ら。二番機には参謀長福留繁中将、艦隊軍医長大久保信軍医大佐、作戦参謀山本祐二中佐ら。三番機には司令部の暗号員らが乗って三月三十一日午後五時に出発する。

午後九時過ぎ燃料補給などのためパラオに着水。九時半頃、敵機編隊が接近し空襲警報が発令され、ただちに出発することになる。一番機が離水したのは午後九時三十五分、二番機が離水したのは、それから五分後だった。二番機は一番機の誘導でダバオに向かう予定であった。が、一番機を探索できず、行動を共にすることはできなくなる。やがて機は密雲に突入し視界は完全に閉ざされ、予定航路から大きく外れる。機は燃料不足に陥り、マニラにもダバオにも達することが不可能になった。

一番機は遭難。二番機はミンダナオ島沖で着水に失敗し墜落する。四月一日午前二時四十五分だった。福留繁中将、山本中佐ら十三名は脱出するが、大久保信軍医大佐ら八名は機内に残り死亡した。その後、四名が死亡、奇跡的に助かったのは九名。福留中将と山本中佐は、Z作戦計画書と暗号書関係の図書類を入れた防水書類ケースを携行していた。海上を泳いでいるうちにカヌーに乗ってやってきた現地人に救助される。ところが、かれらはセブ島の米匪軍と呼ばれているゲリラ部隊の者だった。たとえゲリラであっても敵の捕虜になったことは事実で、〈虜囚の辱め〉を受けたことに変わりはない。連合艦隊参謀長が〈虜囚の辱め〉を受けながら生還したことは、海軍全体の重大問題だった。その事実が知れれば日本海軍の光輝ある伝統が崩壊する。そのため事故は最高機密扱いとし、「乙事件」と呼称された。

さらに海軍の最大の関心事は福留参謀長ら司令部員の携行した「Z作戦計画」と司令部用信号書、

暗号書の行方だった。書類ケースは奪われていた。Z作戦の内容は米軍に筒抜けになり、暗号も完全に解読されていた。海軍中枢部は福留中将の処置に苦慮したが、いろいろな詭策を弄して不問にする。そればかりか福留中将は第二航空艦隊司令長官に栄転するのである。そこにどんなカラクリがあったのか――。

その戦史の謎に挑んだのが「海軍乙事件」である。

本書には表題作のほかに「海軍甲事件」「シンデモラッパヲ」「『海軍乙事件』調査メモ」の三篇が収録されている。

「海軍甲事件」とは昭和十八年四月十八日、ラバウルからブーゲンビル島方面へ前線将兵の労をねぎらうために飛行機で赴いた山本五十六大将ほか幕僚が、ブイン北方でアメリカ戦闘機の攻撃を受けて戦死した事件のことである。戦後、アメリカ側の関係者の回想によって、暗号の解読による待ち伏せ攻撃であったことが明らかにされるが、戦争における情報合戦の凄さが描かれた作品である。

「八人の戦犯」（文春文庫版のみ収録）はBC級戦犯とは何かを知るための資料集めをしていたとき、公文書ともいうべき資料の中のある記述が眼にとまった。一般に戦争犯罪人は日本占領を果たした連合軍によって摘発され、裁かれ、その判決によってある者は死刑の執行を受け、ある者は拘置されたと考えられている。しかし、吉村昭が眼にした記述には、日本陸軍の軍法会議によって判決を受け、連合軍に引き渡された八名の人がいたと明記されていたのだ。日本側は、この八名だけを戦争犯罪人として連合国側に引き渡すことでBC級戦犯問題を解決させようと図った節がある。吉村昭は、そこになにか特殊な事情がひそんでいるのではないかと考える。そしてA（重労働三十年）、B・C（終身刑）、D・E・F・G・H（死刑執行）の八人の軍法会議の模様を追ったのがこの作品である。

「シンデモラッパヲ」は、小学校の国定教科書「修身巻一」に〈キグチコヘイハ　イサマシクイクサニデマシタ。テキノ　タマニ　アタリマシタガ　シンデモ　ラッパヲ　クチカラ　ハナシマセンデシタ。〉とあるように、勇敢なラッパ卒とは木口小平であるとするのが一般的な知識である。しかし、それ以前は白神源次郎が「勇敢なラッパ卒」として全国的に喝采を受けていた。その白神源次郎が徐々に木口小平に替えられていった過程を描いた作品である。錯誤を起こさせた原因は、二人に類似点があることから生じたものだった。出身県、所属大隊、戦死地、戦死日がすべて同一で、両者ともラッパ卒で、境遇があまりにも酷似していることから起こったものである。

五十二年、〈若い頃からの念願であった俳人尾崎放哉を主人公とした小説「海も暮れきる」執筆を思い立ち、放哉の足跡をたどって京都、明石、鳥取、小豆島を訪れる。／五月一日に五十歳となる。二十一歳の折の大病以来、毎年一回の健診を受けてきたが、体に故障はなく、自分のペースを守って仕事をつづけたい、とあらためて思う〉（「自筆年譜」）

まだ戦後の混乱の治まらない二十三年一月五日夜、吉村昭は大喀血して病臥する。肺結核の診断を受けた吉村昭は、三度目の発病で重症患者となった。便所に行くことも禁じられ、食物も付添婦が口に運ぶようになる。活字を読むと肺に悪影響があるということで、単行本はもとより新聞、雑誌のたぐいも眼にできなかった。ために字数の少ない俳句を読むようになり、そこで鮮烈な尾崎放哉の詩魂に出会う。

放哉が私と同じ肺結核患者であったことが、むろん、私の心を強くゆさぶった原因だが、同時に研ぎ澄まされた放哉の孤独な眼を感じ、深い感動を覚えたのである。（「死を見つめていた放哉」）

吉村昭が四十八年、放哉ゆかりの小豆島西光寺の別院南郷庵を訪ねたことはすでに述べた。その折、粗末な庵の前に、「入れものが無い両手で受ける」という句の刻まれた碑が立っていたのを見つめている。その後、『尾崎放哉全集』（彌生書房）などを読んだりしているうちに放哉について書きたい気持ちがいよいよ募ってきた。

『海も暮れきる』（講談社）の「あとがき」で、次のように書いている。

放哉が小豆島の土を踏み、その島で死を迎えるまでの八カ月間のことを書きたかったが、それは、私が喀血し、手術を受けてようやく死から脱け出ることができた月日とほとんど合致している。

私は、三十歳代の半ばまで、自分の病床生活について幾つかの小説を書いたが、放哉の書簡類を読んで、それらの小説に厳しさというものが欠けているのを強く感じた。死への激しい恐れ、それによって生じる乱れた言動を私は十分に書くことはせず、筆を曲げ、綺麗ごとにすませていたことを羞じた。
放哉は四十二歳で死んだが、それを私なりに理解できるのは放哉より年長にならなければ無理だという意識が、私の筆を抑えさせた。(中略)私がその期間の放哉を書きたいと願ったのは、三十年前に死への傾斜におびえつづけていた私を見つめ直してみたかったからである。

吉村昭は「鳩よ!」(五十一年三月号)で、「放哉について書こうと思われたのは?」の質問に対して、「小説家になってからですから三十五歳半ば。帝大を卒業し、一旦はエリートコースを歩みながら酒に溺れ、妻にも別れを告げ、果ては小豆島で悲痛な死を迎えた尾崎放哉の生涯。いつかは書こうと決めていたものの、彼の年齢(享年四十二)を超えるまではと自制していたんです。それを超えて初めて彼の全体像が摑めるのではないか」と語っている。そして放哉の生涯の印象的な時期について、「放哉が最も放哉らしい生き方をしたなと思えるのは、やはり小豆島に足を踏み入れてから死ぬまでの八か月でしょう。落ちるところまで落ちぶれて、他人の援助だけにすがって食いつなぎ、死への恐怖にさいなまれながら句作を続けている。代表作の大半が作られたのはこの時期」だとしている。

「死への恐怖との闘いが、いい作品を生み出したとは言えませんか?」の質問には、「う〜ん。よく逆境に、あるいは貧しい境遇に身を置けば何か作品が純化されるようなことを言う人がいますが、私はそういうの嫌いでね。そんな生やさしいことではないと思うんですよ。それなら、芸術は精神的貴族の所産物だと言った方の人を信じます。どんな形にしろ豊かさを持ってないと、いい作品は生まれないんじゃないですか。放哉は決して好んで落ちぶれていった訳ではない。しかし、どんな境遇に身を置こうとも豊かさを持っていた。だから作品が生まれた」と語っている。

そうして書き上げたのが『海も暮れきる』だった。題名は放哉の句「障子あけて置く海も暮れきる」からとった。放哉が海への憧れを抱いていたことを知っていたから「海」という文字をどうしても入れたかった。ちなみに海の句であるが、「昔は海であつたと榾をくべる」「氷店がひよいと出来て白波」「海が真つ青な昼の床屋にはいる」「小さな橋に来て荒れる海が見える」などがある。

また、「暮れる」という表現を使った句には、「とつぷり暮れて足を洗つて居る」「葬列足早な足に暮色まつはり」「妻が留守の障子ぽつとり暮れたり」「マッチの棒で耳かいて暮れてる」などがある。

清原康正は、〈とりわけ、死の一週間前、四月一日からの日々と四月七日夕刻に訪れた死の描写には、鬼気迫るものがある。放哉の死の瞬間を看取ったのは、呼吸困難に陥って苦悶する放哉を抱き起こしてやった老漁師であった。このあと、あわただしい葬儀の模様が描かれていくのだが、荻原井泉水をはじめ、関係者たちが南郷庵に駆けつけて来る。一番最初にやって来たのは妻の馨であったのだが、ちょっとしたいきがかりから放哉の「妹」と誤解されてしまうエピソードを、西光院住職・杉本宥玄の放哉に対する感慨をからめて描き出してもいる。伝記文学の白眉と言っても、決して褒めすぎにはならないだろう〉と「解説」(『新装版　海も暮れきる』講談社文庫)で述べている。

吉村昭自身を書くことでもあったのだろう。放哉の最晩年を、吉村昭はまるで自身の自伝を書くように描いている。恐らく放哉を書くことは、放哉が登場したついでと言ってはなんだが、少し脱線して吉村昭と俳句について触れておきたい。俳句との出会いが病臥中、そして学習院高等科時代にあったことは既述した。以来、俳句との付き合いはつづいていた。もともと俳文学に惹かれていた吉村昭だが、『海も暮れきる』連載開始の直後から隔月の句会を立ち上げている。

その句会は五十二年九月十三日、吉村邸でスタートした。いつも取材旅行は一人で出かけていたが、この放哉の取材のときは珍しく二人の編集者（講談社文芸出版部の根岸いさおと「本」編集長の天野敬子）が同行している。津村節子は、〈句会の開始と「海も暮れきる」の連載時期とが重なっているから、おそらく取材旅行の途中で句会の話が出たものであろう〉（「句会のこと、句集のこと」）と記している。

会員は前記二人の編集者と吉村昭と津村節子の雑誌担当者の小島香、画家の畑農照雄、産経新聞社の文芸記者の影山勲、毎日新聞社出版部の石寒太（本名＝石倉昌治）、それに吉村昭と津村節子の八人。句会といっても俳句半分酒半分が楽しみというような会だったようである。このうちプロといえるのは石寒太だけ。そこで誰言うともなく句会は「石の会」と呼ぶようになった。石寒太は四十三年、加藤楸邨に師事し「寒雷」入会。「寒雷」編集同人を経て六十九年、「言葉にも心にも片寄らず、炎のような情熱と人の環を大切にする」ことをモットーに「炎環」を創刊・主宰する。

第一回の兼題は「鶏頭」「運動会」「月」「蜻蛉」「落鮎」だった。これがその時の投句かどうか分からないが、その季題で詠まれた吉村昭の句に、

校了《を》へて街月光は惜しみなく
鶏頭花秋の花壇は定まれり
赤蜻蛉《あかとんぼ》空の青さに気づきけり

といった作品がある。奇抜な発想や衒いはなく、意外に素直な詠みのように思われる。その句会の成果などについては、後に取り上げてみたい。

さて、いまさらめくが吉村昭には、北海道に素材を求めた作品が多い。五十二年五月刊の『羆嵐《くまあらし》』につづく同年十一月刊の『赤い人』（筑摩書房）もまた舞台は北海道である。「赤い人」には、明治初期に北海道の石狩川上流の密林中に建設された、日本最大の刑務所ともいうべき樺戸集治監の実態が、緻密な史料調査と綿密な取材のもとに描かれている。物語は、

明治十四年四月下旬――

東京府下小菅村に置かれている東京集治監の柵門から朱色の衣服を着た人の列が流れ出てきた。筒袖の着物を着、襦袢を身につけているが、すべて赤い。わずかに襟に縫いつけられた長方形の布のみが白く、番号が墨書され、それは第壱号から四拾号におよんでいた。

両足首に鎖がむすばれ、その鎖が、腰にまわされた綱から垂れた小さな鉄製の環につなげられている。その連結部分は、集治監の朱印が押された紙で封印されていた。鎖の長さは五尺、重さ

は五百匁で、しかも二人ずつ鎖でつながれているため、かれらの歩みは緩慢だった。

と書き起こされる。北海道開発を企てた明治政府は、樺戸集治監に送り込んだ、それら囚人による無報酬の労働力を開墾や道路造成、河川や港湾の改修、鉄道や橋梁、水道等の建設に注ぎ大きな成果をあげた。その間、言語を絶する苛酷な労働から病死者や自殺等の変死者、逃亡による射殺・斬殺が相次いだ。

吉村昭は北海道開発が、それら囚人によって成ったことを知り執筆を思い立ち、囚人が作業衣はもとより股引、足袋、手甲、帯、手拭、下帯にいたるまで、すべて赤色であったことから「赤い人」と題した。この作品は樺戸集治監の歴史をつぶさに辿ることで暴かれる北海道開拓の裏面史といえる。

『赤い人』の執筆に先立つ四十七年秋、吉村昭は「朝日新聞」の学芸欄に連載された「流域紀行石狩川」の取材のため北海道を訪れている。そのとき、〈私は、北海道へ旅をする度に一度は訪れてみたいと思っていた町があった。それは月形町で、北海道開拓の裏面史をつづる上で重要な意味をもつと同時に、明治という時代の一つの反映として興味深い地であることを知っていたのだ〉（「石狩川」）と記している。その月形町が、明治年間、樺戸集治監が置かれていた場所である。

明治新政府が樹立した後も、佐賀の乱、神風連の乱、西南戦争などの騒乱が相次ぎ、その間に国事犯として捕らえられた者は四万三千人に及んだ。世情不安による犯罪者の増加は監獄の不足を招き、囚人を収容する施設の建設が急務となる。政府は集治監の設置を検討した結果、人跡未踏の石狩川沿いに建設することになり、選ばれたのが月形村である。新政府の狙いは囚人を使って、広大な北海道開拓を進めようというものだった。

明治十四（一八八一）年九月、総建坪七千三百八十六坪にも及ぶ壮大な集治監が開庁する。明治新政府は囚人に対して徹底的な懲戒主義で臨んだ。囚人への態度は、すこぶる付きの苛酷なものだった。ちなみに北海道を視察した太政官大書記官金子堅太郎は、囚人を道路工事に使役すべきとして、「彼等ハモトヨリ暴戻ノ悪徒ナレバ、ソノ苦役ニタエズ斃死スルモ、尋常ノ工夫ガ妻子ヲノコシテ骨ヲ山野ニウズムルノ惨情トコトナリ、マタ今日ノゴトク重罪犯人多クシテイタズラニ国庫支出ノ監獄費ヲ増加スルノ際ナレバ、囚徒ヲシテコレラ必要ノ工事ニ服セシメ、モシコレニタエズ斃レ死シテ、ソノ人員ヲ減少スルハ監獄費支出ノ困難ヲ告グル今日ニオイテ、万止ムヲ得ザル政略ナリ」と、新政府に建言している。つまり、囚人が苛酷な労働で死亡すれば、それだけ監獄費の節約になるというのである。

さらにこの一文につづいて、囚人にあたえる労賃は安くていいので、「コレ実ニ一挙両善ノ策トイフベキナリ」と述べている。そして最後に、「ヨロシクコレラ囚徒ヲ駆ツテ、尋常工夫ノ堪ユルアタハザル困難ノ衝ニアタラシムルベキモノトス」と、結んでいる。なんとも凄まじい囚人対策である。囚人を人間として扱うことなど考えず、ただ労役の具としか考えていない。この建言は新政府に容認され、樺戸監獄に通達された。

この作品の主人公は、樺戸集治監開設と同時に収容された「五寸釘寅吉」の異名を持つ西山寅吉である。寅吉は空知監獄署で七回目の脱走を企て、捕らえられて網走監獄署に服役していた。その後、寅吉は温和な人物になり、署内屈指の模範囚になる。そして大正十三（一九二四）年九月三日、異例ともいうべき仮釈放になり出獄する。作品は「五寸釘寅吉」の晩年で終わる。その晩年の時間は昭和十年となっている。

細谷正充は「解説」（『新装版・赤い人』講談社文庫）で、〈一読粛然。吉村昭の作品を簡潔に表現しようと思ったとき、頭に浮かんだ言葉だ。いうまでもなく、こんな四字熟語は存在しない。だが、実に吉村作品に相応しいではないか。広範な史料の収集と、粘り強い現地取材で、歴史上の人物や事件を、とことん突き詰める。そしてそれを、硬質な筆致で描いていく。原稿に留められた歴史の重みと、それを表現する作者の真摯な姿勢を知れば、一読、粛然とせざるを得ないのである。本書を読了した人は、それが事実であることを、深く納得してくれるであろう〉と書いている。

ところで、同じ脱獄を扱った吉村作品に『破獄』（岩波書店）がある。「破獄」については後に触れることになるが、その作品の主人公は戦前戦後を通じて四度の脱獄をした佐久間清太郎である。佐久間の第一回目の脱獄が、「五寸釘寅吉」が亡くなった翌年の十一年。そして佐久間の死は五十三年十二月二十四日である。こうした時間の推移をみると、吉村昭には『赤い人』『破獄』を併せて、明治・大正・昭和の三代の歴史を、囚人や刑務所という特異な視点から解読しようという意図があったのできないだろうか。

この『赤い人』を書いて以来、吉村昭と刑務関係者との付き合いが深まり、『仮釈放』、『山茶花』、『プリズンの満月』などの名作が生まれることになる。

第八章　歴史の真実を見据える

『ふぉん・しいほるとの娘（上下）』（毎日新聞社）は、吉村昭が「僕の作品の中でいちばん長いんです。三千五百枚（註＝実際は二千二百数十枚）くらいありますかね」と語る長篇小説である。ふぉん・しいほるととは、言うまでもなく長崎の出島にあるオランダ商館付きの医官、陸軍外科少佐フィリップ・フランツ・バルタザール・フォン・シーボルトのことである。シーボルトはオランダ有数の医家という評判を掲げ医療活動をしている。ところが実際はドイツ人であり、オランダ政府から鎖国している日本の国情調査を依頼されていたのだ。

オランダ人は幕府の鎖国政策により、長崎奉行所の厳しい監視下におかれ、出島に閉じ込められていた。しかし、シーボルトは医家の特権を利用して活動の範囲を広げる。例外的に外出も許され、蘭方医の学問所である鳴滝塾も開設する。塾は西洋の医学を学びたいという日本の医家たちが全国から集まり活況を呈した。が、医学は第二義的なもので、日本の情報蒐集こそがシーボルトの目的だった。つまりスパイだったということである。医学と宗教が、植民地政策の尖兵であったことは、歴史の示すところだろう。

それは措くとして、文政十一（一八二八）年、シーボルトは伊能忠敬らが作成した日本地図を手に入れ帰国を飾るはずだった。が、多量の調査資料を積み込んだオランダ船が出港前に暴風雨に遭い沿岸に座礁したことで発覚したのが、いわゆる「シーボルト事件」である。事態を重くみた幕府は徹底的に追及、事件関係者に苛酷な処罰を課す。翌年、幕府は国法をおかした大罪人としてシーボルトに帰国を命じ、再渡来を禁じる。ためにシーボルトと遊女・其扇（お滝）との間に生まれたお稲は生後二年半で父親と別れ、罪人の子供として生きていかなければならない運命を背負わされる。

其扇は遊女の籍をぬけて本名のお滝に戻り、関門屋の時治郎と再婚、お稲も引き取られる。お稲は美しく学問好きで強い意志の持ち主だった。両親はお稲の向学心に負け、シーボルトの高弟で宇和島藩領卯の町の蘭方医・二宮敬作に師事するため旅立たせる。お稲は十四歳になったばかり。聡明なお稲は混血としての苛酷な運命を引き受け、医学に自分の進むべき道を見出だしたのである。卯の町で五年間修業、医学の基礎を身につけたお稲は、敬作の勧めで産科を習得するため、これもシーボルトの門弟である岡山の石井宗謙の教えを受けることになる。が、お稲の美しさに迷った宗謙に犯され、女児のタダ（のちのタカ）を身籠もり自力で出産する。

お稲はタカを抱いて長崎に戻る。その頃、日本沿岸は黒船騒ぎがつづき、長崎港にも異国船が相次いで出没していた。安政六（一八五九）年五月、幕府は神奈川・長崎・箱館を開港、露・仏・英・蘭・米の各国との貿易を許す。幽閉状態におかれていた出島と唐人屋敷も開放される。情勢の変化を受けシーボルトも三十年ぶりに、息子を伴って再来日を果たす。お滝たちは毎日シーボルトを訪ねた。が、やがて召使いの女しおに手をつけたシーボルトにお滝の心は冷え、父を慕っていたお稲も嫌悪の情を露にする。お滝にとってシーボルトは他人に等しい存在になり、お稲は性欲の強い男を感じるだけで、父としての思慕は薄らいでいった。お稲が幼児から育んでいた父の像は、あまりにも偉大であり、理想化していただけに幻滅の度合いも激しかった。

シーボルトが国外追放されて三十年の時間が流れていた。西欧の最新知識の吸収に熱心だった、かつての門下生にとってシーボルトの知識は、すでに初歩的なものにすぎなくなっていた。門下生たちもシーボルトを訪れることがなくなる。シーボルトが死んだのは慶応二（一八六六）年十月十八日である。

お稲の娘タダは宇和島藩侯伊達宗城《むねなり》の指示でタカ（高）、お稲は伊篤《いとく》と改名する。産科を習得した伊篤は東京に出て産科医の木札を出す。それから伊篤は多忙な日々を送る。その後、福沢諭吉の推挙もあって宮内省御用達にまでなる――。

「ふぉん・しいほるとの娘」を執筆した動機を、吉村昭は『ひとり旅』（文藝春秋）所収のインタビュー「私と長崎」で次のように語っている。

まず、〈定説というのがいかにいい加減かという資料に出会ったことから書き始めたんですよ〉と言い、〈県立長崎図書館に古賀十二郎が書いた原稿があるんです。そこに、シーボルトのイメージをくつがえすようなエピソードが書かれていたんです。永島正一さん（引用者註＝当時の県立長崎図書館長・郷土史研究家）がね、図書館の奥にあったその記録を見せてくれたんです。それはイネの娘でタカという女性が、古賀十二郎に語った話（引用者註＝「山脇タカ子談」）なんです〉〈タカがいうには母親のイネは、犯されて自分が生まれた、という意味のことが書かれていました。イネが産科の医者になるために岡山に行き、そのとき石井宗謙というシーボルトの弟子に船の上で強姦されているんです。そして妊娠して、子供を生むときには自分で取り出している。そのとき生まれたのが私です、とタカは語っている。これを読んだとき、「あ、これは書こう」と思った〉と。

作品は既成のシーボルトのイメージを一変させるものである。〈シーボルトは長崎では神様みたいに神格化されていますからね。あの小説はショックでした〉と言う「長崎倶楽部」の編集者に答えて、吉村昭は、〈その意味では長崎は奥が深いね（笑）。シーボルトは二回目に長崎にきたときにもシオという女性に手をつけている。彼を神様みたいにいう人がいますけれど、ぼくはスパイだと思っていますよ〉と語っている。

吉村昭は、楠本イネという日本最初の洋方女医を主人公にした小説を書こう、とかねてから考えていた。そんなときに従来のイネ像を覆す資料に出会った。〈これは、図書館外の人の眼にふれたことは一度もないはずです。館外の人でこれを見るのは、おそらくあなたが初めてですよ〉（「洋方女医楠本イネと娘高子」『歴史の影絵』所収）と長崎県立図書館の館長が言う極めて珍しい資料だった。

定説、そして史実とは何か。楠本イネは文政十（一八二七）年、シーボルトと遊女其扇（本名タキ）の間に生まれた（註＝「其扇」の読みは、短篇「楠本いね」では「そのぎ」とルビがふられているが「そのおうぎ」が正しいという）。イネが二歳のとき、シーボルトは国禁事件によって国外への永久退去を命じられる。タキは市井の人となって商人と結婚、イネを育てる。イネは医学を志してシーボルトの門人であった伊予卯之町（現・愛媛県西予市宇和町）の二宮敬作、岡山に住む石井宗謙、ついでオランダ人医師ポンペらに師事して産科医として大成、明治三十六（一九〇三）年に亡くなる。

イネには、高子という娘がいる。高子は、イネと石井宗謙の間に生れた。

高子については、「イネが宗謙に嫁し」て生れたと書かれている書物が多いが、それは誤りである。（中略）

宗謙は、シゲという本妻との間に子は恵まれず、イネをふくめた三人の女性に二男一女を産ませたのである。つまり、高子は、「イネが宗謙に嫁し」た結果生れた子ではないのである。

それでは、なぜイネが宗謙の子を産むことになったか、という疑問が残る。それを解く鍵が、永島氏のしめした資料の中にあった。（「同前」）


高子は、成人後三瀬周三の妻となるが、周三の死に遭う。その後、医師山脇泰助と結婚。しかし、泰助もコレラにかかり急死、高子は若くして再び未亡人になる。その高子が七十二歳のとき古賀に語ったことを筆記したのが、その資料だった。その中で高子は出生の秘密、イネと宗謙との関係を次のように述べているという。

〈〇母イネト石井宗謙トノ関係ヲ申シマセウ。（中略）母ハ石井ト二人帰リマス途中、船中デ石井ニ口説カレマシタガ、母ハ石井ヲキラヒマシテ、懐中ニシタ短刀ヲ以テ野獣ノヤウナ石井ヲ防ギマシタケレドモ、石井ノ暴力ニ抵抗デキズ、トウ〳〵処女ノ誇ヲ破ラレマシタ。（中略）／〇処ガ母ハ遂ニ妊娠イタシマシタ。而シテ私ヲ生ンダノデス。斯ウシタ因果デ、私ハ生マレマシタ。（中略）

／○母ガ分娩イタシマシタ際ニハ、産婆ヲ使ハズ、自分デ臍ノ緒ヲ切ッタサウデス〉

この高子の証言で、イネが宗謙に強姦され、高子をみごもったことが知れる。イネは岡山の長屋で嘉永五年（一八五二）二月に高子を産んだのである。（中略）

高子は生れたときタダと名づけられたが、後に、イネを厚く遇した宇和島藩侯伊達宗城の指示で、高子と改名したのである。（同前）

高子は二番目の夫山脇泰助との間に三人の女児を産んでいる、初、滝、タネである。

ところで、高子は、この三女以外に周三という男児を産んでいる。周三は成人後、東京慈恵医院医学校（現慈恵医大）に学んで医師になった。

この周三の父は、だれか。前記の古賀氏の記述には、高子が「片桐重明ニ嫁ギ楠本周三ヲ生ム」とあり、それと同様のことを記した書物が目立つ。が、高子が正式に結婚したのは、三瀬周三と山脇泰助の二人だけで、片桐の妻になったことはない。（同前）

この片桐重明との関係、周三出生の事情についても、「山脇タカ子談」はあきらかにしていた。

〈○三瀬ハ、明治十年ニ没シマシタ。（中略）／○私ハ東京ニ行クコトニナリマシテ海路東上イタシマシタ。何デモ船ガ湊川ノアタリニ来タ時ニ片桐ハ私ヲロ説キマシテ、トートー、私ハ彼ノ毒手ニカ、リマシタ（強姦サレタノデアル）〉（同前）。そして生まれたのが周三だった。

イネは石井宗謙に、高子は片桐重明に、奇しくも二人とも船中でおかされ、妊娠し、子を産んだのである。気の毒な母娘である。

高子は、写真をみると驚くほどの美人で、山脇泰助に見染められて結婚し、ようやく平穏な生活に入る。山脇との結婚のいきさつも、「山脇タカ子談」にある。見染められたのは、高子が片桐の子をみごもって悶々としていた頃である。（同前）

「山脇タカ子談」は、〈予ハ、永久ニ両人ノ秘密ヲ忘却ノ川ニ投ジテ了ヒタイ。／併シおいねさんヤおたかさんガ、後年誤解サル、コトガアルカモ知レヌ。其際ノタメニ茲ニコノ秘密ヲ記シテオク。後世ノ史家ハ、予ノ意ノアル所ヲ了解スルコトモアルベシ〉という古賀氏の一文で終わっているという。吉村昭は言う。

永島氏は、イネと高子について小説を書く意のある私に、史実に忠実な小説を書いてもらいたいと願い、あえて「山脇タカ子談」を見せてくださったのだろう。石井宗謙とイネ、片桐重明と高子の関係について知ることのなかった私は、この資料によって事情を十分に理解することができた。古賀氏の記した「後年誤解サル、コトガアルカモ知レヌ」というあやまちは、おかさずにすんだわけである。

私は、小説『ふぉん・しいほるとの娘』の中で、宗謙とイネ、重明と高子の関係について「山脇タカ子談」にもとづいて書いた。が、読者の中には、それを私の創作と思っている人が多く、「強姦されたとは、うまく話を作りましたね」などと言う人さえいた。

小説の中にそれらの史実をとけこましてしまったからで、そのような疑惑をもたれるのも無理ない。(中略)

それから数年がたつが、今もってイネ、宗謙と高子、重明の関係について、依然として、「イネは宗謙に嫁し……」「高子は重明に嫁し……」と記された書物がみられることに苛立ちを感じる。強姦されたのに「嫁し……」では、イネと高子の霊も浮ばれない。「後年誤解サル、コト」あり、というわけである。(同前)

吉村昭は、掘り起こした史実を駆使し、激動の時代を背景に数奇な運命のもとに生まれ、日本最初の洋方女医として多難な道を切り開いてきたお稲の毅然とした姿を中心に、幕末から維新へと雪崩れる激動の時代を生きた三代の女のドラマを鮮やかに描き切った『ふぉん・しいほるとの娘』は第十三回吉川英治文学賞を受賞した。

この作品もそうだが、吉村昭には宇和島地方を舞台にした作品が多い。『ふぉん・しいほるとの娘』では、鳴滝塾での高野長英についても触れられているが、この作品の取材で、お稲の好きだった神田川の下流には、宇和島藩主・伊達宗城に招かれた高野長英が出羽国生まれの浪人・伊東瑞渓という偽名を使って住んでいた家が当時のまま残されており、その隠れ家を訪れたことが、のちに『長英逃亡』を執筆する動機になったことを吉村自らが語っている。

じっくり時間をかけて味わった長篇小説の後は、短篇を味読したい。

短篇集『メロンと鳩』（講談社）の「メロンと鳩」の主人公「かれ」は刑務所の篤志面接委員。週一回定められた時間に所内におもむき、囚人と会って相談相手になってやるのが仕事である。多くの出費と時間を費やすが報酬はない。宗教家は信仰を説くことで、かれらとの共通の場を持つことができるが、商人である「かれ」は、食物で気持ちを引き付ける以外にないと思っている。かつて、面会相手の富夫は一度も食べたことのない果物としてメロンを要望した。翌週、「かれ」はメロンを買い求め、四つに切って富夫にあたえる。富夫は、その匂いが香水のようにいいと言い、少しずつ口に入れ、種子もすべてかみくだき、表皮が薄くなるまでかじった。残りの三切れは夕食時と翌日に食べると言い新聞紙につつむ。あるとき富夫は鳩を飼いたいと言う。「かれ」は所長とかけあい承諾を得る。鳩との暮らしは富夫の精神を安らいだものにさせるらしく、係の所員も鳩を飼わせたのは好ましい影響を与えていると喜んでいた。

富夫との接触は二年半になる。「かれ」のところに所長から、執行が明日に決定したという電話が入る。「かれ」は午後になって定められた時刻に巻寿司の折を持ってでかける。雑談をまじえながら一緒に鮨と蜜柑を食べているとき、富夫はメロンがうまかったと話す。「今から買ってきてやろうか」と言って腰をあげかけると、「明日執行後に供えて下さい、天国に大事に持ってゆきたい」

と言う。死刑執行の日、富夫は「大人しく行ってくれたが」、鳩の首は絞められていた。処刑を前に激しく揺れる心と必死に格闘する富夫と、彼を温かく見守る篤志面接委員の心の交流をしみじみとした筆致で描いたのが「メロンと鳩」である。ほかに「少年の夏」「島の春」「鳳仙花」「凧」「苺」「破魔矢」など、〝生と死〟をテーマにした九短篇が収められている。

この年(五十三年)の「自筆年譜」に、〈「遠い日の戦争」執筆のため、B29からパラシュート降下したアメリカ飛行士を終戦時に斬首した元陸軍将校二名に会って、証言を得る。福岡市郊外の斬首現場に立つ。蟬の声しきりであった〉とある。

吉村昭が、それらの戦犯を主人公にした作品を書こうと思ったのは、彼らが見た戦争、そして米軍の作り上げた戦犯というものが何であったのかを知りたかったからだと言う。吉村昭は戦犯の軍事裁判記録を紐解くことから始める。中に無期刑の判決を受け服役したが、後に放免された非職業軍人の元青年将校もいた。吉村昭が取材したいのは、そんな人たちだった。

吉村昭が見出したのは、福岡空襲後、パラシュートで降下した飛行兵を処刑した西部軍司令部の中尉だった二人。現住所と電話番号も知ることができた。その人にとっては、空襲という無差別殺戮をした降下兵を処罰するという大義名分があったとはいえ、やはり思い出したくない記憶であるにちがいない。取材交渉の段階で多少の曲折はあったものの、戦争の歴史を残すためならと賛同してくれる。『遠い日の戦争』(新潮社)は、その二人の証言がなければ書くことのできない小説だった。戦史小説というより、戦犯小説といった趣の作品である。

主人公の清原琢也は幹部候補生出身の陸軍中尉である。清原は博多の西部軍司令部に配属され、防空作戦のための情報分析に従事していた。昭和十九年からアメリカの大型戦闘機による都市への爆撃が開始される。年が明けると加速度的に激化、夜間空襲が繰り返された。大編隊が都市に大量の焼夷弾を投下、東京や大阪の大都市はもとより地方都市も焦土と化す。福岡市も壊滅状態になった。その空襲で爆撃機が撃墜され、多くのアメリカ兵がパラシュートで降下、日本軍に捕らえられた。非戦闘員の住む都市への無差別爆撃は人道に反する行為である。日本軍は報復の気持ちもあり降下兵を処刑する。

終戦当日、清原は爆墜され捕虜となっていたB29搭乗員を処刑した。それまでに日本軍が多くの米軍捕虜を殺害したことを秘匿するため、軍上層部が命じたのである。そのため米軍の進駐後、清原は戦犯容疑で追われることになる。進駐軍の鋭い追及の目を逃れ、偽名を使って国内各地を転々とする、暗く怯えに満ちた逃亡の日々がつづいた。

三年近い逃亡生活の末、清原は捕まえられ米軍の軍事法廷で裁かれる。多くの捕虜虐待容疑の戦犯が死刑を宣告されていることを知っていた清原は死を覚悟する。ところが判決は終身刑で、巣鴨プリズンで服役することになる。国際情勢の変化にともない、次第に死刑より無期刑の判決を下すことが多くなり、平和条約の締結後は戦犯の意識も薄れて釈放されるようになる。清原の刑期も短縮され、約九年で仮出所、変貌著しい戦後の社会に復帰することになる——。

ところで戦勝した連合軍が、多くの日本人を日本やアジア各地の軍事法廷で裁いたことは周知の通りである。有名なのは東京裁判（極東国際軍事裁判）だが、日本内外で合計五千七百名を捕虜虐待、非戦闘員殺害などの容疑で裁き、九百八十四名に死刑判決を下している。公正な裁判という形はとってはいるものの、勝てば官軍である。被告の選定も量刑もはっきりしなかった。清原は上官の命令に従ったとはいえ、自身に捕虜を殺害しようという強い意志があった。B29による空襲という無差別爆撃は非戦闘員の殺戮であり、広島、長崎への残虐な新型爆弾の投下に対する米軍への怒りがあったからだ。報復感情が清原を捕虜処刑に駆り立てたのである。その清原の思いは特殊なものではなく、当時の日本人の普遍的なものだった。それは国際法とは別次元の〝正義〟だったのである。

しかし、戦いに敗れた日本人はそれをひた隠しに隠した。逃亡する清原を邪魔者あつかいする知人も多く、裁判で上官は捕虜殺害など命じなかったと言い張った。清原は責任逃れの連鎖反応に愕然となる。が、時間が経つと世論も変わってくる。獄中にいる清原のところに弟から手紙が届く。それには戦犯は戦争犠牲者だという声が一般化しているとあった。清原はその手紙を破り捨てる。それから暫くして清原は出所する。

テーマは戦犯とは何かを問い、戦後日本の歪みを抉る作品となっている。多くの評者が述べているように、BC級戦犯を扱った数少ない戦争文学の中でも出色のものといえる。

昭和五十四年、〈三月、書き下ろし長篇『ポーツマスの旗』現地調査のため、アメリカのニューハンプシャー州ポーツマスに一週間の旅をする〉（「自筆年譜」）

この年、吉村昭は二冊のエッセイ集を出している。「戦争」や「取材ノート」などをテーマにした『白い遠景』（講談社）と、真摯な作家の静謐なユーモア溢れる『蟹の縦ばい』（毎日新聞社）である。

この年八月にでた『月夜の魚』(角川書店)は、いずれも私小説の色彩の濃い作品集である。ここでは表題作「月夜の魚」を紹介したい。

「私」は繊維関係の協会事務所の責任者である。その日は協会員の告別式に参列する。協会では中小企業助成のために設けられていた公的金融機関と連携して、会員に設備資金、運転資金の貸付斡旋業務を行っている。死亡した会員は運転資金の借入れのため事務所に来たことのある会員だった。その男の借入希望額は「私」の月給の三か月にも満たぬ少額だったのに驚いた。金融機関の実態調査が行われ、担当者から不許可の電話がある。経営状態がかなり窮迫しているようだった。返済が不能になれば連帯責任を負う協会が返済に応じなければならず、気の毒だが「私」は難を逃れた安堵も感じていた。それから約二か月後、老婆と妻を道づれにした男の無理心中が伝えられる。新聞には自殺の原因は経営不振によるものと書かれていた。「私」の胸に後ろめたい感情が湧く……。

「私」の懐中は乏しかったが、幾分余裕のある金を持っているときは小料理屋やバー、時には安キャバレーに行くこともある。キャバレーでは時々、秋子を呼んだ。秋子は醜女だが話し相手として飽きることがなかった。「私」が同人雑誌に小説を書いていることを知っていて、小説の素材を提供しようとしているに違いなかった。

ある日、秋子からおでん屋に誘われる。美しい女装の男を見に行こうというのである。それからアパートに行き、「私」は稀にみる美しい男娼の生活の話を聞くことになる。十九歳の男娼の収入は大会社の部長以上というものだった。「私」は妻と老母を道づれに死を選んだ男を思い出す。十九歳の男娼にとって一週間の収入にもみたない金銭が、かれらを死に追いこんだのだ。「私」はベッドに誘われたが断る。女は土間におかれた「私」の靴をそろえた。〈顔をあげた女が、私に眼を向けた。女の喉の骨がかすかに隆起しているのが見えた〉、という作品である。もちろん作品は虚構、フィクションである。が、繊維関係の協会事務局とあるなど、きわめて私小説に近い作品ということができるだろう。

同書には他に、「行列」「螢籠」「夜の海」「黒い蝶」「弱兵」「雪の夜」「位牌」「干潮」「指輪」「改札口」の十篇が収められている。父の癌死、兄の戦死など身近な人の死の他に吉村昭が体験したこと、耳にして刺激されたことを素材にした短篇私小説集といえる。

五十三年の秋、新潮社から明治の外交官小村寿太郎を素材に長篇小説を書いてほしいという依頼があった。吉村昭は四十七年に日露戦争を勝利に導いた日本海海戦を主題に、ロシア側の秘匿史料を初めて用いた『海の史劇』を発表している。その中で小村を全権とした日露講和会議が、アメリカのニューハンプシャー州ポーツマスで開かれ、条約が締結されたことにも触れた。それを読んだ編集者が、「条約締結の実情が、今までの定説をくつがえすものですので、それを掘りさげて書いていただきたい」と依頼してきたのである。

そのとき吉村昭は小村について、父親がしばしば口にしていたことを思い出していた。それは、〈小村という人は外相で日露講和会議の全権になったが、日本が連戦連勝していたにもかかわらず、ロシア側の言いなりになって屈辱的な条約をむすんだ。そのため国民は激昂して、東京のほとんどの交番を焼打ちする大暴動が起った。小村は腰抜けの外交官だった〉（『亡直』『誠』を貫いた小村寿太郎」）というものである。

しかし、「海の史劇」でポーツマス講和会議の史実を読みあさった私は、その定説が全くまちがっているのを知った。当時、連戦連勝はしていたものの、日本の戦力は底をついていて、これ以上戦さをつづければ日本が敗北することはあきらかだった。それを避けるには譲歩しても戦争はやめるべきだという考えから、ロシア側の要求も一部いれて条約締結に持ち込んだ。それを知らぬ国民は、小村を非難し、暴動まで起した。そうしたことから、小村は腰抜け外交官というレッテルをはられ、それがその後長い間定説となっていたのである。（同前）

吉村昭は歴史を正しく後世に伝えねばならない、と考え執筆を決意する。

まず資料収集のため小村の生地である宮崎県飫肥《おび》（日南市）に向かう。が、日南市でも小村は〝屈辱外交官〟とされており、見るべき資料は皆無といえた。資料といえるものはフロックコート一つだけ、というわびしいものだった。

三月中旬、吉村昭は現地調査のためポーツマスに向かう。心臓移植手術の取材のため南アフリカを中心に旅行したときに次ぐ二回目の海外取材旅行である。一週間の旅だった。

私を喜ばせたのは、町のたたずまいが、八十年近く前、講和会議の開かれた折に撮影された写真とほとんど変っていないことであった。市中にある煉瓦づくりのホテル、町角に建つ教会、商店街の外観も当時のままである。私は、異国を旅行する身であることも忘れたようなくつろぎを感じた。（「小村寿太郎の椅子」『歴史の影絵』所収）

講和会議の行われた建物は海軍工廠に変わっており内部は撮影禁止だった。そこで吉村昭は、〈会議のおこなわれていたのは明治三十八年八月で、私が、／「夏には蚊がいますか？ 窓から、たとえば汽笛、波の音、海鳥の啼き声がきこえますか？」／などと小説の肉づけに必要な質問をつづけると、広報官は、妙な質問をするなという表情をしながらも、丁寧に答えてくれた〉（同前）

帰国した吉村昭はさらに取材をつづけ執筆に入る。名利を求めず講和交渉会議に生命を燃焼した小村寿太郎外相の実像を浮き彫りにした、五百六十枚の書下ろし長篇小説『ポーツマスの旗 外相・小村寿太郎』が脱稿したのは七月末日、十二月に新潮社から刊行された。

日露戦争の講和会議は米国のセオドア・ルーズベルト大統領の仲介で、明治三十八（一九〇五）年八月十日からアメリカ東海岸の軍港ポーツマスで開かれる。先にも触れたように、日本人は日本海海戦の圧倒的な勝利に酔っていて、講和会議では巨額の賠償金や領土を獲得できるものと期待していた。そうした世論を背景に小村はポーツマスに向かう。しかし、講和の結果、賠償金は得られず、日本が獲得できたのは南樺太の領土だけだった。戦勝国とはいえ日本の弱体化した戦力を認識していた政府や軍の首脳はこれを甘受したが、おさまらないのが民衆、報道関係者、有識者である。全権として条約締結を推しすすめた外務大臣小村寿太郎の交渉姿勢を軟弱外交だと激しく非難、東京市民は放火などを行って暴れまわった。外相官邸にも暴徒が押し掛けるなど、国民の不満を買い非講和運動が激発した。

昭和日本の破滅の根底に〈夜郎自大〉意識の蔓延があったことを思えば、吉村昭が「あとがき」で、この会議で日露講和が成立したことを、〈明治維新と太平洋戦争をむすぶ歴史の分水嶺〉と述べているが、まさにポーツマス会議は歴史の分水嶺であった。

明治天皇は小村の労に爵位を授けることで報いた。小村は明治三十五（一九〇二）年に日英同盟締結に功績があったとして男爵に叙せられ華族になっていたが、ポーツマスの功を賞した天皇は、子爵を飛び越し伯爵とした。さらに四十四年には公爵へ進む。男爵となって十年も経たないうちに公爵まで昇るのは異例中の異例のことである。が、小村はこの栄誉を必ずしも喜ばなかったようである。祝いごとも一切せず、叙爵、陞爵（爵位の上がること）の辞令も見なかったという。

小村が死んだのは明治四十四年十一月二十六日。公爵になって半年後のこと。世間では相変わらずポーツマスでの軟弱外交を攻撃する声が聞かれた——。

講和会議の詳細な経過は、日本とロシアの記録に残されているが、〈小村は終始冷静毅然としてロシアの全権に対し、そのような態度にロシア側もかれに敬意をはらっていたことが記されている。／かれは、肺結核を病んでいて、帰国後激しい非難の声につつまれ、次第に体調もおとろえ遂には腑抜けのようになり、死を迎えた〉。が、この作品は既成の小村像の変容を否応なく突き付けた。

小村の郷土である日南市では日本の名外交官であったという認識が浸透し、現在では多くの資料をおさめた小村寿太郎記念館も設けられている。

この作品の先駆となるのが、『海の史劇』であることには触れた。吉村昭は、日本海海戦の資料を読みあさるうちに、小村を視点としてポースマス条約と、それを巡る史実を小説に書いてみたいと思うようになっていた。新潮社の依頼と吉村昭の想いがうまく重なって生まれた作品といえる。

この作品はNHKテレビで六時間のドラマとして五十六年十二月に放映された。

昭和五十五年、〈三月、東映のテレビ作品として現地の北海道苫前町でおこなわれた「羆嵐」のロケーションに立ち会う。主演三國連太郎氏。／五月、（中略）疲労甚しく、内視鏡検査その他の検査をうける。異常なし〉（「自筆年譜」）

四月上旬のある夜、突然のように読売新聞社の文化部長が二人の部員を伴って吉村宅を訪ねてきた。応接間で向かい合って坐ると、部長は「なにか長篇小説で書きたい素材をお持ちですか」と切り出した。妙な質問だと思った。吉村昭は何度か胃カメラによる検診を受けたことがあり、その奇異な器具を創った人に関心を抱いていた。その機械が日本人の創意によることは、南アフリカで世界初の心臓移植手術の取材の時に知った。調べてみると、東大医学部の助手とオリンパス光学の二名の技師であることが分かった。そのことを、いつか小説に書いてみたいと思っている、と答える。

すると部長は来訪の理由を説明した。現在、新聞に連載小説を書いている立原正秋が、突然、癌で入院した。立原の原稿は十日後までの分しかない。そこで立原につづく執筆予定者だった丹羽文雄のもとに赴いた。ところが丹羽からは、高齢（註＝七十六歳）でそのような急な仕事は出来ないと断られ、吉村昭に頼んでみたらどうかと助言されたのだという。十分な準備をととのえてから執筆することを信条にしている吉村昭は、そんな短期間で書くことはとても不可能だと断る。部長は、一晩再考してほしいと言って帰った。

その経緯は部長から丹羽文雄に伝えられたようだった。丹羽から吉村昭に電話がくる。丹羽は、ある作家が緊急入院し、わずか五日間しか余裕がなかったが引き受けた経験のあることを話し、「作家も生身の人間で、だれでもそのように病気にとりつかれて筆をおかざるを得ないものなのだ。君でもそうだよ。立原君に心安らかに治療を受けてもらうために引き受けてやったらどうか」と、しんみりした口調で言った。その一言で吉村昭は執筆を決意した。

立原は一歳上で、いわば同世代の作家だ。雑誌は違うが共に同人雑誌を発表の場として小説を書いていた身で、戦友意識もある。丹羽の言うように、後顧の憂いなく治療に専念してもらうべきだと思った。吉村昭は翌朝から夜おそくまで調査に走り回り、ようやく執筆に漕ぎ着けた。立原からは、感謝している旨が伝えられた。

立原正秋は二月、東大医科研究所附属病院へ二週間にわたって検査入院した。食道癌は発見されず、三月一日に退院。しかし、体調は悪化し、食物が全く咽喉を通らなくなる。聖路加病院で食道癌と診断され四月八日に入院。この日、医師は「長くて六か月、最悪の場合は一か月」と家族に告げた。四月二十四日、東京女子医大病院で手術したが、食道から気管支に広がる末期症状を呈しており、手術の不可能な状態にまで進んでいた。五月十五日、築地の国立がんセンターに移る。

絶筆となったのは、「その年の冬」百八十回（五十五年四月十六日付）である。立原は食物が咽喉を通らないので、点滴で栄養分を摂りながら原稿の執筆を続け、なんとか第一部を書き終えた。国立がんセンターで死去したのは四か月後の八月十二日。享年五十四だった。自宅で密葬。九月八日に北鎌倉の東慶寺で営まれた葬儀と告別式には吉村昭も参列した。

この時の作品が胃カメラの開発に賭けた男たちの情熱を描いた『光る壁画』（新潮社）で、読売新聞に四月十九日から連載された。この作品については『神々の沈黙』の箇所でも簡単に触れたので先へ進む。

日本における飛行機の開発研究とその挫折を描いたのが『虹の翼』（文藝春秋）である。執筆のきっかけを吉村昭は「あとがき」で触れている。それによると、愛媛県八幡浜市に取材旅行した折、その地が二宮忠八の生地であることを知った。忠八は吉村昭の小学生時代の教科書に、独力で飛行機の製作を試みた人と書かれており、懐かしい人物だった。明治時代に鳥のように空を飛ぶことを真剣に考えた忠八に興味を抱き、忠八の次男の顕次郎氏から資料を借りて、「鳥と玉虫」と題する六十枚ほどの小説を書いたことがあった。ところが五十二年、顕次郎氏から父の日記が見つかったという連絡を受け、見せてもらった。

そこには、飛ぶことを夢にえがきながら市井に生きた一人の男の姿があり、さらに背景としての明治、大正という時代の息づかいが色濃く浮び出ていた。

私は、あらためて忠八の動きを追って、京都新聞その他に連載小説（引用者註＝連載中の題は「茜色の雲」）として筆をとった。小学生時代、教科書の忠八の話に魅せられた感情が、五十代も半ば近くなった私を刺激し、それが筆を推し進める原動力になったようだ。

連載終了後、出版することにかすかなためらいが湧いた。この小説が私自身にとってどのような意味をもつものかをつかみかねたからである。しかし、一年半が経過した後、私は単行本にするため小説に手を入れることをはじめた。少年時代、凧や模型飛行機に異常なほど熱中した私は、今でも凧揚げを楽しみ、材料さえあれば模型飛行機を作りたい意欲も十分にある。そうした私の内部に残された小児性が、二宮忠八を書くということにつながったのだと思い、上梓する気持になったのである。(『虹の翼』あとがき)

空を飛ぶということは、古くからの人類の夢である。レオナルド・ダ・ビンチは、一五〇五年に「鳥の飛翔について」と題する論文を発表し、「鳥は科学的法則にしたがって動いている機械であり、人間もこの機械と同じものを作ることができるはずである」と記し、やがて人類は夢の実現を果たすだろう、と予言した。わが国では室町時代のことである。そしてライト兄弟が世界最初の飛行機を飛ばすことに成功したのは、一九〇三(明治三十六)年。ところが、忠八が「玉虫型飛行器」を飛行実験をしたのは、それを十二年も遡る明治二十四(一八九一)年四月二十九日のことだ。忠八の模型飛行器は十メートルほど飛んで落ちる。歴史に「もしも」はないが、このまま実験が順調に進められていたら、あるいはライト兄弟に先駆けて空にはばたくことができたかもしれない。が、忠八の夢は挫折に終わる――。

忠八の悲劇の原因は何か。飛行器の製作には膨大な資金がいる。個人の努力だけではどうしようもない部分がある。忠八は、陸軍に三度も製作を上申する。が、ことごとく拒まれ、加えて周囲の理解も協力も得られなかった。頼れるものはなにもない。独力で完成を目指したが実現するには到らなかった。

吉村昭が、この作品で指摘したかったのは、日本人には飛躍した発想をする者を排除する傾向があるのではないかということだろう。先駆者がすんなり受け入れられないのは、いつの時代も同じようである。発明の源泉にあるのは常識的な発想ではなく、進取の気性による奇抜な発想こそを母胎にするのに、である。人類の飛行など夢のまた夢でしかなかった時代に、具体的な手法を見つけ出した、忠八の苦闘の生涯を描いたのが長篇小説『虹の翼』である。

次に、戦時下の下町の生活の息吹を伝える連作小説集が『炎のなかの休暇』（新潮社）である。二、三の作品を簡単に紹介しておこう。

歯科医を父にもつ雨宮春夫が転校してきたのは二・二六事件の起こった夏のこと。「私」は、昆虫の中で蜻蛉に最も興味をもっていたから、蜻蛉に関心を抱いていた春夫に親しみを感じる。夏休みに入ると、二人は雨天の日を除いて毎日のように谷中墓地などを黐竿《もちざお》をかついで駆け回る。その春夫の態度に変化が起こっているのに気づく。蜻蛉を共食いさせ、その頭部を集めているのである。やがて春夫の家族が一家心中する。春夫の父には親しく交際している女がいて、家庭内がもめていたのだ。そんな少年時代の日々を回想したのが「蜻蛉」である。

小学校時代の友人が、官庁勤めを辞めて喫茶店を開くという案内状が届く。その喫茶店のあるところにかつて住んでいた白系ロシア人のアントン・ロドロフ一家のことが話題になる。ロドロフ一家は町に溶け込むように努め、息子のアレキサンドルと弟の交流の様子が、自身の胸部手術、父の経営する綿糸紡績工場の焼失、母の子宮癌での入院、四兄敬吾の戦死公報と遺骨の帰還といった事象の中で語られる。ところで、さかんにアレキサンドルを話題にしていた弟が、いつしか殆ど話さなくなっていた。アレキサンドルに対し教師を中心とした苛めが繰り返されていたのである。戦局が急展開する中で、アントン・ロドロフは諜報機関員らしいという噂が流れる。サイパン島への米軍上陸が報じられた頃、ロドロフ一家の姿が町から消えた……、という「虹」。

母の死後、父の外泊は増え、時には一週間も帰らぬこともある。夜間空襲があった日の夕刻も、父は女のところに出かけていた。空襲の被害は想像をはるかに超えており、父の身が気づかわれ、私と兄は自転車で探し回る。そして荒川の国鉄の鉄橋を越えた漁村で女と一緒にいる父を見つけるという「黄水仙」。他に「青い水」「炎天」「白い米」「初夏」「鯊釣り」という、生まれ育った日暮里の町並の記憶をたどるうちに甦ってきた少年時代と、戦時下の人々の生活の息吹を伝える自伝的連作集である。

「自筆年譜」の五十五年に、〈八月、弟隆、築地の癌センターで肺癌のため片肺切除。弟に癌であることを知らせぬことを決意。苦しい日々がはじまる〉とあり、翌年には、〈三月、弟、大宮市の宇治病院に入院。弟をしばしば見舞い、大宮市内のビジネスホテルに泊ることをつづける。(中略)／八月、弟死去。(中略)／弟の苦しみにみちた闘病生活と死で、精神、肉体の両面で消耗し、体調が極度に悪化したが、年末にいたって、ようやく復調する〉とある。

その弟の死をテーマにしたのが、純文学書下ろし特別作品『冷い夏、熱い夏』（新潮社）である。私小説としては初めての長篇小説である。

吉村昭は弟には特別の感情を抱いていた。吉村昭の兄弟は九男一女。戦後生き残ったのは六人だが、すぐ上の兄とは六つ離れている。終戦前後に両親を亡くしており、二つ違いの弟の隆とは寄り添うように生きてきた。吉村昭が二十歳のとき、末期症状の結核におかされ、胸郭手術を受けたことについてはたびたび触れた。当時、結核は死の病とされ、家族のいる兄たちは感染を恐れて吉村昭を家に入れなかった。吉村昭は十坪ほどの社宅で弟と一緒に暮らす。弟は献身的に尽くし、治療費から生活費にいたるまで、いっさいを賄ってくれた。人一人が生きていくのにも大変な苦労を強いられた時代である。

その強い絆で結ばれていた弟が、自覚症状のないまま癌に侵される。隆の身体に異変が現れたのは五十五年七月上旬のことだった。浦和市に住む隆は近所の開業医で胃の検査を受ける。ついでに肺臓のX線透視をしてもらうと、左肺部にピンポン玉のような白い影が浮かび上がった。順天堂大学医学部附属病院で検査の結果、肺臓の撮影フィルムを胸部内科の専門医にまわすことになる。そこで築地の国立がんセンターに行き、検査を受けるよう指示される。センターでの精密検査の結果、肺癌であることが確定した。

吉村昭は隆に癌であることをとことん隠すことにする。ところが隆は国立がんセンターの医師がカルテに「L・C」と書いたのを見ている。それが「Lung Cancer」（肺癌）を意味することも調べていた。吉村昭と隆の妻は医師から、隆の癌が未分化癌の中の細胞癌であり、〈癌のなかでもきわめて稀な、しかも最も悪質なもの〉であり、〈手術後一年以上の生存率は一例もありません〉と告げられる。が、吉村昭は良性の腫瘍であると言い張って隆の説得に努める。

それでも弟の不信感は晴れない。そこで、〈私は、思い切って切札とも言うべき言葉を口にした。／「そんなにおれの言うことを信用できないなら、おれの家へ来たらどうだ。日記を見てくれてもいいんだよ。お前が検査をうけたことも書いてあるし、女性秘書からつたえられた内容も書いてある」〉とたたみ掛ける。その時の心の動きを、吉村昭は作中で次のように綴っている。

日記をつける私の習慣を知っている弟が、不意に家へ訪れてきて日記を見せて欲しい、と言うかも知れない。事実を書くことは、危険であった。

弟をあざむく手段として日記を利用しようか、と思った。もしも弟が楽観的な内容をしるした日記を読めば安堵し、私の言葉を疑うこともなくなるだろう。

日記を開くとその日の頁《ページ》に、助手から良性の腫瘍という電話をうけ、「ひとまず安心す」と、書いた。つづいて、「弟に電話をするも信用せず、電話を切らる。三兄の折に前科があるから、信用してもらえない。疑われるのも仕方がないのか。L・Cと医者が書いたのを見たと言うが、弟がカルテをのぞき見できるはずはなく、私に鎌をかけているのだ」と、記した。（『冷い夏、熱い夏』）

隆は医師や吉村昭の説得を受け、ようやく手術を受ける気持ちになる。

八月下旬、隆は国立がんセンターで手術を受ける。手術後、激しい痛みや幻覚、呼吸困難等が隆を襲う。吉村昭は、それでも癌であることを悟られないよう、徹底的に欺き通す。

吉村昭は弟が転院した大宮市の病院近くのビジネスホテルに泊まりしばしば見舞う。数えてみると、弟が亡くなるまでに六十七泊していた。吉村昭は贋の日記までつけて、病気が癌であることを欺きとおして看取った。隆が亡くなったのは五十六年八月八日。享年五十一だった。

この作品は、その一年間の凄絶な隆の闘病記であり、吉村昭の看病記でもある。読むうちに、癌告知の是非、延命医療か尊厳死かなどの重い課題が突き付けられ、生死観が問われるノンフィクションともいえる。吉村昭が結核のときに覚えた苦痛と、死と向かい合っていた思いが弟に重なる。

吉村昭は単行本の箱に、〈辛いものを書いてしまったというのが、実感である。二十歳の折に末期症状の結核におかされ、死について考えたが、弟の癌発病と死までの夏から夏への一年間、あらためて死というものが底知れぬ深い淵に似たものであるのを強く感じた。死はだれにも必ず訪れるが、その形はさまざまで、それだけに解き得ぬ性格をもっているのだろう。／この小説を書くことによって、癌で死んだ弟が私の中で生きるようになったことが、救いと言えば言える〉と述べている。

弟の死から三年たっての執筆だが、気持ちを整理するには、それだけの時間の経過が必要だったのだろう。この作品は毎日芸術賞を受賞した。

昭和五十七年、〈二月、長崎造船所でおこなわれた「武蔵」戦死者慰霊祭に出席。／六月、東京港から近海郵船フェリー「まりも」（九、三〇〇トン）に乗り、北海道釧路まで三十三時間の船旅をする。イルカの群れを三度見る。／短篇をしきりに書き、その間に長篇「破獄」執筆調査のため、秋田、青森、札幌、網走の各市をはじめ北海道にしばしばおもむく〉（「自筆年譜」）

四月に刊行された『遅れた時計』（毎日新聞社）には、四十九年三月から五十六年十二月までの間に発表された「十字架」から「蜘蛛の巣」まで十短篇が収録されている。

表題作「遅れた時計」の主人公・横川は高校を卒業後、繊維卸会社に勤めるが会社が倒産して失業、新宿の高級クラブに勤める。そこで七年間を過ごし、他のクラブから招かれてマネージャーになる。結婚もし、この世界以外に生きられぬことを知り、仕事に専念するようになる。三年前、父が亡くなり、長兄から相続権放棄を条件にまとまった金が入ったことからバーを開き独立する。横川には気分の良いとき、自分に向かって「まずまずだ」と呟く癖がある。バーの開店時、同じクラブで働いていた君子を自分の店に引き取ったのも「まずまずだ」の範疇に入る。その君子が結婚することになる。四十三歳の君子が辞めることも痛手にはならない。新鮮な若い女を入れることができるから、店にとっては「まずまずだ」なのだ。結婚相手は信用金庫を定年退職した堅実な人物である。その君子が、ちょっとした昔の癖からクラブやキャバレーに勤めていたことがバレて婚家を追われる。君子は再び店で働かせてくれないか、と言ってくるが吉川は非情にも断る。ユーモラスに描かれているが、そこはかとなく人生の哀愁が感じられる作品である。

「歳末セール」は、夫に蒸発され生活に窮して警備保障会社に勤め、デパートに派遣されている保安要員の話。その他、水道局に勤務し、漏水探知の仕事をしている孤独な青年の愛と失意を描いた「水の音」。スリをやめることができない自分に絶望して死を選ぶ少年をみつめる「予備校生」などが印象に残る。

昭和二十年夏、つまり敗戦時に焦点を合わせ、さまざまな視点から「戦争と日本人」を見つめたのがこの年七月に出た短篇集『脱出』(新潮社)である。本の帯には、〈昭和20年の夏敗戦へと雪崩れおちる日本。その辺境ともいうべき土地に、様々に押しよせる時代の激浪を描く〉の惹句が刷られている。収録されているのは表題作のほか「焔髪」「鯛の島」「他人の城」「珊瑚礁」の四篇。

内容を簡単に紹介しておこう。「脱出」は八月八日にソ連が参戦したことに始まる。敵はアメリカ軍だけと考えていたのに、新たにソ連軍が加わったのである。ソ連軍は国境を突破して樺太に侵攻する。終戦の放送があった後も戦闘はつづいた。突然の事態に揺れる樺太の一漁村の人々の困惑。ソ連軍の潜水艦の潜行する海峡を渡る北海道への危険な脱出行。そして避難民で混雑をきわめる稚内の町の状況が克明に描かれている。

「焔髪」の舞台は奈良の東大寺。連日のように空襲警報が発令される中で国宝級の仏像の疎開が行われる。疎開像は八体。仏像は脱活乾漆法などで作られたものが多く、運搬途中での破損の危険は避けられないことから人力で運ぶことになる。しかし、戦時下に運搬人を揃えるのは至難のことである。そこで奈良の刑務所の囚人を使うことになる。囚人による円成寺、正暦寺への仏像疎開が行われる。そして終戦になり、疎開仏像は再び囚人の手で東大寺に戻される。仏像の疎開という特異な視点から敗戦時を描いた作品である。

「鯛の島」の舞台は鯛漁の盛んな瀬戸内海の小島。鯛漁には舳を一定方向に向ける揖子という補助員が欠かせない。敗戦直後、その揖子の年季雇用制度は「民主主義」の精神に反するものであり、進駐軍からは人道上許しがたい児童虐待行為と解釈され、槍玉にあげられる。そして進駐軍の政策のもと、揖子の年季制度は廃棄が求められる。糾弾の狙いは何か。進駐軍は揖子の年季雇用制度を糾弾することで、占領政策は人道的であるという印象を日本人に与えることにあったのだ。

他に対馬丸で内地に集団疎開した沖縄の人の境遇を描いた「他人の城」。玉砕の島サイパンを舞台に屈辱の投降を決意する一家の物語「珊瑚礁」——。「戦争」と「敗戦」は決して一様ではなく、各地にそれぞれの「戦争」と「敗戦」の〝顔〟があった。その一断片をみせる作品群である。


同じ年九月に出た『間宮林蔵』(講談社)の執筆経緯などについて、単行本の「あとがき」で詳しく触れている。

吉村昭と間宮林蔵との出会いは小学六年生のとき。教科書に「間宮林蔵」の題で、「樺太は島なりや、又大陸の一部なりや、世界の人の久しく疑問とする所なりしが、其の実地を探険してこれが解決を与へたるは、実に我が間宮林蔵なり」という書き出しではじまり、樺太が島であることを確認して間宮海峡を発見、海峡を渡ってシベリア大陸を旅して帰るまでのことが簡潔に記されていた。

その後、苛酷な運命に抗して種痘術をもたらした元エトロフ島番人小頭だった五郎治の生涯を描いた『北天の星』で林蔵に再会。さらに『ふぉん・しいほるとの娘』でも接触した。そこではシーボルト事件の発覚は、林蔵による密告がきっかけと言われ、かなり重要な人物として描かれている。以来、吉村昭の林蔵に対する関心は高まり、資料を渉猟しているうちにシーボルト事件後、林蔵が幕府の隠密になっていたことなども知る。吉村昭は隠密として足を踏み入れた長崎、鹿児島を訪ね、林蔵の活躍の主要な舞台だった北海道へ取材の旅行をする。北海道行政資料課で資料を閲覧していたとき、林蔵と彼をとりまく人物の史料を蒐集をしている東京在住の谷澤尚一氏の存在を知る。小説『間宮林蔵』は谷澤氏が提供してくれた史料を基礎に成ったものであることを明かしている。林蔵は農民から身を起こし、幕府の役人として二十年以上に亘って蝦夷地で活躍した。林蔵は困難を克服して最も北の海域に舟を乗り入れる。樺太が島であることを自らの眼で確認したのは、文化五（一八〇八）年、アムール河の河口でのことだった。その感動の瞬間は次のように描かれる。

北の海に視線をのばした。樺太の北端がみえ、その後方には果しなくひろがる北の海がひらけていた。かれは、あらためて樺太が離島であり、東韃靼とは海峡をへだてて位置していることを確認する。西欧の地理学者たちは、世界でただ一つの謎の地域である樺太を、東韃靼の地つづきである半島と断定している。日本でも、その説を入れて、樺太が半島であることは定説となっているが、林蔵が眼にしている樺太は、あきらかに島であり、東韃靼との間には海峡が横たわっている。それは、世界の地理学界にとって、定説をくつがえす驚くべき大発見であった。（『間宮林蔵』）

林蔵は地図を作成する。地図には幕府が樺太を北蝦夷と改称していたことから「北蝦夷島図」と記した。

文政九（一八二六）年、林蔵は四十七歳になる。八月、幕府は林蔵を海岸異国船掛に任命する。それは海防関係の隠密御用を意味していた。文政十一年三月二十八日、林蔵にシーボルトからの手紙が届く。シーボルト事件と関わる発端である。林蔵は隠密として長崎に行く。事件は一応の決着をみるが、林蔵は自分に関する思いがけぬ説が流布していることに驚く。シーボルト事件が発覚したのは、林蔵の幕府への密告によるものだというのである。人々は林蔵が隠密で、事件摘発の中心人物だと信じ込んでいたのだ。

天保二（一八三一）年、江戸に帰ってきたとき、自分に向けられる人の眼が変わっていた。樺太探険の功績で敬意を抱いていた人々の視線が一転、白眼視する風潮が一般的になっていたのである。殊に西洋の知識に関心を持つ者たちは、林蔵に激しい憎悪の念を抱いているようだった。そしていつの間にか親しく交わっていた者たちが周囲から消えていた。天保五年を迎えた頃には密告者であるという噂は疑いのない事実として定着した。林蔵は弘化元年二月二十六日夕刻、失意のうちに永眠する。享年六十九だった。

一方、オランダ・ライデン市に居を定めたシーボルトは二十分冊に及ぶ『ニッポン』の著述に着手。一八三二年に第一巻を出版する。その中には林蔵が樺太、東韃靼へ旅したこともきちんと紹介している。シーボルトは林蔵が密告者であるという噂を信じて憎しみを抱いていた。しかし、地理学上で偉大な功績をあげたことを率直に認め、私怨を超えて賞讃していた。海峡発見を証明する地図も挿入し、その海峡をマミヤの瀬戸 1808（間宮海峡）と名付けていた。林蔵の名前はシーボルトによって世界的に知られることになったのである。間宮海峡の名称が不動のものになったのは、一八八一（明治十四）年に刊行されたフランスの地理学者エリゼ・ルクリュの『万国地誌』第六巻「アジア・ロシア」によってである。同書によって世界地図の地名に日本人としてただ一人間宮林蔵の名が刻まれた。明治三十七年四月二十二日、東京地学協会の申請にもとづいて間宮林蔵に正五位が贈られた。亡くなってから六十年が経っていた——。

昭和五十八年の「自筆年譜」に、〈前年後半より「長英逃亡」執筆のため史料を求めて全国各地を旅する。長英もよく逃げたものだ、と感嘆しながら旅をつづける〉とある。

吉村昭の描く多くの先駆者がそうであるように、高野長英もまた皮肉な歴史と運命に翻弄され、悲劇的な生涯を閉じた幕末期の英傑の一人である。

長英は文化元（一八〇四）年、陸奥国水沢（現・岩手県奥州市）に生まれ、医師であった母方の高野家の養子となる。長英はオランダ語に精通していた天才で長崎に遊学してシーボルトの門下生となり、たちまち傑出した学力を発揮して偉大な蘭学者といわれるまでになった。

吉村昭は長英について早くから関心を抱いていた。が、直接的なきっかけは、五十年に『ふぉん・しいほるとの娘』を執筆したときにある。シーボルトの娘イネを調べた折、長英の史料に触れる機会を得たのだ。イネの滞在していた愛媛県宇和島市には、幕府のお尋ね者であった長英が出羽国（現・山形県）生まれの浪人、伊藤瑞渓という偽名を用いて住んでいた家が、当時のまま遺されていたことに興趣を覚えたという。その家の裏に流れる小川を見つめながら、いつか長英を主人公にした小説を書いてみたいと思った。

毎日新聞から連載小説の依頼を受けた吉村昭は、ためらうことなく長英を描くことにし、五十八年三月から翌年八月まで『長英逃亡』と題した歴史小説を連載した。『ふぉん・しいほるとの娘』の副産物といえば語弊があるが、吉村昭の歴史小説に登場する多くの人物は、幕末から維新の激動期にかけて、互いに触手を延ばすように関連し合って歴史を動かしていることが分かる。

吉村昭は、『長英逃亡』を執筆するに先立ち、まず長英の生涯のどの期間に焦点を当てるかを考える。長英が最も人間らしく生きたのは、牢獄に投じられた後に脱獄して逃亡、そして捕らえられ死にいたるまでの歳月だと判断、その経過を描くことにした。

長英はシーボルトの門を叩き学問を積む。が、シーボルトが国外追放になると江戸に戻る。町医を営む傍ら海外事情を研究、『戊戌《ぼじゅつ》夢物語』を著し幕府の対外政策を批判する。それによって「蛮社の獄」に連座し江戸・小伝馬町への永年（終身禁固）を言い渡される。天保十（一八三九）年五月十九日のことである。牢内は不衛生きわまりなく、病気になっても治療らしい治療を受けることもできない。そのため獄死者は多く、入牢はそのまま死を意味していた。

入獄して五年余。長英は牢の外に出て自由に西欧の兵書を翻訳し、欧米列強の日本に対する植民地化政策の阻止に役立ちたい、という強い願望から脱獄を企てる。脱獄に利用したのは「切放し」の規則だった。獄舎が火災になれば入牢者全員が焼死するおそれがある。それを防ぐために、獄舎に火が迫ると「切放し」といって囚人を牢外に解き放つ規則がある。ただし三日以内に指定した場所に戻ることが指示される。その約束を守って立ち戻った者は罪一等が減じられる、という恩恵が与えられていた。つまり斬首刑の者は遠島刑に、遠島刑の者は所払いにという具合にである。ただし約束を守らず逃亡したときは、文句なしに斬首刑になる。

長英は牢外で雑役をしていた栄蔵という男に金十一両を与え獄舎裏に放火させる。天保十五（一八四四）年六月二十九日のことである。「切放し」を受けたのは六十三人。そのうち七人が指定の場所に来なかった。長英はなぜ立ち戻らなかったのか——。

長英を投獄した宿敵は、老中水野忠邦が指導した天保の改革に際し「水野の三羽烏」と称された目付の鳥居耀蔵である。鳥居が健在である以上、戻っても罪一等が減じられる可能性はなく、永牢の前途に希望はなかった。戻れば確実に獄死につながる。逃亡の道を選んでも捕われる確率が高く、その場合は死罪になる。いずれにしても生き長らえることは不可能なのだ。そこで長英は逃亡を選択する。

脱獄後、長英は驚異的なほど高度で執拗な捜査能力を持つ幕府の捜査網をかいくぐり逃亡生活をつづける。逃亡を助けた者も罪人になるから、自ずと行動は慎重にならざるを得ない。逃亡は、捕まれば自ら生命を断つ覚悟のもとで行われた。長英の誤算は、脱獄の二か月後に鳥居が失脚したことだった。が、いまさら自首するわけにもいかない。自首はそのまま斬首刑を意味するからである。

江戸脱出後、長英が身をひそませた、といわれる地を吉村昭もたどることになる。逃亡先は江戸を起点に上州、越後、そして老母に会うために故郷である陸奥国水沢の手前の前沢へ。その後、仙台、米沢を経て江戸に潜む。危険きわまりない江戸に戻ったのは、残された生命を翻訳の仕事に捧げたかったからである。しかし、江戸在住が発覚し再び追われることになる。逃亡の旅は相模国足柄上郡、四国の宇和島、広島、名古屋とつづく。そして再び江戸に戻ったとき、長英は顔を薬品で焼いて容貌を変え、青山百人通で「沢三伯」の偽名を使って町医を開業し、潜伏しながら外国の兵書の翻訳に精を出す。が、ついに幕吏に捕まって非業の最期を遂げる。嘉永三（一八五〇）年十月三十日夜のことである。奉行遠山金四郎は長英に対して「存命ニ侯ハヾ死罪」という判決を下し、遺体を斬首して千住小塚原刑場に棄てた。

『長英逃亡』は、逃亡生活の果てに逮捕され、四十七歳で他界するまでの六年四か月を描いた長篇小説である。長英にかぎらず、その人間の真価が問われるのは、人生の危機に遭遇したときである、と吉村昭は言う。長英にあっては脱獄、そして威信をかけた幕府の厳しい捜査網をかいくぐって逃亡する晩年がそれであった。

吉村昭は、〈私は、史実にあくまで忠実であることを念頭に筆を進めたが、史実と史実の間を埋めることに腐心した。（中略）長英の身になって、自分ならこの方法をとる、と考えながら逃亡の道をたどった〉（「あとがき」）と述べている。そうした執筆姿勢が、作品の中の長英の人間像と存在感を豊かにしているといえる。その迫真性は長英と吉村昭の一体感から生じたものであろうことは疑い得ない。

その息詰まるような長英の逃亡行については作品を読んでもらうしかない。ここでは〝調査魔〟である吉村昭の調査行に触れておきたい。

吉村昭が『長英逃亡』を執筆するとき主に参考にしたのは、長英の曾孫に当たる高野長運が著した『高野長英傳』である。その中に、長英は脱獄後、武州の医家である高野隆仙宅に赴いたが、この家にも危険が迫り、大宮（現・さいたま市大宮区）から中之条町（群馬県吾妻郡）へ。そして直江津（現・新潟県上越市）を経て生地である陸奥国水沢の手前の前沢（現・岩手県奥州市）に行って母と会う。前沢から引き返し、福島では油屋藤兵衛方に身をひそませ、そこから米沢に向かったという記述があった。

しかし、その逃亡行については異論を唱える高名な長英研究家がいた。その学者は高野隆仙宅まで逃れはしたが、そこから江戸に引き返し、東北地方に赴いたことなどあり得ないと主張していた。長英がオランダ書を翻訳した量はかなりのもので、東北地方を転々と逃亡の旅をしていては到底果たせるものではない。長英は江戸に潜伏して翻訳に没頭していたはずだ、というのがその理由である。吉村昭は言う。

私は、「……長英傳」に絶大な信頼を寄せていたが、それは言い伝えによるもので、裏づける文書がなければ、東北行きを否定する学者に対抗できない。
どこかに長英の東北行きを立証できる文書はないものか。私は、長英の逃亡先を追う旅をつづけながら、終始、そのことが頭からはなれなかった。（「高野長英の逃亡」）

『長英傳』には、福島から米沢に逃れた長英は、米沢藩医の堀内忠亮、伊東昇迪の世話になり、堀内の家にかくまわれたとある。堀内は江戸で蘭学を学んでいたときに長英と親しく交わり、伊東は長崎でシーボルトの鳴滝塾で学んでいたときの同門である。そのような経緯があって長英をかくまったと考えられる。しかし、伝承は伝承にすぎない。そのまま採用するわけにはいかない。

探している史料はかならず見つかる。あるいは、ほしい史料は向こうからやってくる——と自負する吉村昭である。それはたび重なる徹底的な調査行から得られた天啓、もしくは第六感のようなものなのだろう。理由なき自負ではない。実際、吉村昭は新しい史実をたびたび発掘している。このたびも、山形県米沢市を訪れたとき、長英が米沢に逃れたことを立証する史料を、弘化二（一八四五）年六月の記載の中に見つけ、東北行を確信することができた。今ひとつ、長英は捕吏に踏み込まれ、自刃したというのが通説になっているが、「奥羽史談」第四十一号に載っている長英を捕らえた捕吏の一人である同心の直話から、長英が自刃したのではなく、殴殺されたのだとしている。そうした新事実の発掘が、この作品を読む楽しみの一つにもなっている。

吉村昭が米沢市史編纂室を訪ねて発掘した史実とは、「一、遠慮／昌寿院（前藩主上杉斉定の継室）様御《お》側医《そばい》／堀内忠亮／右者、江戸入牢之者破牢の上罷越《まかりこし》候処御締を犯し麁忽《そこつ》に遂面談《めんだんをとげ》　諸品呉《くれ》渡候者／一、遠慮／伊東昇迪／右、同」というものである。

江戸入牢の者とは長英のこと。さまざまな品物を与えたのは藩の取り締まりに違反する行為として、両家は謹慎の処分を受けている。

米沢が舞台になるのは『長英逃亡』の第八章から。六年ぶりに前沢でひそかに母に会った長英が福島の油屋藤兵衛宅へと侠客鈴木忠吉の助力で逃れた後である。そのシーンを引いておこう。

藤兵衛の姿が夕闇の中に消えると、かれは笠を深くかぶりなおして濠ぞいに歩き、寺の前から濠をわたった。城下町らしく袋小路や桝形路がいたるところにある。むろんそれらは、敵が攻めこんできた折の防戦を容易にするための町づくりによるものであった。その附近は武家町らしく長い塀のつづく家もある。空には星の光が冴えを増し、門の奥にみえる家々には灯がゆらいでいた。

かれは、塀の曲り角で足をとめた。右手にある内濠をへだてて高い土手の上に城がみえる。星空を背にした城には天守閣がなく、櫓も低い。いかにも倹約を旨とした米沢上杉藩の城らしかった。堀内忠亮の家を訪れるには、少し時刻が早すぎるように思えた。が、夜がふけてから戸をたたくのはかえって家の者に怪しまれるおそれもある。髪をととのえ髭も剃り、油屋藤兵衛からあたえられた上質の着物を身につけているので、臆することなく訪れた方がむしろこのましいかも知れない。

かれは歩き出し道をまがったが、袋小路になっていた。門がまえの家がならび、大きな建物の前に興譲館という木札がさげられ、藤兵衛に堀内家がその藩校の近くにあると教えられたが、附近を歩きまわってもわからない。（『長英逃亡』）

なお『長英逃亡』は平成十六年五月、第七回高野長英賞を受賞した。

五十八年〈三月、順天堂大学医学部附属病院に入院。幼時に患った慢性中耳炎が三年前に再発、町医に治療をうけていたが、手術法確立を知って、耳鼻科河村正三教授の執刀により鼓膜移植手術をうける。一ヵ月後退院。／六月、松竹映画「魚影の群れ」製作発表会が撮影現場の下北半島突端の大間町でおこなわれ、出席。十月、封切られる〉（「自筆年譜」）

先に紹介した『逃亡』執筆の経緯と後日譚といえるのが「月下美人」であり、それを表題にした短篇集『月下美人』（講談社）が八月に出版された。『逃亡』と『帰艦セズ』を書き上げてからも、吉村昭と小説の主人公との交流はつづいていた。

その回想者である菊川三郎（『逃亡』の望月幸司郎／『帰艦セズ』の橋爪）から、「私」あてに出版記念会の案内状が届く。吉村昭が『逃亡』を発表して以後、菊川自身の過去の確認作業は執拗なものになり、己れの醜い過去を容赦なく暴いていった。そして酷いタコ部屋での生活体験を、民衆史研究家と共著で出版することになったのである。『逃亡』では仮名だったからまだ救われたが、出版される本は実名である。その出版に菊川兄弟の反撥が激しかった。戦時中は逃亡兵の家族として周囲から迫害を受ける。戦後も肩身のせまい日を過ごしてきた。それなのに再び実名で自分の過去を公表し、また迷惑をかけるのか、という訳である。しかし、本は四月下旬に出版された。

その頃、「私」は月下美人というサボテン科の植物の鉢を手に入れる。その花は通常の手入れでは年に一度、夜間に開花し、三、四時間で花弁を閉じてしまうという、華やぎの時間の極めて短い植物である。その開花予想が菊川の町で夕方から開かれる出版記念会の日に重なる。「私」は開花を眼にすることができないかも知れないと思う。そして「ひと晩おくれてくれるといいんだが」と言って会場へ急ぐ。出版記念会は無事に終わり、帰途につくと月下美人の様子が気になって仕方が

ない。「私」は改札口を抜けると、すぐに公衆電話の受話器をとる。「花はどうだ」と訊ねると、

「咲いたのよ。今が真っ盛りよ。急に咲きはじめて……」との返事がある。「私」は小走りに帰宅して花に会う。ラストの部分を引いておこう。

菊川には、ようやく安らぎが訪れているらしい。かれの妻の顔にも、行きつくところまで行きついたという諦めの表情がうかがえた。菊川の出版記念会の催された夜、年に一夜、それも数時間しか咲いていないという花の開くのを眼にしたのは、いかにもそれらしくていい、と、酔いも手伝って、私は幾分感傷的になっていた。

かれとかれの妻に対する罪に似た意識が、わずかながらも薄らぐのを感じた。

……翌朝、早く目ざめた私は、階下に降り、食卓に眼を向けた。花はなく、薄茶色い繊毛のようなものに包まれている蕾があるだけだった。しかも花弁を支えていた茎は下に向き、その先端の蕾も垂れている。葉もしおれ、色も褪せていた。

植物が、生き物のように感じられた。前夜、白い花弁を華やかに開き芳香をふんだんに放っていた姿はない。年一回の開花に力のすべてを使いつくし、息絶えたようにしおれている。垂れた五個の蕾が、熱湯をかけられ羽をむしりとられた雛の頭のようにみえた。

私は、椅子に坐ってしばらくの間、眼の前の植物をながめていた。

苦悩の歳月を生きてきた、菊川の結晶としての出版記念会と月下美人を取り合わせた印象的なラ

ストシーンである。単行本『月下美人』には、他に生と死を見つめる「沢蟹」「時計」「甲羅」「秋の虹」「夢の鉄道」「欠けた月」「冬の道」の七篇が収録されている。

逃亡を多く描いた吉村昭の代表作の一つに『破獄』（岩波書店）がある。「あとがき」に、〈十七年前、元警察関係の要職にあった方から、脱獄をくりかえした一人の男の話をきいた。警察関係者とは作中の桜井均《ひとし》（仮名）氏であり、一人の男とは私が佐久間清太郎と名づけた人物である〉と記している。

この話を聞いたのは、吉村昭が青森県の県内紙「東奥日報」主催の講演会に招かれた時のこと。作品のモデルは青森刑務所、秋田刑務所、網走刑務所、札幌刑務所と、犯罪史上未曾有の四度の脱獄を実行した無期刑囚・佐久間清太郎である。脱獄における知能のかぎりを尽くして練られた緻密な計画と大胆な行動力。そして超人的な手口。それらを吉村昭は、戦中・戦後の混乱した時代背景に重ねて丹念に追跡する。獄房で厳重な監視を受ける佐久間と、彼を閉じこめた男たちの息詰まる闘いを描いた作品である。

最初、吉村昭の関心は四回の脱獄、という驚異的な事実にあったのではないだろうか。そして、その稀有な脱獄の方法を追うだけでも読者の関心を呼んだことだろう。だが、それだけのことであれば、なにも苦労して小説化する必要はない。狙いは明らかに別のところにあった。その狙いであるが、吉村昭は次のように考えた行刑史上類のない四回の脱獄をしたSの生き方は、余りにも劇的で、それを書いても興味本位の小説にしかならないような気がした。小説は人間性の内奥を書くものであり、また社会を見つめるものであると考えている私は、安直な読物になる恐れのある小説は書きたくなかった。

私は、編集部に一ヵ月間締切日の延引を申出て、基礎資料を読むことにつとめた。

連日、資料を読んで過すうちに、私の内部に書いてみたいという気持が日増しにつのった。

Sの四回にわたる脱獄のうち三回は終戦前で、一回は終戦後である。つまり終戦をはさんで脱獄を繰返したわけだが、それらの脱獄を書くことは、そのまま戦時と終戦後の異様な社会相を描くことにつながる。(「『破獄』の史実調査」)

使用した資料の一つに『戦時行刑実録』(矯正協会刊)がある。それによると食糧が枯渇していたのに、刑務所では受刑者に規定通りの量と質の食物を給与することに全力を傾倒する。それに対して刑務官たちは飢えにさらされるといった奇妙な現象も出現していた。食糧難で苦しんでいた時代、刑務所内は一般庶民より恵まれた環境にあったといえる。そして戦後には進駐してきた米軍の刑務所への強制的介入がある。そこで吉村昭は、刑務所は敗戦国日本の縮図ともなっていると考える。また記録を読んでいるうちに、監視しているのはSの方であり、逆に刑務官たちが監視されているようにも感じた。Sは自由に寝起きしているのに、刑務官たちは昼夜の別なく監視を続けなければならない。精神的にも肉体的にも刑務官の方がはるかに負担が大きい。〈私は、終戦前後の時代性、Sと刑務官との奇怪な人間関係に、これは小説に書くべきだ、と執筆の決意をかためた〉(同前)

磯田光一は、次のように指摘している。

読者はナゾを追うかのように仕向けられながら、主人公の人間像や歴史の推移にひかれて、物語の流れに身をゆだねているのであって、そうしているあいだに展開する〝個人〟と〝歴史〟との緊張関係のほうが、この作品では脱出方法のナゾ解きよりもむしろ重要なのである。(中略)

われわれの常識では、刑務所は社会から壁によってへだてられた場所である。ところが外部の国家や社会に異常事態がおこるとき、その余波は刑務所にまでおよんでくる。すなわち、南方諸島の飛行場建設に労働力が必要となれば、囚人たちの〝懲役〟は軍務の一端にかかわってくる。また、日米戦争によって東京攻撃がおこなわれるとしたら、都市での囚人の暴動もあり得るというので、「破獄、抗命のおそれのある無期、長期刑囚」が、秋田刑務所に集中的に収監されるのもその一例である。こうしてこの作品の動きをみてくると、刑務所の隔離の壁は、一方では脱獄囚・佐久間清太郎に破られるとともに、他方、時代の変動が壁のありかたを変えてゆくという、二重の緊張関係をもっているように思われる。作者はこの緊張関係を総合的にえがきながら、主人公の孤独な執念と時代の移りゆきとに有機的な関連をあたえているのである。(「解説」新潮文庫)

昭和五十九年、〈九月、妻と仕事に無関係の福井、伊賀上野への二泊三日の旅をする。今までにない悠長な旅。／文芸雑誌に短篇小説五篇書く。また「海の祭礼」を「文藝春秋」に連載、その調査のため初めて北海道利尻島へ渡る。／十二月、吉祥寺にある行きつけの小料理店で酒を飲んでいる時、「冷い夏、熱い夏」の毎日芸術賞受賞を電話で報される〉（『自筆年譜』）

この年の十一月に上梓した『秋の街』（文藝春秋）には表題作の他に「帰郷」「雲母の柵」「赤い眼」「さそり座」「花曇り」「焰髪」「船長泣く」の七篇が収められている。文庫版では「焰髪」が割愛された。印象的に残る一作品だけ紹介しておこう。

「雲母の柵」の主人公、村瀬和夫は監察医務院に勤務している。同期は青野健一と平岡典子。正常な病死以外の変死はすべて警察医務院の検案を要する。和夫は臨床検査技師学校を卒業する一か月前、国家試験にも合格し検査技師の資格を取得した。資格をいかすべく、いくつかの大学附属病院に願書を出したがことごとくが不採用になる。監察医務院は不本意な就職先だった。が、おびただしい変死に出会い検案をつづける。検案、解剖の対象になる変死者は、不慮の死にさらされた者たちで、和夫は、人体が精妙で堅牢なるものである反面、些細なことが原因で機能を停止するもろいものであることを感じる。

勤め始めて二年半、平岡典子が一身上の理由で休職する。しばらくしてから平岡の母親から「日光の山中でこの世を去りました」とだけ書かれた手紙が届く。自殺か交通事故にでも遭ったのか。

和夫は典子の死を自殺とむすびつけることにためらいを感じた。少くとも典子は二年余も変死体に接し、その数は数百体に及んでいるはずで、多くの自殺した遺体も手がけている。自分や和夫がそうであるように、典子にとっても死は身近なものであり、生命そのものが存続しているのは偶然の結果だと感じているはずであった。
そうした意識から、解剖室に勤務する者は、自殺などに少しの関心もないようにみえる。和夫も自殺した遺体を扱うたびに、それらの男女に滑稽感に似たものすら感じるようになっている。かれらは行為を実行に移す前、あれこれと思い悩み、その末に綱に首をかけ、薬物をあおるのだろう。が、死は、かれらが思いつめて決行しなければならぬほど物々しいものではない。和夫には、自殺者の意気ごみが大袈裟なものに思え、それは解剖室で作業をする他の者たちにも共通した意識にちがいなかった。（中略）
自分たちに自殺は無縁のものだ、と和夫は思った。

一月中旬、和夫は典子の死因を確かめるべく日光に向かう。日光山中の死であれば、正常な病死とは考えられず変死扱いされるはずである。和夫は日光地区の行政検察医を訪ね、自殺であることを確認する。なぜ自殺したのか──。監察医の眼を通して生と死を描いたのが「雲母の柵」である。なお表題作は、十六年ぶりに刑務所の外を歩いた無期刑の囚人を描いたもので、「仮釈放」の先駆をなす作品といえる。

明けて六十年〈一月、近所の鮨屋で一人飲んでいる時、読売文学賞に「破獄」が決定したとの電話を受ける。／二月、「破獄」の芸術選奨文部大臣賞受賞の通知を受ける。／相つぐ受賞に呆然とし、反動でなにか凶事が起らぬようにと、近くの井の頭弁財天に賽銭を投げて拝礼〉（「自筆年譜」）

前年の『冷い夏、熱い夏』の毎日芸術賞受賞につづく朗報である。

〈四月、大阪拘置所で刑務官に講演。その夜、ＮＨＫテレビで二時間ドラマとして放映された「破獄」をホテルで観る。主演緒形拳氏。／八月、小村寿太郎の生地日南市と講和会議のおこなわれたポーツマス市の姉妹都市締結記念講演に招かれ、宮崎市で講演〉（同前）

昭和六十一年、〈一月、ＮＨＫテレビで二時間ドラマとして「海も暮れきる」を放映。主演の橋爪功氏以外はすべて小豆島の人が出演という異色作。／丹那トンネルを素材にした「闇を裂く道」の調査のため、しばしば静岡県におもむく。／八月、胸、肩に痛みが走り、深夜もしばしば起きる。諸種の検査の結果、異常なしと診断されるが、食事も横になったままとるまでに悪化。専門医の診断で単純な筋肉痛とわかり、それをいやすための運動をし、三カ月後に痛み消える。また、右手首に突起物が出来、ガングリオンとわかる〉（同前）

ガングリオンとは筋肉を使う部分にできるもので、テニスの選手はラケットをふる手首にできるという。医師は「これは、小説家の勲章ですよ」と笑い、治療しなくても治ると言われる。

六月、吉村昭は日本文藝家協会常任理事に就任する。同協会の要職としては平成八年六月に副理事長に就任、九年に再任され、十一年には理事長代行に就いている。津村節子は、〈文藝家協会では、長い間税務担当を引き受けていて、国税庁と渡り合って作家の必要経費なんて出しようがない、とパーセンテージにしてもらっていました〉（「長い間に、字まで似てきた」「文藝春秋」平成二十三年九月臨時増刊号）と語っている。

第九章　知られざる歴史を発掘

吉村昭は、〈私は、歴史上著名な人物を主人公にする小説を書くよりは、全く世に知られてはいないが、歴史に重要な係りを持つ人物を調べ上げて書くのを好む〉（「日本最初の英語教師」）と語っているが、長崎のオランダ通辞（通訳）に初めて本格的な英会話を教えた、アメリカ人のラナルド・マクドナルドを描いたのが、『海の祭礼』（文藝春秋）である。

執筆のきっかけを摑んだのは、長崎県立図書館の永島正一館長との夜の酒席である。酒の席では歴史の雑談をするのが常だった。その話の中にラナルド・マクドナルドという名前が出た。マクドナルドの名は、一般には殆どといっていいほど知られていなかった。が、開国後の日本外交史上、マクドナルドの存在は高く評価されてしかるべきと考えた吉村昭は、以来、マクドナルドを小説に登場させてみたいと思っていた。そんな折、文藝春秋の役員からマクドナルドについて書いてみる気はないかと問われ本格的な調査に乗り出した。

吉村昭は、まず現地調査の第一歩として北海道利尻島に向かう。そして利尻島ノッカ（野塚）の海岸に立って捕鯨船からボートに乗って上陸したマクドナルドの姿を思い描いた。帰京後、マクドナルドに関する日本側の史料の収集に着手、連載が始まったのは「文藝春秋」五十九年八月号からである。

『海の祭礼』はペリー艦隊が浦賀に来航する五年前の嘉永元（一八四八）年六月二日、一隻の異様な小舟がノッカに漂着する場面から書き起こされる。その舟には一人の異国人が乗っていた。男の名前はラナルド・マクドナルド。スコットランド生まれの父と、アメリカの先住民であるインディアンを母に持つ混血である。レッド・リヴァ・アカデミーを卒えたマクドナルドは、銀行に見習いとして就職するが、刺激のない銀行員を辞めて船乗りになる。船乗りになってからマクドナルドの中に、日本という東洋の神秘な島国の幻影がめばえ、それはやがては抑えがたい憧憬にかわる。

捕鯨船が日本近海に出漁しているのを知ったマクドナルドは、捕鯨船の甲板船員に雇ってもらう。船が日本に近づいたとき、マクドナルドは労働報酬の代わりにボート一隻と食物を要求、利尻島の野塚に単独で上陸する。鎖国政策をとっていた日本では、漂着民は国法を犯した者として長崎に護送、そこから国外に退去させる掟になっていた。マクドナルドも長崎に送られ、大悲庵の座敷牢に収容される。

当時、長崎には貿易を許していた二国の言語、つまりオランダ語と中国語に精通した通詞団はいた。しかし、その頃になると日本近海で捕鯨する船を始め、英語圏の国の艦隊の出没が相次いでおり、それらの艦隊の乗組員との意思疎通を図る必要から、英会話の習得が緊急の課題になっていた。長崎奉行は幕府の指示のもとにオランダ語通詞たちをマクドナルドに接触させ、英会話の習得に努める。つまり、マクドナルドは初めて本格的な英会話を日本で教えた人物なのである。伝授を受けた通詞の中心人物は森山栄之助。後に森山は来航したペリー艦隊一行に応接した日本側外交団の首席通詞を務めている。

独自な言語をもっている日本人が、江戸時代に異国語をどのように受け入れていったか、ということに、私は強い関心をいだいていた。

すでにオランダ語は日本人に十分に咀嚼されていたが、英語、ことに会話については理解されることなく、ようやくインディアンを母に持つアメリカ人ラナルド・マクドナルドの渡来によって道がひらけた。

つまり、マクドナルドは、日本人に正しい発音の英語を教えた最初の人物で、その伝授をうけたオランダ通詞《つうじ》森山栄之助によって広く英会話が日本人の間に浸透していった。マクドナルドの存在は、日本の英語英文学史研究者に知られるのみで、それだけに私は熱意をこめて調査をかさね、『海の祭礼』を書きあげたのである。

私が口にするのは甚だ気がひけるが、利尻島の教育委員会の人の話によると、この作品が発表されて以来、マクドナルドが初めて上陸した島の野塚を見にくる人が多くなり、そのため、その地に「ラナルド・マクドナルド渡島の地」という記念碑を立てた。また、マクドナルドの生地のオレゴン州アストリア市に、在留日本人と市民との協力で「マクドナルド友の会」が創設され、市の旧フォート・ジョージ砦跡に立派な記念碑が建立され、市民が多数参加して式典もおこなわれた。

歴史に埋れた人物がようやく表面にあらわれたわけで、今後、マクドナルドの存在はさらに人の知るところになると思う。（『吉村昭自選作品集』第9巻「後記」）

また『史実を歩く』ではこう言う。

私がマクドナルドについて「海の祭礼」と題する長篇小説を「文藝春秋」に連載した頃、マクドナルドは全く無名と言っていい存在であった。研究者は富田虎男氏一人で、マクドナルドと言うと、長崎ですらハンバーガーのチェーン店かと言われたほどであった。

しかし、その後、私の小説を読んだという会社エプソンのアメリカ駐在員である富田正勝という方から連絡を受け、マクドナルドの生地であるオレゴン州アストリアでも関心がたかまり、記念碑設立の企てがあると伝えてきた。

その設立推進のためマクドナルド友の会が創立され、冨田正勝氏が会長、アストリア市立図書館長バーニン氏が副会長となってアメリカ人、日本人が会員になった。

碑の除幕式に私も招かれたが、小説の執筆に日を送っていた私は、行くことをしなかった。

（中略）

アメリカ側の動きに応じるように、長崎でもロータリークラブの会員の手によってマクドナルドの顕彰碑が大悲庵の近くに建てられた。

また、平成八年十月には、マクドナルドが上陸した利尻島の野塚の海岸に同様の碑が建立され、いずれの除幕式にも私は参列した。

ようやくマクドナルドの存在が、世に知られるようになったのである。（「日本最初の英語教師」）

歴史上、重要な存在でありながら、あまり世に知られていない人物にスポットをあて、筆で甦らせるという吉村昭の執筆姿勢が報われ、はにかみ照れながらも、ちょっと気持ちを吐露してみせた、そんな一文である。

この『海の祭礼』に関連して読んでもらいたい作品が、『黒船』（中央公論社）である。主人公は幕末・維新期のオランダ通辞であり、英学の先駆者の堀達之助。堀もまたマクドナルドに英語を学び、安政元（一八五四）年のペリー艦隊再来航のときの小通辞として徴用され、応接掛林大学を助けて活躍した人物である。のちに下田奉行の通辞に任ぜられるが、思いもかけぬ罪を得て入牢。しかし才能を買われて出牢が許され、蕃書調所対訳辞書編輯主任、同所筆記方を兼任、文久二（一八六二）年には「官板バタヒヤ新聞」を刊行させた。同年、わが国最初の本格的な英和辞典『英和対訳袖珍辞書』を発行。後に開成所教授となり、維新後は開拓使大主典に任ぜられた。『黒船』は堀の劇的な生涯をたどった歴史長篇である。

昭和六十二年の「自筆年譜」前半に、〈三月、新潟市での講演のため上越新幹線に乗っている時、車内放送で電話がかかっているのを知る。不吉な予感がし、受話器をとると妻からで、日本芸術院賞受賞内定の報せがあった由。思いがけぬことに驚く。／四月一日早朝、旅先の長崎のホテルで長兄利男の死を報せる電話を受け、帰京。／五月、長男司、秋元緑と結婚。／六月一日、上野の芸術院で昭和天皇御臨席のもとに芸術院賞授賞式〉とある。

日本芸術院賞の授賞理由は、これまでの作家としての全業績に対してとなっているが、四十一年の『戦艦武蔵』以来、ドキュメンタリー小説を発表、周到な取材と広い視野に立って記録文学に新機軸をもたらしたからというものだった。

三月の新潟での講演は大河内昭爾の誘いによるものだった。電車内で大河内に芸術院賞内定のことは話さなかったが、講演の控え室に新聞記者が取材にきたことでばれた。その夜、大河内は受賞に触れ、「ガングリオンができるほど努力した人です」と言った。〈私は、氏が私の手首にできているガングリオンのことに気づいていたのを、初めて知った〉(「ガングリオン」)

同年四月、『蜜蜂乱舞』(新潮文庫)が上梓される。かつて「地上」編集部(家の光協会)から連載小説の依頼を受けた吉村昭は、少年時代から関心を抱いていた蜜蜂をテーマに、養蜂家を主人公にした小説を書いた。四十八年春、鹿児島県鹿屋市に住む著名な養蜂家である石踊利男氏を訪ね、養蜂家の生活、蜜蜂の生態について詳しく取材、専門書も渉猟して執筆に取り掛かり、翌四十九年一月号から十二月号まで一年間にわたって連載した作品である。ここまで読んで、「?」と思った人がいるかも知れない。が、誤記ではない。連載終了後、十三年経ってからやっと出版されたということだ。殆どの作品が連載後、時を置かずして単行本化される吉村昭にとっては異例のことであり、いきなり文庫本というのもまた異例である。

物語は鹿児島の養蜂家・有島伊八郎のもとに、大学に進学した後に失踪していた長男の俊一が妻を連れて戻ってきたところから始まる。俊一は養蜂の仕事を手伝うという。そんな俊一に対して喜びと怒りの交錯する伊八郎だが、二人を受け入れる。養蜂には家族の協力が欠かせないからだ。だから伊八郎は、〈蜂を見ろ。あのように無数の蜂がせまい巣に同居しながら、秩序正しい生活を送っている。それは、互いに力を合わせて生きているからだ〉と家庭の和を専一に心掛けるよう説く。そして伊八郎の一家が、花を追い蜜を求めて日本列島を縦断していく一年を、父と息子との葛藤を軸に、家族の物語として描いたものである。これまで吉村昭の記録文学や戦史小説、歴史小説を読み慣れた読者には、新鮮な感動を覚えさせる現代ものの長篇小説である。

わたしがこの作品にひかれたのは、養蜂に興味をもっていたこともある。花綵列島の南から始まり細長い本州を縦断、津軽海峡を渡って北海道まで、花（蜜）を追って旅をするロマンチックな生業というイメージを抱いていたからである。それは、誰もが一度は憧れる世界ではないだろうか。が、一読、それがいかに無知のしからしめるものかを思い知らされた。

養蜂は常に緊張を強いられる、生きものと自然を相手にした苛酷な仕事だったのである。ちなみに巣箱の移動のシーンを眺めてみたい。

トラックは、広い道路に出ても速度をあげなかった。それは、伊八郎の指示によるもので、蜂の移動運搬になれているトラックの運転手も、低速で車を進めねばならぬ理由を承知していた。

蜂の輸送は、多くの危険をはらんでいる。慎重さを失えば、たちまち全滅する憂目にあう。蜂は、とざされた巣箱の中で車体から伝わる強い震動を感じると、驚きと不安で一様にさわぎ出し、巣箱の内部の温度が急上昇する。それがさらにたかまると、騒ぎは一層はげしくなって暑苦しさにもがく。いわば、箱の中は、大恐慌状態におちいり、蜂はもだえ死ぬ。それを蒸殺と称しているが、事故が絶えず起る危険にさらされていた。

そうした惨状を防ぐためには厳しい規則を守らなければならない。蜂を震動に早く慣れさせるために輸送トラックの速度をおとし、急激な発車、停止は避ける。夜間に出発するのは気温が低くなっていることと、交通量が少なく急激な発車、停止が避けられるからだという。さらに巣箱の内部の空気の流通をよくし、しかも絶えず冷たい空気が流れこむように気を配らなければならない。そのためにトラックは常に走っていることを強いられる。長い間停車したら空気はよどみ、気温は上昇して蜂が騒ぎだす。すると気温はさらに上昇し蒸殺を招くことにもなるのだ。それほど気温の上昇はおそろしいものなのである。それを回避する作業も大変だ。その一例を引いておこう。

山形県に入った頃、かれは、ラジオでフェーン現象の発生を知った。日本海に発達した低気圧の影響によるもので、火災に注意するよう警告を発していた。

かれは、不安になった。窓から流れこんでくる風が、次第に暑さを増してきている。それは、炎にあおられた空気のように乾燥していて、熱い。トラックが走りつづけるのは、巣箱を冷やすためであるが、風そのものが熱をおびているのでは逆効果だった。

かれは蒸殺の一歩手前でガソリンスタンドに飛び込み、水道水をかけて巣箱の温度を下げるが、まらなく襲ってきた雨に救われる。まさに天の慈雨だった。

養蜂業者にとっての危険は、そうした自然現象だけではない。スズメ蜂（熊蜂）は蜜蜂の大敵なのである。〈スズメ蜂は体長三十五ミリもある大きな蜂で、性格はきわめて凶暴であった。強靭な口をもっていて、蜜蜂をおそって手当り次第にかみ殺す。その殺戮がはじまると他のスズメ蜂も加わって必死に抵抗する蜜蜂を殺し、遂には全滅させてしまう。そして巣房の中の仔を次々にとり出しては自分の巣にはこび、仔に食わせるのだ〉

このように採蜜にいたるまでには、いろいろな難関の克服が求められる。読む前に抱いていたロマンチックな夢想など霧散してしまう。困難には一致して対処しなければならない。そのためにも従業員である家族の和は欠かせないのである。そこで養蜂家を主人公にした物語は、必然的に家族の物語にならざるを得ない。

家族の物語もさることながら、蜜蜂の生態などに関する蘊蓄が、この作品の魅力になっている。この作品にも吉村昭の周到な取材力を窺うことができる。

この作品が新潮文庫として出版されたのは、先にも触れたように連載終了後、十三年が経ってからである。理由は何か――。

大河内昭爾は「解説」で、〈出版の話がくりかえしあったにもかかわらず刊行をためらってきたのは、「健全な家族」という題材へのなじみのなさに対する作者らしいけっぺきな反応だったにちがいない。つまり、ホームドラマを書いたことのない作者のためらいといっていい。生活の危機というより生命の危機、人間存在の危機といった主題を多く手がけ、家庭生活を描いてもシニカルな視点でとらえてきた作者の作品系列から質的に相違すると感じられたからであろう。しかし、蜜蜂の生存と人間の生活が一体になって描かれることで、そこには単なるホームドラマをこえた小説世界が展開している事実をみのがせないと思う。幸福な小説の印象は、現代の文明生活に対する野性の秩序が快い余韻となっているからであろう。／ともあれ、作者にとって単行本にならなかった、これは唯一の長篇小説なのである〉と述べている。同人雑誌「文学者」時代からの良き理解者ならではの分析といえる。

つづいて六月に上梓された『闇を裂く道』（文藝春秋）は、黒部の高熱地帯にトンネルを通す極限状況における人間の姿を描破した『高熱隧道』に次ぐトンネル掘削をテーマにした作品である。舞台は静岡の旧丹那トンネル。吉村昭と現地の関係は深い。両親は静岡出身であり、父の菩提寺も静岡県富士市にある。吉村昭は「静岡新聞」から連載小説の依頼を受け、なにを素材にすべきか思いあぐねた。が、寺での墓参の後、電車で熱海に向かう途中、右手の沿線に立つ碑が視界をかすめた。旧丹那トンネル工事における六十七人の殉難者の慰霊碑だった。

私は、ほとんど瞬間的にこのトンネル工事の経過とそれに附随した事柄を書くことをきめた。もしも、顔を左にむけていたら碑を見ず、この小説を書くこともなかったはずである。

私が、旧丹那トンネルという対象に創作意欲をいだいたのは、少年時代、両親、弟とともに列車で初めてそのトンネルに入った時の胸のときめきを忘れられないからである。壮厳な構築物の中に身を入れているような贅沢な気分で、闇の窓外をひらめくように過ぎるトンネルの側壁の照明燈をながめていた。(「あとがき」)

執筆は決めたものの、資料収集には苦労した。鉄道院、鉄道省から日本国有鉄道(国鉄)に引き継がれた工事なので、国鉄本社に資料は集中して保存してあると思っていたが、基礎資料は諸所方々に散在していたのである。『高熱隧道』のときは百枚近い設計図と工事関係者の回想に助けられた。が、『闇を裂く道』を執筆した時期は旧丹那トンネル完成から五十年以上も経っていることもあり、工事関係者からの直接取材は不可能だった。それでも多くの人々の好意的な協力によって執筆が進められた。

黒部の『高熱隧道』掘削の障害は百六十度を超える焦熱地獄のような高熱だった。旧丹那トンネル掘削の最大の障害は湧水と土砂の噴出、そして複雑な火山地帯の地質による崩壊の恐れだった。工事の初期の段階の照明はカンテラで、ツルハシをふるう坑夫の姿は江戸時代の金山や銀山の労働者さながら。電気が導入されたのは、しばらく経ってからだった。

旧丹那トンネル着工から三年目の大正十年四月、熱海口からの坑道で大崩落が発生。十六名が亡くなり、十七名が救出される。四本の救助坑を掘削しての救助作業と、暗闇に閉ざされて八日間救助を待つ生存者の苦しみを描く場面の描写はリアルで圧巻である。十三年二月には西口(三島口)の坑内の奥で崩壊事故が発生する。閉じこめられた十六名全員が天井まで充満した水のため水死するが、そのシーンの叙述も冷徹である。工事が丹那盆地の真下にかかると、今度は激しい湧水との闘いになる。湧水が引き金となって函南村(現・静岡県田方郡)では渇水が始まり、住民が筵旗をたてて熱海建設事務所に押し掛けたりもする。さらに大正十二年の関東大震災、昭和五年の北伊豆地震の叙述も印象深い。中でも北伊豆地震では坑内で断層を境に東西の地塊が動き、西側部分が二・四四メートル水平に動いている部分を確認する場面には慄然とさせられる。

旧丹那トンネルの貫通は昭和八（一九三三）年六月十九日。第一号列車が走り抜けたのは九年十二月一日だった。

作品の主題はあらゆる困難を克服してトンネルを開通させたことにある。しかし、自然と人間の苛酷な闘いだけに終わらせないのが吉村の記録文学である。その主調音は最終の第十五章にみることができる。

『高熱隧道』もそうだが、『闇を裂く道』もまた、単なる難工事のドキュメントではない。旧丹那トンネルのもつ意義を、日本近・現代史の中に見事なまでに組み込んでみせてくれるのである。旧丹那トンネルの開通後、日本の軍国化が急速に進む。十一年二月二十六日の、いわゆる二・二六事件を境にして、政治は軍部の意のままになるようになる。十二年七月、北京郊外の盧溝橋で日本軍と中国軍が衝突、中国との全面戦争に発展する。中国大陸での戦域が拡大するにつれ、東海道線、山陽線の兵員、軍需物資の輸送量が増大し、大陸との連絡も密になった。これらの問題を解決することも、旧丹那トンネルに課せられていたといえる。その課題解決のために新丹那トンネル計画が進められた。

さて、吉村昭が仲間と句会を開いていたことは先に触れた。その句会は五十二年にスタートしているから、六十二年で足掛け十一年になる。

この年五月、吉村昭の句集『炎天』が出た。「石の会」の仲間が吉村昭の還暦を祝って限定十五部（註＝『わが心の小説家たち』では十六部となっているが十五部が正しい）出版したものだった。発行日は誕生日の五月一日。表紙は一冊ずつ畑農照雄画伯の手刷り版画で飾り、題字は津村節子が書いた（翌年、津村の還暦記念に出した句集『花野』の題字は吉村が書く）。『炎天』は七人の仲間に一部ずつ配り、吉村昭の手元には八部が残った。息子と娘に一冊ずつ渡し、残りは手許に置くつもりだったが、後にある編集者に執拗に乞われ一冊を渡した。

句集『炎天』には第四十二回までの「石の会」に投句した作品の中から百四十三句が収録された。句集名は夏の冒頭句「炎天に駅標白し貨車一輛」からとられた。

限定の私家版だから吉村昭の句に接することはできないものと諦めていたが、没後の平成二十一年七月に津村節子編で、同じ書名で、いわば普及版が筑摩書房から刊行された。限定版が出てからも、句会は平成十七年九月まで十八年余つづいた。普及版には「補遺」として第四十三回以降の句も収められ、全体で二百二十二句になっている。編年体でなく季ごとに編まれているから、句境の変遷は知ることができない。

ここで少し吉村昭の俳句を紹介しておこう。わたしは俳句には門外漢なので、選句しての紹介ではない。取り上げたのは、素人として好きな俳句といってもいい。それでも構わないだろう。というのは、吉村昭自身、久保田万太郎が自ら「俳句は余技である」と言い、「隠し妻」とも言ったということに触れ、「私が万太郎の句を好きなのは万太郎の句が素人のものであり、それだからこそ素人である私にもよく理解できるのだ」（「文人俳句は〝隠し妻〟」）と記しているからである。で、次のような句が眼についた。

紅梅の海に向かひし藁屋かな
点滴に腕をまかせて春睡し
踏みへりし石段を踏む実朝忌
陽炎に狐ふりむき消えにけり
万緑の引込線に貨車一輌
変死体洗ふ流れに螢舞ふ
遮断機の降りて人なき油照り
昼顔がみな海をむく遭難碑
夕焼の空に釣られし小鯊《こはぜ》かな
貫きしことに悔いなし鰯雲
一つだけ横に流れる精霊舟
寄せ鍋の夜は霙《みぞれ》となりにけり
青かびもめでたきものと鏡割る
山車《だし》に似て蟻に曳かれる冬の蝶
流人墓傾くもあり鰤起《ぶりおこ》し

仮出所近き文囚の毛糸編む

らしいといえば、吉村昭らしい句が散見する。互選の成績は不明だが、このうち平成八年三月の句会について吉村昭のエッセイがあるので覗いてみる。このときの兼題の一つに「陽炎」があった。吉村昭は「陽炎に狐ふりむき消えにけり」という句を作った。

この句に、二人が点を入れてくれたが、俳人をはじめ五人には無視された。私の句などはこの程度なのだが、句会に出席するようになって私なりの貴重な教訓を得ている。つまり、人によって好みが異なり、私の句を二人が点を入れ、五人が駄句としたことが面白い。小説などでも、ある作品を傑作と思う人もいれば駄作と思う人もいる。それは読む人の生まれつきそなわった鑑賞眼によるもので、その人の素質なのである。

世に名作と呼ばれる作品に少しの感動もおぼえぬ場合、自分の鑑賞眼が低いなどとは決して思わぬことだ。自分の個性とは相いれぬものと考えるべきである。

島崎藤村の代表作「夜明け前」、夏目漱石の諸作品などは名作として激賞されているが、私の胸の琴線にはふれてこない。私には、他の作家の作品に感動するものが多々あり、それは私の生まれつきの個性なのだから仕方がない。(「句会」)

句集『炎天』の余談である。先に触れたように乞われて吉村昭は根負け、ある出版社の編集者に渡したことを、次のように触れている。

そうしましたら、その人が手紙に感想を書いてきて、句集の中で一番いいのは「夕焼けの空に釣られし小鯊かな」という句だというのです。この感想に、私はとても傷ついたのです。というのも、この句は、私が二十歳のときに作ったものだからなのです。私が学習院の高等科に入学したときに、岩田九郎という俳文学の先生がおられました。その先生を中心にして、当時、句会をやっていて、そのときにつくった私の俳句の一つが、先ほどの句です。

ある時の句会（引用者註＝平成五年九月）の兼題が「鯊」で、あれこれ考えて行き詰まり。苦し紛れに、二十歳の時の句をそのまま出したという次第なのです。それなのに、その句が一番いいなどと言われてしまった。

すると私はこの歳になって、一生懸命句会で俳句を作っていたのに、二十歳の句が一番いいというのでは、あんまりではないか。この十年近くの間やってきた句作に何の意味もないわけで、むしろ進歩どころか退歩していたのだということになってしまう。（『わが心の小説家たち』）

六十二年九月〈山の上ホテルで催された「臼井吉見さんを偲ぶ会」の司会をする〉（「自筆年譜」）

「星への旅」で太宰治賞を受賞したところでも簡単に触れたが、改めて吉村昭と臼井吉見の接点について触れておこう。

吉村昭が臼井吉見と出会ったのは、同人雑誌「文学者」に参加していた昭和三十年夏。二十八歳のときのことである。当時、臼井は「文學界」の同人雑誌評を含む文芸時評に筆を執り、無名の作家を世に送り出していた。他の評論家も同様のことはしていたが、臼井の推奨した作品を読んだ吉村昭は、その作品評に共感し、感性のきわめて鋭い評論家だと思った。吉村昭は「文学者」七月号に発表した「青い骨」を読んでもらいたく自宅を訪ねる。しかし、臼井は「あなたのような方が、よく訪れてくるが、受け取ると読まなければならない。精神的な負担になるので、申し訳ないが……」と受け取ることを拒んだ。

三十八年七月、短篇五篇を収録した『少女架刑』（南北社）が出版されることになる。南北社の社主は尾崎秀樹。推薦したのは大竹延だった。大竹は「無名の新人の短篇集なので、著名な評論家の推薦の辞を帯に入れさせていただきたいのだが、どなたにお頼みしたいか」と問う。吉村昭は八年前に臼井を訪ねたことを話す。しかし、あまりにも大それたことでお願いすることはできない、と答える。ところが大竹の申し出に臼井は快く推薦文を承諾したのである。やがて短篇集の見本が出来てきた。その帯には、〈『少女架刑』のような、誰も試みなかった名作が、数年前に書かれていたのに、僕など何も知らず、思えばうかつであった。（後略）〉と印刷されていた。吉村昭の中に「文学者」を受け取ることを拒まれて臼井の家を出たとき、激しくよろめいたことがよみがえってきた。〈この一文を読んで、小説を書きつづけてよかった、生きていてよかった、と思った〉（「会社勤め」）

それから三年後、「星への旅」が太宰治賞に決定した翌日、筑摩書房で吉村昭は臼井に会う。十一年ぶりに再会したことになる。それから交流がつづいた。一時期、誤解による不幸な断絶もあったが、四十九年、臼井が『安曇野』五部作で谷崎潤一郎賞を受賞した記念会では司会役を指名してくれた。その後、臼井は病を得て、六十二年七月十二日に亡くなった。

昭和六十三年、〈「桜田門外ノ変」の史料収集・取材のため各地に旅行する。／二月、長男夫婦に女子誕生。朝香と名づく〉(「自筆年譜」)

二月、吉村昭は越後湯沢にマンションを購入する。夏の季節、東京を離れて涼しい地にある別荘で仕事をする小説家は多い。先輩作家たちからも別荘は仕事に不可欠だと奨められた。それで軽井沢に土地を購入したこともあったが、二年ほどで売ってしまう。吉村昭には別荘を持つ気はさらさらなかったのだ。〈なぜか、と自らに問うてみるが、少年時代、別荘と妾をもつことほど煩わしいものはない、と大人が言うのをしばしば耳にし、それが胸に焼きついているからではないかと思う〉(「湯沢の町の準住民」)と言う。それはともかく、年にわずか一、二か月行くだけなのに、それにかける別荘の管理運営が煩わしかったからである。また、〈下町育ちの私は、所せまいまでに家が建ち並び、子供の遊ぶ声などがきこえる地でなければ落着かない。人気のない林の中にぽつんと建つ家などに住む気になれないのだ〉(「郷愁のある町」)というのが実情だろう。

しかし、その方針を崩したのが、津村節子の提案である。マンション建設予定地のすぐ近くには商店や小料理屋、喫茶店が道の両脇にある。駅から徒歩十数分という立地条件もいい。吉村昭には車といっても自転車しかなく、海外旅行は敬遠、ゴルフもせず賭け事もしない。酒を飲むのが唯一の楽しみで、贅沢とは程遠い生活をしている。価格も手頃なマンション一室程度の贅沢をしても罰は当たるまい、と考えたのである。

加えて吉村昭には湯沢には郷愁めいたものがあった。中学時代に二度行ったことがある。川端康成が『雪国』の舞台にしたという、高半旅館にも何回か泊まった。そんなことが心を動かしたようである。マンションの完成と同時に出かけた。十畳間の和室に台所付きの板の間、バス、トイレ、洗面所という小ぢんまりした間取りである。吉村昭は温泉の溢れる大浴場に入り、随筆を書いたりゲラ直しなどをした。そば屋やコーヒー店、山海の季節料理を出すお気に入りの小料理屋も見つかり、すこぶる気に入ったようである。

四月、純文学書下ろし特別作品『仮釈放』（新潮社）を出版。「自筆年譜」には、〈二年間にわたって執筆をつづけ、ようやく書き上げることができた。この出版に関連して、保護司、教誨師等の催しにしばしば招かれ講演する〉とある。

この作品を執筆したきっかけは、刑務所で長い間、列を組み、手を振って歩くように義務付けられていた無期懲役の囚人が、仮釈放になっても、その歩き方から抜け出せない事実を知ったことだった、と語っている。吉村昭は本の箱に、〈この小説の主人公は、無期の判決をうけて服役し、刑法によって十六年後に仮釈放された男である。その歳月の空白をへたかれの眼に、現在の社会はどのように映ったか。釈放されても法の拘束はあり、かれは自分の周囲に厚い壁がめぐらされているのを感じるが、それは社会生活を送る一般人にも共通したものではないだろうか。生きてゆく上での一つの陥穽に落ちこむように罪をおかしたかれにとって、罪、そして罰とはなんであったのかを、私自身の問題として考えてみた〉と記している。

主人公の高校教師・菊谷史郎は、釣り仲間である望月と自分の妻・恵美子の同衾しているのを目撃、出刃包丁で刺す。八か所を刺された恵美子は即死状態。望月は傷ついたまま逃げ去った。貞淑であると思っていた妻を殺したことはよかったと菊谷は思い、望月に傷を負わせたままですましたことを悔いる。家に逃げかえったであろう望月を家もろともに焼き尽くすことを考え、菊谷は石油缶を自転車の荷台にくくりつけ望月の家に向かう。火事で焼死したのは望月ではなく望月の母親だった。

判決文には、妻が性交しているのを目撃し、「被告人は激しく逆上して咄嗟にここに殺意を生じ」とあった。が、それは菊谷の気持ちとはかけ離れたものだった。菊谷は冷静だった。逆上もしなければ、咄嗟に殺意を生じたわけでもなかった。殺意といえるものはなく、足が動いて家に入り、手が包丁をつかんで望月についで妻の体に刃先を突き立てつづけただけなのだ、と思う。

菊谷は無期懲役の判決を受け服役するが、模範囚であることから十五年七か月後に仮釈放される。菊谷の眼に映った社会は一変しており、すべて戸惑うことばかりだった。吉村昭の筆は、過去の光景と現在のそれとの、意想外の落差を描くことに多くが費やされる。

ところで出所したとはいえ、無期だから菊谷の刑は永久に終わらない。死ぬまで規則に縛られることになる。罪が消えるのは恩赦だけである。出所してから五年がたつと恩赦を受ける資格が生じる。しかし、恩赦の恩恵に浴することは皆無に近い――。

菊谷は養鶏場に勤め、勤務成績も良好なことから、保護司に勧められて豊子と再婚する。実家への里帰りをきっかけに、夫が死ぬまで罰を受けつづけなければならないことを知った豊子は恩赦の道を探る。それには、まず改悛の情が十分であることを認められる必要がある。豊子は前妻のお墓参りをするかわりに、死んだ二人の位牌を求めてきて、菊谷に拝むことを強要する。が、菊谷に前非を悔いる気持ちはみじんもない。自分の気持ちを理解してくれぬことに腹立たしさを覚えた菊谷は、豊子を部屋から追い出す。豊子がドアの外に出ると、菊谷は思いっ切り胸を突いた。豊子の身体がのけぞり、露地のコンクリートの上に落ち死亡する。〈涙が流れた。咄嗟に殺意を生じ、という判決理由書の記述がよみがえった。咄嗟に……ということはまちがいないのだが、決して殺意をいだきはしなかった。ただ、手が彼女の胸を突き、それによって彼女の体が階段をころげ落ちただけなのだ。／これが自分の定めであり、それはどうにもならないことなのだろう〉と菊谷は述懐する。物語は菊谷が保護会を訪ねるところで終わる。

四月、〈次兄武夫執筆の吉村一族の記録『雑木林』を私家版としてつくることに協力する。／七月、「海馬《トド》」執筆調査のため北海道の羅臼町におもむく。海をへだてて近々とみえる国後島に、歴史的に日本領であることをあらためて感じ、複雑な思いであった〉（「自筆年譜」）

吉村昭は警視庁の前をタクシーで通る時に「桜田門外の変」が起こったのは、この場所だと思うのが常だったという。歴史小説家としては当然の感慨だろう。『桜田門外ノ変』（新潮社）執筆への関心のあり様を次のように述べている。

江戸末期の幕府崩壊までの史実に接しているうちに、私は、「大東亜戦争」の敗戦にいたる経過と似ているのを感じるようになった。歴史は繰返されるという手垢に染った言葉が、重みをもって納得されるのである。

とりわけ幕末に起った桜田門外の変と称される井伊大老暗殺事件が、二・二六事件ときわめて類似した出来事に思える。この二つの暗殺事件は、共に内外情勢を一変させる性格をもち、前者は明治維新に、後者は戦争から敗戦に突き進んだ原動力にもなった、と考えられるのである。偶然のことながら、両事件とも雪に縁がある。

七、八年前から桜田門外の変に関心をいだき資料集めをしていた私は、この事件を解明するには、井伊大老を襲った側から描く以外にない、と考えた。（「あとがき」）

ところでこのとき、後に『大黒屋光太夫』を執筆したときに覚えたようなジレンマはなかったのだろうか。先輩作家と同じ素材で書くことについてである。「桜田門外の変」については、すでに舟橋聖一が『花の生涯』（正続）（新潮社、昭和二十八年）を発表している。そのことについては、舟橋作品は〈井伊大老の側から書いているのですが。ただし二・二六事件でも、殺された斎藤実《まこと》とかそういう人の側から書くと二・二六事件はわからない。やはり襲った青年将校の側から書かないとわからないのと同じように、桜田門外の変も襲った水戸脱藩士・薩摩藩士たちの側から書かなければわからないのです〉（「『桜田門外ノ変』創作ノートより」）としている。つまり視点が異なるからよしとしたようである。

安政七（一八六〇）年三月三日、江戸城桜田門外に轟いた一発の銃声と激しい斬り合いが幕末の日本に大きな転機をもたらした。安政の大獄、無勅許の開国等で独断専行する井伊直弼を水戸・薩摩両藩の十八人が襲撃、暗殺に成功したこの事件を契機に、水戸藩におこった幕政改革をめざした尊王攘夷運動は、倒幕運動へとかわっていく――。

『桜田門外ノ変』は、襲撃現場の指揮者・関鉄之介を主人公に事件の全貌を描いたものである。吉村昭の代表作の一つであり、小説として秀れていることもさることながら、新しい史実を提出したことで歴史的価値の高い作品になっている。

新しい史実というのは関鉄之介の最期である。事件の後、関は幕府の追及を逃れて各地に潜伏し、最終的には常陸国（現・茨城県）の袋田温泉に身を潜める。ところで幕末の水戸藩に関する史料を編纂したものに『水戸藩史料』（全五巻）がある。それは既に史料として安定した評価を得ているものである。それによると、袋田温泉に潜んでいた関は、身の危険を感じ袋田を離れて越後に逃れ、関川村（新潟県岩船郡）の雲母温泉に逗留中、捕手にとらわれ、水戸を経て江戸に送られ斬首された、ということになっている。

なみの学者や歴史研究者ならば、史料の記述をそのまま採用すればいいだろう。が、吉村昭はそうはいかない。吉村昭は袋田温泉から、どのような道筋を辿って雲母温泉に逃れたのか。捕手は誰で、捕縛された状況はどうだったのか。それを知るために足で調査を開始する。

まず関の孫にあたる人の夫人が健在だったことから関家を訪れ、未公開の文書を見せてもらう。その中に関が捕われたときのことを記した「関遠（鉄之介の諱）就縛始末」という文書があった。それには、関が捕われたのは雲母温泉ではなく「湯澤ト申処ニテ召捕ニ相成申候」と記されていた。

吉村昭は、『水戸藩史料』との違いを確かめるべく関川村に行く。そして地元に残る文書が「関遠就縛始末」と一致することを知る。

さらに吉村昭は湯沢温泉に向かった。荒川に架かる橋を渡ると、右方向に雲母温泉、左方向に湯沢温泉がある。吉村昭は左方向に進む。渓流沿いにある湯沢温泉には二軒の旅館が並んでいた。右手の旅館が田屋。そこで捕われたと「関遠就縛始末」には記されていた。部屋に踏み込んだのは鈴木伝七、丹藤徳之介と手先の雄八。吉村昭は田屋を見ることで『水戸藩史料』の記述が誤りであることを確認する。そうした史料の渉猟と踏査によって生まれたのが『桜田門外ノ変』である。

井伊大老が暗殺されたことで幕府の支配力は弱まる。それに次ぐ「坂下門外の変」で老中安藤信正が失脚、政治形態は修復不可能なまでに亀裂を生じた。水戸藩で勃興した尊王攘夷思想も「桜田門外の変」をきっかけに変化が起こる。

水戸藩の外圧に対する危機意識が生んだ攘夷論は薩摩、長州など外様雄藩に根をおろす。それが薩英戦争、下関戦争につながる。両戦争を通して外国の巨大な軍事力との武力対決を断念した薩摩、長州などの雄藩は、幕府を倒すことが現状打破の唯一の道であると確信するようになる。そして尊王攘夷論は、一変して尊王倒幕論となった――。

それらの急激な変化は「桜田門外の変」を契機に加速する。明治政府が樹立されたのは「桜田門外の変」が起きてから、わずかに八年後のことである。

余談になるが、『桜田門外ノ変』を書き上げるまでに、吉村昭は原稿を二回にわたって焼却している。エッセイ「原稿用紙を焼く」（『史実を歩く』所収）によると、事情は次のようである。

資料集めも終わり、吉村昭はどこから書き出すかに頭を悩ませた。最初の一行で小説の運命はすべて決まると思うからである。資料の中に、安政五（一八五八）年七月中旬から八月にかけて箒星（ドナチ大彗星）が出現したという記録が見えた。当時の庶民には、箒星の出現は凶事の起こる兆しだとする意識があった。事実、箒星出現の後にコレラが流行している。世情は激しく揺れ、人心は不安定だった。大彗星は翌々年に起こる桜田門外の変も暗示していた。そこから起筆するのが絶好だと考え、夜空に大彗星が尾を曳く水戸の城下の描写から書き始めた。凶事の予兆におののく人々……。読者を惹きつけるだろう、ドラマチックな起筆である。

しかし、吉村昭は二十枚ほど書いたところで筆を止めた。大彗星が現れてから「桜田門外の変」が起こるまで、わずかに一年八か月しかない。大きな事件が発生するにはさまざまな要因があり、それらを書くためには期間があまりにも短すぎる。もう少し早い時期からでなければならぬことに気づいたのである。

そこで原稿を破棄し、書き出しは彗星が現れた時より一年七か月前の安政四年正月にすることにした。改めて筆を進めたが、八十四回分まで進んだとき、再び筆を止める。桜田門外で井伊大老を暗殺したのは過激な尊王攘夷論者である。その尊王攘夷論について、自分が歴史書に書かれている抽象的な知識の範囲にとどまり、曖昧な認識しかもってなかったことに気づいたのである。そこで先入観にとらわれることなく、尊王攘夷論の基本を考えることにした。そして、尊王攘夷論の根底にあるのは、水戸藩領の海岸線だということに思いが至る。そこで初めてその社会思想を具体的に理解し、確実に摑むことができた。吉村昭は、二百五十二枚の原稿を惜しみなく焼却炉に投じた。

原稿を焼却するなど、もちろん初めてのことだった。

ところで、『桜田門外ノ変』が単行本として出版された直後、吉村昭は酒の席である読書家から、〈今度は天狗党ですね」／と言われ、ぎくりとし、同時に困惑をおぼえた〉と『天狗争乱』の「あとがき」で明かしている。水戸で興った尊王攘夷思想をより深く解明するには、その後に起こった天狗党による騒擾事件を書かねばならない、と秘かに考えていたからだ。が、同時に史料収集に苦労することも予測し困惑を覚えたのである。しかし、やはり書かねばならないという気持ちが昂じ、朝日新聞から連載小説を依頼されたとき、それを書くことに決めた。

その作品が『天狗争乱』（朝日新聞社）である。

どの部分から書くか。史料を点検した末、天狗勢の田中愿蔵隊が栃木町（栃木県栃木市）を襲った事件から書くのが適切と考え、その事件を研究している稲葉誠太郎氏を栃木市に訪ねた。氏は、著書である『水戸天狗党　栃木町焼打事件』を私に渡してくれた。（中略）

さらに那珂湊市に行って関山豊正氏を訪れた私は、ここにも秀れた史家がいるのを知った。氏は、天狗勢の参加した那珂湊の戦いについて、精力的に史料をあさり、それを分厚い私家版の著書にまとめていた。（「あとがき」）

吉村昭は、そうした史家の地道な努力を重ねた研究態度に敬意を覚えた。そして基礎史料をもとに考察する史家が、地方史を正しく、より豊かにしていることを改めて感じた。それらの史料を検討した吉村昭は、天狗党の足跡を追って水戸、筑波、宇都宮、長野、大垣、岐阜、金沢、敦賀、福井、大野、福井県今立郡池田町の各地に、さらなる史料を求めて旅をつづけた。

その取材旅行で、印象深かったことを次のように記している。

印象深かったのは、天狗勢が雪の中を通過した大野市の南部にある山間部であった。ジープで行ったが、積雪のため途中までしか行くことができなかった。そのような地を駄馬をひき大砲をかついで通った天狗勢の労苦が身にしみて感じられた。

また、天狗勢が最後にたどりついた新保村の本陣が、当時の形を残しているのも異様であった。百三十年足らず前に二間つづきの広い部屋に武田耕雲斎らがそこに坐っていたことを想像し、その部屋に坐った私は、あらためてつい先頃の出来事であるのを感じた。

尊王攘夷思想は、当時、全国の有能な人々に強烈な影響をあたえたが、それは時間の流れとともに変形し、消えていった。その中で天狗勢のみは、信奉の姿勢をくずさず、それが悲劇となったと言うべきである。(同前)

そうした地道な取材旅行が文章にリアリティーと緊張感をもたらしていると思われる。

井伊大老の暗殺から四年。開国か攘夷かで世情は騒然としていた。徳川御三家の一つ水戸藩の尊王攘夷派有志が筑波山で挙兵する。彼らは天狗勢といわれた。天狗勢の目的は尊王攘夷思想を実行に移すことにあり、当然のことながら幕府軍と鋭く対峙する。外国の圧力は日増しに強くなり、現状のまま推移すれば、阿片戦争に破れた清国のように外国にすべての権益を奪われかねない。欧米の列強は武力を背景に世界各地で強引な侵略行為を働き、それらの地を次々に植民地化している。日本にもその危険性は十分にあり、それを防ぐには外圧に対抗する以外にない。

老女や乳飲み子を背負った者も含む千余名の天狗勢は、自分たちの志を訴えようと、水戸藩主の子であり敬慕する一橋慶喜のいる京都を目指して水戸を発つ。一行は幕府の「阻止せよ」という指示を受けた各藩の兵士と戦いながら西へ向かう。越前国（福井県）新保宿に到達したとき、頼みとしていた慶喜が、天狗勢討伐のための兵士を京都から繰り出していることを知る。慶喜にも見放された天狗勢は、軍議の末に降伏、非情の最期を迎えることになる。一行は押送されて敦賀の鰊倉に押し込められ、引き出されて三百五十二人が斬首された。武田耕雲斎、藤田小四郎といった藩の要人も命を断たれた。このような大量斬首は前例のないものだった。

この作品は、自らの信奉の姿勢を崩さなかった者の悲劇を描いた歴史長篇小説である。吉村昭は、水戸からの全行程を実地調査を続けながら筆を進めた。

『天狗争乱』は朝日新聞に連載後、大幅な加筆改稿がなされ単行本化、第二十一回大佛次郎賞を受賞した。

時間を昭和六十四年・平成元年に戻そう。

一月七日朝のラジオで、「天皇陛下の御遺体は……」というアナウンサーの声に、陛下の崩御を知る。元号、平成となる。

二月、自宅にファックスを備える。東伏見在住時代には家に電話がなく、電車に乗って都内の公衆電話で出版社に連絡をとったことを思い起し、通信機器の発達と普及にあらためて驚く。

三月、長女千夏、菅原一健と結婚。

五月、富士市にある菩提寺の長学寺本堂落成式で祝辞を述べる。歌人の僧福島泰樹氏も同席。

（中略）

八月、長男夫婦、長女夫婦と孫とともに熱海のホテルへ行き、花火を観る。二十一歳の折に肺結核で死んでいれば、長男、長女、孫もこの地球上に存在しないことを思い、胸が熱くなる。

新潮社より自選作品集の出版が決定し、その準備に入る。（翌平成二年十月より刊行開始）（『自筆年譜』）

作品を離れ、少し寄り道をしてファックスに触れておこう。この年、吉村家にファックス（ファクシミリ）が入り、主として小説や随筆の原稿を出版社や新聞社に送るのに使用された。吉村昭には、これでほっとするところがあっただろう。というのは、その便利な装置がないときは、当然ながら原稿を編集者に手渡したり郵送したりしていた。

編集者は渡された原稿を自分の命同様に考えているので、紛失するようなことはないが、出版社に郵送した原稿が行方知れずとなったことが何度かあった。とは言っても郵便局のミスではなく、出版社の中でどこかにまぎれ込んでしまうらしい。

連載小説を書いている時、編集者に原稿を渡すのが不安であった。人間は神様ではないのだから、乗物の中などに置き忘れたりすることは十分に考えられるし、途中で発病や事故に見舞われ、失うこともあるだろう。

一回分でも紛失してしまえば、連載小説の流れが中断し、書き直すことは不可能に近い。失礼とは思いながらも、私は原稿を渡す時、

「落とさないでね」

と、思わず編集者に言ってしまう。

そのような私の不安を知った編集者が、ファックスを入れるようすすめた。

保守的な私は、原稿が電波で空中を飛んでゆくような装置など置く気になれなかったが、原稿を渡す不安が消えるのならば、と思い設置した。(「ファックス」)

という経緯だった。吉村昭の不安は一挙に解消し、この便利な機械に満足したようである。

それにしても、平成に入ってからの設置は遅い。それには吉村昭の〝機械音痴〟も影響しているのではないだろうか。なんと言っても、現金自動支払機の前に立ち、「10」とボタンを押した後に「万」を押さなかったため、十円玉がコロンと出てきた、という珍しい経験の持ち主なのである。

吉村昭には、追われて逃げる主人公を描いた作品の多いことはしばしば触れてきた。自身、〈逃

げるという行為に強い関心をいだく潜在意識が私の内部にあるのかもしれない〉と述懐しているほどである。北海道から九州まで、吉村昭の綿密な取材ぶりはつとに知られているが、平成元年六月に出た『旅行鞄のなか』（毎日新聞社）は、事実を探求する旅で日本中を飛び回っていた吉村昭が、旅と食、そして出会った人々との交流を通して見えてくる作家の素顔、肉親や友人たちとのほのぼのとした旅の思い出を綴ったエッセイ集である。吉村作品を読む上での一助になることは言うまでもない。

同年十一月に出た『死のある風景』（文藝春秋）は、〈十年以上も前に書いたものから最近書いたものまで、十篇の私小説をおさめた〉（「あとがき」）ものである。昭和二十年三月に旧制中学五年を卒業した、と文中にあることから、表題の象徴的な意味も窺えるように思う。その年の八月十五日に敗戦を迎えたのであるから、戦死や空爆による死者を含め戦争によって死んでいった者たちが、その辺りに集中している。たびたび記したことだが吉村昭の身近な死を見ると、生まれる前に兄二人が死亡、四歳のときに姉、十二歳のとき祖母、十四歳のとき四兄敬吾が戦死、十七歳のとき母、十八歳のとき父が相次いで亡くなっている。

二、三の作品を紹介しておこう。「金魚」は中学の同期の者が予科練に行った当時のことを回想した作品である。しかし、単なる回想ではない。「私」もまた軍関係の学校に願書をださなければならないと追い込まれてゆく、不安と恐れが描かれているのである。〈しかし、病気の再発によって、私は志願書の提出を中止した。自分自身に志願をとりやめねばならぬ発病という確かな理由が生じたことに、安堵を感じていた〉。この心理は当時の中学生が抱いていたものだったに違いない。

〈戦時中、私の周囲には戦争を罪悪視していた人物はいなかった〉という表現が見えるが、戦後には全く伝えられていない真実なのだろう。

「白い壁」は鼓膜再建術という手術を受けて入院する話だが、ここにも戦争の影はあるものの、それは遠い陰影というようなものになっている。生死には関係のなさそうな入院患者ばかりと思っていた耳鼻咽喉科の病棟も、死から逃れられない人がいるのだ。入院患者に愛らしい少年がいた。〈このような少年を孫にもつまで生きていたい〉と思わせるような少年だった。その少年が退院していいと言われ、喜んでいるのを見ていたのに、後になって、重症患者用の病棟に移されたと聞かされる――。

そのように生きるということは、死と出会いつづけることでもある。胸郭成形術の大手術を体験し、死を垣間見た吉村昭ならではの、「死」に鋭い観察の視線を向けて、そこに潜む不条理を鮮やかに捉えた短篇集で、他に「煤煙」「初富士」「早春」「秋の声」「標本」「油蟬」「緑雨」「屋形舟」が収録されている。

平成二年八月、吉村昭は岩手県田野畑村の名誉村民となり、田野畑一〇一年祭記念式典で、その称号を授与された。田野畑村へは「星への旅」執筆がきっかけとなった旅以来、何度も訪れるようになり、『海の奇蹟』『海の壁』（後に『三陸海岸大津波』と改題）、『幕府軍艦「回天」始末』の作品を執筆したことは触れた。村民は「何もないところで」と言うが、俗化をまぬがれた風景とあたたかな人柄が、吉村昭にとっては嬉しかったのだ。吉村昭は村長の勧めで既に岬の土地を購入、乳牛二頭のオーナーにもなっているから、気持ちはとうに村民のつもりだったに違いない……。

この年初めての外国語訳となる『ポーツマスの旗』の仏訳が出る。その後、外国語に翻訳された作品には『戦艦武蔵』（英訳 平成三年・ポーランド語訳 十四年）、『零式戦闘機』（英訳 八年）、『破船』（オランダ語訳 九年・独訳 十年・仏訳 十一年・ポーランド語訳 十二年・ヘブライ語訳、英訳 十四年）、『仮釈放』（英訳 十二年・独訳、仏訳、スペイン語訳 十四年）、『遠い日の戦争』（英訳 十三年・仏訳 十六年・スペイン語訳 十七年）、『少女架刑』（仏訳 十四年）、『ニコライ遭難』（露訳 十四年）、『アメリカ彦蔵』（英訳 十六年）などがある。


この年十月から『吉村昭自選作品集 全十五巻・別巻』（新潮社）の刊行が始まった。完結したのは翌々年一月である。

『幕府軍艦「回天」始末』（文藝春秋）は、歴史に埋もれた秘話を掘り起こした力作長篇である。吉村昭がよく訪れる田野畑村の近くの海岸に、明治二（一八六九）年、〈榎本武揚を総裁とする幕府艦隊の一艦である「高雄」が、村の磯に坐礁した事実を知っ〉て、〈村の近くにある宮古市の湾内で「回天」が新政府軍の艦隊を奇襲した、いわば宮古湾海戦と「高雄」の坐礁は密接な関連があり、（中略）／私の調査は宮古湾海戦の資料収集からはじまった〉（「あとがき」）と作品誕生のきっかけを語っている。

そのとき宮古湾には箱館に立てこもって抗戦を続ける榎本軍を撃つべく、新政府軍の旗艦「甲鉄」を始め、軍艦「春日」「丁卯」「陽春」、輸送船「豊安丸」「飛龍丸」「戊辰丸」「晨風丸」の八隻が集結していた。榎本たちは、次第に追い詰められていく状況を打開すべく大胆な奇襲作戦に命運を賭ける。榎本軍は「回天」「高雄」「蟠龍」の三艦を宮古湾に差し向けることにする。しかし、その夜から天候は荒れに荒れ、三艦はばらばらに航行することになる。山田浦に到達したのは「回天」と「高雄」だけだった。

明治二年三月二十五日午前零時、「回天」と「高雄」は山田浦から沖に出て、宮古湾に向けてひそかに進んだ。ところが「高雄」は機関に故障を生じ続航できなくなる。午前五時に新政府軍の艦隊を急襲したのは「回天」一艦のみだった。「高雄」は羅賀の石浜で坐礁し乗組員は逃げ、新政府軍は「高雄」に火を放ち焼棄した。宮古湾海戦の後、「回天」は「蟠龍」と遭遇。三月二十六日夕刻、箱館に入港する。以降、榎本艦隊は「回天」「蟠龍」「千代田形」の三艦で新政府軍艦隊と対決しなければならなくなった。その後、「千代田形」が捕獲され二艦になる。被弾した二艦も修理を急いだが「回天」の機関の修理は不可能だった。榎本軍は機能を失った「回天」を坐礁させ、浮砲台として徹底抗戦する方針をとった。やがて五稜郭と箱館は完全に包囲され、五月十八日に榎本軍は降伏する――。

吉村昭の筆はあくまでも冷徹である。大河内昭爾は「解説」で、〈それこそ歴史的事実のみで語られていて、一切作者の主観的な視点ははさまれていない。氏の作品の中でもとりわけ肉づけの少い方であろう。しかし私は歴史小説で作家の想像した歴史上の人物の女性関係など一行たりと読んでみたいとは思わない。それこそが、時代小説や大衆小説と歴史小説の大きなちがいだと考えている。そんな工夫を一切省いたのが歴史小説だとさえ思っている。工夫は歴史的真実をいかに浮き彫りにするかにかかっている。といって私は時代小説や大衆小説を否定するつもりではない。どっちつかずの中途半端な小説らしさが困るのである〉と述べている。吉村作品の良き理解者である、大河内ならではの評ということができる。

併載されている「牛」は、〈「通航一覧」その他の資料をもとに書いた小説である。／江戸時代末期に異国船の出没がしきりで、それらの記録は数多く残されているが、外国の捕鯨船員と警備の日本人との間で小規模ながら戦闘がおこなわれた例は稀なので、この事件に興味をひかれ、執筆したのである。／宝島でのこの戦闘は幕府をはじめ諸藩に大きな衝撃をあたえ、水戸藩で尊皇攘夷論がおこる要因の一つともなり、それが倒幕へもつながっていったことを思うと、歴史的に重要な出来事であったと言える〉（「あとがき」）と語っているが、後年執筆することになる『天狗争乱』につながっていく事件だった。

ところで「文藝春秋」は平成二年新年号から三年の五月号にかけて、ほぼ毎号「文藝春秋短篇小説館」と銘打ち、当代の実力派作家十五人に新作短篇を依頼、誌上で妍を競わせる企画を立て話題になった。掲載順にあげると、丸谷才一、安岡章太郎、藤沢周平、大江健三郎、吉行淳之介、村上春樹、三浦哲郎、田久保英夫、大庭みな子、遠藤周作、河野多恵子、瀬戸内寂聴、古井由吉、日野啓三、吉村昭という顔ぶれ。そのとき吉村昭が発表したのが「パラシュート」である。

終戦の年の四月下旬、夜間空襲で家を焼かれた「私」は、隅田川を越えた地にある兄の家に身を寄せていた。好天の夜には必ずと言っていいほど飛来するアメリカの爆撃機編隊を眼にした。その夜も編隊が超高空を西から東へと動いていた。その中の一機が被弾して墜落。搭乗員は当然、全員死亡したと思っていたが、三人がパラシュートで降下していた。かれらは陸軍の兵士に連行される。戦後になって「私」は、そのときの飛行士たちがどのような扱いを受けたのかが気になっていた。

福岡市の図書館で市の空襲記録を眼にした「私」は、パラシュート降下した飛行士を、福岡市におかれてた司令部の部員が、終戦時に処刑したことを知る。空襲は、初めの頃は軍事施設や軍需工場が対象だったが、夜間空襲による焼夷弾投下は民家の燃尽を目的にしており、そのために多くの人々が焼死した。加えて広島、長崎への原子爆弾の投下である。米兵の処刑は、その無差別攻撃に対する報復処置だった。帰京した「私」は、B・C級戦犯の記録をあさり、アメリカ飛行士を処刑した人の氏名を探り出した——。

と、ここまで記すと、読者はどこかで読んだことのある小説だ、と思うだろう。『遠い日の戦争』である。「パラシュート」は、『遠い日の戦争』を執筆するにあたり、その取材過程を作品化したものである。単行本未収録のようだが、その措置は作家の良心の現れように思われる。

第十章　幕末から明治を駈ける

平成三年四月に出た『白い航跡（上下）』（講談社）の先駆になるのが、『日本医家伝』に収められている短篇「高木兼寛」である。吉村昭は「高木兼寛」を執筆したとき、すぐに長篇小説に仕立てることを思い立ったという。しかし、兼寛に関する資料は皆無に近かった。吉村昭は兼寛の生地である宮崎県高岡町（現・宮崎市）に赴き、さらに鹿児島市に行く。県立図書館で兼寛が戊辰戦役に従軍したときに所属していた隊の戦闘行動記録を見つけ、隊が会津攻めのため茨城県平潟に上陸したことを知り北茨城市平潟町に向かう。当時、平潟町には新政府軍の野戦病院が設けられており、それについての記録が残されていた。兼寛の隊の戦闘行動記録と照合した結果、次第に兼寛の実像が浮かび上がってきた。それがきっかけで、その後の兼寛の足跡も次々にあきらかになった。労を惜しまぬ取材旅行の成果といえる。

吉村昭は初め、海軍での脚気患者を根絶させた功績者である医家の兼寛に関心を寄せたのだった。が、調査を進めるうちに、さらに興味をひく事実に遭遇する。それは兼寛の周囲に文学者がいたことである。兼寛の長男喜寛の夫人島（シマ）（後に志摩子）の兄は有島武郎であり、その弟が里見弴である。さらに医学者として終始、兼寛の学説を徹底的に批判、反対したライバルが陸軍軍医総監にもなった、森林太郎（鷗外）だった。『白い航跡』は高木兼寛を描く伝記文学であるが、森との対峙が一層の興味をそそる内容になっている。『白い航跡』は「産経新聞」元年七月十日から二年七月四日まで連載された。

慶応四（一八六八）年一月、鳥羽・伏見の戦いは戊辰戦役として全面戦争に拡大する。二十歳の兼寛は薩摩藩小銃九番付の医師として参戦。負傷兵を治療する過程で、自分の修得した医学がすでに過去のものであることを痛感する。戦場での外科手術に瞠目した兼寛は、新しい西洋医学を学ぶべく開成所洋学局（鹿児島）に入所する。明治三（一八七〇）年、浄光寺跡に置かれた西洋医院は鹿児島医学校兼病院と改称、校長兼病院長はイギリス人医師ウイリアム・ウイリス。兼寛も学生の一人に推薦され、本格的に西洋医学を学ぶことになる。

しかし、ウイリスに学ぶ医学には限界があった。兼寛はもっと進んだ西洋医学を習得したいと願う。そのためには海外留学しかない。兼寛は海外留学への一手段として海軍病院の医員になる。明治五年には外務省の外務大禄をしている手塚律蔵の長女富と結婚する。

ところで、毎年初夏になると脚気患者が激増し、重症の患者は相次いで死亡した。六年七月、横浜で週に一度発行している新聞に「脚気病者解剖説」という記事が載る。記事は〈脚気で死亡した人を解剖したアメリカ医のシモンズは「脚気の原因は一般的に心臓病によるものと論じられていたが、解剖したところ心臓は正常で、それがまちがいであることがあきらかになった。思うに血液の変質が脚気の原因と考えられる」〉というものだった。

当時、脚気は原因も治療法も見つかっていない。海軍病院でもほどこす術がなく、ただ患者に安静を命じるだけだった。安静にしていたからといって治癒することはない。兼寛はシモンズの解剖結果に強い関心をいだいた。八月九日、海軍病院内に海軍病院学舎（後の海軍軍医学校）が創設され、イギリス医のウイリアム・アンダーソンを迎え軍医の養成にあたらせた。

七年七月、兼寛は二階級あがって六等級となり少医監に任ぜられる。兵科の少佐に相当するものだった。八月、海軍病院学舎は海軍軍医寮学舎と改称される。

兼寛にようやく留学のチャンスが巡ってくる。八年六月十三日、横浜港を発ってイギリスに向かう。イギリスの学校では常に上位の成績を保ち、たびたび表彰され、十三年五月にはイギリス外科学校のフェローシップ免状を授与された。それは外科医の最高の栄誉とされる学位で、医学校の教授になる資格を得たことになる。この免状の授与で、兼寛の留学生としての医学修業は終わった。

十一月五日に帰国。十二月十日付で中医監（中佐待遇）に昇進、同時に海軍病院長に任命される。年が明けて間もなく正六位に叙せられた。そこで兼寛は日本の医学界がドイツ医学一色に塗り潰されているのを知る。陸軍ではドイツ医学が採用され、イギリス医学を導入したのは海軍のみといってよい状態だった。

兼寛は海軍病院に勤務してから、海軍の兵士に脚気患者がきわめて多いことに気づいていた。それに対して勤務したイギリスの病院では、脚気の患者が一人もいないのに驚いた。イギリスの医師たちも、脚気については全く知らず、なんの関心ももっていなかった。

時に日本海軍は一大飛躍の時期を迎えようとしていた。脚気対策は海軍の存亡にかかわる緊急課題だった。海軍病院では脚気患者が多く、死亡する者があとを絶たなかったからである。ひとたび海外との武力衝突が起これば当然、艦艇が現地におもむくことになる。その折に、乗組員の多くが脚気に冒されれば戦闘行動は不可能になる。原因をつきとめ、有効な治療手段を得ることは急務だ、と兼寛は思う。

脚気の症状は足がだるく疲れやすい。手足がしびれ、動悸がし、食欲不振におちいり、足がむくむ。病勢が進むと歩行困難になり視力も衰え、突然、胸が苦しくなって心臓麻痺を起こして死ぬ、というものである。灸、鍼、湯治などの療法が行われたが効果はなく、寺や神社に祈願するだけであった。そこで脚気病院が設立される。が、原因をつきとめることはおろか、治療法すらも見つけられなかった。

兼寛は脚気が並々ならぬ難病であることを感じた。明治十一年から全海軍の統計調査が行われ、総人員と脚気患者数と死亡者数の対比が記録されていることを知った兼寛は、資料を取り寄せ眼を通した。調査によると、明治十一年の海軍の総兵員数は四千五百二十八名。うち脚気患者は千四百八十五名。その数は総人員の三二・七九パーセントにあたり、死亡者は三十二名だった。翌十二年には兵員数五千八十一名中患者千九百七十八名、十三年は四千九百五十六名中千七百二十五名、十四年は四千六百四十一名中千百六十三名。十一年から十四年までの四年間で死亡者数は百四十六名に達していた。

兼寛は思案の末、まず衣類、食物、住居との関連について考究してみたが、関係は考えられなかった。調査しているうちに食事に原因がありそうに思われた。なぜイギリスに脚気患者がいず日本に続出するのか。また海軍病院に入院している脚気患者は水兵に限られ、士官が極めて少ないのはなぜか。それらに注目した兼寛は、水兵の摂取する食品の分析を精力的に進めた。その結果、水兵の食物は蛋白質が極めて少なく、含水炭素がはるかに多いことをつきとめる。この食品分析によって蛋白質が少なく含水炭素が過多である場合に脚気におかされるという確信をいだく。兼寛は、脚気駆逐の方法として「栄養ノ改良ヲ図ルヲ以テ先ツ第一着手」とし、麦飯と洋食併立の食事を上申する。

一方、東京大学医学部と陸軍軍医部では脚気細菌説が支配的だった。兼寛の主張は東京大学医学部の錚々たる権威によって真っ向から否定される。当時はコッホによる結核菌の発見に幻惑され、すべての病気は病原菌を見つけることで解決できると考えられていた時代だった。

その黴菌説を強烈に支持していたのは、陸軍の命令でドイツに留学していた一等軍医森林太郎（鷗外）だった。海軍ではパンの代わりに麦飯を採用、さらに蛋白質の不足をおぎなう肉食も取り入れた。すると、脚気は激減し、すでに絶滅したといえる状態になった。しかし陸軍の中枢部では、米食を至上のものとする信念を曲げなかった。森林太郎は、兼寛の食物原因説が学問的裏付けのない、単なる思い付きにすぎないと思えた。この対立は、基礎医学を本流とするドイツ医学と実証主義を基本とするイギリス医学の争いでもあった。また森林太郎の実験により、陸軍の白米を主食とする兵食は最優秀のものと判定された。

明治二十五年八月二日、兼寛は貴族院議員に勅選され、同時に予備役になって海軍軍医総監を辞任した。

明治二十七年八月一日、日本は清国に宣戦布告する。日清戦争中、海軍の出動人員は三千九十六名。その中で脚気にかかったのは三十四名で死亡者はわずかに一名だった。一方、陸軍の朝鮮派兵から台湾平定までの戦死者は九百七十七名、戦傷死者二百九十三名。これに対して病死者は二万百五十九名。病気にかかった者の内訳は脚気三万四千七百八十三名、ついで急性胃腸カタル、マラリアだった。脚気患者で死亡したのは三千九百四十四名、戦死及び戦傷死者合計の三倍にもなっていた。

陸軍の医学部門の中枢部では、その後も白米を主食にする兵食制度を一貫して堅持していたが、各部隊では麦飯の採用に踏み切るところも出てきた。その結果、陸軍の脚気患者もほとんど見られなくなった。

『白い航跡』によると日露戦争で出動した陸軍の総人員は百十万名以上にのぼり、戦死者は約四万七千名。傷病者は三十五万二千七百名。うち脚気患者は実に二十一万千六百余名。傷病者のうち死亡したのは三万七千二百余名であったが、脚気で死んだ者は二万七千八百余名という「古来東西ノ戦役中殆ト類例ヲ見サル」戦慄すべき数だった。それにひきかえ海軍での脚気患者は皆無といってよかった。しかし、森林太郎は第二軍の軍医部長であり、戦後は脚気調査会の会長という要職に付きながら、依然として麦飯を認めなかったのである。しかし、いつの間にか表立った反論は鳴りをしずめ、森林太郎は森鷗外として小説や翻訳ものを出すようになっていった。

寺内正毅陸軍大臣の配慮によって、陸軍でも正式に麦飯の給与が実施されたのは明治三十八年三月十日と二十九日の訓令下達からである。海軍の脚気発生率を皆無としたことが日清戦争、日露戦争の圧勝につながったといえる。

大正七（一九一八）年、兼寛は七十歳になる。依然として功績は認められず、社会的に虚しいものがあった。加えて家族に不幸が相次ぎ、家庭的にも寂しいものだった。長女幸子、四男藤四郎を早くに亡くし、四年前には一人娘だった寛子が三十一歳の若さで病死。大正八年一月には三男舜三が自動車事故で死ぬ。三十七歳だった。さらに同年五月には次男の兼二も病死している。吉村昭の筆は、偉大な功績もさることながら、そうした淋しい境涯にも向けられている。

兼寛は大正九年四月十三日、七十二歳で没。その日、従二位に叙され旭日大綬章を授与された。兼寛の死後も、日本の医学界には脚気の原因は細菌によるという説が支配し、栄養不均衡説は無視されつづけた。その後、ビタミンBが脚気に有効であるという説が伝えられ、実験の結果、有効性が認められた。十一年七月、森林太郎は亡くなるが、死ぬまで高木説を俗説として認めようとはしなかった。

大正十四年四月、臨時脚気病調査会は最終報告会を開き、脚気の原因は食物中のビタミンB欠乏によるものという結論をくだした。初代会長の陸軍軍医総監森林太郎を始め主流となっていた調査会の学者たちの唱えつづけた細菌原因説は、ここにきてようやく崩れ去った。

大河内昭爾は、〈多彩な活躍や後世に残る輝かしい業績にかかわらず、本人にとっては時代の主流から見はなされたような様子を作者はしみじみと伝えている。また三男の不幸な死につづく次男の死と次々に家族を失った寂しい境涯にも筆を進めている。脚気予防の功績という世界にみとめられた偉大な彼の名誉は、死後ようやくみとめられたが、脚気細菌説が中心となっていた当時の日本の医学界では無視されつづけたのだった。しかし彼は生前男爵に叙されている〉（「解説」講談社文庫）と述べている。

平成四年、吉村昭は一月の都民文化栄誉章受章につづき、四月には荒川区区民栄誉賞を受賞した。

この年に出版された単行本は、十一月の『私の文学漂流』（新潮社）だけである。『吉村昭自選作品集　全十五巻・別巻一』（新潮社）の月報に連載した「私の文学的自伝」に加筆したものである。結核に苦しみながら読書に熱中した少年時代。大学の文芸部の思い出。大学を中退して結婚、生活に追われながら小説への情熱を貫いた同人雑誌時代。四度の芥川賞落選と太宰治賞の受賞。そして『戦艦武蔵』での実質的なデビューまでの軌跡が率直に綴られ、吉村文学を理解する上で欠かせない〝作品〟となっている。書き終えたあと、〈ここに書いた過去を振返ってみると、私はなんという幸運な男だろう、とも思う。小説を書く仕事の上だけでなく、多くの人たちの好意に支えられて生きてこられたのだ、と深い感謝の念をいだく〉（「あとがき」）と記している。

なお新潮文庫版にするにあたって、「死体」「青い骨」「貝殻」の三短篇が収められた。『私の文学漂流』に出てくる初期の作品が、どんなものだったかを知ってもらいためだった。〈現在の私の作風と全く異質のものと思われるか、それとも相通じるものがあるとお感じになられるか。私のひそかな興味でもある〉（同前）

短篇小説を詳しく紹介することはこれから読む人の興趣を削ぐことになるが『法師蟬』（新潮社）には、人生の思秋期を迎えた男たちの心象を描いた表題作のほかに「海猫」「チロリアンハット」「手鏡」「幻」「或る町の出来事」「秋の旅」「果実の女」「銀狐」の八篇が収録されている。

鮮明な印象が残るのは「法師蟬」である。星野のもとに同期会で会って一か月もたたない柿本の死が伝えられる。同期会での記念写真に写っている柿本は存在感が薄い。まるで葬儀の祭壇に飾られる遺影が紛れ込んでいる感じさえする。それは星野に少年時代に見た法師蟬の羽化の情景を思い出させる。羽化したばかりの法師蟬の体内の単純な臓器が、すべて透けてみえたような記憶である。〈蟬の卵は、孵化して幼虫になると、土中に入って七年間をすごし、地上に出て樹木にのぼり羽化する。しかし、地上ですごすのはわずか十日ほどで、短い生を終えるという。つまり羽化は、きわめて近い将来に死が約束されていることをしめしている〉のである。

星野は妻に問われて同期生の死を告げるが、法師蟬の羽化を連想したことは話さない。星野は、〈そんなことを話してみたところで、妻はなんのことやらわからず、途惑いを感じるだけだろう。四十年近く妻とすごしているが、考えていることを妻に話さないことも多い〉と思う。星野は月に二、三度妻を抱く。〈若い頃の妻の体は、熱することもあり、湧き出た汗が光ってもいた。星野が加える刺戟で身をよじることもあったが、年齢を重ねるにつれてそのような動きは全くみられなくなり、今では体が固形物のように横たわっているだけである〉——なんとも寒々とした夫婦の光景である。彼女の関心事は自分の葬儀だけといってもいい。

さらに星野のところに、同期生の医師の死亡が伝えられる。この世代は、〈少年期から青年期にさしかかろうとする頃に食糧が枯渇していたから、体がもろいのだろう〉と星野は思う。通夜に出て星野が帰宅すると妻が倒れている。死因は心筋梗塞だった。納骨も終え、星野に生活のリズムらしいものが戻る。ところで星野は一日おきに風呂に入っている。

或る夜、足の脛に視線を据えた。

若い頃から足は濃い毛におおわれていたが、毛が次第に少くなり、殊に脛の下半分はまばらになっている。あらためて脛を見つめたかれは、細い毛がすべて消え、白い皮膚に静脈が透けているのを見た。

陶器のようにすべすべしたその脛が、蟬の殻の割れ目から徐々にあらわれた白いものに似て感じられ、自分の体もわずかながら透き通りはじめているような恐れをおぼえた。

パラフィン細工のような法師蟬の姿は危うく、はかなさの代名詞のような存在である。次第に透明感を増すような己れの体――平穏な日々の中に忍び寄る死のイメージが鮮やかに切り取られた短篇である。

いま一つ「海猫」を紹介しておこう。塩崎は定年が近づいたころ、系列会社に出向を命じられ、役員席で時間を過ごすようになる。休日もこれといって行くところはなく家で無聊をかこっている。それに比べ妻は出身短大の同窓会幹事を務めていることもあって頻繁に外出する。週末二日の休日に、かれが家にいて三度の食事をするのがうとましいらしい。それを察したかれはわけもなく家を出て、外で食事をとることもある。妻が友人と観劇に出かけるときは「夕食は、冷蔵庫に煮しめがはいってますから、それですませてください」と言われる。家庭の中に存在価値を見いだせない塩崎は家を出ることにする。かれは三陸に向かい釣りを楽しむ日々を送る。そこに妻が迎えに来るが……。

て深刻である。

いずれの作品も定年退職した年代の、家庭に居場所を見つけられなくなった男たちの状況を描いて深刻である。

吉村昭の作家精神の〈蘇生の地〉ともいえる純文学的な短篇小説の次は、再び歴史ものに歩を進めたい。

明治日本を震撼させた国難・大津事件に揺れる世相を描いた歴史長篇が『ニコライ遭難』（岩波書店）である。

明治二十四（一八九一）年五月、ロシア皇太子ニコライ親王とギリシャのジョージ親王は日本を遊覧旅行していた。十一日、琵琶湖に遊んだ後、人力車で滋賀県大津の町を通過中のニコライが、警備に当たっていた巡査の津田三蔵にサーベルで斬りつけられ傷を負った。これが大津事件である。当時、日本は極東進出を目論むロシアの強大な武力におびえ、事件に乗じてロシアがどんな動きを見せるか激しい恐怖を抱いた。宣戦を布告してくるのではないかと怯え、途方もない賠償金を請求、あるいは九州の割譲を強要するのではないか――そんな観測も流れた。まさに「国難」という言葉がぴったりの状況だった。が、幸いにも天皇を始めとする官民の必死の努力で、とりあえず危機は回避され、ニコライは帰国の途についた。

問題は津田の処遇である。ロシアの報復を恐れた閣僚の中には、「皇室罪」の規定を適用して津田を死刑にすべきだと主張する者もいた。しかし、犯罪は主権国家の面目にかけても公平に裁かれねばならない。津田の行為は普通の「謀殺未遂罪」に当たるに過ぎないと主張し、国法を守ろうとする司法官たちの適正な裁判が行われ、津田は無期徒刑の判決を受ける。が、津田の末路は寂しく、北海道の釧路集治監に護送され、二か月後に死亡する。病名は肺炎。死因は衰弱によるものだった。

吉村昭が、この事件を書くきっかけになったのは網走地方史「研究」第七号に発表された、佐々木満氏の「大津事件津田三蔵の死の周辺」という文章である。津田の死については、いくつかの説があることは知っていた。集治監で苛酷な強制労働を科せられて死に追いやられたという説。殺害されたという説。集治監側から強要されて自殺したという説。または病死説などである。佐々木論文は「津田三蔵一件書類（病床日記・記録）」「明治二十四年中秘密書類　津田三蔵関係　旭川刑務所蔵」という確実な資料にもとづいて死の実相をあきらかにしていた。吉村昭は、その基礎となった記録を読み、日清戦争前の日本とロシアとの関係、日本のロシアに対する国民感情が、この事件に凝縮されていることを感じ、創作意欲をかきたてられた。

ニコライはまず長崎の地を踏み、ついで鹿児島、神戸、京都を経て大津に至って難に遭遇する。ニコライに斬りつけて逮捕されたとき、重傷を負った津田は滋賀県監獄署に運び込まれる。監獄署で津田がどのような扱いを受けたかについては、傷の手当てや食事などで意外なことに優遇とでもいえる扱いを受けていたことを知る。吉村昭はニコライの足跡を訪ねる傍ら、国立公文書館、外務省外交史料館、矯正図書館等にも赴いて資料の収集に努めた。津田の裁判については、大審院長児島惟謙の揺るぎない姿勢は高く評価されるが、法曹界、報道機関がこぞって死刑反対であったことを知ったのは収穫だったという。

山内昌之は新潮文庫版の解説「勇気と誠意の物語」で、〈いまの日本では、「国難」という言葉も、ほとんど死語同然になったかもしれない。しかし、日本近代の歴史には、国民から天皇にいたるまで、自分たちの国が滅亡するかもしれない危難を切実に受けとめた時がいくつもあった。平成のわれわれは、自分たちが生きている列島国家の枠組が未来永劫に安泰だと信じ、日々の平和が揺らぐ可能性を想像しようともしない。しかし、われわれの父祖たちは、現実に多くの「国難」に直面し、信じがたいほど真剣な努力で危機を解決してきた。もちろん、時には誤った信念と政策のもとに、かえって第二次大戦という未曾有の「国難」を自ら招いたこともあった。／吉村昭氏が『ニコライ遭難』で描いたのは、渺たる小国日本が近代化のなかで直面した「国難」を、明治の日本人たちがいかに乗り切ったのかという勇気と誠意の物語である。（中略）／『ニコライ遭難』は未曾有の試練に直面した日本人たちの誠意と勇気、熟慮と決断を描いた小説である。それは、静かなナショナリズムの心性が穏やかに流れている吉村文学の名品として、長く読み継がれるにちがいない〉としている。

平成七年三月、吉村は夫妻で岩手県田野畑村を訪れ、佐渡での講演以来二十八年ぶりで夫婦講演会を行った。吉村昭は「歴史小説うらばなし」、津村は「創作ノートについて」が演題だった。

この月に刊行した『再婚』（角川書店）には、表題作のほか「老眼鏡」「男の家出」「貸金庫」「湖のみえる風景」「青い絵」「月夜の炎」「夜の饗宴」の七篇が収められている。最も古い作品は「夜の饗宴」（「オール讀物」昭和三十七年十一月号）、一番新しいのが「老眼鏡」（「オール讀物」平成七年新年号）だから、この三十三年間のうちに書かれたものである。

個人的な好みでいえば「夜の饗宴」が魅力に富んだ作品といえる。〈その駅の周辺一帯は、一流企業の夜の合戦場であり、それぞれの企業の規模の大小を、そのネオン塔の豪華さ、美しさで判断する恰好の場所〉を舞台にしたネオン業者の話である。

駅のプラットホームから、今は巨大なナルシス製菓のネオンが華やかに点滅しているのが見える。「私」は小さなネオンの下請け会社である光彩社に勤めている。その光彩社に日本で一、二を争う製菓会社でナルシス製菓とはライバル関係にあるフローラ製菓からネオン塔の直接発注がある。条件は出来るだけ豪華なものにすることと、極秘で工事を進めることだった。製作費の予算は九千万円。光彩社にとっては眼が飛び出るほどの額である。しかし、光彩社は大手のP広告の下請けでなりたっている会社なので、簡単に引き受けるわけにはいかない。直接取引したら、以後、P広告からの仕事はなくなる可能性がある。そんな危険をおかしてまで仕事を請け負うか、それとも従来通りP広告の下請け業者に甘んじるか……。逡巡の末、光彩社は引き受ける道を選ぶ。

極秘で進めるというのは、ネオン塔建設の目的がナルシス製菓のネオンの色光を人々の眼から遮断することにあったからだ。それは明らかに商業道徳に反するものである。工事は順調に進み短期間のうちに完成、プラットホームからナルシス製菓のネオンは見えなくなる。工事は光彩社に千五百万円近い利潤をもたらした。が、P広告との取引はなくなる。さらに光彩社は追い打ちをかけられる。完成して間もなく大型颱風が関東地方を直撃、巨大ネオン塔はあっけなく倒壊する――。

吉村昭が、たびたび芥川賞候補に名を列ねていた時期、三十五歳のときの作品である。記録文学や歴史小説に筆を染める以前の作品であり、〝純文学〟に傾倒する作家の情熱を窺わせる作品といえる。

表題作「再婚」の主人公・常見は六十歳近く、三年前に妻を乳癌で亡くしている。新聞に一人住まいの老人の遺体が、死後かなりたってから発見されたという記事がときどき載った。そんなことから常見は再婚を考えるようになる。そして会社の同僚だった有本が見合いの場をしつらえるが、相手は年齢より老けて見え気が乗らない。次に勧められたのは、かつて有本の部下だった瀬川裕子。裕子も夫に先立たれ一人暮らしだった。裕子は常見が憧れていた女性でもある。胸のときめきを覚えながら出かけていく。そして会ったときに覚えた違和感を描いた作品が「再婚」である。

他に、結婚初夜の不安を解消すべくテクニックを伝授してくれる学生時代の下宿の女主人を描いた「老眼鏡」。謹厳実直と思われていた兄が心筋梗塞で亡くなり、予想外の生前の実態が露呈する「貸金庫」。堕胎という言葉を知った少年が、あるいは自分は不要の存在ではないのかと悩み家出を繰り返す「青い絵」など、いずれも短篇作家としての力量を見せる作品群といえる。

その夏、吉村昭のもとに「小説新潮」の編集長から手紙が届く。内容は、八年に新潮社は創立百年を迎える。それを記念し、新年号に小説百篇を収めた「小説新潮」特大号の企画を進めている。小説は原稿用紙十枚を原則としている。長篇小説を連載中なので時間的余裕はないだろうが、一応依頼してみるというものだった。

このとき吉村昭は「群像」に『落日の宴』を連載中。完結はこの年の十月号の予定だった。多忙は多忙だが、その文面に気持ちが異様に動くのを感じた。通常、依頼される短篇は原稿用紙三十枚程度。これまで十枚というものは依頼されたことも、書いたこともなかった。果たして十枚で一つの小説世界が創り上げられるかどうか。それはまさに挑戦そのものだった。

原稿締め切りを違えたことはなく、例によって『落日の宴』も先の方まで書き上げているので時間的余裕はある。吉村昭の中に〝超短篇〟を書きたいという気持ちが募り、編集長にぜひ書かせてほしいと電話で頼んだ。

私は、原稿用紙を前に置き、白刃で相手と対峙するような思いであった。素材をあれこれと数日間考え、それも定まって三日間を要して書き上げた。枚数はきっかり十枚で、題を「観覧車」とした。

書いた気分は快く、私は浮きうきした気持であった。わずか十枚でも、短篇小説として一応、人間の姿が描けたことが嬉しかった。（『天に遊ぶ』「あとがき」）

「十枚の短篇を書くことがこんなに楽しいとは思わなかった」ということを酒席で繰り返し口にする吉村昭に、親しい新潮社の編集者が、「それなら二十篇以上を『波』に連載してみませんか」と提案する。吉村昭は即座に応諾、「波」の九年一月号掲載の「鰭紙」からスタート、翌年七月号の「偽刑事」で筆を置いたときは十九篇になっていた。それに「観覧車」と「週刊新潮」（十一年四月二十二日号）に発表した三枚半のショートストーリー「聖歌」の二篇を加えた、二十一作品で編まれたのが『天に遊ぶ』（新潮社）である。

この表題にも吉村昭の心境がありありと窺えそうである。吉村昭は言う。

綜合タイトルとして、私は「天に遊ぶ」という題をつけたが、それはこれらの短篇を書いている折の私の心情そのものであった。天空を自在に遊泳するような思いで、書きつづけたのである。これらの短篇をおさめた単行本を出版してもらうことになったが、むろん私にとって初めてのことである。新しい未知の世界に足をふみ入れたような浮き立った気持と同時に、おびえも感じている。(同前)

だがそれは杞憂というものである。短篇小説とはかくあるべし、と称賛すべき出来栄えとなっている。

この短篇小説に対する吉村昭の心のおののきは正直なものであろう。というのは、それに類する記述が「自筆年譜」にたびたび登場するからである。ちなみに、〈文芸雑誌からの作品依頼が多く、六篇の短篇小説を書く。苦しくはあったが、これが生き甲斐だ、とも思った〉(昭和四十九年)といった具合にである。

この作品集が誕生するきっかけとなった「観覧車」にだけ触れておこう。

浮気がバレて半年前に玲子と離婚した島野は、毎月、第二土曜日に小学一年生の美香を連れて、三人で遊園地にゆき観覧車に乗るのを楽しみにしている。玲子と結婚したのは七年前で、美香が生まれて間もなく島野が四歳上の未亡人と肉体関係のあることが判る。そのときは玲子の兄が仲裁に入り、女と縁を切ったことを伝え、もとに復す。兄に説得されたことと、嬰児を抱えて暮らす自信がなかったからである。しかし、昨年末、二十六歳の女が酔ってマンションにやってきた夜から、再び波風が立つ。そして葉桜の頃、離婚届に捺印する。

その日、遊園地を出た三人はホテルの喫茶室に入る。島野はテーブルに手をつき、「もう一度機会を与えてくれないだろうか。後悔しているんだ。一緒に暮すわけにはゆかないか。そうしてくれたら一心に尽くす」と頭を垂れる。玲子は夕食の支度があるからと言って立ち上がる。エレベーターに乗ってからも、「考え直してみてくれないか。美香と三人で暮したい」と懇願する。が、玲子は視線を前に向けたまま口をつぐんでいる。

隣接した駅の構内に入り、島野と反対方向の電車に乗る玲子は切符を買い、改札口に向かう。去っていく玲子の腰の動きがいつまでも眼の前にゆらいだ。前回までは素気ない白けた表情をしていた玲子だったが、それが少し柔いだ感じを受ける。反応は悪くない。島野は、今後も美香のことを口にした方がよいかも知れないと思う。そして、ラスト――。

かれは深く息をつき、背を向けて歩くと公衆電話の電話機の前に立った。体に激しくうずくものがあって、付き合いはじめた女に会わずにはいられない気持であった。

かれは受話器をとり、せわしなくプッシュボタンを押した。

別れた妻に未練がありながら、他の女に走ってしまう、どうしようもない男の心理を見事に捉えている。
　わたしたちは、一つのすぐれた俳句が一つの宇宙をもち、長篇詩や小説に匹敵する世界を内包することを識っている。そのことは、『天に遊ぶ』に収録された超短篇群にもいうことができる。その内容の豊かさ、人間心理の複雑さ、人間性の本質に迫る鋭さは、普通の小説に劣るものではない。〈二十一篇それぞれの「人間の姿」には凝縮感と緊迫感が漂っていて、まさに短篇小説のお手本のような出来栄えとなっている。（中略）／一篇一篇を読むのに要する時間は短いけれども、その後に残る余韻、感慨は、長く、そして強いものがある。人間の生と死、愛と憎しみといったものについて、深い興趣が沸き起こってくる鋭さがある。この作者の作品群の中でも、特別の位置に据えていい、珠玉の〝超短篇集〟を、じっくり味わっていただきたい〉（新潮文庫版「解説」）と記すのは清原康正である。異議を唱える読者はいないだろう。

　ここ数年間、『桜田門外ノ変』『天狗争乱』『落日の宴　勘定奉行川路聖謨』『彦九郎山河』といった江戸時代末期を背景とした歴史小説の執筆がつづいていた。

　その世界に没入していたので、なんとなく頭脳の中心軸がその方向に偏っているような感じがし、それを修正するには他の世界に身を入れて別種の空気にふれる必要がある、と考えた。
　他の世界とはフィクションであり、しかも小説の時代背景は現代が望ましい。（中略）書き下ろし小説とし、時間の制約を受けずに自由に書いてみよう、と思った。

なにを書くべきか。連日そのことばかりを考えてすごしたが、そのうちに、水底から立ち昇ってくる水泡のように、素材が眼の前に浮びあがってきた。十数年前、巣鴨プリズンに勤務していた日本人刑務官が、警備の米軍将兵と収容されている戦犯との板ばさみで奇妙な時期をすごした、という話を耳にしたことが思い起された。

私は、それを追い求めていたものだと信じ、プリズン勤務の刑務官を主人公にした小説を書くことにきめた。(『プリズンの満月』「あとがき」)

そこで執筆されたのが、六月に上梓された『プリズンの満月』(新潮社)である。

この小説の主人公にした刑務官は、私の創造した人物で、モデルはいない。が、プリズンを中心とした出来事は、すべて事実で、小説としてはいささか変則なのかも知れない。

時間の経過によって物事はよく見えてくるというが、この小説を執筆しながら、私もその観を深くした。巣鴨プリズンが刑務所としての姿を急速に失っていったことに、戦犯というものの問題を解く鍵があると思っている。(同前)

という作品である。戦犯をテーマにした作品といえば『遠い日の戦争』を想起するが、この作品では、戦犯そのものが深化している。いわば戦犯に対する吉村昭の姿勢を、より明確にしたものといえる。

主人公の鶴岡は刑務官を定年退職、ビル管理会社に再就職する。が、そこも退き、いまは魚釣りを楽しむ自適の生活を送っている。そんな鶴岡に再々就職の話が舞い込む。それは巣鴨プリズンの跡地に建てる、高層ビル建設の警備を指揮するというものだった。鶴岡の脳裏にかつて勤務した巣鴨プリズンの情景がよみがえる。

鶴岡は敗戦後、復員してから熊本刑務所を振り出しに「巣鴨プリズン」に勤め、その後、小菅刑務所で働き四十年を刑務官として過ごしてきた。巣鴨プリズン勤務を命じられたのは、朝鮮戦争の拡大にともない、巣鴨プリズン警備に当たっている米兵にも出動命令が出されたことに起因する。警備態勢の弱体化を補うため日本人刑務官を監視要員として採用することになったのである。四十五歳以下の健康で人格円満、収容されている戦犯と係累関係をもたない等、GHQ命令の諸条件を満たした鶴岡は、熊本に妻子を残して巣鴨プリズンへ単身赴任する。

米軍の下で、鶴岡ら日本人刑務官もカービン銃を持たせられる。発射する事態に遭遇すれば、銃弾は同じ日本人である彼らを撃ち殺すことになる。戦犯の一人は「同じ日本人のくせに、銃を手におれたちを監視するのか。その銃でおれたちを撃つというのか」と言う。戦犯はA、B、C級と分かれ、死刑も巣鴨プリズンの絞首台で執行された。鶴岡は、次のように考えている。

戦争裁判は、戦争の勝利者が敗北者をさばくという、基本的に公正さを欠いたもので、A級戦犯に対しては国家指導者としての平和に対する罪を問い、多くを極刑に処した。しかし、非戦闘員の大量殺害を目的とした都市への相つぐ焼夷攻撃、さらに広島、長崎への原子爆弾の投下こそ平和への罪とすべきであるのに、それは全く無視されている。極東国際軍事裁判の判事の一人であるインドのパール判事は、原子爆弾を投じた国の戦争責任を問わぬ裁判は、本質的に無効であると強く主張したが、それが正当な判断だ、（下略）（『プリズンの満月』）

そしてプリズン内の思いは、〈敗戦国民である自分たちが同国人の戦犯の刑の執行を持続させる施設で、それは世界史上類のない〉というものである。が、刑務官であるから、政治や社会に対する発言は一切禁じられている。

戦犯たちは刑務官に冷たい視線を向けるが、鶴岡は戦犯に共感の念を抱いている。

驚くほど大きい満月が、庁舎の上に昇っている。（中略）
かれは月に眼をむけ、日本の月が昇っている、と胸の中でつぶやいた。
月光は、獄房の中にもさし込んでいるにちがいなく、窓に身を寄せ、鉄格子越しに月を見つめている戦犯の姿が思い描かれた。死刑確定者は、その月を眼にしながらなにを考えているのだろう。過ぎ去った日々のこと、家に残した家族のこと、そしていつやってくるか知れぬ自分の死のことを思っているにちがいない。（同前）

これが題名になった満月の夜のプリズンの情景である。この場面について、饗庭孝男は、〈ここに同じ月を見る鶴岡の「共苦（ミットライデン）」の感情が息づいているのを読むことができる。それが確たる思想として収斂しなくてもよい。作者は、その「共苦」の感情を共有するものとして主人公を描き、この感情を作品の基底においているのである〉（新潮文庫版「解説」）としている。

作品は巣鴨プリズンの設立から解散に至るまでが克明に描かれる。その間に戦犯に対する諸外国の考え方も変化し、減刑、日本への送還が相次ぐ。また、日本側の判断による戦犯の一時出所やプリズン外での就労などもあって、巣鴨プリズンは刑務所の性格を次第に失い形骸化、昭和三十二年五月には戦犯は一人もいなくなる。戦犯とは、そして東京裁判とは何だったのかを問い掛ける作品ということもできる。

『彦九郎山河』（文藝春秋）には、例によって短かからぬ「あとがき」が付いている。それらを中心に、この作品を紹介したい。

高山彦九郎と吉村昭との文学的な出会いは、初めての歴史長篇小説『冬の鷹』を書いたときにさかのぼる、というから二十余年前ということになる。『冬の鷹』はオランダ語訳のドイツの解剖医書『ターヘル・アナトミア』を、『解体新書』として杉田玄白らと共に和訳した前野良沢を主人公にした小説である。良沢の資料をあさっているうちに高山彦九郎という人物が姿を現したのである。吉村昭の眼には彦九郎と良沢の組み合わせが異様なものとして映り、少なからず驚いた。彦九郎は良沢宅にしばしば泊まり、良沢の子息達とは親友だったのだ。

この作品を書くに当たって、吉村昭は『高山彦九郎日記』（全五巻・西北出版）を基礎資料にしたという。その日記に良沢の名が出てくるのは、寛政元（一七八九）年十月三日のこと。そこに、〈権田半七と共に奥平侯の中邸に入り築次正に告げて前野熹仙翁の所に至りて食す、時に暮れたり、（中略）前野氏へ帰りて宿す〉とあった。前野熹仙翁とは良沢のことである。

『冬の鷹』のところでも触れたが、良沢は意に添わぬ『解体新書』が出版された後、「病いと称して」家に閉じ籠もり、世間との交わりを断ってオランダ語研究に没頭した。そうした学究肌の良沢が彦九郎を拒否しなかったのは、彦九郎の思想に共感し、その人柄を良しとしたからだろう。そんなことからも、彦九郎が非凡な人物であったことが推測できると吉村昭は言う。ある意味で、この作品は『冬の鷹』の〝副産物〟といえなくもない。この作品では良沢との交流の場面が冒頭近くから頻繁に登場するからである。

吉村作品に沿って話を進めたい。その比喩が必ずしも妥当かどうかは措くとして、吉村昭が主な対象とした江戸時代から明治維新にかけての時代を、巨大なジグソーパズルに想定してみる。ジグソーパズルは無数のピース（事象・現象）で構成されている。そのピース（断片・小片）の一つに焦点を当て、徹底的に調査・取材して執筆されているのが吉村昭の歴史小説である。

しかし、どのピースも単独で存在を主張するものではなく、互いに有機的なつながりをもつことで初めてジグソーパズルは完成する。あらゆる事象を正確に歴史の流れの中にはめ込んでこそ有効なのである。つまり、歴史の全体像が摑めないと、ピースをはめ込むことはできない。換言すれば、吉村昭の歴史小説を貫く歴史感は、一つひとつのピースのつながりから帰納されているということができる。だから吉村作品は互いに有機的なつながりをもっている例が多い。

かくして吉村昭の歴史小説は支流が集まって本流となり海洋に注ぎこむように、互いを併呑しながら激しい流れとなって明治維新へと流れこむように綴られているのである。

横道にそれてしまったが、話を戻そう。そんな奇異な巡り合わせだけでなく、彦九郎を主人公にした小説を執筆しようと思い立ったのは、吉村自身もそうだが、世の多くの人が抱いている彦九郎像を修正したいと思ったからだという。

彦九郎といえば、京都三条大橋の袂で、御所に向かって土下座している銅像が連想される。奇行の多い狂信的な尊皇論者というのが、ほぼ定説化されていて、吉村自身もそのような人物と考えていた。昔から、林子平、蒲生君平とともに寛政の三奇人と称されている。が、奇人と変人は同義語ではなく、類い稀なすぐれた人という敬称であることを知っている。そこで誤解を避けるために、「奇士」と呼ぶのが好ましいという。

彦九郎の日記を読み進むにつれ、それまで抱いていた彦九郎とは別の人物像が吉村昭の裡に浮上してきた。

かれが狂信的な尊王論者とされたのは、終戦時までの軍国主義時代の風潮によって歪められ、実像とは程遠いものにされたからである。朝廷と少しでも対立関係にあった者はすべて悪とされ、逆に朝廷に敬意をいだいていた者は、事情のいかんを問わず善とされた。

彦九郎は後者の代表的な人物に仕立てられて大きな賞讃の光を浴びていたが、終戦と同時に狂信という文字を冠され、忌まわしい人物として侮蔑の対象にすらなった。時代の風潮に激しく利用され、激しく貶められたのである。

かれは、学者として、足利幕府以来の武家による武断政治は仮のもので、朝廷による文治政治こそ本来の姿であるという信念をいだき、徳川幕府の前でおびえつづけている朝廷を少しでも力強いものにしたいと念願していた。（「あとがき」）

それはそのまま反幕につながる姿勢である。しかし、かれはそれを恐れず積極的に行動した。現代風の言葉でいえば、反体制の孤独な社会思想家ということになる。吉村昭は言う。

幕末の日本に深く浸透し、天下を大きくゆるがせた尊王攘夷論は、彦九郎の社会思想を源とし、かれは先達であっただけに幕府の追及も甚しく、悲痛な死を招く。

尊王攘夷論は、良きにつけ悪しきにつけ明治維新への原動力となったが、その基本は彦九郎の思想にあったのである。

私は、彦九郎の日記を読みながら、かれの豊かな教養と純粋で物悲しい人間性に魅せられた。（同前）

彦九郎は軍国主義教育のもとで、国民の戦意昂揚の道具として利用された。そこに彦九郎の悲劇の源があった――。

彦九郎の尊皇思想は何に由来するのか。『彦九郎山河』では次のように記されている。

彦九郎の先祖は戦国時代まで家格の高い武家であったが、その後帰農して郷士となり、かれは農民の出であった。（中略）

彦九郎の先祖高山遠江守《とおとうみのかみ》は、上野国新田郡から出た新田義貞に、一族郎党をひきいて仕えていた有力な武将であった。義貞は、南北朝時代に後醍醐天皇の信任を得て朝廷の親衛軍となり、足利尊氏の室町幕府軍と戦い、敗北をかさねて越前国藤島で戦死した。

そのような先祖を持つ高山家では、代々それを誇りとし、朝廷を尊崇する気持をうけつぎ、江戸時代に入ってもそれは変わらなかった。高山家の者たちは神道を信仰し、神社への参拝もかかさない。（『彦九郎山河』）

幕府は権力を朝廷に移譲すべきというのが彦九郎の思想の核になっていた。反幕に通じる尊皇思想を持つ身内の存在は、高山家の存続に大きな障害となる。そう考えた兄専蔵に憎まれ、果ては地獄と呼ぶにふさわしい投獄生活まで送らされる。

ところで彦九郎は早くから蝦夷地に関心を抱いていた。彦九郎はロシアがうかがう蝦夷地に赴き、その実情を調べてみたくなる。もちろん己れの思想を広める目的もある。そこで彦九郎は蝦夷地を目指す。水戸へ行ったときは水戸藩の藤田幽谷、東湖父子を始め多くの学者に偉大な思想家として迎えられる。ついで米沢に赴いたときは藩校興譲館に拠る学者たちに尊皇思想を説く。

米沢を発った彦九郎は赤湯、上山、山形、そして羽州街道を進み、象潟、秋田、青森をへて津軽半島の突端にある宇鉄に行く。そこで蝦夷地に渡ろうとしたが果たせなかった。奥羽地方は大凶作、松前では大不漁が続いていた。加えて前年にアイヌの蜂起があり、松前藩は外部の者に神経を尖らしている。口減らしのために他国から入るのを禁じることもあるが、騒ぎなどが起こらぬよう人物改めも厳しく上陸を許さず、送り返すことを常にしているという。で、船を出す船頭はいない。

蝦夷地への渡航を断念した彦九郎は、取って返して文治政治を実現するため京都を目指すことになる。野辺地から南に向かい、仙台に入り、友人で『海国兵談』の著作で知られる林子平の家に逗留する。そこから京都に向かい、寛政二（一七九〇）年十一月三十日、京都着。京都では革新派の公卿である伏原宣条らと接触し、政権を幕府から朝廷へ移譲させる計画を立てる。彦九郎と公卿たちは、それを実現するには尊号問題を成功させることにある、ということで意見が一致する。

尊号問題について、吉村昭はこう解説する。

光格天皇は、閑院宮典仁親王の子として生まれ、安永八（一七七九）年、死去した後桃園天皇の後をついで、翌九年十二月四日に即位の式をあげた。十歳であった。

天皇は父典仁親王が「公家諸法度」の規定によって、その席次が五摂家と大臣の下位とされ、路上で大臣に出会う折も輿からおりる定めになっているのを痛々しく思っていた。天皇は、子としてそれに忍びず、典仁親王に天皇の譲位後の称号である上皇の号を贈ろうとかんがえた。そのような前例があるかどうかをしらべさせ、後堀川天皇と後花園天皇がいずれもその父に上皇の号を贈ったことを知った。

朝廷から幕府に、内々にそれが伝えられたが、一昨年の寛政元（一七八九）年、正式にその要望書が幕府に送られた。
幕府はこれについて協議し、「右尊号の儀は容易ならざる義につき」として、拒絶を意味する回答をしていた。(『彦九郎山河』)

それを圧伏させようというのが彦九郎の考えだった。しかし、それにしては朝廷は無力に過ぎる。このままでは幕府に尊号事件は拒否される公算が大きい。そこで彦九郎たちは九州の雄藩である薩摩藩と手を組み、朝廷の力を強化し倒幕のきっかけにしたいと考える。薩摩藩への働き掛けは彦九郎に一任された。しかし薩摩藩は動かない。その間に幕府は革新派の公卿に抑圧を加え、倒幕運動をつき崩すことに成功する。そして全国遊説をする彦九郎を断罪するための処置がとられる。

彦九郎は自分の計画が挫折したことを知る。追われる身となった彦九郎は、その後、豊後国(現・大分県)の臼杵、佐賀関、中津、日田と逃避行に似た旅をつづける。そして、いよいよ追い詰められた身であることを意識する。日田を慌ただしく離れた彦九郎の足は久留米に向かう。久留米の儒者森嘉膳宅に草鞋を脱いだ彦九郎は、その地で終焉を迎える。寛政五(一七九三)年六月二十七日、自刃して果てた。辞世は「朽ちはてて身は土となり墓なくも心は国を守らんものを」だった。

吉村昭は言う。

彦九郎は、権力者の幕府に抵抗した論客であった。家庭は弾圧によって破壊され、妻子との縁も断たれた。そうした境遇にありながら、孤独な戦いをつづけ、やがて絶望して自ら命を断ったのである。

尊皇思想をかたく守りつづけたことはたしかだが、それは幕府を倒すための大義名分であった。軍国主義時代、かれの尊皇思想のみが拡大され、反体制の精力的な運動家であったことは、その背後に押しこめられてしまった。そうした時代の操作によって、かれは大きな誤解をうけ、今でもそれはとかれていない。(「反権論者高山彦九郎」)


朝廷が王政復古を宣言したのは、彦九郎自刃後七十四年たった慶応三(一八六七)年十二月のことである。

吉村昭の歴史小説に登場する多くの主人公がそうであるように、己れの信ずる世界に殉じ、敗れた者たちへの熱い共感が、この作品にも窺われる。


川路聖謨も幕末にひときわ鋭い光彩を放ち、独自の生を生きたことで識られる。吉村昭が「もっとも心動かされ」たと語る人物で、勘定奉行・川路聖謨を主人公にした歴史長篇が『落日の宴　勘定奉行川路聖謨』(講談社)である。川路聖謨は軽輩の身から勘定奉行まで上り詰めたことでも分かるように、頭脳、判断力、人格ともに卓越した幕吏だった。このような異例の栄進が可能だったのは、幕末の激動期、幕閣が何よりも人材登用を第一とし、家柄、序列などといった旧弊を無視したからである。

吉村昭は、かなり以前から川路という人物に強い関心を抱いていた。二十年ほど前に執筆を試みたこともある。史料を収集し、関係する地にも旅した。しかし、執筆に踏み込むことはなかった。

その理由を今になって考えてみると、私にはまだ幕末という時代の理解度が乏しく、江戸時代そのものの知識も不十分で、書く自信がなかったのである。

その後、幕末を時代背景とした歴史小説をいくつか書き、私なりの自信も得て、長年の念願であるこの小説の執筆に入ったのである。

一年十ヵ月の連載を終えて、川路聖謨に対して一層の魅力を感じるようになった。かれを通して幕末という時代を俯瞰できたことも、大きな収穫であった。（「あとがき」）

幕末から明治維新にかけて、日本の指導者たちが心血を注いだのは「国の独立」ということだった。幸運にも日本は独立国家として存続することができたが、川路を筆頭とする幕末の開明派の幕政家の努力がなければ、それも危うかっただろう。

川路聖謨の実父、内藤吉兵衛は豊後国（現・大分県）日田の代官所の下級役人である。聖謨が養子に入った川路家も九十俵三人扶持の小身の家だった。しかし、川路は若いときから能力が認められ、実務官僚として頭角をあらわし順調に出世する。「天保の改革」で辣腕を揮った老中水野忠邦にも重用されるが、水野が失脚すると奈良奉行に左遷させられる。

しかし、時代は川路を放っておかなかった。奈良奉行から大坂町奉行へ。そして嘉永五（一八五二）年には勘定奉行兼海防掛になる。翌年、ロシアのプチャーチンが長崎に来航し通商を求めた際は長崎に赴き、安政元（一八五四）年、伊豆国下田で日露和親条約の調印に漕ぎ着ける。そのとき北方諸島の帰属など、いまだに揉めている問題について両者は議論を繰り返す。が、驚くのは川路たちが国際情勢についての情報を正確に把握し、交渉に臨んでいたことである。

安政五年、川路は日米修好条約締結について勅許を得るため老中堀田正睦を補佐して活躍。その後、井伊直弼が大老に就任すると、一橋派と目され失脚する。文久三（一八六三）年外国奉行に起用されたが数か月で辞職。慶応四（一八六八）年三月十五日、江戸開城の翌日、腹を切りピストルで喉を撃ち徳川幕府に殉じた。彼ら「負け組」の存在がなければ、明治日本の栄光がなかったことを『落日の宴』は教えてくれる。川路は奈良奉行のときに「寧府紀事」なる日記をつけていたが、その後も日記をつづっている。その文才は知性派詩人として知られる曾孫の川路柳虹に受け継がれたようである。

いまさらめく余談だが、この作品でも「現場主義」をモットーとする吉村昭の姿勢は変わっていない。というのは、川路は日記をつけていたが、短銃自殺をした当日は書いていない。するとその日の天候が気になる。天候によって情景が変わってくるからである。調べた結果、当日も次の日も快晴だった。そこで、〈夕方、空は茜色に染まった〉と書いた。その天候を知るだけで三日かかったと語っている。たった九字のためにである。

平成八年、吉村昭の身辺に少し変化がみられる。六月の日本文藝家協会副理事長への就任と、七月の文芸誌「季刊文科」創刊への参画である。作品では年初から新発見に満ちた歴史小説「生麦事件」の連載をスタートさせている。

「季刊文科」は〝純文学の砦〟を標榜して創刊された。メンバーは「文學界」の同人雑誌評のグループ、大河内昭爾、勝又浩、松本徹、松本道介に、吉村昭、秋山駿を加えた陣容である。吉村昭と秋山駿を誘ったのは「文学者」時代からの仲間である大河内昭爾だろう。

創刊号の編集後記に大河内昭爾は創刊案内として、〈昭和三十年代から五十年代にかけて「風景」という雑誌がありました。舟橋聖一氏を囲むキアラの会が編集を担当し、紀伊國屋書店の田辺茂一氏を発行人に、野口冨士男、八木義德、吉行淳之介といった人たちが編集人に名をつらねていました。文学が文学として純粋に存在し、まだ輝いていた頃のことです。その昔をなつかしみ、またその純粋な存在を支持し、語りついでいきたいと念願して、さらに新鮮な文学の母胎ともなるべく「風景」にかわってここに「季刊文科」を創刊します〉と記している。「季刊文科」は商業文芸誌とは一線を画し、「純文学宣言」と「同人誌活動応援」を謳い、往年の〈名作再録〉や同人誌作家の作品を積極的に掲載することを特徴としていた。

ところで「季刊文科」創刊の遠因の一つに「文學界」掲載の「同人雑誌評」の中止があげられるだろう。昭和二十六年四月号から続いていた「同人雑誌評」が打ち切られたのは、平成二十年十二月号である。その背景には同人雑誌の不振があった。かつて同人雑誌は新人発掘の狩猟場であり、新人の発掘は文芸誌の編集者の使命でもあったのだ。実際、昭和五十年代くらいまでは芥川賞候補の半分ぐらいは同人雑誌掲載作だった。その後、新人賞の数も増えて、同人雑誌経由は次第に減少する。加えて同人雑誌活動の凋落もある。同人の高齢化による創作意欲の喪失など、同人雑誌は

〈老人雑誌〉と揶揄されるようになった。

「季刊文科」第十八号から「砦」というコラムが登場する。「砦」が〝純文学〟を援護射撃する「拠点」を目指したことは論を待たない。が、純文学の雑誌の発行は容易なことではなく、一号から十二号までの発行所は紀伊國屋書店。その後はおうふう、邑書林、北溟社などを漂流する。平成十五年、二十五号から鳥影社に引き継がれ現在に至っている。多忙な吉村昭が編集に参画したのは、長い同人雑誌体験があり、同人誌作家を応援したい気持ちがあったからに違いない。

この年九月に出た『街のはなし』（文藝春秋）は月刊誌「クレア」の創刊号から、「箸袋から」というタイトルで六年間にわたって連載した七十九篇のエッセイを中心にまとめたものである。執筆依頼があったとき、

女性読者を対象とした雑誌ということに、私はたじろいだ。恐るべき女性を納得させるものが、果して書けるかどうか。そうした危惧を口にすると、男性である編集長は、その雑誌づくりに同様の不安をいだいていることを口にし、私たちと同じ不安の舟に乗っていただきたいのだ、と言った。

そこまで言われると承諾しないわけにはゆかず、悲壮な思いで「クレア」という舟に乗った。（中略）なにを書こうか苦しみもだえることもあったが、自然に素材が湧き出て筆をとることもあった。振返ってみると、楽しかった仕事であり、「クレア」という舟に乗ってよかった、と思

っている。
エッセイは、作者の素顔である。ここにまとめたエッセイを読み直して、私は鏡に映る自分の顔を改めて見直す思いでいる。（「あとがき」）

一篇が原稿用紙四枚というごく短いエッセイだが、〈私には、一度見た顔はほとんど忘れぬという特技に近いものがある〉（「お買い得」）という吉村昭の人物描写、周辺への観察力が光り、名短篇作家のユーモア溢れる好エッセイ集となっている。

その実証性と描写の詳細さにおいて瞠目させられるのが長篇小説『生麦事件』である。文久二（一八六二）年八月二十一日に横浜郊外の生麦村で起こった英国人斬殺、いわゆる生麦事件を素材にした歴史小説である。執筆を思い立ったのは、幕府が倒れ明治維新が成立する上で極めて重要な意義を持つ事件であると考えたからだった。

重要な意義とは何か。当時、薩摩藩の藩論は尊王攘夷で統一されていた。生麦事件は薩摩藩主島津茂久の父久光の大名行列を乱したイギリス人を殺害した事件である。この事件に横浜村居留地に住む外国人たちは激昂、英国代理公使は下手人の引き渡しと遺族の扶養料及び負傷者慰謝料を要求する。が、薩摩藩は応じなかった。そのためイギリス東洋艦隊司令長官クーパーは七隻の軍艦をひきいて鹿児島に向かう。翌年七月の、いわゆる薩英戦争である。

この戦闘によって薩摩藩はイギリス艦隊の絶大な武力をまざまざと見せつけられ、攘夷論が現実を無視した愚かしいものであることを知る。藩は一大転換してイギリスと親交を結び、西洋の新式銃砲を積極的に購入するようになる。戊辰戦争では旧式の兵器しか持たない幕府側の大兵力を一蹴したことは周知の通りである。つまり薩摩藩を中心とした明治維新を成立させたのは、薩英戦争の戦訓が要因だった。その戦争の発端が生麦事件である。小説では事件から明治維新に至る六年間が描かれている。

この作品を執筆したときのエピソードがある。薩摩藩士の奈良原喜左衛門が行列を乱したリチャードソンに走り寄り左脇腹を斬り上げ、さらに左肩から斬り下げる。マーシャルもクラークも他の藩士に斬られるが、二人は無傷の婦人のマーガレットとともに馬で逃げる。これが生麦事件の概要である。

最初の場面で殺傷事件を書くことになるが、奉行所の記録を資料にその場面を書いたが疑問が湧いてきた。脇腹を斬ったのはいいとして、馬に乗っているリチャードソンを、どうして肩口から斬り下げられたのだろう、というものである。婦人は背の低い日本の馬に乗っていたが、三人のイギリス男性は上海から持ってきたアラブ系の馬に乗っていた。背が高いアラブ系の馬に乗っていた人間の肩口がなぜ斬れたのか。普通の人間には不可能と思われる。一体、どんな技を用いたのか。それを考えると明け方、目を覚まして眠れなくなった。そこで吉村昭は宮崎県出身で薩摩の示現流剣術の心得のある大河内昭爾に電話を入れる——。

その日の午後、吉村昭は鹿児島に飛ぶ。調べると奈良原の剣法は野太刀自顕流だという。そこで自顕流師範のところへ行って刀を見せてもらう。それは刀身がすごく長く、幅も広いものだった。

剣法の記録を見ると、奈良原は藩主の前で模範演技を見せるほどの達人だったことも判明する。その調査で、まず脇腹を斬って、体が前に傾いたところを返す刀で肩から斬りおろしたことが分かった。それは「抜き」と称されており、奈良原は「抜き」の名人であり、自身長身だったことも書かれていた。

鹿児島に行って納得したわけであるが、それで作品に影響したのは二行分だけだった。その部分を引くと、〈かれは、長い刀を抜くと同時にリチャードソンの脇腹を深く斬り上げ、刀を返し爪先を立てて左肩から斬り下げた〉となる。七十歳近い年齢になっているのに、たった二行のためにも調査の労を惜しまないあたり、〝調査魔・吉村昭〟の面目躍如たるものがある。そうした徹底した調査によって事件の起こった場所を確定するなど、生麦事件の全容解明に肉薄した作品となっている。『生麦事件』(新潮社)は十年九月に刊行された。

少し戻るが、平成八年の「年譜」に、〈九月、岩手県田野畑村鵜の巣断崖地内に、吉村昭文学碑が建立され、除幕式が行われる〉とある。吉村昭には文学碑の建立に対して強い抵抗があった。が、田野畑村だけには承認した。

建立された場所は岩手県下閉伊郡田野畑村真木沢の観光名所「鵜の巣断崖」遊歩道の一角で、二十九日に除幕式が行われた。十センチ角の石を波紋のように放射状に敷いた石畳に、巨大な自然石を置いたデザイン。碑の表面には、太宰治賞を受賞した「星への旅」の後半の一節から引かれた、「水平線に　光の帯が流れている／漁船の数はおびただしいものらしく／明るい光がほとんど切れ目もなく／点滅してつらなっている／それは　夜の草原に壮大な陣を布く／大軍の篝火のようにみえた／そしてその光は　水平線から夜空一面にひろがる／星の光と同じまたたきを／くりかえしていた／吉村昭作〈星への旅〉新潮社刊より」と直筆で刻まれ、裏面には「小説　星への旅　は／田野畑村の空と海／そして星空の／かぎりない美しさに／感動して書いた小説です／吉村　昭」とある。そして略歴が刻まれている。さらに「平成十八年七月三十一日死去　享年七十九」と付け加えられた。吉村昭の初めての文学碑である。

ところで田野畑村のみならず三陸全域にとって悲願の三陸縦貫鉄道北リアス線（宮古—久慈間）が開通したのは昭和五十九（一九八四）年のこと。明治の大津波のあと、救援や復興のために求められた百年の夢の実現だった。同時に国道四五号の整備が進み、田野畑村の峡谷には長大な思惟大橋も完成した。

吉村昭の文学碑が建てられた翌九年八月、思惟大橋のたもと、道の駅たのはた園地内に架橋を記念して書下ろされた津村節子の詩碑が建立された。田野畑村と三陸国道工事事務所が橋や道の役割を考えるために建てたものである。吉村昭ではなく津村節子に依頼があったのは、津村が田野畑村について「自然と人間が共存する村」とか「最後の楽園」といったエッセイを書いているからだろう。碑面には、〈緑の中に／光の中に／潮風の中に架けられた／田野畑の橋／／豊かな幸と／美しい笑顔と／やさしい心に出会える／／田野畑の道と／田野畑の橋は／未来を開く橋／田野畑の道は／夢に向かって歩くみち／津村節子〉の文字が刻まれている。

吉村昭の文学魂の再生を促した田野畑村と、吉村一家の強い結びつきをうかがわせる二つの文学碑である。

話は前後するが、九年五月、「闇にひらめく」を原作とする映画『うなぎ』がカンヌ国際映画祭でパルム・ドールを受賞する。この年の出版は『朱の丸御用船』（文藝春秋）だけ。「朱の丸御用船」（雑誌発表の題は「朱の丸船印」）は江戸末期の天保元（一八三〇）年、三重県の志摩半島突端にある波切村（大王町）で実際に起こった出来事を素材にしたものである。

当時、大量輸送の手段が船だったことについては述べた。全国の商品の集散地である大商業都市・大坂から大消費地・江戸に生活必需品を運んだのも廻船だった。大坂と江戸を結ぶ航路は、現在の東海道新幹線、もしくは東名高速道路のような物資輸送の大動脈だったのである。波切村沖は岩礁のつらなる大難所で、廻船の難破が多かった。悪質な船頭の中には荷主から託された積み荷を途中で売り払い、あたかも船が難破したように装って、船を沈めるようなこともしばしばあった。波切村沖がそれに利用され、村を巻き込む事件が起きたのである。吉村昭は四日市・津・鳥羽の各地を訪ね資料を収集、大王町にも二度出かけた。

漁民たちは難破した御用船から米を奪う。犯罪は隠蔽されたかに見えた。が、一通の書簡が村に届くことで破綻する。隠されていた意外な事実が村を悲劇に導く。追い詰められた人間の破滅に向かう心理に迫る長篇小説である。

十二月、吉村昭は日本藝術院会員となる。

翌十年、それまで二十年間中断していた太宰治賞が筑摩書房と三鷹市の共催で復活することになる。その時、吉村昭に選考委員の声がかかった。吉村昭は長い間、文学賞、特に新人賞の選考委員になることを断りつづけてきた。〈受賞はきっかけの一つにすぎず、本質はその人がどのような小説を書きつづけるかにあると思っている〉（「選考委員を引き受けて」）からだという。しかし、例外的に引き受けたのは、〈私の小説家としての出発点は太宰治賞の受賞であり、賞の中断した事情（引用者註＝筑摩書房の倒産）も熟知していたので辞退するわけにはゆかなかった〉（同前）からだという。その吉村昭の選考について、高井有一は、〈銓衡に当つて、吉村さんは厳しかつた。或る年の候補作に主人公が人の糞尿を食ふ場面があつた。その一行だけで、吉村さんはその作品を断乎として拒否した。ぼくは認めない、と言つたきり口を噤んでしまつた風貌が、今も眼に遺る〉（「吉村昭さんの死」）と、後に回想している。

これまでもたびたび触れたが、吉村昭は短篇志向について随所で語っている。

竹は節があるから強靭なのであり、直立した地上茎は、細いのに高く伸びても折れることはない。

私が短篇小説を書くのは、竹にとっての節に似た意味を持つからである。竹の節のように、一定の時間の間隔をあけて短篇小説を書く。苦しい仕事ではあるが、それを書かなければ、小説を書く私が、もろくも途中から折れてしまうような危惧をいだいている。

ここに収めた十二篇の短篇は原稿月紙（四百字詰）三十枚前後の小説で、その折々に竹の節であるのを願って書いたものである。しかし、それが確実な節になっているかどうかは、私自身わからない。

と「あとがき」に記した『遠い幻影』（文藝春秋）が刊行されたのは十年一月。収録されている「夾竹桃」「尾行」「ジングルベル」を除いた「梅の蕾」「青い星」など九篇は五年から十年の六年間に発表されたものである。

表題作「遠い幻影」の執筆動機を主人公である「私」に語らせれば、〈死はいつ訪れるかわからないが、漠とした記憶を記憶のままにしておきたくない気持がある。この世に生きていた間の事柄は、出来得るかぎりはっきりとさせ、死を迎えたい〉と思ったことにある。また、〈年齢を重ねると、幼、少年時代の記憶をたしかめようとしたり、家系などを調べたりする傾向があるようだ。それは時間の余裕ができたこともあるが、死が訪れるまでの間に、曖昧な事柄をすべて明確にしたいという心理が働くからではないのか〉とも言う。そうした心理状態の中で書かれた、作者七十歳の作品である。

昭和十五年夏、「私」は静岡の連隊に入隊した兄が中国へ出征するのを見送りに行く。兄とは短篇「蜻蛉」にも出てくる、中国戦線で戦死した四兄敬吾のことである。この兄と別れた夜のことを思い出しているうちに、もう一つの情景が蘇ってくる。それは出征兵士を乗せた列車に群がった、見送り家族が列車に轢かれたという話だった。それが本当に起きたことなのかどうか。遠い幻影のような事象を追い、轢いた列車が下りの特急富士であることを確認するという物語が「遠い幻影」である。

その四兄の戦死から着想したと思われる作品が「青い星」である。戦死した次兄の恋人、光子に女の子が生まれていたことを知った梅宮は落ち着かない。名古屋でトンカツ屋を営んでいると聞いた梅宮は、光子一家に会いに行く。光子と娘夫婦の生活状態を危惧したからである。が、トンカツ屋は繁盛しており、それを確かめた梅村は声もかけずに店を出る、というストーリーである。

いま一つ、感動的な作品を紹介しておこう。「梅の蕾」の舞台は三陸海岸寄りの村である。早瀬村長は陸の孤島といわれるほど隔絶された漁村の港湾施設を整備、酪農事業を興し、海を中心とした観光事業を企て村営のホテルを建て、観光船を購入して観光客誘致に努めた。長年の悲願だった鉄道開通も実現し、村は早瀬が村長に就任した頃とは別世界のように変貌した。

そんな早瀬村長の悩みは村営の診療所の運営だった。あちこちに働きかけても、村に来てくれる医師はいなかった。ところが千葉県の癌センターの枢要な地位にある堂前医師が来てくれることになる。堂前医師は人格、医療技術とも完璧な人物だった。そんな優れた医師が来てくれるのは奇跡的なことである。やがて堂前医師一家は村に移住してくる。野草を摘むのが趣味の夫人は、一緒に山に入るなどして村人とも親しみ、環境にもなれる。が、夫人は白血病に罹っていた。病気は確実に進行し夫人は死を迎える。葬儀は夫人の実家のある湘南の町で執り行われた。

東京出張中だった早瀬村長は葬儀に参列する。焼香をすませて出てきた早瀬村長は、葬儀に参列すべくマイクロバスを連ねてきた二百人を超える村人と遇う。〈堂前が村の診療医になってくれたのは、夫人の山野を歩く趣味をみたそうとしたからにほかならない。医師として堂前は、夫人の生命が近い将来確実に断たれるのを知っていた。その残された時間に、かれは、夫人に思う存分趣味に生きさせようと思ったにちがいない。それは、村に移住したことで十分に果され、夫人の死によって堂前が村に住む意味はなくなっている〉と村長は思い、再び無医村に戻ることを懸念する。もう村長からは、医師探しに努力する気持ちは失われていた。

堂前が村に赴任してきたのは、死期の迫った夫人のためであり、そのような特殊な事情がないかぎり、村にやってくる医師などいない。県下に無医村は数限りなくあり、自分の村もその一つであって、分に過ぎた望みをいだくべきではないのだ、と思った。

かれは、体から力が抜けたような疲れをおぼえていた。

ところが堂前医師は戻ってきた。堂前医師は言う。

「正直のところ、友人の医師たちからどこかの病院に勤めろ、としきりに言われました。それもよくわかるのですが、妻の葬儀の時に、あんなに多くの村の人が来てくれましたでしょう。あれを見たら、村にもどらぬわけにはゆきませんよ」

川西政明は、〈この二十数年その小説を愛読してきた者の実感として、最近、吉村昭の文学は極まってきたと思う。このような成熟をもたらしたのは、吉村昭がその文学の核心に歴史小説を置き、吉村史観を完成させたからであろう。（中略）／これらの短編を読むと、吉村昭のなかに、人は稲光する雷雨、激浪をうちあげる暴風、火を噴く山、地を揺する地震を避けようもなく経験するが、そのあとには風がそよぎ、空は晴れ、星はまたたき、大地は緑に輝く時がかならずくるという確信があることがわかる。荒々しい経験をしたあと、人は穏やかで普遍的な世界を肯定する場所に居場所を見つけるにいたる。それが人生の自然なのだと吉村昭は言っているように思える。その一方で、その自然にわが身をまかせることができない人もまた多い。それら人生の微細を吉村昭は短編で写しとっているのだろう〉と書いている。

それを読んだ吉村昭から、川西のもとに手紙が届いた。それには川西の説を受け入れた上で、〈「なんとなく自分が一つの道に入って歩みはじめているのをかなりはっきり意識している」ことを示唆し、それは「まちがいなく、現実には老いを少しも感じないながら、小説家として死の沼への道を確実に下りはじめている思いをしているためです」〉と書かれていたことを、川西は『死顔』（新潮文庫）の「解説」で明かしている。『遠い幻影』の文庫版の出たのが平成十二年十二月だから、吉村昭七十三歳の感慨である。

十月には『史実を歩く』（文春新書）が出た。戦史・歴史小説を精力的に書いてきた吉村昭は、その綿密な取材と細部へのこだわりでも知られた。どこで素材と出会い、どのようにして調査を進め、歴史の〝真実〟に迫ったのか。作家の史実への肉薄の姿勢を綴った「取材ノート」である。『破獄』の史実調査」「高野長英の逃亡」「ロシア皇太子と刺青」「生麦事件の調査」など九篇が収録されているだ、森史朗は「歴史的事実の訂正と発見」と題する文庫版の「解説」で、『桜田門外ノ変』の現地踏査の結果、関鉄之介が捕まった場所の史書の記載の誤りを指摘したことに触れ、〈本書には、原作を読む楽しみがふえるほかに、こうした歴史的事実の新発見を随所に見出すおもしろさがある〉としている。

平成十一年七月、日本文藝家協会理事長代行に就任。（「自筆年譜」）

この年、吉村昭は第一回司馬遼太郎賞（司馬遼太郎記念財団主催）の受賞の打診を受けたようである。吉村昭自身は語っていないが、次のような発言がみられるからである。

佐高信は、〈先ごろ、作家の吉村昭さんが「司馬遼太郎賞」の受賞を断わったという。司馬さんの作品をほとんど読んでいないので受賞する資格がないと言ったらしいが、なかなか、できることではない〉と『司馬遼太郎と藤沢周平』（光文社）の「あとがき」で述べている。

末國善己は、〈吉村は第一回司馬遼太郎賞の受賞者に推挙されたが、辞退している。その理由を推し量るのは難しいが、自分の作品が司馬の目指した〝歴史小説〟とは異なっているという想いは、どこかにあったように思える〉（「〝史伝〟の復権」文藝別冊［総特集］吉村昭」所収）と記している。また、大河内昭爾も、〈ある高名な歴史小説作家の名前を冠した文学賞の主催者から、吉村昭に受賞の打診が来た時、私は相談を受けた。吉村昭はその作家の作風に自分とは相容れないものを感じていたため、受賞に戸惑いを感じたようだ。私は「読者が広がるから、受けた方がいいよ」と答えたのだが、吉村昭は「うん」と言って考え込んでいた。その作家や選者に失礼になることを配慮したようだが、結局その賞を辞退したのも、今思えば吉村昭らしい〉（「拒否する作家吉村昭との五十年」「新潮45」平成二十一年八月号所収）と報告している。

辞退の理由は分からないが、通称〝司馬史観〟とされるものに対する拒否と考えることはできないだろうか。

いくつかの理由はある。まず想起されるのが『大黒屋光太夫』である。漂流物を書きつづけてきた吉村昭にとって大黒屋光太夫は魅力の主題だった。しかし、先輩作家の井上靖が『おろしや国酔夢譚』と題する小説を書いていることから、同じ素材の小説を書くつもりは毛頭なかったと語っている。なのに執筆したのは、新しい史料が見つかったこともあるが、自分と井上靖の小説作法が異なることが最大の理由だった。井上作品が、まるで華麗な歴史のパノラマを見るような作品であることに違和を覚えたのが執筆の動機だった。いうなれば井上作品への異議申し立てだった、ということも可能だろう。それは舟橋聖一の『花の生涯』（新潮社）と『桜田門外ノ変』における小説作法の差異でもある。

同じようなケースを司馬遼太郎にあてはめれば松本良順がいる。明治維新後、初代陸軍軍医総監となり、日本近代医学の土台を築いた人物として知られる。吉村昭には松本良順を描いた作品が二つある。『日本医家伝』に収録されている短篇「松本良順」と、後に触れる「群像」の平成十六年一月号から翌年二月号まで連載した『暁の旅人』である。先輩作家の司馬遼太郎の『胡蝶の夢』（昭和五十四年）も松本良順を主人公にした〝歴史小説〟である。『暁の旅人』に先立つ二十五年前の作品である。吉村昭に先駆的短篇があるものの、同じ素材で執筆することにジレンマはなかったのだろうか。仮になかったとしたら、『暁の旅人』は『胡蝶の夢』への異議申し立てだった、ということもできるだろう。小説作法の相違である。

末國善己は、〈『胡蝶の夢』と『暁の旅人』には共通のエピソードも少なくない。これは司馬と吉村が、同じ史料を踏まえたからと思われる。ただ、この二作から受ける印象はまったく異なっている。／『胡蝶の夢』が蘭学を学んでいたため幕府の医官の中では不当に扱われていた良順が、因襲に満ちた医療制度を破壊し、近代的な医療体制を確立するという壮大なプロジェクトを成功に導くまでをダイナミックに描くロマン豊かな物語ならば、『暁の旅人』は「真実を把握して迷うことなく行動」するという信念を胸に秘めた平凡な医師が、混迷の時代を愚直ながら力強く生きた記録となっている。吉村が目指したのは、良順を等身大の人間としたからこそ際立つ偉大さであり、読者が身近に感じられるからこそ生まれる限りない感動なのである。／同じ人物を主人公にしながら、なぜ司馬と吉村ではその造形が異なるのか？　それは二人が共に〝歴史小説〟を書きながら、その内実が異なっているからにほかならない。（中略）／自分の好きな人物だけを取り上げ、そのマイナス部分には触れないまま英雄的な活躍のみを活写する列伝形式を好んだ司馬の作品が、読者を楽しませるためなら虚構を描くことも厭わなかった渋柿園の系譜の〝歴史小説〟の延長にあるならば、吉村は徹底して史料にこだわる〝史伝〟の伝統を継承する作家といえよう。司馬と吉村の作風は、史料評価や歴史観の違いから生まれたものではなく、そもそも小説としてのジャンルがまったく異なっているのである〉（「〝史伝〟の復権」）としている。

大河内昭爾も同様に、〈司馬遼太郎さんの方は、エピソードを巧みに織り込む史談小説で、一方の吉村さんは史実そのものがドラマだという見識でした。この二人は同じ題材を選んでもやっぱり趣きが変わっちゃうんです。吉村史実小説のおもしろさは、やっぱり読みだしてその世界に入っていったときの、信頼感、安心感にあった。この先どうなっていくんだろうという、事実の重みのドラマにありますね〉（津村節子・大河内昭爾対談「吉村昭の流儀」「文藝別冊」所収）と語っている。

歴史小説に対する自分の方法への絶対的信頼が、受賞辞退につながった、と結論づけたくなるのは、わたしだけではないだろう。

その小説作法の違いはどこにあるのか。

司馬遼太郎は、〈ビルから、下をながめている。平素、住みなれた町でもまるでちがった地理風景にみえ、そのなかを小さな車が、小さな人が通ってゆく。／そんな視点の物理的高さを、私はこのんでいる。つまり、一人の人間をみるとき、私は階段をのぼって行って屋上へ出、その上からあらためてのぞきこんでその人を見る。おなじ水平面上でその人を見るより、別のおもしろさがある。（中略）／ある人間が死ぬ。時間がたつ。時間がたてばたつほど、高い視点からその人物と人生を鳥瞰することができる。いわゆる歴史小説を書くおもしろさはそこにある〉（「私の小説作法」）と述べている。それは「鳥瞰」という方法であり、いわゆる〝司馬史観〟ということになる。作者が鳥のように高所にいて、中心人物を眺め下ろす方法である。そのように司馬には歴史を上から俯瞰するように捉える傾向が強く、それが「天下国家」を論ずる視点となっている。

ところが吉村昭は、主人公に寄り添うように等身大の人物を描く。そこに明確な差異が感じられる。また司馬には、英雄こそが歴史を動かすという嗜好があるようである。〝英雄史観〟ということもできるだろうが、乱世の中で立ち上がり世の中を一変させる力をもった人を主人公にした作品が多いのも吉村昭との顕著な違いといえる。

さてこの年（十一年）、吉村昭は『碇星《いかりぼし》』（中央公論新社）を上梓している。

長篇小説を書き上げた後、短篇小説の執筆に手をつけることを常としている。私の場合、それが小説を書きつづける上で絶対に必要不可欠と考えているからである。

長篇小説は、広い一本筋の道を力ずくで進んでゆくのに似ている。完結の場所ははるか遠くに見えていて、その地点にむかって慎重に、しかしひたすら足をふみしめて歩いてゆく。終着点に近づき、ようやくそこに至った時、疲れが一時に湧いて、膝をつく。

二、三カ月間、放心状態がつづくが、そこを抜け出して再び小説を書く活力を回復できるのは、短篇小説を書く以外にない。（中略）

そうしたことの繰返しで、私は長篇小説を書く境目に短篇小説を書くことをつづけてきた。いわゆる短篇小説は竹の節に似ていて、それがなければ竹幹である私の長篇小説は、もろくも折れてしまうだろう。

この短篇集には、その折々に竹の節と願って書いた八篇の短篇をおさめた。その出来不出来は、私にはわからない。一篇だけでも、読む人の心の琴線にふれるものがあるとしたら、それだけで満足である。（「あとがき」）

収録されている作品のうち「花火」「牛乳瓶」「光る干潟」は自伝的性格が強く、表題作を含めた「飲み友達」「喫煙コーナー」「受話器」「寒牡丹」は六十代から七十代の定年退職者を主人公にしている。テーマは老年の孤独と死に集約できるだろう。依然として執筆意欲は旺盛だが、吉村昭、七十二歳のときの出版である。ここでは表題作だけの紹介にとどめたい。

作品の冒頭近くに、次のような文章がある。

　定年で退職した者には、二通りの生き方があるようだ。

　その一つは、退職したことが嬉しくてならず、表情も一変して明るくなる。朝起きても出社する必要がないことに胸をはずませ、夜就寝するまでの時間を浮きうきとした気分ですごす。居間で茶やコーヒーを飲みながら妻と世間話をしたり、妻と連れ立ってマーケットなどに買物に行ったりする。年金生活で贅沢はできないものの、小旅行をし、案内書を手に美術館や博物館めぐりをすることもある。少しの束縛もない自由な生活に満足し、新鮮な日々をすごす。

　それとは対照的に、虚脱感におちいる者もいる。定年退職は、社会が自分を必要としなくなった結果だと考え、なすこともなく居間に坐ってテレビの画面に眼をむけたりしている。時間が惰性のように流れるだけで、会社なくしては自分の存在意義がないのを感じる。

　かれらの中には、会社に勤めていた頃と同じようにネクタイをしめ背広を着て家を出ると、あてもなく歩きまわって夕方家路につく者もいるという。望月の数年先輩の者は、退職後一年ほどの間、会社の入っているビルの前まで来て、それから近くの喫茶店で時間をすごすのを日課としていたときく。

電機メーカーの社員である望月は、定年の日が近づくにつれて、そういう先輩の話に空恐ろしさを覚える。退職してからはじまる日々に自信がなかったのだ。が、退職が一か月後に迫ったとき、総務部長から、退職後も嘱託として、これまで従事してきた会社の葬儀係として週三回出勤できないかと言われ承諾する。そして会社の会長が愛人宅で急死したときにはうまく繕って手柄をあげたり、死期の迫っている社員の通夜や葬儀の段取りを考えるために、社員宅をひそかに下見に行ったりする。

そんな望月に入社したときの上司で、いまは系列会社の相談役をしている君塚が自分の葬儀のことを頼んでくる。自分が死んだら、一方的に顔を覗かれたくないから、窓のない棺に入れてほしいという依頼だった。

君塚がそんなことを考えるようになったのは、妻を亡くし所在なく望遠鏡でカシオペア座の碇星を見るようになってからである。その星を眺める楽しみをおぼえた君塚は、死んだら碇星のもとに行くだけのことだ、と思うと死が怖くなくなる。死んだら棺の中で自分の星である碇星を見つめていたい。そんなとき時々窓が開いて覗き込まれたらたまらない。だから棺に窓をつけないでほしいというのである。

窓のない棺など既製品にはない。望月は特別に誂えることを約束する。「碇星」は、その約束が出来たとき、〈死が君塚の口から日常茶飯事のように語られ、自分もそれに少しも違和感をいだいていない。なにか意義深い時間が、二人の間に静かに流れているような感じがする。／かれの眼の前に、闇夜に光るW型の冴えた星座が浮び上った〉と結ばれる。死の恐怖から逃れるには、日頃から死を日常茶飯事のように語らなければならない、ということだろうか。

平成十二年、〈六月、第四回海洋文学大賞特別賞受賞〉（「自筆年譜」）

一月に『夜明けの雷鳴　医師高松凌雲』（文藝春秋）が上梓された。主人公の高松凌雲（荘三郎）は天保七（一八三六）年、筑後国（現・福岡県）御原郡古飯村の庄屋の家に生まれる。医学を志して江戸に出て、さらに大坂の緒方洪庵の適塾で西洋医学を学ぶ。やがて一橋家に雇われ、一橋慶喜が徳川宗家を継ぐと幕府の医官になるという順風満帆の人生だった。慶応三（一八六七）年、万国博覧会に出席する慶喜の弟昭武に随行して渡欧する。それが凌雲の運命を変えた――。

昭武主従がパリに滞在中、幕府は瓦解する。急遽帰国した凌雲は榎本武揚が率いる艦隊に加わり、旧幕臣として箱館戦争に身を投じ官軍と戦うことになる。武器を持って戦ったのではない。軍医として負傷者の治療に当たったのである。榎本軍が降伏すると彼も捕らえられ、徳島藩中屋敷で謹慎させられる。徳島藩では凌雲を医師として迎える心積もりで引き取ったのだった。しかし、謹慎中の待遇はひどいもので、凌雲は藩の頼みを断る。謹慎は三か月ほどでとかれる。凌雲は水戸藩から給与をもらう身となり、開業も許される。こうして凌雲の新しい人生が始まる。

パリで高度な西洋医学を修得、臨床医としても優れた腕を持つ凌雲を新政府が放っておくはずがない。新政府は兵部省に宣医として出仕するよう求める。しかし凌雲は応じなかった。神聖なる医学の精神を学んだ凌雲は、貧しい患者を治療するために仲間の開業医たちと「同愛社」を組織したりしながら、市井で病気や怪我に苦しむ人々を助ける道を歩み続ける。この作品は、近代医療に魂を吹き込んだ、博愛と義の人の波瀾の生涯を描いた歴史長篇である。

ところで旧幕臣たちの新時代での身の処し方はさまざまである。榎本武揚は箱館五稜郭に立て籠もり徹底抗戦する。降伏後に捕らえられ、死罪は確実とみられた。が、特赦されて新政府に仕える道を選ぶ。そして逓信・文部・外務・農商務省などの要職を歴任、ついには子爵にも叙せられた。榎本の助命に一役買った福沢諭吉はこうした生き方を咎めて、「瘦我慢の説」を著した。〈榎本の部下として戦い死んだものたちのことを思えば、彼が新政権の下で栄達したのは納得しがたい〉との主張である。体制の変化に敏感に対応することを潔しとしない魂である。川路聖謨もそうだが、高松凌雲もまた己れの信念を貫き、旧幕府に殉じた一人である。

ほかにこの年は八月に『島抜け』（新潮社）、十月に随筆集『私の好きな悪い癖』（講談社）が出ている。

十三年二月に上梓された『敵討《かたきうち》』（新潮社）には表題作と「最後の仇討」の二つの中篇が収録されている。いずれも江戸時代の武士の復讐事件を描いたものである。

復讐事件は何も異常現象ではない。親を殺された場合、敵を討つのが武士の社会では不文律だった。しかし、いざ実行するとなると容易なことではない。まず敵討は幕府の許可を得なければならない。許可されれば、あとは微かな相手の消息をたよりに、ひたすら旅をして敵を探す境涯に入ることになる。首尾よく敵を討つまでは帰参できない。日本国中を捜しまわるのは、広大な砂浜の中から、一粒の金を捜すようなもの。それでも捜し当てられれば幸運である。多くの場合は徒労に終わり、返り討ちにあったりもする。数十年もかかって探すうちに路銀が尽き、敵討の意欲も気力も失って朽ち果てるか、あるいは病気で死ぬこともある。ようやく探し当てても、相手が死んでいたりもする。

表題作の「敵討」は、天保・弘化年間に江戸の護持院ケ原であった敵討。「最後の仇討」は幕末の慶応四（一八六八）年を発端とし、明治十三（一八八〇）年に決着した出来事である。吉村昭は、〈一年ほど前までは、敵討について小説を書くなどとは思いもしなかった。歴史上重要な意味を持つ事柄のみを歴史小説として書いてきた私は、個人と個人の問題である敵討には全く関心がなかった〉（「あとがき」）と記している。ということは、この二つの敵討は歴史と深い関わりがあるということである。

「敵討」を執筆したのは、〈老中水野忠邦の手足となって動いた鳥居耀蔵が深く関与したもので、この敵討を書くことで鳥居とかれをかこむ多くのことが浮き彫りにされているのである。つまり、この敵討が単なる個人と個人の刃傷事件ではなく、その背後に幕末の政争、それによる社会情勢の変遷があることを知った〉（同前）からだった。舞台は、森鷗外の「護持院原の敵討」と同じである。が、吉村昭が断っているように、鷗外の描いた敵討は天保六（一八三五）年のもの。こちらは、その十一年後の敵討である。

「敵討」は天保九（一八三八）年十一月、江戸下谷の御成小路に斬り殺された井上伝兵衛の死骸が横たわっていたことに始まる。伝兵衛の弟伝之丞と倅伝一郎は敵討の許可を得る。まもなく伝之丞が行方不明になる。同一人物に殺されたらしい。伝十郎が本懐を遂げるのは、八年後の弘化三（一八四六）年八月。それまでの経緯は作品の通りであるが、背景になっているのは天保の改革である。吉村昭が歴史と深い関わりがあるというのはその点で、「敵討」を通して天保の改革にまつわる〈悪〉の部分を浮き彫りにして見せてくれる作品になっている。

「最後の仇討」は、本懐を遂げるまでに十二年の歳月を要している。その間に仇討をめぐる環境が大きく変わった。執筆動機を次のように述べている。

明治時代に入り、江戸時代美風ともされていた敵討が、西欧に準じた法治国家としてどのように位置づけられたか。

さまざまな議論が交されたが、結局、殺人罪として敵討禁止令の公布をみた。

私が「最後の仇討」として書いた敵討は、その後におこったもので大きな反響を呼んだが、当時の日本人の意識の中には依然として江戸時代の敵討に対する考え方が尾を引いていて、私がこの小説を書いたのは、明治という新しい時代を迎えた日本人の複雑な心情を描きたかったからである。（同前）

主人公の臼井六郎は父母の仇を討つことで頭が飽和状態になってしまう。それで世の中の動きがあまり眼に入ってこない。〈明治六年（一八七三）二月七日、明治政府の第三十七号布告として「仇討禁止令」が発令された。冒頭に「人を殺すは国の大業にして、人を殺す者を罰するは、政府の公権に候処、古来より父兄の為に、讐を復するを以て、子弟の義務と為すの風習あり。右は至情止むを得ざるに出ると雖も、畢竟私憤を以て大禁を破り、私義を以て公権を犯す者にして、固より擅殺の罪を免れず」とする判断を示して、以後は敵討をした者は罪科に処すと明記している。江戸時代敵討に限って認められていた私的報復行為は、ここに公刑主義のもとに全面的に否定されるに至ったのである〉(野口武彦「解説」新潮文庫版)。

しかし、仇討禁止令は法律関係者のみが承知していただけだといっても過言ではなく、一般にはほとんど知られていなかった。もちろん臼井も知らなかった。明治十三年十二月十七日、本懐を遂げた臼井は自首して裁判にかけられる。臼井は法廷で敵討禁止令の公布を知らなかったと申し立てたが、免罪する事由にはならなかった。十四年九月二十二日、武士が敵討をするのは古くからの仕来り、という意味合いがふくまれ、死刑に相当する罪であるが、禁獄終身の判決が出された。

広く世間の関心を集めた裁判の過程について、野口武彦は、〈東京日日新聞が審理の経過を克明に報じている。被告人の口供に、儒学の教えを引いて「父の讐にはともに天を戴かずとあり、復讐はなさざるべからずは事明らかなり、その父誅を受くるにあらざれば子復讐して可なり」と陳述しているのは実に印象的である。「不倶戴天」のモットーは明治になっても堂々と主張されていたのである〉(「同前」)と記している。

二十二年、憲法発布に伴う大赦令が発令されて臼井は罪一等を減じられて禁獄十年に減刑。二十四年九月二十二日に東京集治監から釈放された。ときに三十四歳だった。

十三年六月、吉村昭は日本藝術院第二部（文芸）部長代行に就任する。（「自筆年譜」）

〈敗戦前後の東京を語った本は多いが、『東京の戦争』は第一級の回想文学として読まれるべきだと思う〉（「解説　大空襲と花月劇場」ちくま文庫版）と推奨するのは小林信彦である。その『東京の戦争』（筑摩書房）は同年七月に出た。吉村昭は「あとがき」で、次のように綴っている。

戦争は六十年近い過去のものとなったが、きらびやかに彩られた茜色の空のように私の胸に残っている。その色が年を追うにつれて濃さを増し、それならばという思いで筆をとった。

不思議なことに次から次へと記憶がよみがえり、私はそのゆるやかな記憶の波に筆をまかせながらゆったりと筆を進ませた。筆が自由に動いてゆくような気分であった。頭の中には、あの奇異な時代の東京の町々の情景、人の姿が廻り燈籠の絵のように浮び上ってくる。

毎月、十数枚ずつ書いたが、連載した「ちくま」という小雑誌がこの回想記に最もふさわしい器であったように思う。

そして、この本の冒頭近くに、〈「大東亜戦争」はすでに歴史の襞の中に繰り込まれている。日本人が過去に経験したことのない大戦争下の首都で日々をすごした人間は限られていて、その庶民生活を書き残すのも、一つの意味があるのではないか。そうしたことから、十八歳の夏までに眼に映じた東京での生活を、この機会に書いてみようと思い立った〉（「空襲のこと（前）」）とある。

吉村文学の愛読者にとっては、必ずしも新しい情報ばかりではないが、「東京の戦争」が集中的に語られていることで貴重といえる。〈少年の目に映った戦時下東京の庶民生活をいきいきと綴る。抑制の効いた文章の行間から、その時代を生きた人びとの息づかいが、ヒシヒシと伝わってくる〉は文庫版のカバーに刷られた文言だが、単なるPR文句ではなく、一読、諾《うべな》う読者は多いことだろう。

内容は、吉村昭が初めて戦争を実感した昭和十七年四月十八日の東京初空襲に始まり、映画館や寄席に通った「ひそかな楽しみ」、戦時下にも平和なときと少しも変わらぬ色欲をめぐる生活があったことを描く「戦争と男と女」、皮をむいて食べる筍と同じように着ているものを脱いで食料品を入手することからタケノコ生活という言葉が一般化した「食物との戦い」、少し前まで敵国人であった占領軍兵士に肉体を売る若い日本の女たちを冷静に眺める「進駐軍」、父の骨を納めるために無免許のトラックに乗って静岡にある菩提寺に向かう「父の納骨」など、体験した戦時下の東京を赤裸々に綴る十六章から構成され、巻末には「私の『戦争』年譜」が置かれている。

十一月、津村節子が秋の叙勲で勲四等宝冠章を受章。

十四年も吉村作品の翻訳出版が相次いだ。その間隙を縫うようにして、七月に短篇集『見えない橋』（文藝春秋）が出版された。同書には表題作のほかに「都会」「漁火」「消えた町」「夜光虫」「時間」「夜の道」の、六つの短篇が収められている。吉村昭は「あとがき」で、次のように記している。

なにを素材にして短篇小説を書くか。それをあれこれ考える時、私は、海に面した岸壁に坐って釣り糸を垂れているのに似た心情になる。

素材である魚は、潮の流れに乗って游泳してくるが、それが岸壁に近づいてくることは稀で、私はただ釣り糸を見つめたまま坐りつづけている。糸は微動だもせず、私は原稿用紙を置いた机の前に坐って放心したように終日すごすことが多い。

しかし、私は、いつかは必ず魚が近づいてきて釣り針にかかることを知っている。そのため決して焦らず、魚がはやい速度で泳いできて釣り針にかかるのを待つ。

そのようにして、この創作集に収めた短篇小説の素材もひたすら待つことをつづけた末に、ようやく釣りあげることができたものである。

表題作は、刑務所を出所した男と保護会主幹である清川との交流を描いた作品である。保護会とは、作中にある文章によれば、〈保護会を刑務所と社会の間に架けられた橋の上に設けられた休息所に似たものに思っていた。釈放された出所者は、社会に通じる橋を渡ってゆくが、そのまま社会に足をふみ入れるのにはかなりのためらいがある。社会状況は服役中に変化していて、それにただちに順応するのはむずかしい。そうしたことを考慮して出所者を引受ける機関として保護会が設けられ、釈放者は、橋の中間にある保護会という休息所に達し、そこで一定期間を過して社会に出る心の準備をととのえ、そこから橋を進んで社会の中に身を入れてゆく〉機関である。保護会のはたす役割が題名の由来である。

清川の元に月形刑務所総務部から満期出所する君塚を引き受けてほしいという依頼状が届く。添えられた書類によると、君塚の服役は三十六回目。出所して二か月間娑婆にいたのが最も長く、出所した日に即日入所の例もある。平均して十日前後で刑務所に収容されている。清川には、君塚は社会に身を置くより刑務所での生活に落ち着きを見出だす性向にあるように思える。そのような累犯者を清川も預かったことがない。が、君塚は六十九歳。軽度ながら心臓に疾患があるということから、清川も放っておけず引き受けることにする。

君塚は旧制工業学校を卒業して国家公務員になる。勤務状態は良好であったが、二十三歳のとき交際していた女性が他の男と肉体関係を持って去る。衝撃を受けた君塚は昼間から酒を飲むようになり、無断欠勤も多くなり職を失う。その後、職につくこともせず酒に溺れ、飲み代欲しさに金を盗んで捕らえられたのが始まり。その後の服役も飲酒が主な理由だった。出所すると激しい渇きが突き上げてきて酒を口にしたくなり、職を探すこともせず酒びたりになり、やがて金もなくなる。このままでは盗みのような罪をおかしそうな気がして、それよりは無銭飲食したりタクシーの無賃乗車をして警察署に突き出される方がいいと考える。罪をおかすのが恐いから刑務所に舞い戻る。君塚にとって刑務所は身をおくのになじんだ、いわば安息の場で、娑婆からの避難所でもあったのだ。

しかし、六十歳を過ぎた頃から、娑婆で暮らした方がいいと考えるようになる。ところが出所して仕事につき自立しようと思っても、高齢のため雇ってくれるところもない。そのうち出所時に手にした金も尽き、それならば食うに困らぬ刑務所に入った方がいいと、無一文でタクシーに乗る。

が、獄死するのはいやだと思い始める。そうした人間に救済の手をのべることこそ保護会だ、と考える清川は引き受ける。そして不安のうちにも親身に世話をする。そのうち君塚はキリスト教会に出入りするようになる。

教会の人々の支援で立ち直り、人間関係にも次第に溶け込む。清川は、これでまちがいなく自立、社会に定着すると確信して間もなく、アパートで窒息死している君塚が見つかる――。

いま一つ「夜の道」を紹介したい。この作品は、前にも簡単に触れたが、「虚妄」と題して大学時代、文芸部の機関誌（「赤繪」）に発表したものである。

これまで出版してもらってきた短篇集にこの一篇だけはなぜか収めずにすぎたが、そのことが長い間気にかかっていた。母が死んだ折のことを書いた唯一の私小説で、作中に登場する父も兄もすでに亡い。

読み返してみると、大学生であった私の、将来に不安とおびえを感じていた自分の姿が浮び上ってくる。かなり前に書いた作品だけにこの短篇集に収録することにためらいをいだいたが、若き日の自分の姿が素朴に表現されているのを感じ、この作品集に収めさせていただいた。「夜の道」と改題し、旧漢字、旧仮名遣いをあらためた。（「あとがき」）

発表当時、八木義德に褒められた作品だと回想しているように、棄て難い作品だったのだろう。作品の主題である母の死は、昭和十九年八月四日のこと。「僕」は肺浸潤と診断され、栃木県奥那須の旭温泉に転地療養に赴いていたとき、「ハハシススグカヘレ　チチ」の電報を受けとり山を降りる。訃報に接したが、悲しみの気持ちは湧かない。母の病名は子宮癌だった。心臓の弱い母は手術死の危険があるため、癌研究所でラジウム療法を受け退院する、しかし、癌が再発し、持ってあと二、三年だと断定される。やがて激しい痛みを訴えモルヒネの注射を始める。

母は次第に痩せ衰え、干し物のような無生物を連想させるものになり、麻薬中毒で廃人になる。その凄絶な経緯が克明に描写される。家族関係は崩壊、女中も去ってしまうという地獄のような日々の中で迎えた母の死である。「僕」は自分に悲しみも怒りも突き上げてこないことに戸惑い苦しむ。そんな自分自身をどう理解し、納得し、説明すればいいのか悩む。そういうかたちで悲しんでいる、若者らしい情感が抑制された文章で綴られた作品である。

十五年六月、津村節子は、〈様々な時代、階層における日本女性の生き方を描き続け、最近は自伝的連作で新境地をひらいた〉として恩賜賞・日本藝術院賞を受賞。六月二日に日本藝術院会館で授賞式が行われ、十二月には藝術院会員に選ばれる。夫婦で藝術院会員になったわけである。両陛下を藝術院に迎えての授賞式で吉村昭には、新しい会員の人を御所に伴って紹介する役目があった。

吉村昭は他の二人（馬場あき子・菅野昭正）については簡略に代表作と経歴を述べたが、津村をどう紹介したものか戸惑った。そこで、「この者は五十年間家に住みついておりまして、本日も同じ家から出てまいりました」と紹介、皇后陛下の笑いを誘った。「皇后さまは頭がいい、敏感に反応される」と吉村昭は得意だった、と津村節子の『紅梅』に見える。

十六年五月、『長英逃亡』により「高野長英賞」受賞。「小説に書けない史料」を「新潮」六月号に発表したほか、『暁の旅人』を「群像」一月号から、『彰義隊』を「朝日新聞」に十月十八日から連載しながら、連載エッセイや短篇を書き続けた。十月には日本藝術院第二部（文芸）の部長に就任する。

十七年。吉村昭は七十八歳を迎える。今にして思えば晩年ということになる。ここからの記述の主な資料は津村節子の『紅梅』（文藝春秋）であることを断っておきたい。『紅梅』は吉村昭が亡くなって五年になる二十三年の「文學界」五月号に発表、同年七月に文藝春秋から上梓された作品である。

帯に、〈吉村昭との最期の日々／癌に冒され、徐々に衰弱していった「夫」は自らの死を強く意識するようになる――／一年半にわたる吉村氏の闘病と死を、妻と作家両方の目から見つめ、／全身全霊をこめて純文学に昇華させた衝撃作〉とある。表題の由来は、作中に見える次の場面によるのだろう。

庭の紅梅が咲いた。紅梅は離れの夫の書斎の前の植込みに植えてある。昨年花の盛りの時に夫が母屋の書斎にいる育子に屋内電話で、

「鶯が来ているよ」

と知らせてきた。育子は鶯を驚かさぬようにそっとベランダに出たが、声は聞えるのに鳥の姿が見えない。鶯はうぐいす色だと思っていたが、樹の幹と変らぬような目立たない色の小鳥が止

っていた。今年も花が満開になる頃に、鶯が来るだろうか。
――夫婦として五十三年の歳月を過ごしてきた二人の作家のありようを窺わせる印象的なシーンである。
吉村昭にも紅梅の出てくるエッセイがある。それは、次のようなものである。

昭和四十一年一月、氏（引用者註＝中山義秀）が食道癌の手術を受けて退院したことを知った私は、氏の家にうかがった。夫人に上がるように言われたが、紅梅の鉢植えを玄関の外に置いただけで帰った。鉢物は根づくことから病気見舞いに避けねばならぬことを知っていたが、自分の病臥時代に楽しんだ記憶があるので持っていったのである。それを悔いていたが、氏が元気になられたことを耳にして再びお見舞いに参上した時、氏は枕もとの紅梅を見るのが楽しかった、と言い、
「君は長患いをしたから病人の気持がわかるんだね」
と言われ、安堵した。（中略）
私の妻は、その後、津村節子という筆名を使うようになった。（「若き日の出逢い」）

中山義秀との出会いは、学習院大学時代の昭和二十六年秋。文化祭講演会の講師依頼のため、吉村昭と北原節子が使者となって鎌倉の中山宅を訪ねたときである。その二年後に二人は結婚した。

十七年の年が明けた。吉村昭は元日の日記の冒頭に、〈小説を書く!〉と記した。

舌に痛みを覚えたのは一月半ばだった。かかり付けの医院に行くと口内炎の処方箋が出された。薬が効いたのか痛みは薄らいだ。しかし、二月に入って舌の痛みは尋常ではなくなった。吉村昭は、「舌癌じゃないかと思う」と言う。津村は、「あなたは癌ノイローゼよ。舌癌なんて聞いたこともない」と笑った。が、一向に痛みのおさまらない舌を診てもらうため、御茶ノ水の順天堂大学医学部附属順天堂病院の消化器内科、佐藤信紘教授の診断を受ける。その病院と縁が出来たのは、医学雑誌に幕末の医家の小伝『日本医家伝』を連載するために医史学研究室を訪ねたことにある。

吉村昭の舌を診た佐藤教授は、近くの東京医科歯科大学の歯周病科の石川烈教授に紹介状を書いてくれる。さらに石川教授から口腔外科の小林千尋助教授を紹介される。そこで舌の組織を採取され、癌の疑いがあるということでリンパ節のCTをとると告げられる。CTの結果が出たのは六日後のこと。そこで舌癌であることを宣告され、手術の日取りが決められた。

〈手術の方は舌のかなりの部分を切除して、転移の恐れのある首のリンパ節まで切りとり、腕の部分から肉を取り、舌の形に整えて、神経や血管を全部つなぐという、顕微鏡単位の手術で、説明を聞いただけでもこれは体力がもたないと思っ〉たと津村は書いている。できれば苛酷な手術は避けたかった。先の佐藤教授に連絡をとると、順天堂病院の放射線科の広川裕教授を紹介される。広川教授の検査を受けたところ、「これは手術しなくても、放射線で癒ります」と言い、東京医科歯科大学の渋谷均教授に紹介状を書いてくれた。吉村昭は放射線治療のために入院する。二十三日間の入院生活のうち、八日間を放射線科の隔離室で過ごし、三月三十日に退院する。退院後、放射線科に通院することになる。順調に恢復しているようであった。そんな折に伝えられた丹羽文雄の死は衝撃だった。四月二十日のことである。吉村昭は以下の弔文を寄せた。

丹羽文雄先生のお孫さんから、夜、先生が危篤におちいったという電話につづいて、早朝にその死がつたえられた。百歳という高齢で、しかもかなり衰弱しておられることをきいていたので、遂に……という思いであった。

先生は、小説を書く私にとって、忘れ得ぬ恩師であるが、あらためて考えてみると、先生との間には一定の爽やかな壁があったように思う。（中略）

私が、先生と個人的に言葉を交わしたのは、この二回きりである。先生と私との間に爽やかな壁が立ちはだかっていたというのは、このようなことをさしているのである。

先生は、なにか途方もなく大きい温かみのある存在で、今、私の眼の前から遠く消えようとしている。（「丹羽文雄氏を悼む」）

五月一日、七十八回目の誕生日は、まだ本調子でなかったので祝いはしなかった。それでも六月に入ってから、息子と娘一家も揃って吉祥寺のレストランで快気祝いをした。が、その三日後の定期検診のさいに小林教授から、もう一度入院してもらうと言われ、十五日から十七日まで三日間入院する。

退院すると、吉村昭は早々と執筆のための取材を開始した。老女が末期癌の夫を絞殺した新聞記事を題材にした小説を書くためである。娘の幼なじみで検事をしている人に連絡をとったり、東京地検に行ったり、仙台の保護観察所を訪ねて保護司に会うなどして、次の作品の執筆準備に余念がなかった。

このときの作品は「新潮」（十八年六月号）に発表した「山茶花」（『死顔』所収）だろう。長篇『仮釈放』などをもつ作家としては、わざわざ取材しなくても書けそうな短篇だが、徹底した調査・取材の末に執筆する、という姿勢は意固地なまでに守られていた。

その生涯を回顧するに、吉村昭ほど取材旅行をしている作家を寡聞にして知らない。その旅行にしても、せいぜい一日か二日。一番落ち着ける空間は書斎ということで、すぐに舞い戻ってきたという。取材旅行は徹底していて、その地の名所旧跡には全く関心がなく、行き先は図書館か古本屋、夜は料理と酒の旨い店というから恐れ入る。

十一月二日、吉村昭は札幌の北海道文学館で講演する。体が不調でも頼まれれば断ることができない。北海道は取材旅行で百五十回以上も訪れている。長崎の百八回を大幅に上回っている。この時の北海道行では原田康子の特別企画展「原田康子の北海道」が開催されていたことから、彼女に会いたいという津村も同行した。これが二人の最後の旅になった。

三度目の入院が十一月三十日と決まる。その頃、池の鯉が立て続けに三尾死んだ。趣味のない吉村昭の唯一の趣味といってもいい鯉だった。三尾目が死んだのは入院の前日だった。このときは六日間で退院した。

この年、吉村昭は時々起こる痛みの合間を縫って、「ちくま」に「回り灯籠」、「新潟日報」に「新潟旅日記」、「別冊文藝春秋」に「井の頭だより」、「群像」に最後期の歴史小説『暁の旅人』を連載。また『事物はじまりの物語』(ちくまプリマー新書)、『暁の旅人』(講談社)、『彰義隊』(朝日新聞社)、エッセイ集『わたしの普段着』(新潮社)の推敲を重ね、ゲラの校正をつづけて上梓している。

吉村作品には時流に流されず、信念を貫いた主人公が多く登場する。ただちに思いつくだけでも『長英逃亡』の高野長英、『桜田門外ノ変』の関鉄之介、『天狗争乱』に登場する群像、『彦九郎山河』の高山彦九郎、『落日の宴』の川路聖謨、『夜明けの雷鳴』の高松凌雲などがあげられる。四月に出た『暁の旅人』も同系列の主人公で、幕末から明治にかけて活躍した医家・松本良順を描いた歴史長篇である。この作品の先駆となるのが短篇「松本良順」で、『日本医家伝』に収録されている。『暁の旅人』は「群像」十六年一月号から翌年二月まで連載された。

松本良順は、将軍慶喜の侍医として文久三(一八六三)年以来、医学所の頭取という顕職にあった。オランダ医学の知識と経験では当代屈指の医家だった。もし新政府軍に反撥さえしなければ、新政府は良順を喜んで迎え入れるにちがいない。が、新政府に加担する気にはなれなかったのだ。慶喜は蟄居し幕府は崩壊したが、良順は幕府に対する忠節の念やみがたく、同志とともに江戸を脱出、落城寸前の会津若松城に身を投ずる。新政府軍の兵員・武器の攻撃は激しく、会津若松城内には死傷者が激増した。良順は会津藩子弟の文武教導学校であった日新館を病院とさだめ、自ら頭となって兵の治療に専念する。

明治元(一八六八)年八月下旬、良順は会津藩主松平容保に呼び出される。容保は一人残らず死ぬ覚悟で籠城して戦さに突入することを告げ、良順に立ち退きを勧告する。他国の者を交えず会津藩の者のみで武士らしい最後を飾りたい、という理由だった。容保の温情と幕府への忠誠に感じ入った良順は城を後にする。

その後、良順は新政府軍に抵抗をつづけている庄内藩で治療に従事するため、米沢を経て鶴岡に向かう。その地で十日ほどたった頃、仙台藩から緊急会議を報せる早飛脚がきて、良順は土方歳三とともに庄内を出立する。仙台には榎本武揚らが兵を集めており、北海道に渡って再挙すべきとの意見でまとまっていた。

良順は同調できず、自分の生命もこれまでと覚悟して便船を待ち、横浜にたどりつく。すでに会津と庄内は落城、秋田も降伏、残るは函館の五稜郭に立て籠もる榎本武揚の一隊だけとなった。大勢は決した、と良順も時代の流れをさとる。十二月六日、良順は縛に付き、旗本松本筑前守邸預かりとなる。三か月後、加州前田の本郷邸に移される。一か年の監房生活を課せられた後の明治二年十二月上旬、「其方朝敵之大罪たるも、特典を以って死を免じ、爾後五カ月間徳川亀之助邸へ禁錮す」との正式な判決が出る。

その後、松本順（良順改め）は、資金を募って早稲田大学の基礎ともなった東京初の洋風病室早稲田蘭疇舎を創立、さらに明治六年、四十二歳で初代陸軍軍医総監に就任する。松本順は医学の指導者として生き、貴族院議員をへて男爵となり、明治四十年三月十二日に死去した。享年七十五。日本近代医学の土台を築き、それなりの栄誉も得たが、家庭人としては悲運にさらされた良順の波瀾の生涯を描いたのが、『暁の旅人』である。

第十一章　長篇歴史小説の総決算へ

さて、『冬の鷹』に始まった歴史長篇小説の最後の作品が『彰義隊』（朝日新聞社）である。吉村昭は、「これはおれの最後の長篇だ。これからは短いもの、それも極めて短いものを書きたい」と津村に話したという。体力の衰えを認めざるを得なくなっていたのだろうか。

その『彰義隊』の執筆動機が「あとがき」に見える。吉村昭は少年時代、上野の山に近い日暮里町の生家から、よく上野公園に遊びに行った。広大な谷中墓地を横切り、寛永寺の境内を抜けるのが常だった。

いつとはなしに、戊辰戦争で圧勝し江戸城を接収した朝廷軍と、上野寛永寺を中心にした彰義隊との間に戦さが起り、敗れた彰義隊員が私の町にものがれてきたという話などを、断片的に耳にしたりした。

そうしたことを知っている親しい編集者から、なぜ彰義隊を素材に小説を書かぬのか、と問われることがしばしばあった。たしかに私の生れた町は、朝廷軍が意識してもうけた彰義隊員の敗走路の一つで、生々しい話が残っている。しかし、戦いは激しいものであったとは言え、わずか一日で終り、少くとも長篇小説の素材としては幅も奥行きも乏しく好ましくない。敗走した一隊員を主人公に、とも考えたりしたが、やがて庶民の間にとけ込んでいったにちがいなく、それを小説に書く気にはなれなかった。

三年ほど前、寛永寺山主であった輪王寺宮に視点を据えてみてはどうか、とふと思った。宮は、寛永寺を本営とする彰義隊に守護されていたが、彰義隊が朝廷軍の攻撃を受けて敗れた後、落人さながらに落ちのびていったはずだが、その後のことは闇につつまれている。それを明らかにすることは、幕末から明治までの時代の推移を描くことにもなり、意義があると考えた。

輪王寺宮を主人公にすることで、鳥羽・伏見の戦いから官軍と上野での戦い、彰義隊の敗北と輪王寺宮の寛永寺からの脱出、奥羽越列藩同盟対官軍の戦いまでの幕末の歴史を存分に描き切ることができる、と考えたのだ。さらに輪王寺宮を主人公にすれば、自分の生まれ故郷を舞台にした歴史小説を書くこともできる。かくて吉村昭は幕末維新の歴史を書き終え、歴史小説も終焉を迎えることになる。

主人公の輪王寺宮とは、弘化四（一八四七）年、京都の伏見宮家に生まれた北白川宮能久親王のこと。当時の皇室の習慣により幼児に出家した。ところが戊辰戦争のとき上野の輪王寺にいたばかりに親幕府勢力に担がれ、数奇な生涯をたどることになる。

寛永寺を舞台に朝廷軍と彰義隊の激しい戦いがあり、やがて寛永寺は炎上、輪王寺宮の逃亡生活が始まる。東北地方を転々とするうちに、皇族でありながら朝敵とされてしまう。輪王寺宮が帰順したのは仙台藩でだった。

やがて輪王寺宮は還俗し伏見満宮能久親王と称する。降伏して明治天皇から蟄居を命じられた輪王寺宮は、約一年後に許され、ドイツ（プロシャ）に留学する。陸軍軍人となるべく修業するのが目的だった。輪王寺宮は陸軍大学校で、数学、測地学、兵制を学ぶ。明治十年四月、同校を卒業、帰国の途につく。輪王寺宮が帰国したときは西南戦争の最中だった。

二十七（一八九四）年八月、日清戦争が勃発。その頃、輪王寺宮は陸軍中将で近衛師団長の要職にあった。ところが近衛師団は大陸での戦闘には殆ど参加していない。二十八年三月三十日、日清休戦条約が調印され、四月十七日には日清講和条約が結ばれる。条約によって、朝鮮の独立承認、遼東半島、台湾、澎湖列島の割譲、賠償金二億両の支払い等が決定した。

ところが台湾では日本領になったことに反撥、独立国であることを宣言する。輪王寺宮は平定するため五月二十九日、軍艦「松島」で台湾北部に向かう。師団は激しい抵抗を受ける。加えて夏になって瘧《おこり》（マラリア性の熱病）が蔓延、九月には猛威をふるった。十月になって流行は下火になったものの、十七日夜に輪王寺宮は発熱、二十八日に亡くなる。その波瀾に富んだ凄絶な生涯を描いたのが『彰義隊』である。

執筆に当たり、吉村昭は新宿区内にある台湾協会で、輪王寺宮の事跡を記した記録を見出すことができた。それによると上野の山を下りた宮は、根岸（台東区）に逃れ、続いて三河島（荒川区）、尾久（同）へ潜行している。また荒川区立図書館で予想外の資料に出合い、吉村昭は宮をかくまった家々の子孫の家を訪ねる。さらに宮の跡を追って都内はもちろん、東北、岡山県高梁市、山口県下関市、彰義隊を包囲攻撃した薩摩藩の戦闘記録を見るために鹿児島へも脚を延ばした。そうした綿密な調査のもとに書かれたのが『彰義隊』で、朝日新聞に連載された。完結したら輪王寺宮の曾孫である伊勢神宮の北白川道久大宮司に挨拶に伺う予定だったが、その夢は叶わなかった。

平成十八年。元日の日記に、吉村昭は、〈これが、最後の日記になるかもしれない〉と記した。体調の不良は如何ともしがたかったのだろうか。元日の朝は例年通り初湯に入り、雑煮とおせち料理で、息子一家と新年を祝った。その後、日暮里にある諏方神社に初詣で。戦災で焼失した吉村昭の家の跡地に建てられた、駅前のホテルラングウッドのレストランで昼食をとるなど、例年通りの新年を迎えた。これが夫婦にとって最後の正月となった。

一月十六日、東京医科歯科大学医学部附属病院でＰＥＴの検査を受け、十八日に岸本誠司教授から電話がある。翌日、病院を訪ねると膵臓に癌の影が見えるとのことだった。二十日にＣＴを撮り、膵臓癌を告知された。

一月三十日に入院が決まってからも、吉村昭は書斎に入って短篇小説を書き始めた。二月二日、完全には取り切れなかった舌癌と、ＰＥＴの検査で病巣の発見された膵臓は全摘、十二指腸と胃の半分も切除した。手術は九時間にも及んだ。ただちに集中治療室に移され三日間を過ごす。間もなく七十九歳になる吉村昭には苛酷な手術だった。

手術は完璧だった。いろいろな検査の結果、転移は見られず、三月十日に退院、自宅療養の日々を送ることになる。が、膵臓を全摘したために一日四回、血糖値を計り、インシュリンの注射を打つのが日課となった。インシュリン注射を続けながら散歩したり、外食したり、買い物に行くなど、わずかではあったが穏やかな日がつづいた。小説「死顔」の推敲がつづけられた……。

吉村昭が「藝術院の部長を辞任しようか」と語ったのはその頃である。体調が悪く藝術院の会を休んだことなどを気にしてのことだった。津村は、吉村昭にとって部長を務めていることが心の支えになっており、辞任したら気落ちするのではないかと心配した。津村は藝術院院長に舌癌の放射線治療をしていることを打ち明ける。院長は他言しないことを約束した。

吉村昭が最後期のエッセイ「一人旅」(「図書」六月号)を執筆したのは退院一か月後のことである。津村は、〈これまで数多くの小説の調査は一人旅に徹してきたことを、エピソードをまじえて書いたエッセイである。かれの小説を書く姿勢と取材旅行に対するこだわりを綴ったもので、あの大手術後にこれだけ充実したものが書けたことに私は安堵し、本人も——このエッセイを引受けてよかったと思っています。退院早々で、どうしようかなと迷っていたのですが、書いて元気が出ました。体調が少しずつですが、もどっております。——と、担当者に書き送っ〉(「遺作について」)たという。

手術はうまくいったが完治したわけではない。二週間ごとに胆膵肝外科と舌癌の頭頸部外科と糖尿の内科検査に通った。が、体重が減り始めて点滴を受けるようになり、七月十日に再入院する。「死顔」の果てしない推敲がつづいていた。七月十八日の日記には、〈——死はこんなにあっさり訪れてくるものなのか。急速に死が近づいてくるのがよくわかる。ありがたいことだ。但し書斎に残してきた短篇「死顔」に加筆しないのが気がかり〉と記されていたという。

吉村昭は自宅に帰ることを切望した。退院は七月二十五日と決まる。吉村昭は「あと二日ここにいるのか」と言う。その嘆きのような言葉を聞いた津村は、もう病室に二日も置いておけないと思う。医師に掛け合い、予定を早めて二十四日に退院する。医師は、モーターで点滴が一定間隔で落ちる装置をベッドの傍に設置し、常に目盛りを注意するよう指示した。点滴の針は、吉村昭の首の下部のカテーテルポートに装着された。

亡くなるぎりぎりまで遺作となった「死顔」の推敲をつづけた。それは吉村昭の作家としての基本的な姿勢でもあった。吉村昭は『わが心の小説家たち』の中で、愛読したり影響を受けた九人の作家に触れている。その一人に林芙美子がいる。林芙美子は昭和二十六年に四十七歳で心臓麻痺で亡くなっている。当時、仕事のし過ぎだとか、そうした批判めいたことが言われた。しかし、吉村昭は言う。

小説家というのは、仕事のし過ぎで死ねば本望なのです。誰も、やってくれと言われて、小説を書いているのではありません。自分が書きたいから書いているのです。

こんな話を思い出しました。一時はちょっと華々しく世にもてはやされた、ある作家が、不遇になって生活にも困っていたとき、同情した友人の作家たちがある出版社の編集者に、金銭的な援助をしてやってくれないかと頼みに行った。ところが、その編集者は即座に断ったというのです。私は、実にいい話だと思いました。

というのは、小説家というのは最初から野たれ死に覚悟の職業なのですから。誰からも、やってくれなどと言われたわけではないし、また、書いた小説が世の中に受け入れられるとは限りません。小説家とは、そういうものなのです。

ですから、林芙美子は仕事のし過ぎで死んだ、し過ぎる必要はなかったのではないかと批判されましたけれど、私は絶対にそうは思いません。彼女は本当に仕事をして、そして死んでいった、それでいいのではないかと思うのです。作家として理想的な死です。（「小説家の本望」）

ここで吉村昭の「喪中につき……」（「早稲田文学」昭和四十五年三月号）というエッセイをつい思い浮かべてしまう。それは、次のようなものである。

文学者の死というものは、年齢の如何を問わず、作業半ばの死であり、突然の断筆でもある。文学者の死には、こうも書きたいああも書きたいと願いながら、それが果たせないで終る根強いうらみつらみが感じられる。（中略）

文学者は、肉体が消滅しても作品の遺る可能性がある。一般の人々の死と比較して、それは最大の特権であり、それだけでも充分ではないかという声もある。しかし、文学者には、これでよしと満足する終点がない。商人には隠居が、官吏、会社員には定年退職があるのとは異なって、文学者は、果てしなく筆をにぎりさらに傑作をと願う。それが肉体の死によって、容赦なく完全に断たれるのである。

死が断筆を強いるまで、傑作に近づけるべく「死顔」の果てしない推敲をつづける、そんな吉村昭の姿が見えるようである。

そうした日々を送りながら、吉村昭は病気については親戚にさえも知らせぬよう厳命、完全に家族のみの秘事とされた。入院の時など、近所の人にもさとられないよう徹底的な隠密行動をとった。吉村昭は遺書をしたためる。津村の『紅梅』から引いてみたい。

封はしてないので、「遺言」と書かれているA４の茶封筒から二百字詰の原稿用紙を出してみた。

一、私が死亡した時は、梓夫婦、千春夫婦のみが承知し、親戚の者をふくむ第三者には報らせぬこと。

一、密葬は、梓一家、千春一家による家族葬とし、この事務的な手配は栗山正志氏及び氏の指名した補助者に依頼すること。

一、家族葬とすることとは、死顔を第三者に見せぬためである。（引用者注・赤インクで、家族葬は葬儀社の一室でおこなう。と付記）

一、一刻も早く葬儀社の車で遺体を火葬場に運び、荼毘に付すこと。

一、死後、少くとも三日を過ぎ、日本文藝家協会、日本藝術院に伝えること。同時に正門と通用門に、「弔花、弔問の辞退」の標識を出すこと。

一、弔電、お悔みの電話、書簡には一切返事を出さぬこと。（引用者注・電話の場合、電話番の人

に「とりこんでおりますので、失礼します」と答えてもらう。と但し書)
一、偲ぶ会については、編集者に一任。但し上記の新聞記事のように日を置いて告別式をするのも面倒がなくてよい。
と記し、新聞の死亡記事が貼ってある。(中略)
一、遺骨は、遺影とともに一年間、家に置くこと。無宗教なので、法事は一切なし。

といったことが書かれていた。そして、原稿用紙に毛筆で、〈何卒弔花御弔問ノ儀ハ故人ノ遺志ニヨリ固ク御辞退シマス〉と書いたものが二枚入っていた。それらとは別に、〈お願い/いかなる延命処置もなさらないで下さい。あくまでも自然死を望みます。/平成十八年五月十七日〉と、医療関係者宛のものもあった。

延命処置の拒否は、吉村文学の中に散見される想いである。遺作となった「死顔」にも次のように見える。次兄が重篤状態に陥り、病院側が延命措置を持ち出したときのシーンである。

嫂が延命措置を辞退したのは、恐らく病院側の申し出たその措置の内容を十分に知らず、夫の臨終に際した従来通りの妻の態度に単純にしたがったまでであったのだろう。むろん高齢な夫に死の安らぎを得させようとした気持がその基本にあったことはまちがいない。
嫂が病院側の申出を辞退したのは、私の考えと一致し、それは遺言にも記してある。幕末の蘭方医佐藤泰然は、自ら死期が近いことを知って高額な医薬品の服用を拒み、食物をも断って死を迎えた。いたずらに命ながらえて周囲の者ひいては社会に負担をかけぬようにと配慮したのだ。その死を理想と思いはするが、医学の門外漢である私は、死が近づいているか否か判断のしようがなく、それは不可能である。泰然の死は、医学者故に許される一種の自殺と言えるが、賢明な自然死であることに変りはない。

七月三十日、夕食後、吉村昭はいきなり「命の綱」である点滴の管のつなぎ目をはずした。驚いた津村は近くに住む娘と、二十四時間対応のクリニックに連絡する。駆け付けてきた娘が管を何とかつないだが、今度は首の下に挿入しているカテーテルを引き抜いてしまった。娘には、「もう、死ぬ」と言ったという。看護師が駆けつけてきた。看護師は「何をなさるんです」と言いながら、ガーゼと絆創膏をあててあったカテーテルポートをもとの位置に戻そうとしたとき、吉村昭は看護師の手を振り払った。延命処置を望んでいないという意志の力に圧倒され、看護師が手を引くと吉村昭は静かになった。

この冷徹な状況は弟の最期を看取った『冷い夏、熱い夏』にもある、〈限界ぎりぎりまで生きてみたところで、苦痛にみちた時間を味わわされるにすぎない。／このような場合、患者は、自殺という行為によって苦しみからのがれたいと願い、それを実行に移すこともある。しかし、生を享けた人間の義務として、肉体の許すかぎりあくまでも生きる努力を放棄すべきではない、と思う〉と述べているが、その上で「私」が〈弟を死なせてやりたいと思うのは、安楽死という意味ではなく、あくまでも自然死が条件であ〉るとしている。それが吉村昭の死生観だったのだろう。

ところで「死顔」には自から死期が近いことを認識した時、すべての延命措置を断って死を迎えることを理想とするが、「医学の門外漢である私は、死が近づいているか否か判断のしようがなく、それは不可能である」と書いてもいる。それが最後の入院をするまでに認識した吉村昭の理想の死のかたちだった。しかし、入院後の七月十八日には、「死はこんなにあっさり訪れてくるものなのか。急速に死が近づいてくるのがよくわかる。ありがたいことだ」と書いている。

このことから推測できるのは、七月十八日の段階で死の接近したことを認識したということだろう。十八日から三十日までは、「死」の深まりを凝視していたに違いない。そして死を把握した三十日の朝、吉村昭は人生の別れに、まずビールを所望する。津村節子が吸呑みに入れて渡すと、一口飲んで「ああ、うまい」と言う。しばらくして「コーヒー」と言ったので渡すと旨そうに飲んだ。以後、すべてを断った。

同日の夜、吉村昭は自分で点滴の管をはずし、カテーテルを引き抜く。家族の深い悲しみの中で、最後の数時間を過ごす。三十一日午前二時三十八分死去。享年七十九だった。

死は八月二日付の新聞で一斉に報じられた。清水房雄は「吉村昭最期のさまを記事に読むあれも一つの生き方死に方」（歌誌「青南」十八年十二月号）と詠み、吉村昭の最期に心を寄せた。

八月二十四日、「吉村昭さん　お別れの会」が出版各社と日本文藝家協会の企画で東京・日暮里のホテルラングウッドで開かれた。弔辞は大河内昭爾、大村彦次郎、高井有一、中村稔が奉読した。会場は予想を大きく超える関係者・読者であふれた。

十一月の『死顔』につづき、十二月にはエッセイ集『回り灯籠』（筑摩書房）が出版される。表題作「回り灯籠」には生い立ちや戦争の拡大による戦死や空襲が日常化した町の光景、敗戦で一転する時勢の急変が理解できなかったこと。眼に焼き付いて離れないのは、空襲の炎であり、炭化した焼死体であり、隅田川に浮かぶ無数の水死体であり、上野駅周辺の餓死者だった。〈それらが、今でも回り灯籠のようにつぎつぎに浮び上る。私は多くのものを眼にし耳にしたが、それは人間とはなにかという思いを胸の底に深く沈下させ、私の昭和という時代とかたくむすびついている〉と結ばれている。自作の戦史小説や歴史小説の取材にかかわるエッセイを中心とした同書には『戦艦武蔵』のほかに『長英逃亡』『破船』『桜田門外ノ変』『天狗争乱』などについての興味深いエピソードが披瀝されている。

翌十九年七月、エッセイ集『ひとり旅』（文藝春秋）が出る。同書の「序」に津村節子は、次のように記している。

この中のエッセイ「一人旅」を『ひとり旅』として表題にしたのは、彼が研究家の書いた著書も、公的な文書もそのまま参考にせず、一人で現地に赴き、独自な方法で徹底的な調査をし、資料はむこうからくる、と自負するほど思いがけない発見をしているその執念と、余計なフィクションを加えずあくまで事実こそ小説であるという創作姿勢が全篇に漲っているからである。

彼の遺作のゲラや死後出版される著作物は私が読むことになり、この集なども それぞれ当時のことが思い起される辛い仕事になった。物を書く女は最悪の妻と思っていたが、せめてこれが彼にしてやれる最後の私の仕事になった。

さて遺言の、〈遺骨は、遺影とともに一年間、家に置くこと。無宗教なので、法事は一切なし〉が守られ、遺骨は東京・井の頭公園の家族のもとに安置されていた。

十九年夏、吉村昭一周忌の納骨式が越後湯沢の墓所で執り行われた。越後湯沢には仕事場があり、吉村昭は随筆やゲラの手入れをするなど息抜きの場としていた。この土地が気に入り〈準新潟県人〉を自認していた吉村昭は、終焉の地として生前に自筆で「悠遠」の二文字を刻んだ墓碑を建てていた。

霊苑の正面入口と霊苑に沿った脇の道に、その後、吉村昭の経歴を記した立て看板が建てられることになったことを津村は報告している（「波」二十三年三月号「時のなごり　第十八回　この地に眠る」）。それによると、町役場から「作家　吉村昭氏　この大野原霊苑に眠る」という題辞のついた略歴を書いたものが送られてきたという。文面は、〈吉村昭氏は、清冽な感覚の短篇小説と多くの歴史小説を残されました。／作品に登場する歴史上の人物は、困難に立ち向かい信念を貫いた生き方を私たちに示してくれます。／氏は常に綿密な調査と自分の足で現地を徹底的に歩き、埋没していた史料を発掘して多彩な作品を発表され続けました。／旅行はすべて小説を書くための取材だったのですが、湯沢町だけは仕事を忘れ憩いのために訪れておられたのでした。／氏が通っていた店々の主人は、出された越後の酒や料理を褒めながら、親しく語り合ってくれたと懐かしんでいます。／吉村昭氏、湯沢をこよなく愛し、生前墓所として決めたこの地に眠る。湯沢町〉というものだという。

吉村昭が「私の文学の出発点」と語った田野畑村のその後である。

平成二十三年三月十一日の東日本大震災は田野畑村の風景を一変させた。大津波は「万里の長城」と称された巨大防波堤を破壊、人口三千八百人の田野畑村は、死者・行方不明者四十人、全壊・半壊・浸水など罹災戸数は五百八十二戸（うち住宅は二百六十七戸）、漁船のほとんどが失われた。

東日本大震災の後、吉村昭の渾身のドキュメント作品『三陸海岸大津波』と『関東大震災』は警告の書として異例の売れ行きをみせた。その頃、津村節子のもとを文藝春秋の出版局長兼部長が訪ねてきた。部長は口ごもりながら『三陸海岸大津波』と『関東大震災』の増刷を切り出した。大震災に乗じて本を売ることに躊躇いを感じているようだった。津村は増刷することに賛同、吉村昭が生きていたらそうしたであろう、二著の印税全額を田野畑村に寄付することにした。こうして吉村昭と田野畑村の絆は、今にしてつづいている。

二十五年六月十一日、天皇陛下は東京都荒川区にある区立日暮里図書館を訪問し、ミニ企画展「吉村昭『海の壁』と『関東大震災』展」を鑑賞された。先に触れたように『海の壁』はかつて三陸海岸を襲った津波を題材に昭和四十五年に刊行、後に『三陸海岸大津波』と改題された作品である。陛下が東日本大震災に心を痛め、高齢にもかかわらず、たびたび被災地を慰問して励ましの言葉をかけておられることは、マスコミ報道で周知のことだろう。それにしても、区立の図書館で催されている一作家の作品展を訪れるというのは異例のことといえる。

展示には『三陸海岸大津波』と『関東大震災』関連の写真や記録が、「文学と天災地変」と掲示した大きな一画を占めていた。『関東大震災』の直筆ノートや、明治から今度で四回も大津波に襲われた三陸海岸の被災写真。吉村昭の講演記事や歴史はくり返すと書いた「わたしの取材余話」。吉村昭が唯一建立を認めた「星への旅」の文学碑のある田野畑村の風景……。災害前の美しい田野畑村の写真と被災後の写真が対比して並べてあり、それは三陸のこれまでの災害と、今回の災害が全部わかるという展観だった。つまり一作家の作品展の範疇を超えた展観だったのである。

陛下は壁の写真やガラスケースの中を丹念にご覧になり、学芸員の説明を聞いておられた。休憩のとき、荒川区長は吉村昭の文学室の企画について、津島はリアス式海岸が、なぜ津波の被害を受けやすいのか、その特殊な地形と津波が襲ってきた時の状況を具体的に説明した。陛下は「これからの災害に対して、こういうものをみんなが目を通すことは重要なことだと思いますね」「こういうことはのちのちまで語り継がなければなりませんね」といったことを話されたという。

吉村昭を偲ぶ施設として日暮里図書館には「吉村昭コーナー」が設けられている。平成四年、吉村昭が荒川区民栄誉賞を受賞したのを記念して設置されたもので、直筆原稿（複製）や写真、遺愛品などを常設展示。いま一つ、荒川ふるさと文化館（南千住図書館併設）には、自宅の庭に専用の書斎を建てるまで使用していた机や下書き原稿（複製）などを常設展示した「吉村昭の部屋」がある。

いま荒川区では平成二十八年度の開設を目指し「吉村昭記念文学館（仮称）」を含む複合施設の建設計画が進められている。文学館の基本理念は「ふるさと荒川区を愛した作家・吉村昭氏の作品と足跡を基盤として、幅広い文化活動の展開を図り、区民の心を育み、荒川区の文化振興に寄与する」というもの。荒川区荒川二丁目五十番の地に敷地面積約四千百平方メートル、延床面積約一万一千平方メートル、地上五階・地下一階という規模である。文学館展示は二階と三階に配置の予定。吉村昭関連資料として、著作（単行本等）約六百冊、直筆原稿約百十点、参考図書類約千八百冊、その他、直筆メモ、鞄、ノート等取材関連資料、書簡類、愛用品などが収蔵される予定となっている。

あとがきに代えて

齋藤洋子

笹沢信（齋藤暹）が逝ってしまった。ある瞬間を境に私の手の届かない遠くへ去って行ってしまいました。それは突然とも思える短い時間でした。

笹沢が食道癌であることが分かったのは、昨年（平成二十五年）の九月でした。八月の末のある朝、声に変調があることを指摘して病院へ行くよう勧めたのでしたが、本人はいずれ治るだろうと高を括っておりました。それから数日、やはりどこかがおかしいと感じた私は強く受診を勧めたのです。

癌は食道のすべてに目を疑うほどに広がり、大きいものは四個あり、手術は不可能。放射線と抗がん剤での治療をすることになり十月十五日に入院しました。治療中も比較的元気で、毎日、病室内での動向を細かくノートし、本を読み、新聞に目を通し、時には原稿を書くなどまるで家にいるかのように過ごしておりました。

食事は普通食で通すことができたため、体力はまだそれほど低下してはいなかったのだと思います。幸いに副作用と思うものもなく、白血球数の低下も心配するほどのことはなく経過、食道は小さなものが少し残ったものの見事になめらかに改善し、十二月二十一日それは元気に退院してまいりました。

しかし、すでにリンパ節への転移があったために、口には出さずとも二人それぞれの心の中に覚悟のようなものが生まれていたと思います。私ははっきりとそれを思いました。不安の中にも少しの時間を与えられたことへの喜びは、今後の希望につながるものであったと思います。よもや二か月後に再入院しなければならないなどとは露ほども思わずに。

この二か月の間に、『評伝　吉村昭』の推敲と、「山形文学」の作業に入りました。お酒が禁止されていたために正月返上で進めていたのでした。

今年一月の末あたりから変調が少しずつ現れてきて、足の運びが少しおかしいと言われたときには、長いことベッドの上にいたことから運動不足と思い、足踏みや廊下を歩くことをすすめたりしました。ほどなくめまいを訴えるようになり、その間診察も受けましたが、その時点ではそのような状態になるとは先生も私も思いもよらなかったのです。右半身が少しずつ脱力するようになりました。そして二月二十一日、ＣＴを撮ったところ脳への転移がわかり、二十四日ＭＲＩで正確な大きさも判明したのです。

前頭葉の左運動野にあるものが一番大きく、他に小さなものがいくつか発見されたのです。それは衝撃でした。なんとも言えない心持ちになりました。本人はなおさらのことであったでしょう。即刻入院、この時点で車椅子になり、二度と自力で立つことはできなくなったのです。

放射線の治療が始まりました。その後抗がん剤の投与もあり、それは体調を見ながら二度受ける予定でした。一回目はクリア、次の抗癌剤投与までに時間があるため、一時外泊として家に帰ったらどうかとの先生のお話がありました。それは彼のとっても私にとっても嬉しい話だったのです。それからは私の顔を見るたびに準備はどこまで進んでいるかを問うのでした。そのころ、「ああ、美味いものが食いたいなあ」とはっきりとした口調で声に出して言いました。笹沢が話せたそれが最後でした。

急遽ベッドなどを借り入れ設置、その日を待ちましたが、血液検査の結果は非情なものでした。落胆のあまりか口調もたどたどしくなり、笹沢の口に耳をあて、話していることを復唱しなければならなくなりました。そのころは副作用の一つである口内炎がひどく、食べたくても食べられない日を送っていました。私は、二度目の入院時は朝食時と夕方の二回病室に通い介助をしていましたが、だんだんと時間がかかるようになりました。しかし、少しでも気持ち良く過ごせるよう心砕きました。笹沢が安心してまかせてくれる姿はどんなに大変でも私にとっては喜びになりました。

やがて、毎朝訪ねるたびに情態が違うようになり、朝の病室の前で意を決してから入らなければならないようになっていったのでした。

私のメモによりますと、肺炎の始まりは四月一日夜あたりではないかと思います。二日朝は右傾姿勢でなぜか上体を起こして座っていたのです。三日朝胸の拍動がおかしいと感じた私は、看護師が去ったあと彼の身体に触れて熱があると感じ、体温を測ったところ三九・三分ありました。身体を冷やし、無菌室用清浄機が入れられました。四日の朝はおかゆを少しいただき、体調も安定して一安心したのでした。

三月末には出来上がっていなければならない山形県芸術文化協会の冊子「芸文協」一〇〇号が、諸事情のため遅れ、四月四日に納品されました。それを見せると、表紙を見て「いいねえ」と声にならない息で言い、その不自由な手で一ページずつ繰ってゆくのです。出来上がりをどんなにか心配していたのだろうと思います。そのように元気だったのに、その夜に急変したらしく、五日朝行くと酸素吸入の状態に変化していました。そうして六日午後九時四十七分（先生確認時刻）こんなに短い時間で逝ってしまいました。

『評伝　吉村昭』の執筆は、前作『藤沢周平伝』（白水社、二〇一三年）の脱稿のあと間を置くことなく取りかかったと記憶しております。これは、『ひさし伝』（新潮社、二〇一二年）の原稿を依頼され大変お世話になった田崎明さんからその時点ですでにお話があり、強くすすめられたことによるものです。笹沢自身吉村昭は好きでしたから「なんとかして書きたいが、どうにも難しいなあ」と言いつつも、朝は早くから資料を読みあさり、本に当たり、図書館に日参する日々でした。読むことと書くことは笹沢の日常ですからそれがわれわれ夫婦には当たり前のこと、傍らでその様子を見ているだけで何の手助けができるわけでもありません。毎日の晩酌の話の中でその進み具合を聞き、なんとなく励ますだけが唯一私のできることでした。笹沢の日々は常に黙々と書き、読む、これに尽きました。

そして、最初の入院の前（平成二十五年九月）に第一稿を書き上げ、その後二か月の退院期間に推敲を重ね、脱稿したのです。この一年は主に『評伝　吉村昭』と「山形文学」のためだけの時間であったのでした。

本書は笹沢の絶筆、遺作になりました。笹沢の無念はいかばかりであったか。それを想うと今はただ悔し涙が零れ落ちてきます。七十二年の生涯でした。笹沢信としての仕事はこれからだったのになぜなのだ。なぜ逝かなければならなかったのか。ただ残念の言葉に尽きるのです。

今の笹沢信があるのは、多くの方々に大きなお心で支えていただいたからなのです。そのことに笹沢自身がいつも感謝を致しておりました。それをお伝えしたいと思います。

この「あとがきに代えて」を書くよう依頼されて、まず思いましたのは笹沢信の名を汚さないか、ということでした。けれど、どうしても、ということで書きましたが、闘病の記録になってしまいました。このようなものを書いて笹沢は許してくれるだろうか……。

白水社の和気元さんには『藤沢周平伝』に続きことのほかお世話になりました。そして吉村昭を書くことを勧めてくださった田崎明さんに心より感謝とお礼を申し上げます。ありがとうございました。

桜の花開く四月のある日に。

吉村昭略年譜

昭和二（一九二七）年
五月一日、東京府北豊島郡日暮里《にっぽり》町谷中本《やなかもと》七八八番地（現・東京都荒川区東日暮里六丁目五〇番の三）に、父隆策、母きよじの八男として生まれる。兄二人は夭折、姉一人、兄五人がいた。父は紡績・製綿工場を経営。
昭和四（一九二九）年　二歳
八月、ドイツの世界一周飛行船ツェッペリン号が東京上空を飛行。この時の情景が幼時の最初の記憶となる。九月、弟隆生まれる。
昭和六（一九三一）年　四歳
八月、姉富子七歳で死す。唯一の女児であった姉の死を、母は狂ったように嘆き悲しむ。九月、十五年戦争の始まりとなる満州事変が起こる。
昭和八（一九三三）年　六歳
四月、根岸のカソリック系神愛幼稚園に入園。三月、日本が国際連盟を脱退。
昭和九（一九三四）年　七歳
四月、東京市立第四日暮里尋常小学校（現・ひぐらし小学校）入学。十二月、三兄英雄が満州に出征。
昭和十（一九三五）年　八歳
一月、静岡県下の菩提寺に墓参のとき、前年開通したばかりの東海道線丹那トンネルを通過。十一月、父経営の紡績工場が全焼。日暮里の大火として新聞記事になる。九月、芥川賞・直木賞の第一回授賞が発表された。

昭和十一（一九三六）年　九歳

二・二六事件が起きる。八月、足立区梅田町に紡績工場が再建される。三兄英雄が帰還。

昭和十五（一九四〇）年　十三歳

四月、私立東京開成中学校に入学。作文「ボートレース」を書き、のち「校友会雑誌」に掲載される。

昭和十六（一九四一）年　十四歳

四月、母きよじ、子宮癌の診断を受け、大塚の癌研究所附属病院に入院。九月下旬退院。八月十日、四兄敬吾、中国戦線で戦死、二十三歳。十二月八日、太平洋戦争勃発。翌日、兄の遺骨が帰還。十二月中旬、二学期定期試験の前日に肋膜炎を発病し病臥。五番目の兄健造に召集令状が来て中国戦線に出征。

昭和十七（一九四二）年　十五歳

一月下旬、小康を得て学校に通いはじめる。落第を覚悟していたが、四月、三学年に進級。四月十八日、物干し台で凧をあげているとき東京初空襲の米軍機Ｂ25一機を目撃。

昭和十八（一九四三）年　十六歳

父が日暮里町四丁目九九五番地に新築した隠居所に、弟と移る。この年、微熱を発すること多く、二十九日間、病気欠席する。四月、海軍の山本五十六長官はラバウル基地からブーゲンビルに飛び、着陸寸前、米機に撃墜され死亡。

昭和十九（一九四四）年　十七歳

中学生の勤労動員が実施され、隅田川沿いの日本毛皮革で獣皮のなめし作業に従事。四月下旬から微熱で工場を欠勤することが多く、五月上旬、作業中に高熱と激しい胸痛に襲われ帰宅し病臥。肺浸潤と診断される。八月四日、母死去。十一月、マリアナを基地とするＢ29による東京空襲が始まる。

昭和二十（一九四五）年　十八歳

一月から病気欠勤。三月、出勤日数が少なく落第が決定していたが、戦時特例で四年生が繰り上げ卒業となり卒業。四月十三日、夜間空襲により家が焼失。浦安町の長兄経営の造船所に勤務し、少年工とともに労働に従事。八月上旬、徴兵検査を受け、第一乙種合格。八月十五日、浦安町の路上で、天皇の終戦を告げる放送を聞く。翌月、足立区梅田町の紡績工場社宅に移る。十一月上旬、予備校の正修英語学校に通い始める。十二月二十三日、父、癌のため根津の日本医科大学附属病院で死去。

昭和二十一（一九四六）年　十九歳

一月、兄健造復員。二月、学習院高等科文科甲類の入学試験に合格したが、入学式に出席せず。岡山市の第六高等学校理科を受験したが、不合格となり、再び予備校に通う。十一月、日本国憲法公布、翌年五月施行。

昭和二十二（一九四七）年　二十歳

四月、学習院高等科文科甲類に入学。秋頃より激しい疲労と微熱で勉学が困難になる。

昭和二十三（一九四八）年　二十一歳

一月五日、喀血。絶対安静の身となる。結核菌は腸をもおかし、甚だしい消化不良に陥る。九月十七日、東京大学医学部附属病院分院で胸郭成形術の手術を受け、左胸部の肋骨五本を切除。局部麻酔による苛酷なものだった。十一月五日、退院。

昭和二十五（一九五〇）年　二十三歳

四月、健康が恢復したので学習院大学文政学部に入学し文芸部に所属。十一月肺炎を発病。

昭和二十六（一九五一）年　二十四歳

体調復して四月から学校に通い始め、家庭教師をして生活費を得る。この頃から文学を志す。十月、古今亭志ん生らの落語家を招いて文芸部主催の古典落語鑑賞会を開催。以後四回実施。「學習院文藝」に「土偶」「死まで」「優等賞状」「河原燕」などの作品を発表。

昭和二十七（一九五二）年　二十五歳

「學習院文藝」を「赤繪」と改称、文芸部委員長となる。川端康成の短篇小説に自分の進むべき道を見出し筆写する。「死体」「虚妄」「金魚」などを発表。

昭和二十八（一九五三）年　二十六歳

一月、同人雑誌「環礁」に参加。三月、大学を中退。三兄英雄の経営する紡績会社に入社。「環礁」を退会。十月末、会社を退社。自分で紡績糸を販売することを思い立つ。十一月五日、同じ文芸部員であった北原節子（のちの津村節子）と上野精養軒で挙式し結婚。池袋のアパートに居を定める。

昭和二十九（一九五四）年　二十七歳

八月、同人雑誌「炎舞」を創刊。九月下旬、仕事に行き詰まり、東北地方、北海道に放浪に似た行商の旅をする。妻も途中から加わり、大晦日に帰京。

昭和三十（一九五五）年　二十八歳

一月、繊維関係の団体事務局に勤務。西武線練馬駅に近い家に間借りし、ついで狛江町のアパートに転居。丹羽文雄主宰の同人雑誌「文学者」に参加。十月五日、長男司誕生。十二月、「文学者」休刊。小田仁二郎主宰の同人雑誌「Z」創刊に参加。

昭和三十一（一九五六）年　二十九歳

三月、「Z」が創刊。妻・津村節子も同人となる。この頃、梶井基次郎の新鮮で鋭い表現に感嘆し、文章の規範とする。

昭和三十二（一九五七）年　三十歳

「Z」五号に「さよと僕たち」を発表。七月、「Z」は七号で廃刊。同人雑誌「亜」を主宰。東京都渋谷区幡ヶ谷原町九〇〇番地のアパートに転居。

昭和三十三（一九五八）年　三十一歳

二月、短篇集『青い骨』を小壺天書房から自費出版（のち角川文庫、五月書房が再刊）。五月、「文学者」復刊。六月、「週刊新潮」に短篇「密会」が掲載され、初めて稿料を手に入れる。十月、「亜」を廃刊。

昭和三十四（一九五九）年　三十二歳

一月、「鉄橋」が第四十回芥川賞候補作となり、落選するが「文藝春秋」に転載された。六月、東京都北多摩郡保谷町上保谷千駄山五二三番地に家を新築、転居。七月、「貝殻」が第四十一回芥川賞候補作となったが落選。十一月、「密会」が日活で映画化される。

昭和三十五（一九六〇）年　三十三歳

四月十三日、長女千夏生まれる。六月、戦後最大の政治闘争・日米安保闘争が盛り上がりを見せる。

昭和三十六（一九六一）年　三十四歳

勤め先をやめる。「文学者」編集長に推され、投稿原稿をしきりに読む。

昭和三十七（一九六二）年　三十五歳

一月、「透明標本」が第四十六回芥川賞候補となり、一時他作品との同時受賞と内定するも惜しくも落選。七月、「石の微笑」が第四十七回芥川賞候補作となったが落選。

昭和三十八（一九六三）年　三十六歳

一月、生活に窮し、次兄武夫経営の繊維会社に勤務。七月、短篇集『少女架刑』を南北社から出版。のちに三笠書房、成瀬書房が再刊。

昭和三十九（一九六四）年　三十七歳

ボクシング界を調査、初の長篇小説『孤独な噴水』を書き下ろす。九月、『孤独な噴水』（講談社、のち講談社文庫、文春文庫）刊。十一月、妻・津村節子の「さい果て」が「新潮社同人雑誌賞」を受賞。

昭和四十（一九六五）年　三十八歳

会社の仕事に専念。激務のため深夜の帰宅がつづき創作意欲は減退。七月、津村節子「玩具」で第五十三回芥川賞受賞。九月、兄の会社を退職。九月、三陸海岸に一人旅をして再び創作意欲を取り戻す。この旅が刺激になって「星への旅」を執筆する。

昭和四十一（一九六六）年　三十九歳

長崎に一週間滞在して、戦艦「武蔵」の建造について調査。六月、「星への旅」が第二回太宰治賞を受賞。ついで長篇「戦艦武蔵」が「新潮」九月号に一挙掲載される。八月、『星への旅』（筑摩書房、のち新潮文庫）刊。

九月、戦艦「武蔵」の建造技師、乗組員たち三十一名を目白の椿山荘に招き、懇談会を開く。『戦艦武蔵』（新潮社、のち新潮小説文庫、新潮文庫）刊、ベストセラーになる。

昭和四十二（一九六七）年　四十歳

復帰前の沖縄に渡り、那覇市に一か月滞在し沖縄戦を調査。この頃から原稿依頼が増し、戦史小説を本格的に書き始める。三月、『水の葬列』（筑摩書房、のち新潮文庫）刊。六月、『高熱隧道』（新潮社、のち新潮文庫）刊。十月、『殉国』（筑摩書房、のち角川文庫。加筆改題『陸軍二等兵比嘉真一』筑摩書房。『殉国――陸軍二等兵比嘉真一』集英社文庫。『殉国　陸軍二等兵比嘉真一』文春文庫）刊。

昭和四十三（一九六八）年　四十一歳

戦史小説の証言者と会うための旅行が多く、精力的に歩き、執筆する。七月、『零式戦闘機』（新潮社、のち新潮文庫）刊。『海の奇蹟』（文藝春秋、のち角川文庫）刊。九月、心臓移植の取材のため、初めての海外旅行に出かける。南アフリカ・ケープタウンで世界初の心臓移植手術を執刀した外科医のC・バーナードはじめ医師、心臓提供者、移植患者その他関係者の証言を得る。南アには十七日間滞在し、ロンドン経由でニューヨークに赴き、世界第二例目の手術の執刀医に会い資料収集。四十五日間の旅だった。十一月、『大本営が震えた日』（新潮社、のち新潮文庫）刊。

昭和四十四（一九六九）年　四十二歳

七月、東京都三鷹市井の頭五丁目十六番地八号に家を新築し、転居。若い頃から尾崎放哉を主人公とした小説を書きたいと思いつづけてきたが、放哉が死んだ四十二歳と同年になったこの年、南郷庵を訪れ、さらに放哉の生活の面倒をみた俳人の井上一二氏とも会う。十月、『彩られた日々』（筑摩書房）刊。十二月、『神々の沈黙』（朝日新聞社、のち角川文庫、のち改題『神々の沈黙　心臓移植を追って』文春文庫）刊。

昭和四十五（一九七〇）年　四十三歳

前年に「ハタハタ」を発表したが、この年は「小説新潮」に「軍鶏」「羆」などを書き、以後、動物小説を書くようになる。五月、よく面倒をみてくれた三兄英雄が胃癌のため死去。享年五十五。『陸奥爆沈』（新潮社、のち新潮文庫）刊。七月、『海の壁　三陸沿岸大津波』（中公新書。のち改題『三陸海岸大津波』中公文庫、文春文庫）刊。『戦艦武蔵ノート』（図書出版社、のち文春文庫、岩波現代文庫）刊。九月、『空白の戦記』（新潮社、のち新潮文庫）刊。十一月、『細菌』（講談社。のち改題『蚤と爆弾』講談社文庫・文春文庫）刊。

昭和四十六（一九七一）年　四十四歳

これまで戦史小説の関係者の証言はノートに書きとめてきたが、テープレコーダーを併用するようになる。二月、『羆』（新潮社、のち新潮文庫）刊。四月、『消えた鼓動』（筑摩書房、のちちくま文庫）刊。『密会』（講談社、のち講談社文庫）刊。八月、『日本医家伝』（講談社、のち講談社文庫）刊。九月、『逃亡』（文藝春秋、のち文春文庫）刊。十月、『鉄橋』（読売新聞社）刊。十一月、『めっちゃ医者伝』（新潮少年文庫。のち加筆・改稿・改題『雪の花』新潮文庫）刊。十二月、『背中の勲章』（新潮社、のち新潮文庫）刊。

昭和四十七（一九七二）年　四十五歳

「海の鼠」の取材のため宇和島市沖の戸島、日振島に渡る。以後、しばしば宇和島に赴く。一月、『総員起シ』（文藝春秋、のち文春文庫）刊。九月、最初のエッセイ集『精神的季節』（講談社、のち改題『月夜の記憶』講談社文庫、講談社文芸文庫）刊。初めての長篇歴史小説『冬の鷹』を「月刊エコノミスト」十一月号より連載。十二月、『深海の使者』により第三十四回文藝春秋読者賞を受賞。『海の史劇（前・後編）』（新潮社、のち合本として新潮文庫）刊。

昭和四十八（一九七三）年　四十六歳

「深海の使者」執筆に際して、多くの証言者の高齢化による死を痛感し、戦史小説の執筆を断つ。二月、『下弦の月』（毎日新聞社、のち文春文庫）刊。四月、『深海の使者』（文藝春秋、のち文春文庫）刊。五月、『海の鼠』（新潮社、のち改題『魚影の群れ』新潮文庫）刊。八月、『関東大震災』（文藝春秋、のち文春文庫）刊。九月・十月、ビクターから『吉村昭と戦史の証言者たち』（LP五枚組）を出す。十月、『戦艦武蔵』『関東大震災』など一連のドキュメント作品により第二十一回菊池寛賞を受賞。

昭和四十九（一九七四）年　四十七歳

文芸雑誌からの作品依頼が多く、六篇の短篇小説を書く。苦しくはあったが、これが生き甲斐だ、とも思った。春から足に激痛が走り、歩行が不可能になる。バージャー病と診断され、足部切断も覚悟したが、薬の効用で決方にむかう。三月、『一家の主』（毎日新聞社、のち文春文庫、ちくま文庫）刊。七月、『冬の鷹』（毎日新聞社、のち新潮文庫）刊。十一月、『患者さん』（毎日新聞社。のち改題調整『お医者さん・患者さん』中公文庫）刊。十二月、『蛍』（筑摩書房、のち中公文庫）刊。

昭和五十（一九七五）年　四十八歳

長篇『漂流』執筆調査のため高知市におもむいたのち、八丈島に飛ぶが、天候不良のため島に足止めされ帰京が二日間遅れた。三月、『磔』（文藝春秋、のち文春文庫）刊。十一月、『北天の星〔上下〕』（講談社、のち講談社文庫）刊。

昭和五十一（一九七六）年　四十九歳

この年も文芸雑誌に短篇六篇を書く。「赤い人」「羆嵐」執筆調査のため、しばしば北海道を旅する。五月、『漂流』（新潮社、のち新潮文庫）刊。七月、『海軍乙事件』（文藝春秋、のち文春文庫）刊。

昭和五十二（一九七七）年　五十歳

若い頃からの念願であった俳人尾崎放哉を主人公とした小説『海も暮れきる』執筆を思い立ち、放哉の足跡をたどって京都、明石、鳥取、小豆島を訪れる。三月、『亭主の家出』（文藝春秋、のち文春文庫）刊。五月、『羆嵐』（新潮社、のち新潮文庫）刊。十一月、『赤い人』（筑摩書房、のち講談社文庫）刊。

昭和五十三（一九七八）年　五十一歳

一月、『星と葬礼』（集英社文庫、のち文春文庫）刊。三月、『ふぉん・しいほるとの娘〔上下〕』（毎日新聞社、のち講談社文庫、新潮文庫）刊。四月、『海の絵巻』（新潮社。のち改題『鯨の絵巻』新潮文庫）刊。六月、『メロンと鳩』（講談社、のち講談社文庫、文春文庫）刊。九月、『帽子』（集英社、のち文春文庫、中公文庫）刊。十月、『遠い日の戦争』（新潮社、のち新潮文庫）刊。

昭和五十四（一九七九）年　五十二歳

三月、書き下ろし長篇『ポーツマスの旗』現地調査のため、ポーツマスに一週間の旅をする。ポーツマス滞在中に、『ふぉん・しいほるとの娘』により第十三回吉川英治文学賞受賞の知らせを受ける。二月、『白い遠景』（講談社）刊。八月、『月夜の魚』（角川書店、のち中公文庫）刊。九月、『蟹の縦ばい』（毎日新聞社、のち旺文社文庫、中公文庫）刊。九月、『熊撃ち』（筑摩書房、のちちくま文庫、文春文庫）刊。十二月、『ポーツマスの旗　外相・小村寿太郎』（新潮社、のち新潮文庫）刊。

昭和五十五（一九八〇）年　五十三歳

三月、『海も暮れきる』（講談社、のち講談社文庫）刊。五月、『冬の海　私の北海道取材紀行』（筑摩書房。のち増補改題『万年筆の旅　作家のノートⅡ』文春文庫）刊。八月、弟隆、築地のがんセンターで肺癌のため片肺切除。弟に癌であることを知らせぬことを決意、苦しい日々が始まる。九月、『虹の翼』（文藝春秋、のち文春文庫）刊。この年、文芸雑誌に七篇の短篇を書く。

昭和五十六（一九八一）年　五十四歳

二月、『歴史の影絵』（中央公論社、のち中公文庫、文春文庫）刊。『炎のなかの休暇』（新潮社、のち新潮文庫）刊。三月、弟隆、大宮市の宇治病院に入院。しばしば見舞い、大宮市内のビジネスホテルに泊まることをつづける。随筆集『実を申すと』（文化出版局、のちケイブンシャ文庫、ちくま文庫）刊。五月、『光る壁画』（新潮社、のち新潮文庫）刊。八月、隆死去。弟の苦しみにみちた闘病生活と死で、精神、肉体の両面で消耗し、体調が極度に悪化したが、年末にいたってようやく復調する。八月、『戦史の証言者たち』（毎日新聞社、のち文春文庫）刊。

昭和五十七（一九八二）年　五十五歳

短篇をしきりに執筆する傍ら、長篇『破獄』執筆調査のため、秋田、青森、札幌、網走の各市をはじめ北海道にしばしばおもむく。二月、『破船』（筑摩書房、のち新潮文庫）刊。四月、『遅れた時計』（毎日新聞社、のち中公文庫）刊。七月、『脱出』（新潮社、のち新潮文庫）刊。九月、『間宮林蔵』（講談社、のち講談社文庫）刊。

昭和五十八（一九八三）年　五十六歳

前年後半より『長英逃亡』執筆のため史料を求めて全国各地を旅する。長英もよく逃げたものだ、と感嘆しながら旅を続ける。三月、順天堂大学附属病院に入院。幼時に患った慢性中耳炎が三年前に再発、鼓膜移植手術を受ける。一か月後に退院。八月、『月下美人』（講談社、のち講談社文庫、文春文庫）刊。十一月、『破獄』（岩波書店、のち新潮文庫）刊。

昭和五十九（一九八四）年　五十七歳

七月、弟の死を主題とする私小説としては初の長篇小説『冷い夏、熱い夏』（新潮社、のち新潮文庫）刊。五月、「海の祭礼」執筆調査のため初めて北海道利尻島へ渡る。『長英逃亡〔上下〕』（毎日新聞社、のち新潮文庫）刊。十一月、『秋の街』（文藝春秋、のち文春文庫、中公文庫）刊。

昭和六十（一九八五）年　五十八歳

一月、『冷い夏、熱い夏』で第二十六回毎日芸術賞受賞。二月、『破獄』が第三十六回読売文学賞受賞、五十九年度芸術選奨文部大臣賞受賞。相つぐ受賞に呆然とし、反動でなにか凶事が起こらぬようにと、近くの井の頭弁財天に賽銭を投げて拝礼する。七月、『東京の下町』（文藝春秋、のち文春文庫）刊。十一月、『花渡る海』（中央公論社、のち中公文庫）刊。

昭和六十一（一九八六）年　五十九歳

六月、日本文藝家協会常務理事に就任。八月、胸、肩に痛みが走り、深夜もしばしば起きる。諸種検査の結果、異常なしと診断されるが、食事も横になったたまま とるまでに悪化。専門医の診断で、単純な筋肉痛と判明、運動を行い、三か月後には痛みが消える。十月、『海の祭礼』（文藝春秋、のち文春文庫）刊。

昭和六十二（一九八七）年　六十歳

四月、長兄利男死亡。『蜜蜂乱舞』（新潮文庫）刊。五月、長男司結婚。私家版句集『炎天』刊。六月一日、上野の芸術院で天皇御臨席のもとに第四十三回日本芸術院賞授賞式。『闇を裂く道〔上下〕』（文藝春秋、のち文春文庫）刊。九月、「臼井吉見さんを偲ぶ会」の司会をする。

昭和六十三（一九八八）年　六十一歳

『桜田門外ノ変』の史料収集、取材のため各地に旅する。二月、長男夫婦に女子誕生。朝香と名づける。四月、『仮釈放』（新潮社、のち新潮文庫）刊。七月、『帰還セズ』（文藝春秋、のち文春文庫）刊。

昭和六十四・平成元（一九八九）年　六十二歳

一月七日天皇崩御。元号、平成となる。新潮社より『吉村昭自選作品集』（全十五巻・別巻一）の出版が決定し、その準備に入る。『海馬』（新潮社、のち新潮文庫）刊。二月、自宅にファックスを備える。三月、長女結婚。六月、『旅行鞄のなか』（毎日新聞社、のち文春文庫）刊。十一月、『死のある風景』（文藝春秋、のち文春文庫）刊。

平成二（一九九〇）年　六十三歳

この年、初めての外国語訳となる『ポーツマスの旗』の仏訳出版。八月、岩手県田野畑村名誉村民となる。田野畑一〇一年記念式典にて授与。田野畑村は「星への旅」執筆のきっかけになった村。『桜田門外ノ変』（新潮社、のち新潮文庫）刊。十月、『吉村昭自選作品集』の刊行始まる。十二月、『幕府軍艦「回天」始末』（文藝春秋、のち文春文庫）刊。

平成三（一九九一）年　六十四歳

二月、『史実を追う旅』（文春文庫）刊。四月、『白い航跡（上下）』（講談社、のち講談社文庫）刊。九月、『黒船』（中央公論社、のち中公文庫）刊。

平成四（一九九二）年　六十五歳

一月、都民文化栄誉章受章。四月、荒川区区民栄誉賞受賞。六月、『少年少女古典文学館　平家物語（上下）』（講談社、のち改題『吉村昭の平家物語』講談社文庫）刊。十一月、『私の文学漂流』（新潮社、のち新潮文庫、ちくま文庫）刊。

平成五（一九九三）年　六十六歳

三月、『私の引出し』（文藝春秋、のち文春文庫）刊。七月、『法師蟬』（新潮社、のち新潮文庫）刊。九月、『ニコライ遭難』（岩波書店、のち新潮文庫）刊。十一月、『昭和歳時記』（文藝春秋、のち文春文庫）刊。

平成六（一九九四）年　六十七歳

十月、五月刊の『天狗争乱』（朝日新聞社、のち新潮文庫、朝日文庫）により第二十一回大佛次郎賞受賞。

平成七（一九九五）年　六十八歳

三月、夫妻で田野畑村を訪れ、佐渡での講演以来二十八年ぶりで夫婦講演会を行う。演題は夫が「歴史小説のうらばなし」、妻は「創作ノートについて」。三月、『再婚』（角川書店、のち角川文庫）刊。六月、『プリズンの満月』（新潮社、のち新潮文庫）刊。九月、『彦九郎山河』（文藝春秋、のち文春文庫）刊。

平成八（一九九六）年　六十九歳

四月、『落日の宴　勘定奉行川路聖謨』（講談社、のち講談社文庫）刊。六月、日本文藝家協会副理事長に就任。九月、岩手県田野畑村鵜の巣断崖圏内に、吉村昭文学碑が建立され、除幕式が行われる。『街のはなし』（文藝春秋、のち文春文庫）刊。

平成九（一九九七）年　七十歳

五月、「闇にひらめく」を原作とする映画『うなぎ』がカンヌ国際映画祭でパルム・ドールを受賞。六月、『朱の丸御用船』（文藝春秋、のち文春文庫）刊。十二月、日本芸術院会員となる。

平成十（一九九八）年　七十一歳

一月、『遠い幻影』（文藝春秋、のち文春文庫）刊。二月、「長崎奉行」に任命される。三月、妻・津村節子が芸術選奨文部大臣賞受賞。五月、『わたしの流儀』（新潮社、のち新潮文庫）刊。六月、日本文藝家協会副理事長に再任される。九月、『生麦事件〔上下〕』（新潮社、のち新潮文庫）刊。十月、『史実を歩く』（文春新書、のち文春文庫）刊。

平成十一（一九九九）年　七十二歳

二月、『碇星』（中央公論社、のち中公文庫）刊。五月、『天に遊ぶ』（新潮社、のち新潮文庫）、『わが心の小説家たち』（平凡社新書）刊。七月、日本文藝家協会理事長代行に就任。十月、『アメリカ彦蔵』（読売新聞社、のち新潮文庫）刊。

平成十二（二〇〇〇）年　七十三歳
一月、『夜明けの雷鳴　医師高松凌雲』（文藝春秋、のち文春文庫）刊。六月、第四回海洋文学大賞特別賞受賞。八月、『島抜け』（新潮社、のち新潮文庫）刊。十月、『私の好きな悪い癖』（講談社、のち講談社文庫）刊。
平成十三（二〇〇一）年　七十四歳
二月、『敵討』（新潮社、のち新潮文庫）刊。六月、日本芸術院第二部（文芸）部長代行に就任。七月、『東京の戦争』（筑摩書房、のちちくま文庫）刊。十一月、妻・津村節子秋の叙勲で勲四等宝冠章受章。
平成十四（二〇〇二）年　七十五歳
この年も著書の外国語訳出版がつづいた。七月、『見えない橋』（文藝春秋、のち文春文庫）刊。
平成十五（二〇〇三）年　七十六歳
一月、『縁起のいい客』（文藝春秋、のち文春文庫）刊。二月、『大黒屋光太夫（上下）』（毎日新聞社、のち新潮文庫）刊。三月、妻・津村節子恩賜賞・日本芸術院賞受賞。四月、『漂流記の魅力』（新潮新書）刊。十二月、妻・津村節子芸術院会員に選ばれる。現会員の吉村昭と夫婦で会員になる。
平成十六（二〇〇四）年　七十七歳
五月、『長英逃亡』により第七回高野長英賞受賞。十月、日本芸術院第二部（文芸）部長に就任。
平成十七（二〇〇五）年　七十八歳
一月頃、舌の痛みを感じ始める。口内炎と診断される。二月、舌癌を宣告され、放射線治療のため年内に三度入院。入退院の間、単行本化する作品の推敲を重ね、ゲラの校正を続ける。一月、『事物はじまりの物語』（ちくまプリマー新書）刊。四月、『暁の旅人』（講談社、のち講談社文庫）刊。十一月、『彰義隊』（朝日新聞社、のち新潮文庫）刊。十二月、『わたしの普段着』（新潮社、のち新潮文庫）刊。
平成十八（二〇〇六）年　七十九歳
正月、生まれ育った日暮里にある諏方神社にお参りする。これが夫妻にとっての最後の初詣でとなった。二月二日、完全に取り切れなかった舌癌と新たに病巣が発見された膵臓全摘の手術が行われた。三月十日、退院し、自宅療養の日々を送る。遺作となった「死顔」の推敲が何よりの支えとなった。病気については親戚にさえも知らせぬよう厳命、家族のみの秘事とされた。七月十日、最後の入院。七月二十四日、本人の強い希望により、予定を早めて退院。七月三十日、自らの意志で「命の綱」カテーテルポートの針を抜き、家族と最期の数時間を過ごす。七月三十一日、未明の二時三十八分死去。享年七十九。

八月二十四日、「吉村昭さんお別れの会」が出版各社と日本文藝家協会主催で東京・日暮里のホテルラングウッドで開催された。十一月、『死顔』(新潮社、のち新潮文庫)刊。十二月、『回り灯籠』(筑摩書房、のちちくま文庫)刊。

平成十九(二〇〇七)年

七月、随筆集『ひとり旅』(文藝春秋、のち文春文庫)刊。十二月、対談集『歴史を記録する』(河出書房新社)刊。

平成二十一(二〇〇九)年

二月、『時代の声、史料の声』(河出書房新社)刊。四月、『吉村昭歴史小説集成』(岩波書店)の第一巻刊行(全八巻を毎月逐次刊行)。七月、句集『炎天』(筑摩書房)刊。八月、エッセイ集『七十五度目の長崎行き』(河出書房新社)刊。

平成二十二(二〇一〇)年

二月、『真昼の花火』(河出書房新社)刊。四月、『わたしの取材余話』(河出書房新社)刊。七月、『白い道』(岩波書店)刊。十月、『味を訪ねて』(河出書房新社、のち『味を追う旅』と改題し、河出文庫)刊。

平成二十三(二〇一一)年

一月、『その人の想い出』(河出書房新社)刊。六月、『履歴書代わりに』(河出書房新社)刊。

平成二十六(二〇一四)年

一月、『人生の観察』(河出書房新社)刊。二月、『事物はじまり物語/旅行鞄のなか』(ちくま文庫)刊。

註＝本略年譜の作成にあたっては木村暢男編「吉村昭――人と作品」（『文藝春秋』平成二十三年九月臨時増刊号『吉村昭が伝えたかったこと』）や吉村昭の「自筆年譜」などを参考にした。

人名索引

〈か行〉

〈な行〉

〈は行〉

〈ま行〉

吉村昭作品索引

〈か行〉

〈さ行〉

〈た行〉

著者略歴
一九四二年京城市生まれ。
一九六六年山形大学文理学部卒。
山形新聞社入社、主に文化欄を担当、
一九九八年退社、出版社「一粒社」を
立ち上げる。
一九九四年、小説集『飛島へ』（深夜
叢書社）で山形市芸術文化協会賞、
二〇一三年、『ひさし伝』（新潮社）で
真壁仁・野の文化賞、山形市芸術文化
協会特別賞受賞。近著に『藤沢周平
伝』（白水社）。二〇一四年四月六日没。

評伝　吉村昭

二〇一四年六月一〇日　印刷
二〇一四年七月　五日　発行

著　者 © 笹《ささ》沢《ざわ》信《しん》
発行者　及川直志
印刷所　株式会社理想社
発行所　株式会社白水社
東京都千代田区神田小川町三の二四
電話　営業部〇三(三二九一)七八一一
　　　編集部〇三(三二九一)七八二一
振替　〇〇一九〇―五―三三二二八
　　　郵便番号一〇一―〇〇五二
http://www.hakusuisha.co.jp
乱丁・落丁本は、送料小社負担にて
お取り替えいたします。

株式会社松岳社

ISBN 978-4-560-08373-4

Printed in Japan